U0092361

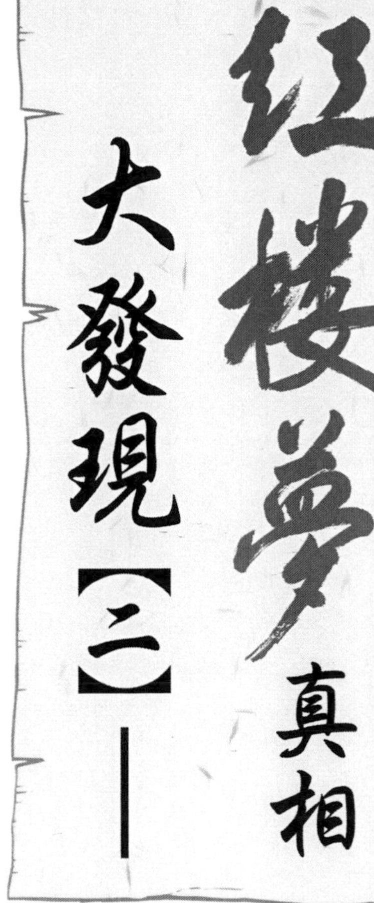

寶、黛初會故事的真相

◆南佳人 著

目次

陳序（百代紅學允獨步）

《紅樓夢》研究之所以與其他古典小說研究大不相同，不外是大家都在各自猜謎，猜《紅樓夢》背後究竟隱藏世間何種真相，因而掀起陣陣熱潮，遂成為一門顯學。但是猜了兩百多年，各家都因證據太薄弱，無法令人信服。所以最近三十年紅學界又轉變為主張《紅樓夢》是純虛構的小說，這樣就和《西遊記》、《水滸傳》等其他古典文學名著沒有什麼不同了，好像是場玩笑而已。

曾任北京紅樓夢研究所所長的大陸知名紅學家劉夢溪在《紅樓夢與百年中國》一書中，檢討二十世紀百年來的紅學研究成果說：「研究隊伍如此龐大、不時成為學術熱點的百年紅學，所達成的一致結論並不很多。相反，許多問題形成了死結。我曾說紅學研究中有三個『死結』：一是芹係誰子；二是脂硯何人；三是續書作者。這三個問題，根據已有材料，我們只能老老實實說不知道。…所謂真理越辯越明，似乎不適合《紅樓夢》。倒是俞平伯先生說的『越研究越糊塗』，不失孤明先發之見。」又說：「《紅樓夢》研究中，…另有四條不解之謎。」第一條不解之謎是元春判詞，要點是判詞中的「二十年來辨是非，…虎兔相逢大夢歸」兩句，「簡直索解莫從」。

第二條不解之謎是《紅樓夢曲》中寓寫秦可卿的《好事終》一曲，要點是其中的「箕裘頹墮皆從敬，家事消亡首罪寧」兩句，與書中的情節不能吻合（第三條、第四條從略不論）。上述三個死結，都是胡適考證派曹家新紅學的核心論點，既然經過近百年的全力研究，都考證不到江寧織造曹寅家族中有曹雪芹（或云本名為曹霑）這個人，也考證不到批書人脂硯齋及續書作者係何人？那麼以嚴格的學術觀點來看，胡適曹家新紅學的說辭應該不能成立，似乎可就此打住。至於以上兩條不解之謎，經過純虛構小說派三十年的全力研究，都無法合理詮釋表面故事的賈元春在那個二十年間，究竟明辨什麼是非？又不能合理詮釋表面故事的秦可卿身為一個宗法制度下沒什麼重要地位的媳婦，竟然會牽涉到百年富貴大族賈家「箕裘頹墮皆從敬，家事消亡首罪寧」這樣關乎消亡的大事。那就證明了：以《紅樓夢》為純虛構小說的說法，事實上是無法解決書中重大情節矛盾不通問題的一條無尾之路。

就在百年紅學走到各種背後真相說法證據都極度薄弱，而難以獲得認同，純小說派又未能解開重大不通情節的謎團，兩大派都陷入困境的當口，南佳人李瑞泰兄的《紅樓夢真相大發現》新說異軍突起，他所破解出的《紅樓夢》故事真相，證據非常充足確鑿，達到人、事、時、地都符合的程度，又可以解決長期存在的重大情節矛盾不通問題，足以補救以上兩大派的嚴重缺失，可說是百年紅學振衰起弊的大著作。茲舉兩個例子，以略窺其概況。譬如他不但破解出第三回林黛玉入榮國府會見外祖母賈母、寶玉的主題故事，是寓寫鄭成功於順治十六年率領舟師進攻長江、南京的歷史事跡，還詳細到將林黛玉進入及退出榮國府賈母後院的路線，與鄭成功舟師進攻及退出長江、南京的路線，製作了一張長江地圖的「對照示意圖」，一一標示林黛玉一路所走過的榮府正門、西角門、垂花門、穿堂、儀門等所對應的長江實際地點，而且形狀特色都能符合，如儀門喻指長江門戶的崇明島，垂花門喻指形狀如曲尺狀下垂的揚中島等，這種對於書中地點考證到可以一一對應到地圖上之實際地點的情況，是歷來考證《紅樓夢》真相的論著所做不到的創舉。他又考證出第二回「黛玉年方五歲」，是暗指林黛玉所影射的鄭成功延平王朝第五年，也就是永曆十三年、順治十六年，這樣便更有力證實林黛玉初會賈寶玉的小說故事是寓寫順治十六年鄭、清南京大會戰的事跡。且因而發現書中角色的年齡常是寓指某王朝年號的年份，因此第二回林黛玉五歲（寓指延平王朝五年），至第三回初見比他大一歲的表哥賈寶玉是「一個輕年公子」（寓指順治十六年很年輕），這樣表面小說故事上的年齡矛盾不通問題，也順勢迎刃而解了。又如他破解出第五回元春判詞的真相，是寓示留在北京當人質的吳三桂長子吳應熊的事跡命運。而對於判詞中的「二十年來辨是非，……虎兔相逢大夢歸」兩句，考證出「二十年來辨是非」的謎底，即指吳應熊自從順治十年（一六五三年）八月，與順治之妹建寧公主結婚而顯貴起，直至康熙十二年（一六七三年）十一月二十一日吳三桂在雲南起兵反清時，這二十年來，始終明辨君臣禮法的大是大非，而未曾隨同吳三桂一起反叛清朝。又考證出「虎兔相逢大夢歸」的謎底，即指吳應熊在虎年（寅年）與兔月（四月）相逢的時間，即康熙十三年甲寅年的四月十三日，被清康熙下令處死，猶如長睡作大夢般地魂歸西天死亡的事跡。像這樣對於書中故事的時間考證到可斬釘截鐵地對應到歷史真事之實際發生時間的情況，更是歷來考證《紅樓夢》真相的論著所做不到的創舉。連帶百年紅學第一條不解之謎，「簡直索解莫從」的元春判詞之謎，也都渙然冰釋了。

歷來考證《紅樓夢》真相的論著所以無法令人信服，還因為有兩個大缺點，其一是只能證明書中故事與實際真事大略輪廓相似而已，而不能一一證實書中某角色、某情節就是實際真事中的某真人、某真事。即使是最轟動、影響最久的胡適派曹雪芹家事說，也只能證明書中賈家由富貴變貧窮的故事，其大致輪廓約略相似於曹家由富貴變貧窮的事跡，而始終無法一一證實書中的賈寶玉、林黛玉、王熙鳳、脂硯齋等角色及其重要命運情節，究竟是對應到曹家的那個真人、那件真事。其二是所考證出來的真相不能與多數脂批融會貫通，脂批既是紅學界公認為深知《紅樓夢》故事內情的批書人所留下的評點文字，則考證出來的真相當然要能與深知內情的脂批互相融會貫通，纔可能是正確的，然而歷來考證《紅樓夢》真相的著作，不是根本不徵引脂批來印證，就是只徵引極少數的脂批，自然難以令人信服。而南佳人的系列著作，對於《紅樓夢》真相的破解，採取逐句逐段的注解、破譯，對於書中的角色、情節都考證得極為明確，全面性一一指明其所對應的歷史真實人物與事跡。例如在人物方面，在第一回他考證出甄士隱，通諧音「真事隱」或「真嗣隱」，影射天下皇帝真正嗣統即將衰敗隱去的明末崇禎帝或崇禎王朝；而賈雨村，通諧音「假語村」，影射專講「為明朝臣民代報君父之仇」假話騙人，而入關竊取天下的滿清。在第三回他考證出林黛玉影射鄭成功或鄭軍，賈寶玉影射清順治帝，或以他為代表的清軍，王熙鳳影射在鄭、清南京大戰中打敗鄭軍的清崇明總兵梁化鳳。在第五回他考證出賈寶玉影射吳三桂，警幻仙姑影射滿清領袖多爾袞，秦可卿暗通諧音「秦可傾」，影射「秦人（李自成）可以傾覆之對象」的明崇禎帝或崇禎王朝，以及所有金陵十二釵的真實身分（如賈惜春影射陳圓圓）等等。除了這些主要角色之外，他對於看似虛幻的神話性角色——一僧一道、空空道人、神瑛侍者、絳珠草、警幻仙姑、癩頭和尚、跛足道人等，也都一一考證出其世間真實身分。對於百年來紅學傾全力仍考證不出的所謂《石頭記》作者「石頭」、披閱增刪者曹雪芹、抄閱再評者脂硯齋，他竟然也都明確地考證出其真實身分。又如在故事情節方面，他考證出第一回甄士隱與賈雨村在中秋節月下對飲故事的真相，是寓寫崇禎十四年八月中秋節期間，明、清兩軍在山海關外松山大戰的事跡。考證出第三回林黛玉初會賈寶玉故事的真相，是寓寫鄭軍與清兵在南京大會戰的事跡。又考證出第五回賈寶玉夢中隨警幻仙姑進入太虛幻境，享受美酒佳餚及歌舞豪宴招待之故事的真相，是寓寫吳三桂在山海關事件中，受到滿清多爾袞許諾晉封為藩王的誘惑，而投降歸入大清國境，引清兵入關消滅漢族政權，建立大清王朝，而獲得滿清賜封雲南藩王，享受藩王歌舞豪宴富貴生涯的事跡。不但破解出歷史真事的主題，連其分支脈絡也考證得非常翔實明確。在破解第一回的第一冊，原文只有六千多字，脂批約二、三千字，而南佳人的破解、詮釋文字竟然超過十二萬字；在破解第二、三回的第二冊，原文只有七千多字，脂批約二、三千字，他的破解、詮釋文字竟然超過十五萬字；在破解第五回的第三冊，原文只有六千多字，脂批約一、二千字，他的破解、詮釋文字竟然超過二十萬字，可見其證據的豐富及詮釋的詳盡程度實在驚人，誠乃空前之作。他並且大量徵引脂批，第一冊徵引脂批約一百九十條，第二冊徵引脂批約一百八十條，第三冊徵引脂批約一百二十條，合計約五百條，而且所破解出的歷史真人真事，都能與這些大量脂批的評點觀點融貫無礙。綜合而言，南佳人對於《紅樓夢》故事真相的研究，一掃前人紅學研究的重大缺失，採取逐句逐段的全面性破解，證據極度豐富，考證極度精詳，連時間、地點都能明確對應到歷史真事的實際發生時間、地點，詮釋得主題支脈都極度具體明確，而且都能與大量的脂批融會貫通，因而所破解出書中角色、情節的真相與歷史真人真事的密合度，幾乎達到一彎一曲、一坑一凹都印合得如出一轍的地步，因此南佳人所破解出《紅樓夢》故事的真相，足以使人信服無疑，他的新說當然足以確立，從而沉埋近三百年的《紅樓夢》真相也終於能夠水落石出，真相大白。尤其是南佳人的新說同時也能順利解開歷來《紅樓夢》表面故事所長期存在的所謂「死結」、「不解之謎」，理順眾多前人無法解決的重大情節矛盾不通問題，既掃除《紅樓夢》的重大污點，又能增加其璀璨光輝。故南佳人這一系列的《紅樓夢真相大發現》三書，實是近三百年來的紅學驚世大發現，是對於《紅樓夢》價值貢獻最大的空前傑作。

歷來研究《紅樓夢》的論著固然也發掘出很多《紅樓夢》的高超筆法，但也只是高超而已，還達不到超乎想像之外、令人難於捉摸的神奇莫測境地。南佳人系列著作所發掘出的《紅樓夢》筆法，則真正是詭奇莫測的神奇筆法。例如第一回作者描寫女媧補天未用而拋棄在青埂峰下的一塊頑石，向遠來的一僧一道苦求攜入紅塵享受富貴溫柔，於是那僧人便大展幻術，將那塊頑石變成一塊鮮明瑩潔的美玉的故事，南佳人發掘這是寓寫愚頑如石頭的吳三桂在山海關事件中，由於貪圖紅塵藩王富貴溫柔生涯，被遠來的滿清多爾袞（僧人）施展如夢幻般的詐術（幻術），而剃髮降清，其前腦被剃光得潔白明亮，猶如一塊鮮明瑩潔的美玉的事跡，像這樣把吳三桂剃成滿清髮式的潔白明亮的光禿前腦，比喻為一塊鮮明瑩潔的美玉，真是令人無法想像得到的千古妙喻。又如第五回作者描寫賈寶玉隨警幻仙姑進入其居處太虛幻境之後，來到一座「孽海情天」宮內，遊觀了「朝啼司」、「夜哭司」、「薄命司」等的故事，南佳人發掘這是作者以警幻仙姑所居仙境—太虛幻境，竟然暗設有類似地獄陰司的出奇筆法，來暗寫吳三桂（賈寶玉）隨滿清多爾袞

（警幻仙姑）投降入大清國境（太虛幻境）之後，便引清兵攻佔北京皇宮建立清朝，進而展開血腥征服，殘殺無數漢族同胞，漢人「朝啼」、「夜哭」，哀鴻遍野，所有抗清志士都失敗而落入薄命悲慘的境地，由此歸結評論這個北京清朝皇宮，是個由於吳三桂因痴戀陳圓圓之情如天般高（情天），而導引滿清入北京所建立，從而製造罪孽如海樣深（孽海）的朝廷宮殿（孽海情天宮），既痛罵了清朝，又痛罵了吳三桂，更妙的是作者故意安排製造罪孽的吳三桂賈寶玉親自來觀看自己所製造的「朝啼」、「夜哭」、「薄命」等悲慘景象，真是古今第一神筆。像這樣不可思議的神奇筆法，在南佳人系列著作中俯拾皆是，真乃珠璣遍地，美不勝收，可以說將《紅樓夢》的小說神奇技法提高到古今中外無人可以企及的至高無上境地。

歷來《紅樓夢》研究最關心、最急切想瞭解的核心問題，是《紅樓夢》、《石頭記》的旨義為何？在第一冊，南佳人於破解第一回楔子石頭過往今來故事的真相中，揭露《石頭記》的旨義是描寫頑劣愚蠢如石頭的吳三桂，在山海關事件中剃髮降清，引清兵入關滅漢，創作出世人被剃髮成前腦光禿如石頭的滿清髮式之清朝的記事。在第三冊，南佳人從破解第五回賈寶玉夢遊太虛幻境，享受警幻仙姑所提供美酒佳餚及歌舞豪宴招待之故事的真相中，揭露《紅樓夢》的旨義，就是描寫吳三桂在山海關事件中，因為追求藩王紅樓歌舞富貴溫柔的美夢，而背明降清滅漢，獲得滿清賜封雲南藩王圓了夢之後，又遭撤藩，藩王紅樓富貴夢破碎，於是聯合台灣鄭經等復明勢力反清，夢想恢復朱明王朝紅色樓閣殿堂天下的歷史事跡。這樣紅迷大眾、紅學專家近三百年來夢寐以求而探索不到的《紅樓夢》、《石頭記》之旨義，如今終於被南佳人破解出來，而真相大白，所以南佳人《紅樓夢真相大發現》三書，可以說對於《紅樓夢》研究具有劃時代的貢獻。

我因興趣廣泛，舉凡考據、義理、經世、辭章之學，無不涉獵；歷年在各大學中文系所開之課程，幾乎經、史、子、集，均曾講授過，其間對於《紅樓夢》也頗為醉心，在早歲所撰《千載稗心》中有〈論紅樓夢絕句五首〉云：

其二

賈家或謂係曹家，赫赫揚揚百載誇。樹倒猢猻終散去，石頭如夢記生涯。

其三

貴族世家多惡德，淫邪剝削恣胡為。形形色色描心貌，一部紅樓儘可窺。

其四

夢阮年輕經驗富，萬般知識悉精通。崇高美學成悲劇，寶黛愛情難善終。

其五

人物內心成世界，葛藤對立苦糾纏。合情入理神來筆，妙造精微典範傳。

補本雖無多著墨，才情工力亦相當。零箋散稿應供目，全璧完成自有光。

己卯（民國八十八年）初冬，方子丹教授邀請我為其在國立臺灣師範大學綜合大樓所舉辦的《方子丹九十歲以後古近體詩三百首》新書發表會作講評後，第二場有幸聆聽到南佳人所宣布之《紅樓夢》的神奇真相，記得當時對其空前的獨到創見，宛如石破天驚，與會貴賓皆精神猛然為之一振，久久不已。從此深知南佳人瑞泰兄對於《紅樓夢》有突破性的大發現，故於去年四月間特別邀請他來淡江大學驚聲大樓國際會議廳演講，講演中他深入淺出地揭露第五回「紅樓夢」故事及第一回那首「滿紙荒唐言」標題詩的神奇真相，使得聽眾們驚歎《紅樓夢》果真神奇到不可思議的地步，其演說甚獲好評與認同。於是調寄〈玉樓春〉，倚聲致謝云：

君生「佳里」《紅樓》覓，第一「寶」書真相出。《石頭記》「賈雨（假語）村」言，「甄士（真事）隱」神奇揭密。　吳三桂叛降心迹，拆字諧音尋線索。夢中「蝴蝶（胡諜）」醒為周，論斷空前驚妙筆。

後來，因緣際會，臺北市大安長青學苑要我開設「《紅樓夢》詩文之研究」，於是在首堂宣講時，口占〈玉樓春〉詞一闋云：

《紅樓「夢」》裏原非夢，人物感情心事重。真能作假有還無，藝術語言今諷頌。　詩詞聯語追唐宋，黛玉葬花哀且慟。《西廂》警句暗傳揚，才子佳人宜受用。

如今瑞泰兄大作《紅樓夢真相大發現（一）、（二）、（三）》三書同時付之剞劂，蒙殷殷囑咐贅述數語為序，不得以課忙推辭，且一向稱賞其發現《紅樓夢》真相的驚世創獲；深信其創發應該較紅學博士，更具博士資格；較紅學專家，更富專業精神；來日還會比紅學教授更為權威，而且更享有國際高知名度。姑就愚見所及撰文舉薦如上，並作〈玉樓春〉詞一闋，以示我對百年來紅學真相考證派專家的觀感云：

《紅樓夢》若尋真假，神似達文西密碼。從來破解訟紛紜，高下誠難論定也。　眾家辯騁無傷雅，別出奇峰來黑馬。人間至味孰知嘗？滿紙辛酸憐作者。

《紅樓夢》的真相究竟如何？除非能起原作者於地下。今瑞泰兄敢提出如此「大發現」，蓋本於其證據空前豐富，而其論證空前精詳，誠可謂歷來考證《紅樓夢》真相的空前之作，將與「紅學」同享其不朽，謹殿以古風一首贊曰：

原來黛玉入榮府，謁見賈母和寶哥。影射鄭清大會戰，進出長江動干戈。
地圖對照似吻合，層層標示不拉雜。姓名年歲藏玄機，穿鑿竟然有解答。
應態明辨大是非，廿載婚姻禮無違。三桂叛清乃問斬，正好逢虎魂夢歸。
人物事跡全考出，旁徵博引但求實。融貫無礙洵空前，馳論能破又能立。
真相大白超神奇，妙手巧將造化移。滿眼珠璣俯拾是，鴻撰容當天下知。
從此開派衍家數，百代紅學允獨步。

中華民國九十七（二〇〇八）年五月吉日　淡江大學中文系教授　陳冠甫（慶煌）　謹序於心月樓

邱序

《紅樓夢》之所以造成轟動，成為今日的一門顯學，一方面是本質上《紅樓夢》背後隱藏有某種神秘真事，而吸引眾多學者索解其謎底，形成一種猜謎競賽；另一方面是學術界有頂尖的學者，因所索解謎底不同，而引發爭論，吸引其他學者加入論戰，帶動學術界的參與，吸引廣大讀者的注目，因而推波助瀾形成陣陣熱潮。二十世紀民國初期，由於北京大學蔡元培與胡適的紅學論戰，而發軔大陸紅學的大論戰，國民政府遷台初期，在一九五〇年代，又由於臺灣師範學院（後改為大學）潘重規教授與胡適的紅學論戰，而掀起臺灣紅學的大轟動。胡適考證派新紅學由北大中文系傳薪至臺大中文系，臺師大國文系的潘重規則傳承了蔡元培的索隱派紅學，被稱為新索隱派，當時臺師大與臺大實為啟動臺灣紅學發展的兩個大本營。

我在一九五〇年代初期就讀臺灣師範學院，曾修習潘重規老師的《紅樓夢》課程，後來並曾奉潘師之命，抄錄整理過古本《石頭記》的脂硯齋評語（習稱脂批或脂評），對《紅樓夢》一度很著迷。民國四十（一九五一）年五月二十二日，潘師應臺大中文系學生會的邀請，赴台大演講「民族血淚鑄成的《紅樓夢》」，講詞並在當年五、六月份的《反攻雜誌》第三十七、三十八期，以潘夏的筆名發表。由於文中「認為《紅樓夢》原作者不是曹雪芹，全書不是曹雪芹的自敘傳，後四十回也不是高鶚偽作」，完全否定胡適曹家新紅學的核心論點，嚴重挑戰胡適的權威性，寄居美國紐約的胡適按捺不住，而於同年十月在《反攻雜誌》第四十六期，發表「對潘夏先生論紅樓夢的一封信」，展開反攻，除再度確定其原先的紅學主張之外，並批評潘師的考證方法，還是他三十年前稱為「猜笨謎」的方法。此後兩人又陸續在雜誌上發表文章，互相批駁，直到民國五十一（一九六二）年胡適逝世前，還餘波盪漾。潘胡兩位文學界巨擘大論戰的結果，一如三十年前蔡胡大論戰一樣，胡適曹家新紅學獲得勝利，潘師的新索隱派紅學被認為是不夠科學的猜謎式紅學，而逐漸式微。

至今四、五十年過去了，回顧紅學的實際發展，胡適曹家新紅學的核心論點，其中《紅樓夢》為曹雪芹自敘傳的論點，早就被紅學界所推翻。至於後四十回是高鶚偽作的論點，在一九五九年發現乾隆抄本百二十回《紅樓夢稿本》之後，已經不攻自破；批書人脂硯齋為曹雪芹親近之族人的論點，一直查不到確實證據；作者為曹雪芹（本名曹霑）的論點，則在江寧織造曹寅的氏族譜中，始終查不到有這個名字，也是查無實證。對於這三點，大陸著名紅學家劉夢溪在所著《紅樓夢與百年中國》一書中，稱為紅學研究中的「三個死結」。顯然可見，胡適曹家新紅學已處在被完全推翻的危機之中。反觀潘師當初在臺大演講時，對胡適曹家新紅學的以上三項批評，事實證明都是具有先見之明的正確看法，所以潘師紅學中有關破胡適舊說的部份，可以說反而獲得最後勝利。

至於潘師創立新說的部份，即《紅樓夢》為反清復明的民族血淚史的說法，從《紅樓夢》字裡行間所流露的民族沉痛，若隱若現，如泣如訴，也應該是正確的。只不過潘師的論證太過籠統，未能進一步精細考證，將《紅樓夢》的主要人物與故事情節，一一對應上反清復明歷史的相關真人真事，證據不夠充分確鑿，不免有點猜謎的方式，而難以令人信服。關於這一點，牽涉到潘師研究紅學的基本態度，潘師一直認為領悟《紅樓夢》根本要義在於喚醒反清復明的民族意識最為重要，至於書中某人影射某人，則不甚重要。他當初在臺大的演講詞中就說：「談到書中某人影射某人，我以為尚屬次要。」到了民國五十九年十二月，他在回覆一位後輩紅學研究者靈鈞的信中，更進一步說：「至於書中人物，未必一一影射時人，似可不必探求。」潘師這一態度，很可能與他在反對胡適曹家新紅學之餘，也一併反對胡適派所主張脂硯齋、脂評深知《紅樓夢》故事內情的觀點有關。潘師在研究脂評之後，認為「批者心目中只把《紅樓夢》看成一部言情小說」，「脂硯齋僅是《紅樓夢》的一個普通讀者，他對於《紅樓夢》的涵義，也和尋常人同樣地揣摩猜測，而且可以發現他許多迂腐附會的評語，對於書中人名、物名任意附會。」由於對脂評持這樣的看法，又把握不到脂評之外，索解《紅樓夢》故事真相的其他具體線索，可能因而使得潘師對考證書中某人影射某人抱持消極態度。

現在門生南佳人李瑞泰君完成他的紅學研究著作——《紅樓夢真相大發現（一）、（二）、（三）》三冊，共六十餘萬言，可謂洋洋大觀。他自認為對於《紅樓夢》的真相，有發前人所未發的重大發現，並宣稱是直接研究《紅樓夢》原文、凡例、脂批，偶然觸機而領悟到的獨有心得。不過我翻閱過後，感覺還是有一些潘師紅學的影子。首先，他發現《紅樓夢》的真相為藉吳三桂降清叛清事跡為主線的明清交替歷史，以寄託反清復明思想的小說式歷史，這與潘師主張《紅樓夢》為反清復明的民族血淚史的說法，頗為近似。還有他認為賈寶玉影射的對象之一為傳國璽所代表的天下帝位，林黛玉影射的對象之一為明朝，薛寶釵影射的對象之一為清朝，這也與潘師的說法有部份雷同。雖然如此，瑞泰的紅學畢竟還是和潘師絕大部份不同。他篤信胡適派脂硯齋、脂評深知《紅樓夢》故事內情的觀點，特別注重根據脂批提示，一一考證《紅樓夢》人物與故事情節所影射的真人真事，幾乎逐句逐段全面破解，力求人、事、時、地都能符合歷史事實，證據極為豐富而確鑿，與前述潘師論證略顯籠統，貶低脂批，及不事探求書中某人影射某人的研究作風，恰恰相反。茲簡述兩個實例如下，以見一斑：

在第一冊破解第一回甄士隱與賈雨村故事的真相時，他從脂批切入，先從脂批對於甄費這一人名，評注說：「真，廢」，而領悟甄費通諧音「真廢」之意，暗示天下真王朝的明朝崇禎王朝被廢棄的意思。從脂批對於甄費字士隱，評注說：「託言將真事隱去也。」而領悟甄士隱通諧音為「真事隱」之意，暗示天下真王朝的明朝崇禎王朝，逐漸衰敗隱去的事。再從脂批對於賈化這一人名，評注說：「假話」，而領悟賈化通諧音「假話」之意，暗示擅長說假話，以圖滅亡明朝真帝統的勢力，包括宣揚「迎闖王，不納糧」之假話的李自成政權，與宣揚為明朝臣民「代報君父之仇」之假話的滿清政權。從脂批對於賈化別號雨村，評注說：「雨村者，村言粗語也。言以村粗之言，演出一段假話也。」再確認賈化、賈雨村是暗示出身西大荒陝甘僻野農村地區而擅長說假話的李自成政權，或出身東大荒遼東僻野地區而擅長說假話的滿清政權。然後進一步破解出甄士隱與賈雨村在中秋夜月下對飲故事的真相，是暗寫崇禎十四年八月中秋期間的夜晚，甄士隱所代表的洪承疇明軍和賈雨村所代表的皇太極清軍，爆發明、清松山大戰，而明軍大敗的事件。再破解出後面某三月十五日，葫蘆廟中炸供，油鍋火逸，引發火災，接二連三，牽五掛四，將一條街燒得如火燄山一般，將隔壁甄士隱家燒成瓦礫場之故事的真相，是暗寫明崇禎十七年三月十五日，糊塗治國的明朝廟堂（脂批葫蘆為「糊塗也」）北京一帶，發生李自成大軍於三月十五日攻下居庸關，十六日攻陷昌平，焚燒明朝十二陵，再一路焚掠，十七日攻抵北京，城上下砲火交發，引燒屋宇，火光際天，至十九日攻陷北京，滅亡明朝的事件。

在第二冊中破解第二回至第三回林黛玉入都初會賈寶玉之故事，他也是從脂批切入，先從脂批對於林黛玉之父林海（字如海）這一人名，評注說：「蓋云學海文林也」，而領悟林海是出身科舉的文林學士，再配合原文敘述，破解出林如海是影射出身科舉，曾任翰林院編修，並曾由陸地前赴海上（如海）舟山群島，擁護南明魯王政權的張煌言。另外，原已由第一回相關脂批，領悟由天界絳珠草降生的林黛玉，是影射衰降的朱明王朝（絳珠草），所衍生出來的延平王朝鄭成功。據此考證第二回描寫林如海四十歲，林黛玉五歲的時間點，發現林如海所影射的張煌言四十歲，是順治十六年，而林黛玉五歲所影射的鄭成功延平王朝五年，恰好也是順治十六年，又正好是鄭成功率領十幾萬舟師，深入長江進攻南京的年份。從第三回描寫林黛玉說：「（賈寶玉）頑劣異常，極惡讀書，最喜在內幃廝混；外祖母又極溺愛，無人敢管。」考證正合清順治帝少年就當皇帝，異常好動頑劣，極厭惡閱讀群臣上呈的漢文奏摺文章，最喜在皇宮內幃廝混，而其母孝莊皇太后極度溺愛，無人敢管的情況。又從原文描寫王夫人說：「縱然他（寶玉）沒趣，不過出了二門，背地裡拿著他的兩三個小么兒出氣。」考證正合曾入宮為順治講佛法的木陳忞老和尚所著《北遊集》中，記載順治帝「龍性難攖，不時鞭朴左右（太監）」的情況。綜合而證實第三回的賈寶玉是影射清順治帝或以順治帝為代表的清軍。再從而考證出林黛玉入都初會賈寶玉的故事，實是寓寫順治十六年，鄭成功率領舟師，深入長江，與清軍相會，而發生鄭、清南京大戰的事件。

《紅樓夢》自乾隆五十六年（一七九一），以木活字版印行以來，已成為家喻戶曉的人情小說。由於該書的情節結構，作者將民族文化與現實世家的生活融合，從神話虛幻世界寫起，到賈府大家族由盛而衰的描述，最後又由一僧一道將賈寶玉帶入虛幻世界，顯示人生的變幻無常，名之為《石頭記》、《情僧錄》、《風月寶鑑》、《金陵十二釵》，最後定名為《紅樓夢》，兩百多年來，多少讀者學者將精力投注其間，有關評點、題詠、專題、雜記、專著，以及索隱、考證等篇章，可說是浩如煙海。儘管多少紅學學者投注心力其間，《紅樓夢》依然是一部難以破解的說部。瑞泰君從清代歷史的背景，去探索《紅樓夢》的真相，其所得的成果，亦如前人所說的「一得之愚，只在取捨之間」。我看其勤奮著述，用力之深，對近代紅學的研究，也有他一席的成就和貢獻，因此願為他推薦，並為之序。

國立臺灣師範大學國文系所教授　邱燮友

二〇〇八年五月於研究室

自序

《紅樓夢》是中國小說金字塔頂的第一名著，而且是最神秘的一部小說。從《紅樓夢》在清朝乾隆初期（約當一七五〇年代）現世流傳起，大家就在探索其背後隱藏的神秘真事，而產生各種說法，最著名的有明珠家事說、順治痴戀董鄂妃而出家說、康熙朝政爭說、雍正奪位說、反清復明血淚史說、曹雪芹自傳（或曹家家事）說、反封建階級鬥爭說等七大派說法，這些紅學家可統稱為真事派。其中胡適及其門人俞平伯、周汝昌等所提倡的曹雪芹自傳（或曹家家事）說，一度被廣大讀者及紅學專家所普遍接受，幾乎成為經典的定論。但是經過數十年長期實際檢驗的結果，包括胡適派曹家新紅學在內的所有真事派說法，證據都不夠充分而確鑿，都不能合理詮釋《紅樓夢》原文的故事情節，更無法將《紅樓夢》書中的人物情節一一印對上所主張的世間真人真事，因而都不能使人信服。到了上世紀一九七〇年代中期，由於真事派的各種說法，一再讓讀者專家失望，紅學界遂逐漸大逆轉為認定《紅樓夢》只是作者曹雪芹以曹家家事或當時社會狀況為背景而寫作的純虛構小說，可稱為純（虛構）小說派。此後這種純小說派一躍而登上主流地位，專門從事《紅樓夢》文本故事情節的純文學考證工作，而極力排斥《紅樓夢》背後隱藏有任何歷史真事的說法，從前盛行的真事派反而被打入為邪魔歪道之流，只能在邊緣角落默默自行研究。

這種純文學考證工作，已經如火如荼進行了約三十年，雖然也取得了一定的成績，但是卻依然無法解決《紅樓夢》長期存在的許多重大故事情節矛盾不通的問題。例如第二、三回描寫林黛玉五、六歲時，入都依傍外祖母賈母，初見比她大一歲的表哥賈寶玉，竟是至少十幾歲的「一個輕年公子」的寶、黛年齡矛盾問題。又如賈寶玉年齡前後忽大忽小的年齡錯亂問題。再如第五回鳳姐圖畫的判詞「一從二令三人木」，與書中所描寫的鳳姐情節並不能符合的不解之謎。還有第十三回秦可卿病亡前，遺贈鳳姐兩句話「三春去後諸芳盡，各自須尋各自門」，預示賈家在三春之後，將如百花盡皆凋零一般地徹底破敗，子孫流散各自尋找活路；但實際上書中最後描寫賈家的結局是「沐皇恩賈家延世澤」，「將來蘭桂齊芳，家道復初」，前後的情節嚴重矛盾不合的問題。書中其他矛盾不通之處、不解之謎，還不勝枚舉。凡此種種矛盾不通現象，純小說派經過約三十年的全力研究仍然無法合理詮釋，矛盾的照樣矛盾，不通的依舊不通，所以把《紅樓夢》視為只是純虛構的小說來閱讀研究的道路，事實證明是一條走不通的死胡同。

最近幾年大陸紅學家劉心武提倡金陵十二釵中的秦可卿，是江寧織造曹家所偷偷抱養的康熙廢太子胤礽的女兒，而《紅樓夢》主題是寓寫廢太子胤礽、弘皙父子一派（曹家也牽涉在內），與雍正、乾隆父子當權派兩派之間爭奪帝位的秘史，頗受重視，號稱秦學，他的說法顯然又回歸到真事派的道路上。他於二〇〇五年四月起在中央電視台「百家講壇」上，一連串的「揭秘《紅樓夢》」演講，非常受到一般平民讀者大眾的歡迎，造成極大轟動的所謂劉心武現象。劉心武所提倡秦可卿為曹家所抱養廢太子胤礽之女兒的新說法，雖然被主流派紅學家批評為「毫無根據，是杜撰」，但是卻大受廣大非紅學專業的平民讀者的熱烈歡迎，這種現象顯示廣大紅迷大眾不能滿足於《紅樓夢》是平淡無奇之純虛構小說的說法，他們內心還是不時渴望著《紅樓夢》背後隱藏神秘真事的出現，故即使劉心武所描繪《紅樓夢》的秦可卿原型真事故事，只是一個極模糊不真的影子，還是大受歡迎而造成轟動。劉心武的秦學說法雖然轟動，但畢竟證據極度薄弱，紅學界以追求具體證據的學術尺度來衡量，其學術價值並不高。但是從他突破二、三十年來紅學主流派所構築的純虛構小說研究路線的圍牆，將紅學研究回歸到傳統的真事派道路上這個角度來看，則是值得熱烈鼓掌喝采的。

近年來另一個突破純虛構小說主流派圍牆，回歸到傳統真事派研究道路，而且更進一步企圖顛覆胡適曹家新紅學的紅學家，是大陸蒙古族吉林長春的一名教授土默熱先生。他的系列紅學文章見諸網路後引起軒然大波，大陸媒體愈吵愈熱，美國、日本、新加坡及台港澳的媒體也紛紛轉載，各方高人熱烈評論，後來整輯出版《土默熱紅學》一書。台灣佛光大學創校校長龔鵬程鑒於其書具有突破胡適曹家新紅學窠臼的重大意義，特別刊刻引進台灣。土默熱紅學的核心論點是，《紅樓夢》的作者是著作《長生殿》傳奇的洪昇，而曹雪芹只是披閱增刪者；《紅樓夢》的主題是洪昇對自己親身經歷之家難的追蹤躡跡式記載；大觀園的原型是洪昇的故鄉杭州西溪。《土默熱紅學》一書論證十分豐富而繁複，但證據還是不夠充分確鑿，詮釋還是不夠合理圓滿。例如關於洪昇著作《紅樓夢》而傳至曹雪芹披閱增刪才面世的說法，並無直接證據，大多憑藉《紅樓夢》與《長生殿》有某些類似，及洪昇和曹寅的交往關係，而加以推論、臆測，證據似嫌虛浮。

故土默熱紅學要獲得學術界信服認同還有待嚴格考驗。土默熱本人也知道這個缺點，他在該書自序中就說：「本書中的很多問題還缺乏直接證據支持，需要進一步補充考證。」不過就其突破胡適派曹家新紅學窠臼的角度來看，則意義極為重大，值得熱烈喝采。蓋胡適派曹家新紅學已統治紅學界約九十年，這麼長的時間都還考證不出曹雪芹著作《紅樓夢》的直接證據，或足夠合理的間接證據，而且除了曹家迎接康熙聖駕四次的事跡外，也考證不出曹家有任何人物事跡能夠對應上《紅樓夢》的任何角色情節的，故以講究確鑿證據的學術角度來看，曹家說早該光榮引退了。

劉心武揭秘紅樓夢造成紅迷平民大眾極大轟動，及土默熱紅學廣受國內外關心紅學的高人熱烈討論，共同反映大家已厭倦《紅樓夢》為純虛構小說的說法，而寧願相信《紅樓夢》背後隱藏有某種神秘的真事。土默熱紅學更反映甚多國內外關心紅學的高層人士，已不耐煩統治紅學近百年的胡適派曹家新紅學，渴望尋找更能合理詮釋《紅樓夢》故事情節的其他真事說法。引進土默熱紅學的龔鵬程，在該書「打開紅學新視野——『土默熱紅學』小引」一文中，就說：「把《紅樓夢》創作的時間提前，或在曹雪芹之外尋找原作者；……乃是現今紅學發展的新思路。」所以二十一世紀紅學研究的新動向，是既跳脫純小說派，又跳脫胡適派曹家新紅學的舊窠臼，而回歸到傳統真事派研究的道路上發展前進，企圖在曹家說之外，另尋其他更合理的說法，以期更合理詮釋《紅樓夢》的故事情節，而唯有如此紅學才可望再創新境界、新巔峰。而筆者自一九九七年開始紅學研究起，很巧合就是朝著這個方向進行，很幸運未掉入胡適派曹家新紅學的大染缸之中，如今才能有這麼多發前人所未發的心得可以發表。

本書根據《紅樓夢》第一回第一段說明甄士隱、賈雨村意義的文字，而悟知《紅樓夢》是一部以外表假語故事將真事隱去之雙重結構的小說。再根據庚辰本《石頭記》第四十三回的一則脂批提示說：「所以一部書全是老婆舌頭，全是諷刺世事反面春秋也。」而進一步悟知《紅樓夢》的所謂外表假語故事，就是充滿全書有如老太婆舌頭上絮叨的家常人情故事，所謂內裏隱去的真事，就是故事反面所寓寫的「全是諷刺世事」的「反面春秋」歷史，而對應到作者著書的清初時期，很顯然就是寓寫明朝最後由盛而衰的歷史。

本書採用破解《紅樓夢》故事真相的方法，主要都是領悟自《紅樓夢》原文、凡例、脂批的最有根據解讀方法。首先由凡例（或第一回）提示甄士隱意義為「真事隱去」，賈雨村意義為「假語村言」的文字，以及其他原文與脂批的提示，領悟出「諧音法」、「拆字法」、「通義法」三種方法，為解讀《紅樓夢》的首要秘訣。其次根據第一回脂批提示說：「開卷一篇立意，真打破歷來小說窠臼。閱其筆則是莊子離騷之亞。」而領悟出《紅樓夢》仿傚並翻新《莊子》、《離騷》的著名筆法，不但大量使用《莊子》寓言法，並由〈齊物論〉的莊周夢蝶情節，創新出「夢化蝴蝶，醒復莊周」的神奇筆法；更仿傚屈原離騷中以「美人」二字影射楚國國君的美人筆法，而進一步翻新為以林黛玉、薛寶釵等金陵十二釵這些活生生的美人，來影射明清交替時期的帝王、國君、王侯或王朝、政權等。又根據王夢阮、沈瓶庵《紅樓夢索隱》所創悟「或數人合演一人，或一人分扮數人」的說法，經過實際驗證《紅樓夢》原文情節，確實不錯，而加以吸收變化為「一名多人」或「一人多名」的解讀方法。凡此種種方法主要都是源自原文、凡例、脂批、或前人驗方的最有根據、最有效的解讀方法，所以本書才會有這樣的《紅樓夢》真相空前大量發現。

本書採信胡適派及其他紅學家，公認脂批為深知作者創作《紅樓夢》內情者所作之評點文字的觀點，認為脂批是打開《紅樓夢》密室的唯一鑰匙，破解《紅樓夢》真相的無上法寶，所以大量採用，遵循脂批提示的線索，來破解《紅樓夢》故事的真相，是歷來採用最多脂批以破解《紅樓夢》真相的著作。本書還有一個獨樹一幟的特色，就是採取幾近逐句逐段的全面性破解。而所破解出的真相幾乎都能使得《紅樓夢》原文故事情節、深知內情的脂批、歷史事實三者，互相融會貫通得通暢無矛盾，且力求人、事、時、地都能互相符合，可以說是歷來破解《紅樓夢》真相最詳實最全面性的著作。

這一本第二冊破解的是佔第三回絕大部份的「榮國府收養林黛玉」故事，兼及第二回一小部份的有關林黛玉出身故事的真相，總共十七萬多字，其中原文七千多字，脂批一百八十多條、約二、三千字，筆者的破解、詮釋文字超過十五萬字。《紅樓夢》外表故事最重要的主題是賈寶玉和林黛玉、薛寶釵三角戀愛的悲劇故事，而第三回就是女主角林黛玉至外祖母賈母家寄居，而與男主角表兄賈寶玉邂逅初會的故事，是寶、黛戀愛故事的起點，所以是全書非常重要的一回。本書所破解出的第三回故事真相，主題是描述順治十六年鄭成功率領十幾萬舟師深入長江，進攻南京，與清軍相會大戰，失敗後又順長江撤退回廈門的歷史事跡。其中的主要角色林黛玉是影射鄭成功、其延平王朝或其復明軍，賈寶玉是影射清順治皇帝、其王朝、清軍，賈母是影射順治皇帝的母親孝莊皇太后、或清軍，王熙鳳是影射在南京大戰中打敗鄭軍的清朝崇明總兵梁化鳳。作者運其鬼斧神工之筆，將這場南京鄭、清大戰的相關事跡，巧妙轉化為林黛玉至外婆家，受到賈母疼惜，和表兄初會就似曾相識情竇初開等等奇妙逗趣的小說情節。譬如作者將鄭成功船隊在長江上分成江東、江西左右兩排彎彎的長列，籠罩在濛濛水氣輕烟之中，參差不齊地行駛的情況，轉化描寫成林黛玉臉上生有「兩彎似蹙非蹙籠烟眉」。又如將鄭成功軍隊在瓜州大戰中，從清軍三面環抱之防禦陣式的正中間突擊衝入，重創清軍正中胸懷部位，殺得清軍哇哇大哭大叫的情況，轉化描寫成：「（林黛玉）方欲拜見時，早被他外祖母（賈母、代表清軍）一把摟入懷中，心肝兒肉叫着大哭起來。」再如將順治皇帝聽到鄭成功大軍屢敗清軍，圍困南京，各州縣望風叛降的奏報，驚恐過度，曾一度想要遷出北京，拋棄玉璽所代表的皇帝位，逃回關外滿洲故地的情況，轉化描寫成：「寶玉（代表順治帝）聽了，登時發作起痴狂病來，摘下那玉（胸前寶玉、代表皇帝位），就狠命摔去。」不僅如此，幾乎整回都充斥著諸如此類的千奇百怪筆法，細細品嚐，猶如吃一頓燕窩、魚翅、鮑魚、熊掌滿桌的頂級豪華大餐，令人齒頰留香，心胸舒爽，三日不絕。

有兩件事特別值得一提，第一件是本書對於林黛玉進入及退出榮國府賈母後院的路線，與鄭成功舟師進攻及退出長江、南京的路線，特別製作了一張長江地圖的「對照示意圖」，可以讓讀者很方便按圖索驥，清楚瞭解本回主題確實是暗寫鄭成功攻入長江、南京與清軍大戰，失敗後又順長江退出的歷史事跡，這種破解《紅樓夢》真相，還能確切對應到地圖上之實際地點的作法，可以說是歷來破解《紅樓夢》真相論著的創舉。第二件是本書這次破解出第二回林黛玉出身故事，及第三回林黛玉初會賈寶玉故事的真相，順便也解決了長期困擾著紅學界的林黛玉初會賈寶玉時的年齡矛盾問題。第二回描寫林黛玉「年方五歲」時，父親聘請賈雨村教導她讀書，其後

「堪堪又是一載的光陰，誰知女學生（即林黛玉）之母賈夫人一疾而終」，可見這時林黛玉是六歲。大約過了一個多月，轉入第三回描寫林父安排「出月（即來月）二日，小女入都」，可見這時林黛玉還是六歲。隨後林黛玉就拜別父親，入京都榮國府依傍外祖母賈母，這時林黛玉應還是六歲，即使路上有耽擱延遲，頂多也只有七歲。但第三回描寫林黛玉初見只比她大一歲的賈寶玉，竟是「一個輕年公子」，至少也應是十二、三歲，這樣兩人的年齡就產生矛盾不合。這個問題歷來紅學家研究、討論很多，但一直無法解決，也是《紅樓夢》很重要的一個解不開的死結。這次本書破解出故事內層的真相，林黛玉初會賈寶玉的故事是寓寫鄭軍、清軍南京相會而大戰。循此考證，第二回林黛玉「年方五歲」，是暗指鄭成功延平王朝五年。按鄭成功接受南明雲南永曆帝賜封延平王，建立延平王朝是在永曆九年（順治十二年），這時是延平王朝一年，小說的寫法就是林黛玉一歲，則林黛玉五歲就是延平王朝第五年，也就是永曆十三年（順治十六年）。而第三回林黛玉初會賈寶玉的故事所寓寫的鄭軍、清軍在南京相會大戰，正是發生在順治十六年，也就是賈寶玉十六歲，正是「一個輕年公子」，一點都不錯。至於賈寶玉比林黛玉大一歲，那是因為廣義上林黛玉又代表明朝或南明王朝，南明王朝開始於南京福王弘光王朝，南明弘光元年為順治二年，而這裡鄭軍、清軍南京大會戰的順治十六年為南明王朝十五年，所以賈寶玉（順治王朝）比林黛玉（南明王朝）大一歲，一點都不錯。這樣林黛玉初會賈寶玉時的年齡矛盾問題，就完全不矛盾而順利解決了。由此可見書中角色的年齡常是寓指某王朝的年份，循此考證應可望解決很多書中角色年齡紊亂的矛盾問題。不僅年齡問題，其實只要能破解出《紅樓夢》故事內層的歷史真相，則很多外表故事情節矛盾不通的問題，就可望順利釐清。從另一個角度說，則任何紅學說法，都必須能夠證據確鑿地合理解決《紅樓夢》書中長期存在的重大矛盾不通情節，尤其是最為關鍵的年月日、年齡、生日、年數等數字要能夠吻合，才能算確立，否則都只是無根空話而已。

有一點須要附帶說明，就是由於脂批與《紅樓夢》原文都極盡曲折隱微之能事，極度奧秘難解，要想悟通其主要情節背後大略暗寫些什麼歷史真相，已是千難萬難，更別說要透徹悟通其每字每句的細微末節的真相了。故本書對於《紅樓夢》故事真相的破解，一貫秉持真知則詳說，不知則不說的態度，不過在全面破譯的部份，偶而也會為了整體情節的連貫通達，對於其中某些詞句或片斷情節雖僅略知其梗概，而不得不勉力為之詮解圓順的，尚請讀者諒察。正因這種原文與脂批都極度奧秘難解的情況，筆者雖已盡力，但對於某些詞句、情節還是無法破解出真相，如王熙鳳和賈寶玉的華貴服飾等。即使是筆者已經破解出真相的部份，可能也沒能達到每一句話、每一細微情節都詮釋得精確無誤的程度，在細微末節的部份可能還是有些模糊的灰色地帶，不過自信已達到八、九不離十的正確程度了，尤其是對於所影射歷史真事的主要脈絡，應該都很明確清晰，而不至於有所偏誤。

台灣師範大學的名教授邱燮友，是我就讀台師大教育系時的國文老師，我對於中國文學的長期興趣就是當初受到邱師的濡染感發的，後來轉任必須經常寫文章的機要秘書職務，而需要加強中文程度時，又從購閱市面上邱師的文學、國學著作起步，再進一步擴充深入的。前年二〇〇六年中好不容易才打聽到邱師還在台師大任教的消息，而奉寄上拙作第一冊，恭請他審閱賜正，去年中才有幸再重逢。邱師曾上過著名紅學家潘重規老教授的紅樓夢課程，對於《紅樓夢》相當熟悉，對紅學動態也很關注，他對我的新說十分認同，所以這次慨允賜序，令我非常感激又感動，我的文學、紅學根源自邱師、台師大，能夠回歸到邱師、台師大獲得認同，最為窩心溫暖了。

名詩人陳教授冠甫（慶煌）兄，乃一代駢文大師成惕軒在政治大學所收的博士高弟，自從一九九九年十一月十二日，我在母校台師大國際會議廳舉辦發表會結識起，便是我《紅樓夢》新說的主要伯樂之一。到了去年二〇〇七年陳教授因所教授的「古典文學賞析」課程，榮獲教育部列為「卓越教學計畫」，而特許得以邀請學有專精的專家到其任教的淡江大學演講，而我只是一個民間業餘的《紅樓夢》研究者，竟辱蒙其盛情邀請，而得於去年四月十日至淡大驚聲大樓國際會議廳演講，講題為「淺談紅樓夢的神奇真相及詩詞的雙重意義性」。陳教授作引言介紹時，當場宣讀講解他所作的一闋詞，謬讚筆者三百年來首度尋覓出《紅樓夢》的真相。當時座上賓有紅學老前輩張壽平老教授（著有《紅樓夢外集》），及淡大《紅樓夢》專任教授陳瑞秀博士（著有《三國夢會紅樓》），一時使得筆者頗感惶恐。演講過後陳教授來電告稱聽眾反應十分良好，筆者才較感安心。陳教授當時所宣讀賜贈的一闋詞曰：

君生佳里紅樓覓，第一寶書真相出。
石頭記賈雨（假語）村言，甄士（真事）隱神奇揭密。
吳三桂叛降心迹，拆字諧音尋線索。
夢中蝴蝶（胡諜）醒為周，論斷空前驚妙筆。
（調寄玉樓春以記國際紅學專家南佳人驚世之嶄新發現）

尤其要感謝陳教授冠甫兄在百忙中，惠予賜序，使拙作增光不少。還有中華航空公司的老同事劉秘書欽銘兄，對於電腦的操作協助頗多，在此一併致謝。

筆者資質凡庸，學識淺薄，錯漏勢所難免，殷望紅學方家及廣大紅迷讀者，不吝惠賜批評指正。

南佳人　李瑞泰　謹識

中華民國九十七（二〇〇八）年五月

於台北市愚不可及齋

凡例

一、本書所採用的《紅樓夢》前八十回原文，主要是根據甲戌本《石頭記》的《乾隆甲戌脂硯齋重評石頭記》，台北，胡適紀念館出版，民國六十四年十二月十七日三版。並參酌採用庚辰本《石頭記》的《脂硯齋重評石頭記》，台北，宏業書局印行，民國六十七年十二月十日出版。間亦採用以庚辰本《石頭記》為主的《紅樓夢校注》，馮其庸等校注，台北，里仁書局印行，民國八十四年十月十五日初版四刷。所採用的後四十回原文，則主要是根據程甲本《紅樓夢》，並參酌程乙本《紅樓夢》。原文中的一些古用法的字詞，則斟酌修改為現今通用的字詞，如「一箇」、「不愿」、「偺」、「方纔」、「喫飯」等，分別改為「一個」、「不願」、「咱」、「方才」、「吃飯」等。至於一些今日看來顯然是錯誤的字詞，也斟酌修改為現今通用的字詞，如「到是」、「那里」、「隔璧」、「轉灣」、「不奈煩」等，分別改為「倒是」、「那裡」、「隔壁」、「轉彎」、「不耐煩」等。

二、本書所採用的脂批評點文字，主要是採用自甲戌本《石頭記》，其次是庚辰本、己卯本、靖藏本三種版本《石頭記》，以及甲辰本《紅樓夢》。其中甲戌本、庚辰本《石頭記》的脂批文字，係直接採自以上《乾隆甲戌脂硯齋重評石頭記》、宏業書局的庚辰本《脂硯齋重評石頭記》；而己卯本、靖藏本《石頭記》、甲辰本《紅樓夢》或其他評本的脂批文字，則係間接採自《新編石頭記脂硯齋評語輯校》，陳慶浩編著，台北，聯經出版事業公司出版，民國七十五年十月增訂再版本所輯錄的脂批文字。本書所採用的脂批都在前頭註明其出處，但為求簡明扼要起見，若某條脂批只出於一個評本，則只註明該評本，如「〔甲戌本夾批〕評注」、「〔甲辰本〕評注」等。若某條脂批出於兩個評本以上，而內容雷同，則只註明內容較詳實可靠的最主要評本，而不註明較簡略的次要評本，僅加一個「等」字加以表明，如某一條脂批出自《甲戌本》、《庚辰本》及《甲辰本》三個評本，而《甲戌本》較為詳實，《庚辰本》及《甲辰本》較為簡略，則註明為「〔甲戌本夾批〕等評注」，而不標出《庚辰本》及《甲辰本》，依此類推。讀者若想進一步瞭解脂批出處的詳情，請自行查閱以上陳慶浩所著《新編石頭記脂硯齋評語輯校》。

三、本書有關《紅樓夢》研究歷史的資料，主要是參引自《紅樓夢卷》，一粟編，台北，新文豐出版公司印行，民國七十八年十月台一版所輯錄的資料。

四、本書對於書中特殊事物、品名、詞句的釋義或典故，甚多參引自前人研究的成果，尤其是周汝昌主編的《紅樓夢辭典》，廣東人民出版社出版，一九八九年四月第二次印刷；

以上馮其庸等校注的《紅樓夢校注》，馮其庸編注的《紅樓夢》，台北，地球出版社，民國八十九年元月再版；及廣州日報社一九七六年出版的《紅樓夢注釋》等，而都詳細註明其出處。對於以上第一項至本項諸書，及其他本書所引錄之著作的發現者、編著者、或著作者，如胡適、周汝昌、馮其庸、陳慶浩、一粟等前輩紅學大師或歷史專家，特此敬致崇高的敬意，若沒有他們辛勤努力的豐碩成果，就不可能有本書的完成。

五、本書所敘述明、清歷史的年月日，是採用當時通行的陰曆（農曆），必要時加註西元紀年。

六、《紅樓夢》是猶如達文西密碼的一部小說式歷史的謎書，這是書中原文及脂批已經明白點示了的。開卷第一回第一段（或凡例）原文就說：「此（書）開卷第一回也，作者自云：『因曾歷過一番夢幻之後，故將真事隱去，而借通靈之說，撰此石頭記一書也。』故曰：『甄士隱』云云。但書中所記何事何人？自又云：『今風塵碌碌，一事無成，……又何妨用假語村言敷演出一段故事來，……。』故曰：『賈雨村』云云。」已很明白提示這是一部以外表假語故事隱藏內裡真事的小說。庚辰本《石頭記》第四十三回的一則脂批提示說：「所以一部書全是老婆舌頭，全是諷刺世事反面春秋也。」再進一步明白提示所謂外表假語故事，就是充滿全書有如老太婆舌頭上絮叨的家常人情故事，而所謂內裡隱藏的真事，就是故事反面所寓寫的「全是諷刺世事」的「反面春秋」歷史。既然是以小說假故事隱藏真歷史的書，則《紅樓夢》當然是必須透過小說假故事索解出所隱藏之真歷史的謎書。至於書中所使用的隱語密碼，從以上原文「甄士隱」通「真事隱」，

「賈雨村」通「假語村」；及從脂批於第一回針對原文葫蘆廟，批註說：「糊塗也」等處，很明顯是使用「諧音法」。從第五回針對香菱圖畫判詞「自從兩地生孤木」之句，脂批提示說：「折（拆）字法」等處，可見也使用「拆字法」。又從第一回原文「有絳珠草一株」，脂批提示說：「點紅字（按指絳字及珠字右邊的朱字，點出紅字來）」等處，可見也使用「通義法」。本書就是採取《紅樓夢》原文、脂批所明白點示的「諧音法」、「拆字法」、「通義法」，作為解開《紅樓夢》隱語密碼的首要方法，以破解出《紅樓夢》內裡所隱藏的歷史真相。

七、上述《紅樓夢》的本質特性及研究方法，是《紅樓夢》原文及脂批已經明白點示的，原應是對《紅樓夢》最正確的認識與研究方法。但很不幸的是，自從一九二〇年代，胡適批評蔡元培等索隱派紅學是「附會的紅學」、「猜笨謎」、「大笨伯」，強調他的曹家新紅學，才是科學的考證方法所獲得的正確結論，而蔡元培等索隱派恰好常使用諧音法、拆字法、通義法等來索隱《紅樓夢》所隱藏的歷史真相，因而此後眾多紅學家由於唯恐被打入不科學的行列，多不敢使用諧音法、拆字法、通義法來索解《紅樓夢》的歷史真相。到了一九七〇年代以後，紅學界更進一步轉而認定《紅樓夢》是一部純虛構的小說，而不是隱藏有任何真事的歷史文件。這兩種主張先後成為近百年來《紅樓夢》研究所遵循的主流路線，影響極為深遠。但是筆者要指出這兩種主張實際上都違背了上述《紅樓夢》原文及脂批，所明白點示《紅樓夢》是以小說假語故事隱藏歷史真事之謎書的事實，就《紅樓夢》研究的範疇而言，《紅樓夢》原文及深知內情之脂批的說法是最具權威的，所以筆者寧取《紅樓夢》原文及脂批的原始說法，而不採取以上後世的權威說法，這是本書獨樹一幟的特色。

八、有一點很值得順便一提，就是西方文學界索解文學名著所隱藏神秘真事、原意的兩件著名實例。第一件是，希臘的荷馬史詩產生在西元前九世紀左右，其中的《伊里亞得（Iliad）》一書中，描寫有木馬屠城的特洛伊（Troy）戰爭故事，研究者懷疑可能隱寓有神秘的遠古真正特洛伊戰爭歷史，因而展開長期的索解真相研究，直至十九世紀末，才由德國考古學家施里曼（Schliemann）在小亞細亞發掘到特洛伊古城遺址，而證實特洛伊戰爭真有其事。西方人歷經兩千多年的孜孜不倦努力，才終於發現這項歷史真相，其毅力之堅強真是令人佩服得五體投地。而其間人們對於研究者追索《伊里亞得》可能隱寓的歷史真事，並不認為是「猜笨謎」、「大笨伯」，事實證明《伊里亞得》可能隱寓有歷史真事這件事，更增加該書一股神秘的魅力，更能增加其文學價值。第二件是，猶太裔愛爾蘭人喬伊斯（James Joyce）在一九二二年著作的長篇小說《尤利西斯（Ulysses）》一書，由於作者宣稱在書裡設置有很多「迷津」，另外隱藏有「原意」，而誘引許多文學專家都來破解這些「迷津」，以索解該書所隱藏的「原意」，結果這本小說成為二十世紀迄今歐美首屈一指的小說。而近百年來人們對於研究者追索《尤利西斯》所隱寓的原意，並不認為是「猜笨謎」、「大笨伯」，事實證明《尤利西斯》包含許多「迷津」、隱寓有「原意」這件事，更增加該書一股神秘的魅力，更能增加其登峰造極的文學價值。反觀中國小說第一奇書《紅樓夢》，書中原文及原批已明白點示是以小說假語故事隱藏歷史真事的謎書，研究者以中國傳統詩文常使用的諧音法、拆字法、通義法來索解其隱藏的歷史真相，一時間有所偏差，就被譏笑為「猜笨謎」、「大笨伯」，探索不到三百年，一時間無法探解到正確的謎底，就洩氣得轉而認定《紅樓夢》是一部純虛構的小說，而沒有隱藏任何歷史真事，這相較於以上兩件西方人追索文學名著所隱寓之真事的深邃見識與堅忍精神，未免落差太大，非常值得我們深思。

第一章 林黛玉出身及入都拜見外祖母賈母故事的真相

第一節　第二回林黛玉出身及其母賈夫人仙逝揚州城故事的真相

◈原文：

那日（賈雨村）偶又遊至維揚地面(1)，因聞得今歲鹺政(2)點的是林如海。這林如海姓林名海，字表如海(3)，乃是前科的探花，今已陞至蘭臺寺大夫(4)。本貫姑蘇人氏(5)，今欽點出為巡鹽御史，到任方一月有餘(6)。

原來這林如海之祖曾襲過列侯，今到如海，業經五世。起初時只封襲三世，因當今隆恩盛德遠邁前代，額外加恩，至如海之父又襲了一代，至如海便從科第出身(7)。雖係鐘鼎之家，卻亦是書香之族(8)。只可惜這林家支庶不盛，子孫有限，雖有幾門，卻與如海俱是堂族而已，沒甚親支嫡派的(9)。

今如海年已四十，只有一個三歲之子，偏又於去歲死了(10)。雖有幾房姬妾(11)，奈他命中無子，亦無可如何之事。今只有嫡妻賈氏生得一女，乳名黛玉，年方五歲(12)。夫妻無子，故愛女如珍寶。且又見他聰明清秀，便也欲使他讀書識得幾個字，不過假充養子之意(13)，聊解膝下荒涼之嘆。

◈脂批、注釋、解密：

(1)那日（賈雨村）偶又遊至維揚地面：維揚，即揚州。《尚書·禹貢》記說：「淮海惟揚州。」「惟」通「維」，故後世亦稱揚州為「維揚」。這裡維揚並不單指今日的揚州地區，而是指《尚書·禹貢》所界定的淮河以南、鄱陽湖以東，以至東南沿海之間，所涵蓋的江蘇、安徽、江西、浙江、福建之廣大地區。那日（賈雨村）偶又遊至維揚地面，是隱指有那麼一天，賈雨村所代表的假語滅明勢力滿清，又派兵遊巡到揚州、蘇皖、浙閩一帶地區，來剿撫消滅反清復明勢力。

(2)鹺政：鹺，音嵯，意思是鹹的，為鹹鹽的別稱。清初以都察院御史巡視管理地方鹽務，稱為鹽政，又稱巡鹽御史。因鹺為鹹鹽的別稱，故鹺政就是鹽政。不過本書不直稱鹽政，而稱鹺政，是另有深層意義的。按鹺字，由左「鹵」右「差」二字組成，「鹵」的音義都通「魯」字，寓指南明浙江魯王政權；「差」的字音、字形都近似「槎」字，而「槎」為以竹木編成的舟具。故鹺政即鹽政，或巡鹽御史，內層是暗寓領導以海槎舟師為主力之南明浙系魯王政權的御史。

(3) 這林如海姓林名海，字表如海：〔甲戌本夾批〕等評注說：「蓋云學海文林也。總是暗寫黛玉。」這是提示林海這個名號隱藏有文林學海的意義，暗示此人是出身於科舉的文林學士。表字如海，按「如」字為赴、前往之意，故如海隱含有由陸地前往海上活動的意義。故林如海這個名號，隱寓此人是一個出身於科舉的文林學士，而由陸地前往海上活動的官員。故這條脂批是提示說：「林海這個名號是說文林學海的意思。而林海為林黛玉之父，故總是暗寫林黛玉的出身來歷也是出身文林學海的人物。」前面第一回已揭露林黛玉所影射的身分之一為鄭成功，而鄭成功正是弘光朝南京太學生文士出身。

(4) 乃是前科的探花，今已陞至蘭臺寺大夫：探花，按明清科舉制度，殿試第一名稱為狀元，第二名稱為榜眼，第三名稱為探花，但此處探花則另有所指。按古時「花」字通「華」字，故探花即探華，「前科的探花」則隱寓前次曾從外面前來窺探攻打華夏地區的意思。蘭臺寺大夫，按漢代藏祕書的宮觀，稱為蘭臺，以御史中丞主掌，職司校理圖籍奏章，並兼司糾舉彈劾，基於此，東漢以降御史府又稱蘭臺寺，後來因而稱御史臺為蘭臺，所以蘭臺寺大夫就是御史大夫而兼司奏章詔令的秘書職務者。

綜合起來，林如海為皇帝所點派監領魯王浙系海槎舟師勢力的御史，出身於科舉的文林學士，曾經由陸地前往海上活動，又有從海上前來探攻華夏地區的前科紀錄，如今又已被升任御史大夫而兼司詔令秘書職務，這樣的一連串特徵的人物。這應是指一向受魯王任命為監軍，魯王退隱後，仍忠奉魯王，實質監領浙系魯王餘眾軍務的文林學士張煌言。根據張煌言年譜，及相關歷史記載，張煌言為寧波鄞縣人，明崇禎十五年舉人，順治二年清軍破江南，浙東義師競起時，他前往迎魯王於天台監國，授官行人，後魯王移紹興，賜翰林院編修，入典制誥（詔令），出籌軍旅，紹興潰散後，赴海至舟山續擁魯王海上政權，加封僉都御史（至此，正合御史又兼司詔令的蘭臺寺大夫之職），曾數度監領舟師探攻長江，魯王退隱金門後，他繼續效忠魯王並領其餘部抗清，永曆十二年（順治十五年），永曆帝自雲南遣使加封為兵部侍郎兼翰林學士，永曆十三年夏，更有與鄭成功合師前往探攻長江，深入到蕪湖地區的前科紀錄①。對照前述林如海的特徵，真可謂若合符節了。

〔甲戌本眉批〕評注說：「官制半遵古名亦好。余最喜此等半有半無，半古半今，事之所無，理之必有，極玄極幻，荒唐不經之處。」官制半遵古名，是指原文所用的官名「鹺政」、「探花」為明清時的今名，「蘭臺寺大夫」則為漢唐時代的古名，一半遵照今名，一半遵照古名而言。半古半今，本書原文或脂批中的所謂「古今」，「今」常是暗指著書當時的「今朝」清朝，「古」則常是暗指已滅亡的「古朝」明朝，而「半古半今」則是暗指天下尚處於一半是古朝明朝一半是今朝清朝的時代，也就是北方是清朝、南方是南明的明清相爭之時代。這則脂批是抓住這裡原文官名半今半古的特徵，而藉機加以擴大發揮，以提示本書故事的真正內容及正確解讀方法。也就是說本書故事的真正內容是記述半古半今的明清相爭時代的事跡，而正確解讀方法就是要像他批書人本人一樣，在閱讀這本書時，要最喜歡書中作者所寫這種朝代半有半無，半古半今（因天下歸屬尚未確定），在正史上記載上所無法見到（被刻意刪略、歪曲），而事理實情上必然有發生的那些事跡，及寫作筆法上為了掩人眼目而故意寫得極度玄虛幻渺，荒唐不經的地方。換句話說書中寫得極度玄幻、荒唐不經的情節，正是探索背後隱藏真事的寶貴線索，所以批書人最喜歡，讀者大眾也應該最喜歡，絕不應該因其玄幻荒唐而輕易放棄，更不應認為是作者憑空虛構的荒唐胡說。

(5) 本貫姑蘇人氏：〔甲戌本夾批〕等評注說：「十二釵正出之地，故用真。」這是提示正文描述林如海的籍貫，不用今名蘇州，而選用古名姑蘇，是因為這個地點是金陵十二釵正統出身的境地，所以特別選用原始的真實名稱姑蘇。這究竟是什麼意思呢？其實正如筆者在上一冊第一回所解析的，姑蘇為春秋戰國時代吳國、吳王的都城，而當初朱元璋攻克金陵、南京建朝時，原是先自立為吳王，數年後才正式建立明朝，登基為洪武帝的，所以這裡就是想要提醒讀者，姑蘇是代指「吳王都城」，影射先自立為吳王的朱元璋明朝的都城金陵，從而再悟到書中的金陵十二釵正統出身的境地，就是明朝金陵王朝。但是這樣實在太複雜，讀者如何能聯想得到，故在第一回原文描寫甄士隱為姑蘇的鄉宦時，就有一條脂批針對姑蘇二字逕直批注：「是金陵」，好讓讀者較容易聯想到這裡姑蘇就是代表明朝金陵（南京）王朝。由此可知，林如海及林黛玉等金陵十二釵都是原本出身於明朝金陵王朝的人物。另外，由作者竟使用姑蘇的古地名來暗指明朝金陵王朝，及脂批又如此含糊，就可見《紅樓夢》原文與脂批是多麼迂迴隱微了。

(6) 今欽點出為巡鹽御史，到任方一月有餘：這裡巡鹽御史並非真正的奉派管理鹽務的御史，而是另有隱寓。按永曆十三年（順治十六年）夏五月，張煌言與鄭成功合師攻入長江，六月中破瓜州後，張煌言便率舟師於七月上旬深入至安徽蕪湖地區，至七月下旬鄭成功圍南京大軍被清軍所破而敗走出江，張因不敢由長江逃出，遂於八月中棄舟登陸，由安徽桐城入霍山、英山，再渡長江，迂迴至皖南休寧附近，改乘舟順新安江至浙西淳（淳）安，再改陸路經義烏、東陽出天台，輾轉二千里，而於九月間回到浙東台州灣海濱。這年秋季永曆帝「遙授東閣大學士，仍兼官如故（即仍任兵部侍郎、翰林學士、僉都御史等原官職）」。至冬季駐兵於台州緱城，並在該城濱海之長亭鄉修築海塘，使居民得以從事農藝、漁鹽為業②。因為此時張煌言兼有御史之官，又正駐軍於台州緱城海濱的產鹽地區，本書便將他暗寫成「巡鹽御史」，而他於九月間逃回台州灣才蒙永曆新封官職，至冬季到緱城海濱從事築塘產鹽之事，其間相隔大約一個多月，故這裡原文寫說「到任方一月有餘」，實在是極細微而又極精準。

(7)

「這林如海之祖曾襲過列侯，今到如海，業經五世。起初時只封襲三世，因當今隆恩盛德遠邁前代，額外加恩，至如海之父又襲了一代，至如海便從科第出身」：林如海即繼承浙系魯王餘緒的張煌言，而張是參加科舉考試考中舉人出身，故說「至如海便從科第出身」。至於其祖輩曾襲過列侯三世，至其父又襲了一代，則是記述魯王朱以海的世系，而不是記述張煌言的世系。按明太祖朱元璋的第九子朱檀魯荒王，封藩於山東兗州府，是始封的第一世，至最後的魯王朱以海，共為十世。不過《紅樓夢》故事所記是自明神宗萬曆十一（一五八三）年滿酋努兒哈赤崛起報復其父祖被明軍誤殺之仇起，至清康熙二十二（一六八三）年台灣鄭克塽明鄭王朝降清的百年歷史，故這裡所記其先祖曾襲過列侯四世，是自明神宗萬曆十一年以後而言。按萬曆後魯王朱以海先世曾襲封過藩王的有其祖恭王朱頤坦、其父肅王朱壽鏞、其兄安王朱以派，正是「封襲三世」。崇禎十五年清兵陷兗州，朱以派殉難，十七年進封朱以海為魯王，隨即因北京陷落，北方大亂而棄兗州南下，後弘光帝登極南京，於弘光元年（順治二年）四月移封魯王於浙江台州府③。因為魯王既已失其封地兗州，其封藩列侯資格本已斷絕，弘光帝還另封於台州府，確實是額外加恩，又襲了一代。故這裡有關林如海先世曾襲列侯三世，又額外加恩襲了一代，至其本人便從科第出身的描寫，與魯王朝歷史真是絲毫不差，更且澈透其中原委細節之至。

〔甲戌本眉批〕評注說：「可笑近時小說中，無故極力稱揚浪子淫女，臨收結時，還必致感動朝廷，使君父同入其情慾之界，明遂其意，何無人心之至。不知被（彼，按指彼等浪子淫女）（對於）作者有何好處，有何（功德）謝報到朝廷廊廟之上，直將半生淫朽（污）穢瀆睿聰，又苦拉君父作一干証護身符，強媒硬保，得遂其淫慾哉！」這是鑒於原文描寫林如海之祖雖是世襲過四代的皇親列侯，即使皇帝隆恩盛德，但至第五代林如海時，皇帝卻未能讓他繼續承襲列侯，竟然和平民百姓一樣，辛苦地參加科舉考試而從科第出身，因而感慨萬分地聯想到當時小說經常極力稱揚浪子淫女私訂終身，結局時還感動朝廷，獲得皇帝的賜婚、賜官等等褒獎，父母則慶幸感恩不迭，實在淫污不堪，穢瀆君父，荒唐透頂。按這是批書人藉這裡原文林如海家族原是皇親諸侯，還要淪為平民百姓由科第出身的情節，來嚴厲批評當時最為流行的才子佳人小說內容的淫蕩荒唐。蓋清初崛起一種以天花藏主人為代表的才子佳人小說，如《平山冷燕》、《人間樂》、《幻中真》等等，盛大流行至乾隆初期。這種才子佳人小說最主要的特色，是描寫苦讀而有詩才的男子，與美貌富貴家女子機緣巧遇，一見鍾情，而私訂終身，中經奸險小人插手阻擾破壞，致使才子佳人離散流浪，終因佳人堅貞守候，才子努力上進，金榜題名，而獲得皇帝恩賜，父母首肯，成就有情人終成眷屬的大團圓結局。由於這種小說極力稱揚青年男女私訂終身，違背當時父母之命、媒妁之言的封建婚姻禮教，尤其是常會頌揚清朝皇帝愛才恤民，因此批書人站在維護禮教及反清復明的立場，便一再地藉機痛批這種當時極盛行的才子佳人小說。另一方面同樣重要的是，這裡批書人是借用當時流行的才子佳人小說中，平民的浪子淫女私訂終身，考取功名後，還常感動朝廷，蒙受皇帝恩典的常見情節，來刺激讀者去對照思索這裡的情節，何以林如海父祖四代都貴為世襲皇親列侯，他竟然淪為平民而從科舉出身，實在離譜，從而進行深入思考探索。

(8)

雖係鐘鼎之家，却亦是書香之族：鼎，為一種三足兩耳的金屬器皿，古人用於烹煮、盛放食物，現今最常見的是廟寺大門前所擺放的大香爐。鐘鼎之家，即鐘鳴鼎食之家。古代王侯貴族之家祭祀宴享時，鳴鐘列鼎，氣派盛大，後世常用鐘鼎之家代指王侯貴族豪門，這裡則是指明末魯王抗清勢力中包含魯王朱以海這樣的王侯之家。書香之族，指喜好讀書，並進而由科舉出身，學而優則仕的好名聲家族，這裡是指魯王抗清勢力中也包含許多像張煌言這樣由科舉出身的文士。

針對「書香」二字，〔甲戌本夾批〕評注說：「要緊二字，蓋鐘鼎亦必有書香方至美。」要緊二字，是針對原文「書香」二字特別強調是極為「要緊」的兩個字，因為「書香」意思是平民由科舉出身當官而有香名，標誌出林如海家族由鐘鼎列侯轉降為平民書香官史。緊接著「蓋鐘鼎亦必有書香方至美」這句，則是進一步提示讀者要特別注意這裡所寫的林如海家族情況，是一個兼具世襲鐘鼎列侯及平民書香官吏雙重成份的家族，這樣才是至美的組合，蓋當時南明魯王雖失去浙江領地，自去監國號，而退居金門，但人還仍然活著，其在浙軍事勢力則由出身科第的張煌言所領導，故當時魯王勢力確實是兼具魯王鐘鼎之家與張煌言科第書香之族結合並存的狀況，可見這則脂批注解得極為精細周全，極為貼合永曆十二、三年（順治十五、六年）時的魯王勢力實況。另一方面，這則脂批又是故意針對鐘鼎轉變為書香提出注解，以突顯這個人物由皇親諸侯突然降為平民書香家族的突兀不尋常，從而刺激讀者進一步探索其突發變故的原委。

(9)只可惜這林家支庶不盛，子孫有限，雖有幾門，却與如海俱是堂族而已，沒甚親支嫡派的：這是綜合描述浙系魯王朝抗清陣容，至魯王去監國位，退息金門，主要由張煌言撐持時，其親支庶脈不盛，餘緒有限，雖有福建鄭成功、雲南永曆帝、各地復明義師等幾門共同抗清勢力，但都是像堂兄弟之族一樣，而沒什麼親支嫡派的勢力，後繼乏人。

〔甲戌本夾批〕評注說：「總為黛玉極力一寫。」前面第一冊筆者已揭露林黛玉係影射明朝、反清復明勢力，或其相關的崇禎帝、延平王鄭成功等帝君王侯人物，故這條脂批是說：「以上原文文字總是為當時的反清復明勢力之狀況極力一寫。」

(10)今如海年已四十，只有一個三歲之子，偏又於去歲死了：今如海年已四十，這是指至今被欽點出任巡鹽御史之時，林如海已經是四十歲，而查考張煌言年譜，他出生於明萬曆四十八年（亦即泰昌元年，一六二〇），至農曆虛歲四十歲是永曆十三年（順治十六年，一六五九年），這年秋季正好受到永曆封官，冬季又正修築海塘產鹽，且駐軍經管台州海濱產鹽地區④，時間與事實完全吻合。「只有一個三歲之子，偏又於去歲死了」，這是隱寫魯王曾脫離鄭成功的勢力圈，自金門移居南澳三年而言。根據《南明史談》，魯王移居南澳之事，先前史書記載雜亂，且互有出入，直到民國四十八年八月軍隊在金門縣城外炸山採石，偶然發現魯王壙墓，其墓碑所刻記「皇明監國魯王壙誌」之中，才有明白記載說：「至丙申徙南澳，居三年。己亥夏復至金門。⑤」丙申為永曆十年（順治十三年），己亥為永曆十三年（順治十六年）。這裡原文說林如海年四十歲（即永曆十三年）只有一個三歲之子，與魯王移居南澳三年完全相符。只是接著說「偏又於去歲死了」，去歲為永曆十二年，則與魯王己亥永曆十三年回金門相差了一年，但是算前後年份永曆十年至十二年，還是居南澳三年。按魯王在離棄南澳後可能先去了他處，次年才回金門。可見這裡《紅樓夢》寫林如海「只有一個三歲之子，偏又於去歲（永曆十二年）死了」，是一項記載魯王移居南澳三年的精確歷史記錄。

(11) 雖有幾房姬妾：〔甲戌本夾批〕評注說：「帶寫妾妻。」這是評注原文「幾房姬妾」是連帶描寫林如海有正妻及幾房小妾。正妻就是後面所寫的林黛玉之母賈敏，小妾則未明白寫出。妻及妾都是與自己結合一起而共謀生活的人，故這裡林如海有幾房姬妾，就是影射以張煌言為主的魯王復明軍系還有幾處互相結合共同反清復明的勢力存在。

(12) 今只有嫡妻賈氏生得一女，乳名黛玉，年方五歲：嫡妻賈氏，即後面的賈敏，寓指與浙系魯王政權最密切配合反清復明的閩系唐王隆武帝王朝。生得一女，寓指閩系唐王隆武王朝傳承誕生了隆武帝乾女婿的鄭成功延平王朝。黛玉，影射鄭成功或其延平王朝，而黛字拆字為「黑代」，玉寓指玉璽所代表的天子帝位、王位、王朝等意義，故黛玉隱含鄭成功延平王（朝）是明朝黑暗時代，由永曆帝授權可在轄區內代理天子便宜行事的王（朝）。黛玉年方五歲，是隱指鄭成功建立延平王朝才到第五年。有關鄭成功接受永曆帝冊封為延平王的年月，清初各種史書記載極為紛歧，難於確定，至民國二十年史學家朱希祖綜合各家之說，詳加辨析考訂，才獲得史學家較為一致認同的結論。根據朱希祖「鄭延平王受明官爵考」一文，考定鄭成功受永曆帝冊封為延平王前後共有兩次，第一次是「永曆八年七月，遣內臣至廈門島，冊封朱成功為延平王」，但鄭成功推辭不受。第二次是「（永曆）遣漳平伯周金湯、太監劉國柱於永曆九年四月至思明州，賚敕印頒發勳爵（楊英從征實錄）；所賚敕印即延平王敕印，所頒發勳爵即甘輝等勳爵也。」而這次鄭成功便拜受延平王冊封，不再推辭⑥。又就在這一年稍早「永曆九年二月，延平王成功承制設六官」，更於三月，鑒於中左所（廈門）為興王之地，而改名為思明州⑦。在中國歷史上，設六部或六官（吏、戶、禮、兵、刑、工）就是建立朝廷的必備措施與實際象徵，所以這一年（永曆九年、順治十二年）春夏之時，鄭成功始設六官，改首府名為思明州，又正式拜受延平王封號，可說是延平王朝正式建立的第一年，在小說寫法就是黛玉一歲，依此推算，這裡「黛玉年方五歲」就是延平王朝第五年，也就是永曆十三年（順治十六年）。而這時黛玉父親林如海張煌言四十歲，正好也是永曆十三年，完全吻合。由以上林如海世系及其本人、子夭亡、女兒林黛玉的年齡，與歷史真事的密合無間，充分證明《紅樓夢》是一部小說式的隱密歷史，而且是很信實的歷史，絕不是純粹虛構的小說。

(13)且又見他聰明清秀，便也欲使他讀書識得幾個字，不過假充養子之意：讀書，這裡的「書」字是寓指曆法書、王朝的意思，讀書就是認讀王朝曆法書、在王朝任事效忠的意思。識得幾個字，「字」暗通諧音「治」，寓指治理、治事、政治的意思，識字就是認識治理政事之道的意思。聰明清秀，林黛玉為書中金陵十二釵美女之首，是全書第一女主角，這裡在她正式登場時卻只用男女皆可適用的「聰明清秀」四字來描寫其容貌，又寫要將她「假充養子」而如男子一樣讀書識字，讓人感覺林黛玉具有濃厚的男性氣質。這種與歷來小說描寫書中第一女主角筆法完全不同的矛盾現象，正是作者故意用來刺激讀者懷疑林黛玉應是男性的特殊筆法。

〔甲戌本夾批〕評注說：「看他寫黛玉只用此四字，可笑近來小說中，滿紙天下無二，古今無雙等字。」這是以譏諷當時流行的小說描寫書中女主角，都習慣重筆渲染其天下無二，古今無雙，來刺激讀者要特別注意到這裡只用「聰明清秀」四字來描寫林黛玉，顯然與一般小說描寫美女的常態有異，而警覺到林黛玉可能是男性。

〔甲戌本眉批〕又評注說：「如此叙法方是至情至理之妙文。最可笑者，近小說中，滿紙班昭、蔡琰、文君、道韞。」這是恐怕上一條脂批的提示還不夠明顯，故再進一步更露骨提示說：「原文以『聰明清秀』，要黛玉像養子那樣讀書識字，這樣來寫全書第一美女林黛玉的叙述方法，才是對林黛玉最合實情、最契神理的妙文。最可笑的是，近時小說中，描寫書中美女都以滿紙班昭、蔡文姬、卓文君、謝道韞才貌雙全的文字來描寫。」言外之意是若照這樣來描寫林黛玉，那才是最可笑的事，因為完全不合林黛玉的實情。而既然這則脂批評註原文那樣才是最合實情、最契神理的描寫林黛玉文字，可見得林黛玉就真是一個「聰明清秀」、讀書識字、又是被「假充養子」的人物。這與鄭成功年青時是一個出身南京國子監太學生的「聰明清秀」儒生，又是被南明隆武帝「假充養子」收認為乾駙馬的身分，完全吻合。據《鄭成功傳》描寫說：「成功風儀整秀，俶儻有大志。…讀書聰穎，不治章句。」正是一個「聰明清秀」的儒生。該書又描寫鄭成功（原名鄭森）賜姓改名情形說：「既而成功陛見，隆武奇之，撫其背曰：『惜無一女配卿，卿當盡忠吾家，無相忘也。』賜姓朱，改名成功；封御營中軍都督，賜尚方劍，儀同駙馬。自是中外稱『國姓』云。」⑧可見隆武帝並無真正女兒許配鄭成功，所謂儀同駙馬，其實只是一個乾駙馬，類似隆武帝「假充養子」的人物。確實如這則脂批所批，原文「如此敘法方是至情至理之（鄭成功）妙文」。

◈真相破譯：

有那麼一天，假語滅明勢力的滿清（賈雨村），又派兵遊巡到古揚州所屬的江北、江南蘇皖、浙閩一帶地面，來剿撫消滅反清復明勢力，因而打聽到今年南明永曆王朝點派監領以舟師為主力之魯王所遺浙系政權的御史（鹺政），是林如海所影射的翰林學士張煌言。這裡特將張煌言取了這個林如海的名號，其姓林名海是暗寓他是出身科舉的文林學海文士，其表字如海是暗寓他原是由陸地赴舟山等海域扶持魯王海上政權的人士，他是從前曾數度監領舟師探攻長江華夏地區的人物（前科的探花），今已晉陞至御史臺兼司奏章詔令的御史大夫（蘭臺寺大夫）。他原本官籍是屬於明朝金陵（南京）王朝（按脂批批注姑蘇「是金陵」），今年永曆十三年（順治十六年）秋九月永曆帝欽點他為「東閣大學士，仍兼官如故（即仍任兵部侍郎、翰林學士、僉都御史等原官職）」，出任為巡管在浙東產鹽地區之魯王政權餘勢的御史（巡鹽御史），此時他剛從長江蕪湖之役間道逃回，到冬季他帶領魯王浙系軍隊進駐台州灣海濱，並領導居民從事築塘產鹽之事（巡鹽御史），到任才一個月有餘。

原來這張煌言所監領的魯王朱以海政權的祖先曾世襲過列侯，現今傳到張煌言，業已經歷了五世。起初從本書記事年度開始的明神宗萬曆十一年算起，只封襲了三世（即封在魯地兗州的其祖恭王朱頤坦、其父肅王朱壽鏞、其兄安王朱以派），因當今皇帝（南京弘光帝）隆恩盛德遠超前代，額外加恩，到了張煌言的上一代，移封魯王朱以海於浙江台州府（按因北方明亡大亂，魯王朱以海棄兗州南下，原已失去兗州封地），又襲封了一代，到了張煌言本人就從考中科舉（舉人）出身了。所以這個魯王政權雖然是鳴鐘列鼎的王侯之家，却也是包括許多科舉出身之官吏的書香門第之族。只可惜這翰林文士張煌言監領的浙系魯王政權親支庶脈不盛，衍生的餘緒有限，雖有幾門共同抗清的勢力，卻與魯王政權都是像堂兄弟之族一樣，而沒什麼魯王浙系親支嫡派的勢力，後繼乏人。

今年永曆十三年張煌言已經是四十歲，魯王本人曾於永曆十年從金門移居南澳三年，可惜這僅有的一個如兒子般的魯王南澳政權，偏又於去年隨著魯王離棄南澳而消亡了。魯王政權雖有幾處如姬妾般互相結合共同反清復明的勢力存在，怎奈魯王政權至張煌言以後命中注定沒有人繼承（按因都歸併入鄭成功延平王朝了），也是無可如何的事。如今（永曆十三年）浙系魯王政權只有如嫡妻般最密切配合反清復明的閩系唐王隆武帝王朝，傳承產生了一個隆武帝乾女婿鄭成功的延平王朝，將其乳名稱作黛玉，以暗示鄭成功延平王（朝）是明朝黑暗時代可代行天子事的王（朝），今年（永曆十三年、順治十六年）鄭成功延平王朝才建立第五年（按建立於永曆九年）。如夫妻般親密結合抗清的浙系魯王朝和閩系隆武王朝都沒有嫡傳的子政權，所以浙閩兩系餘勢都愛護這個由隆武女兒關係所認的乾女婿鄭成功的延平王朝有如珍寶一樣。而且當初隆武帝又見鄭成功出身南京國子監太學生，聰明又清秀，便也要使他入朝任官效忠（讀書），認識一些治理政軍之道（識得幾個字），將他收認為乾女婿，儀同駙馬，不過假充養子、義子的意思，以備繼承其餘緒，聊解王朝後繼無人而任其荒涼的感嘆。

◈原文：

…子與(14)道：「…目今你貴東家林公之夫人，即榮府中赦、政二公之胞妹，在家時名喚賈敏(15)。不信時，你回去細訪可知。」雨村拍案笑道：「怪道這女學生，讀凡書中有『敏』字，他皆念作『密』字(16)，每每如是。寫字時，遇着『敏』字，又減一二筆。我心中就有些疑惑，今聽你說，是為此無疑矣。怪道我這女學生言語舉止另是一樣，不與近日女子相同(17)，度其母必不凡，方得其女。今知為榮府之孫(18)，又不足罕矣。可傷上月竟亡故了(19)。」

◈脂批、注釋、解密：

(14) 子興：即冷子興。在《紅樓夢》中，「冷」與「暖」也是一組語意相對的密碼。「冷」字隱喻北方寒冷地區的勢力滿清或漢人之傾向滿清者。「暖」字隱喻南方溫暖地區的勢力南明或反清復明勢力。這裡冷子興這個名號，便是隱寓滿清勢力的興起，或南明王朝中興起的投靠、擁護滿清的勢力或人物。這第二回除了前面一小部份情節之外，其餘幾乎全藉由賈雨村與冷子興二人的對話，演說金陵石頭城寧國府、榮國府景況消衰的故事，這大致上是概述以說假話招降為主要手段的江南滿清勢力（賈雨村），勾結南明內部興起的背明降清勢力（冷子興），一搭一唱促使南明各王朝逐步消衰的事跡。不過，文筆忽順忽逆極為複雜，這回的回前總批就特別提示說：「此一回則是虛敲旁擊之文，筆則是反逆隱回之筆。」其實際所寫歷史事跡的詳情，極為隱密難明，筆者至今也只能悟通一些小片斷，無法悟透全篇。

(15) 目今你貴東家林公之夫人，即榮府中赦、政二公之胞妹，在家時名喚賈敏：東家，即僱主、老闆，這裡是指聘請賈雨村為林黛玉西賓教席的林如海，也就是寓指張煌言浙系勢力。這裡作者將賈雨村江南滿清勢力安排為西賓教席，將林如海張煌言浙系勢力安排為東家，目的是在暗示當時江南滿清勢力位在海濱的西邊（西濱、西賓），而張煌言的勢力在東邊。又因為賈雨村江南滿清勢力致力於勸降、剿滅林如海張煌言浙系勢力，與林黛玉鄭成功延平王朝勢力，性質上類同於西賓教席教導、教訓學生的意味。林公之夫人，即林如海之妻賈敏，寓指林如海張煌言浙系勢力如同夫人般最親密結合為偶的反清復明勢力，也就是與張煌言結伴進攻長江南京的鄭成功延平王朝勢力。榮府中赦、政二公，即榮國府中賈赦、賈政二公，這裡榮（國）府是寓指以南京為總部的大江南地區，大約包括長江南北的蘇、皖地區，及浙、閩兩省，而賈赦、賈政是寓指此範圍內之東邊、西邊兩部的地區，大約賈赦是寓指較靠東邊蘇浙海岸的地區，而賈政則寓指其以西的地區。敏，通諧音「閩」字。賈敏，通諧音「賈閩」，寓指閩省福建的勢力，影射建都於福州的南明隆武帝、隆武王朝閩系勢力、或繼承其餘緒的鄭成功延平王朝反清復明勢力。在家時名喚賈敏，寓指鄭成功延平王朝還在自家大本營時，是福建閩省南明隆武王朝勢力。又書中寫林黛玉母親為賈敏，父親為林如海，是因為林黛玉係影射鄭成功延平王朝，而鄭成功為隆武帝的乾駙馬、義子，是繼承隆武王朝閩系勢力所誕生的王朝勢力，故以小說筆法將隆武王朝閩系勢力賈敏寫成是林黛玉的母親，此外鄭成功又接收了魯王退息後所遺張煌言、張名振等浙系勢力，故又將魯王浙系勢力林如海寫成是林黛玉的父親。又因林如海張煌言浙系勢力，與賈敏閩系鄭成功勢力如夫妻般結合相伴進攻長江南京，而將林如海張煌言勢力、賈敏鄭成功勢力寫成夫妻關係。因此賈敏一角既扮演鄭成功勢力的母親，又扮演鄭成功勢力的本身。

(16)讀凡書中有「敏」字，他皆念作「密」字：在庚辰本第二十一回第二段描寫林黛玉睡態時，寫說：「那林黛玉裹着一幅杏子紅綾被」，而在這句原文「林黛玉」與「裹着」之間，插寫有一則雙行的脂批注解說：「寫林黛玉身分，嚴嚴密密。」這是藉著原文「裹着」二字含有「嚴嚴密密」包起來的意義，來提示讀者林黛玉身分具有「嚴嚴密密」的意義，換句話說，「嚴嚴密密」透露出林黛玉的真實身分。筆者以為「嚴嚴密密」就是「嚴密」，暗通諧音

「儼明」二字，顛倒過來就是「明儼」，而暗寓鄭成功的字「明儼」。按連橫所著《臺灣通史》記載鄭森蒙隆武帝賜姓改名之事有說：「因賜姓朱，改名成功，字明儼。⑨」

這裡說林黛玉為了避其母「賈敏」的諱，凡遇「敏」都念作「密」字，顯然是基於「敏」字勉強可以算與「密」字諧音的關係，而「敏」字又更適合通諧音「閩」字及「明」字，故「密」字當然可以說是通諧音「明」字，由此可再度證明「密」字是暗點字為「明儼」的鄭成功。不過，這裡「密」字通諧音「明」字，還另有一層隱義，也就是還暗指鄭成功具有「隱密」的代表「明朝」身分。按鄭成功蒙隆武帝賜姓改名，由鄭森改為朱成功，而隆武帝並無女兒下嫁鄭成功，卻蒙隆武帝賜予儀同駙馬行事，視同養子，晉升入隆武帝朱姓子嗣之列，實際上具有繼承隆武「朱明」王朝帝業的「隱密」身分，由此鄭成功延平王朝也具有代表「明朝」的「隱密」身分。因此這裡說林黛玉「讀凡書中有『敏』字，他皆念作『密』字」，實是寓寫鄭成功凡是說話、文告，一提到閩（敏）省政權的事，就都說明（密）朝如何如何，而不說閩省如何如何，也不說閩省鄭氏王朝如何如何，凡事稱言明朝，一心效忠明朝、恢復明朝的意思。

(17)不與近日女子相同：滿清入主中原後，漢人男子都剃成前禿後辮的滿人髮型，女子則不剃髮，仍留漢人的全髮，故本書常以「女子」二字來代表不剃髮降清的意思，也寓指仍留全髮的反清復明勢力。

(18)今知為榮府之孫：榮府，即榮國府，這裡是寓指建都於南京的南明弘光王朝。榮府之孫，寓指鄭成功延平王朝。按若以南京南明弘光王朝為南明王朝第一代，弘光王朝滅亡後由福建隆武王朝繼承，是為第二代，隆武王朝滅亡後由鄭成功延平王朝繼承，則是第三代，故這裡將林黛玉鄭成功延平王朝寫成是榮府南京弘光王朝之孫。

(19)可傷上月竟亡故了：這是指林黛玉母親賈敏上個月亡故了。在這回回目上半回的標題為「賈夫人仙逝揚州城」，可見賈夫人賈敏雖然不見得真的死於人們熟知的揚州城，但至少應是死於靠近揚州的某個地方，因此這一句應是寓指閩系鄭成功軍隊，於永曆十三年（順治十六年）七月、八月在南京戰敗撤離，鄭氏勢力在靠近揚州城的南京、鎮江一帶消亡的事件，這也正好符合賈雨村與冷子興說話時是在永曆十三年九月、十月的時間點。可見本回上半回回目「賈夫人仙逝揚州城」的真相，就是寓指閩系鄭成功延平王朝勢力在靠近揚州城的南京、鎮江一帶戰敗消亡的歷史事跡。

◈真相破譯：

冷子興所影射的臣服或心向北方寒冷地區興起勢力之滿清的南明背明降清人物說道：「…現今你江南清軍所要剿撫對象的東邊那家（東家）張煌言浙系勢力，所最親密結合為偶的反清復明夥伴鄭成功延平王朝勢力（林公之夫人），就是以南京為總部的蘇皖浙閩地區（榮府）中，東部蘇浙海岸及其以西兩地區（赦、政二公）的如同胞妹般的次要勢力，這鄭成功勢力還在自家大本營時，原是福建閩省南明隆武王朝勢力（賈敏、賈閩）。你如果不相信時，回去詳細察訪就可知道了。」賈雨村所代表的江南清軍拍案笑道：「難怪我這個好像女學生般需要教訓、撫剿的鄭成功勢力，凡是其王朝文書中事涉閩省（按敏諧閩字）者，他都說成『明』字（按密通諧音明字），凡事都稱言明朝，每每如此。當寫治軍檄文文字時，遇着閩省各地事務，因已失去原有閩省一些領域，又減寫一二筆，少發一些地區。我心中就有些疑惑，如今聽你這麼說，是為了這個緣故無疑了。難怪我這個好像女學生般需要教訓、撫剿的鄭成功勢力，其言語舉止另是一個樣子，特別堅決反清復明，與近日那些動不動就投降我滿清的反清復明勢力（女子）大不相同，想來其母源來歷不凡，才會傳承得到這個不凡的鄭成功反清復明勢力。如今知道它是繼承南京南明弘光王朝的南明第三代王朝（榮府之孫），又不足稀罕了。可真令人傷心，這個閩系鄭成功延平王朝勢力，上個月（永曆十三年七月、八月）卻（在靠近揚州城的南京、鎮江一帶）戰敗撤離而消亡了。」

第二節　第三回林黛玉乘轎初入榮國府故事的真相

◈原文：

且說黛玉自那日棄舟登岸時(1)，便有榮國府打發了轎子並拉行李的車輛久候了(2)。這黛玉常聽得母親說過，他外祖母家與別家不同(3)。他近日所見的這幾個三等的僕婦已是不凡了，何況今至其家(4)。因此步步留心，時時在意，不肯輕易多說一句話，多行一步路，生恐被人恥笑了他去(5)。自上了轎進入城中，便從紗窗外瞧了一瞧，其街市之繁華，人烟之阜盛，自與別處不同(6)。又行半日，忽見街北蹲着兩個大石獅子，三間獸頭大門(7)，門前列坐着十來個華冠麗服之人。正門却不開，只有東西兩角門有人出入。正門之上有一匾，匾上大書「敕造寧國府」五個大字(8)。黛玉想道：這是外祖母之長房了。想着，又往西行，不多遠，照樣也是三間大門，方是榮國府了。却不進正門，只進了西邊角門(9)。

那轎夫抬進去，走了一射之地，將轉彎時，便歇下退出去了。後面婆子們已都下了轎，趕上前來。另換了三四個衣帽周全的十七八歲的小廝上來(10)，復抬起轎子。眾婆子步下，圍隨至一垂花門前落下(11)。眾小廝退出，眾婆子上來打起轎簾，扶黛玉下轎。林黛玉扶着婆子的手，進了垂花門，兩邊是超手遊廊，當中是穿堂(12)，當地放着一個紫檀架子大理石的大插屏(13)。轉過插屏，小小三間內廳，廳後就是後面的正房大院(14)。正面五間上房，皆是雕梁畫棟，兩邊穿山遊廊廂房，掛着各色鸚鵡、畫眉等鳥雀(15)。台磯之上，坐着幾個穿紅着綠的丫嬛(16)，一見他們來了，便忙都笑迎上來(17)，說：「才剛老太太還念呢，可巧就來了！」於是三四人爭着打起簾櫳(18)。一面聽得人回話：「林姑娘到了。」

◈脂批、注釋、解密：

(1)且說黛玉自那日棄舟登岸時：舟，暗點舟山群島。黛玉自那日棄舟登岸，則是暗寫鄭成功舟師自那日離棄舟山群島，登入長江口的岸邊時。按鄭成功率舟師十餘萬大軍，於永曆十三年

（順治十六年）五月四日抵舟山群島整備，同月十七日北上至羊山，隔天十八日到達長江口崇明島之新興沙、蘆竹州會齊，十九日移泊長江南岸的吳淞港口⑩。

〔甲戌本夾批〕等評注說：「這方是正文起頭處。此後筆墨與前兩回不同。」正文，就是正規文章，文章正規主線的意思。這則脂批主要是提示這第三回開頭兩三頁的文字是交代前面賈雨村至金陵城復職的簡短文字，從「且說黛玉」這一句話開始才是正式描寫這回下半回回目「榮國府收養林黛玉」之大篇故事的起頭處，而這句話以後文章的筆墨寫法與前兩回不同，言外之意則是暗示故事主題也不同了，因為後面是轉而描寫鄭成功率舟師突入長江，圍攻南京的事件了。這是一則極為重要的提示，若沒有這則脂批的關鍵一點，怎麼樣也想不到這是一篇轉而描寫鄭成功進攻南京事跡的故事，所以研究《紅樓夢》若不先依賴脂批提示，是不可能有好收穫的。

(2)
便有榮國府打發了轎子並拉行李的車輛久候了：轎子，這裡是隱喻舟船。行李，這裡是隱喻火礮等軍用品。這一回下半回回目標題為「榮國府收養林黛玉」，而林黛玉影射明朝或鄭成功延平王朝復明勢力，榮國府則影射暴發新榮的滿清王朝，所以這句回目的涵義是標明下半回的故事是描述滿清王朝打敗鄭成功圍攻南京的大軍，將明朝復明勢力趕出中國大陸之外，而將原屬於明朝的領土、人民加以收併、牧養在滿清王朝之下的一段事跡。由於作者是將鄭成功大軍攻打大陸滿清南京（榮國府）敗走的事件，反寫成滿清王朝（榮國府）收拾鄭軍，接收、牧養明朝領土、人民的小說故事情節，所以這裡鄭成功大軍（林黛玉）駕駛舟船（轎子）、車輛載運士兵及武器軍需品進攻大陸滿清南京（榮國府）之舉，作者就配合小說情節反寫成榮國府（滿清）打發轎子（舟船）及車輛久候接引林黛玉（鄭軍）及其行李（武器軍需品）了。

(3)這黛玉常聽得母親說過，他外祖母家與別家不同：這裡林黛玉母親，就是前面第二回的賈敏，即南明隆武閩系反清復明勢力。林黛玉外祖母家，就是賈母家，在這裡是影射關外外族滿清佔領下的江南滿清地區。這兩句話其實是暗寫鄭成功平日常聽自己所繼承閩系反清復明勢力的部將們向他奏報軍情，屢次說過滿清江南地區的軍隊陣容堅強，與別處較邊緣的閩浙沿海地區不同，這是因為在這次大規模進攻之前，他早已幾次派遣小規模舟師突入長江，刺探清軍虛實，獲得情報了。

「常聽得」三字旁有〔甲戌本夾批〕評注說：「三字細。」這是注解「常聽得」三字描寫得很深入細節，要讀者仔細品味，深入探求其隱藏的真意。

(4)他近日所見的這幾個三等的僕婦已是不凡了，何況今至其家：三等的僕婦，是影射清廷的三流軍隊。這兩句是暗寫鄭成功從根據地廈門率軍北上，至浙江沿海一帶，所遭遇到滿清次級將領所率的三流軍隊，已是軍力不凡了，更何況如今要突入有如滿清家園內的清軍江南心腹重地南京地區。

(5)因此步步留心，時時在意，不肯輕易多說一句話，多行一步路，生恐被人恥笑了他去：這幾句是概括記述鄭成功大軍入長江，鑒於孤軍身入，清軍環伺，故一方面軍事行動處處小心謹慎，小心翼翼探明水道深淺，謹慎行船，使舟艦不致觸礁或脫隊，而未至南京門戶的瓜州、鎮江時，絕不輕易發動攻擊，以免延誤時間或兵力損散。另一方面在心理戰略上，並嚴令將士行軍必須隱密，對長江岸上百姓務必做到秋毫無犯，以收拾人心，如此這般留心在意，生恐戰力受損，或擾民而引起百姓反抗，而被恥笑，則必致失敗。

按這些鄭成功大軍小心謹慎的情況，史書確實有詳細的記載，如行船方面，就有記載「長江內港，惟劉家沙、狼山俱有沙壇深淺」，鄭成功派員隨張煌言前導舟師前往勘察，「其淺處豎標為記，（使）大船毋得經犯，致閣（擱）其大船」⑪。在軍事行動方面，如至崇明島時，清崇明總兵梁化鳳集兵堅守，張煌言及工官馮澄世都曾進言先攻取崇明島，以作為長江門戶上外援的老營，鄭成功說：「崇明城小而堅，取之必遲延日月，反使瓜州有備，不如先取瓜州鎮。若得瓜鎮，則江南門戶已破，先截其糧道，是腹心有疾，然後乘勢取江南，則崇明不攻自破。」因而未攻取崇明⑫（按後來鄭成功大軍圍南京城，被梁化鳳率兵赴援突擊而大敗，撤退回頭時猛攻崇明，又因梁化鳳適時趕回而未勝，梁化鳳真是鄭成功的剋星）。此後在到達瓜鎮之前，除了曾上泰興取糧、上江陰取柴，有發生小規模戰鬥外，幾乎只是一路默默行軍。至於嚴令不得擾民方面，更是作得很徹底，早在抵達舟山時，鄭成功就申嚴令：「其岸上地方百姓，嚴禁秋毫無犯。已有頒刻禁條，炳若日星，總以收拾人心，上為國家大計，須體此意，諄諄嚴飭所轄，登岸之時，不准動人一草一木，有犯連罪。」然後到崇明、永勝洲、順江洲等處都一再重申嚴禁⑬。

〔甲戌本夾批〕等評注說：「寫黛玉自幼心機。」按前面說過鄭成功接受延平王封號，建立延平王朝，在永曆九年、順治十二年，是為林黛玉一歲，這裡鄭成功率軍進攻南京為永曆十三年、順治十六年，則林黛玉才五歲，故這則脂批批註原文這幾句話是描寫林黛玉鄭成功自建立反清復明政權最初幾年時，就具有的心中機宜，行事風格，隨時隨地留心在意，生怕被人恥笑，守規自重慣了。

(6) 其街市之繁華，人烟之阜盛，自與別處不同：〔甲戌本夾批〕等評注說：「先從街市寫來。」這裡所謂街市，其實是暗指舟船交通要道的長江。這三句原文是暗寫整條長江南北兩岸清軍眾多，陣容盛大，好像市面繁華，人口盛多的街市。

(7) 忽見街北蹲着兩個大石獅子，三間獸頭大門：街北，是暗指長江北岸（包含崇明島）。石獅子，古時富貴人家大宅院大門前常左右各擺放一個蹲踞在石台上的石刻獅子，以顯其聲勢威赫，並兼鎮邪，這裡寫寧國府前蹲着兩個大石獅子，就是標誌寧國府是豪門巨宅。獸頭大門，是指門上有金屬製成的獸頭狀突出物，其間亦常有穿孔可穿掛門環的巨型大門。這兩句是將清軍在長江入口東段北岸的部署，比擬作氣勢威赫的豪門巨宅寧國府，而又分成三大營區域駐紮防衛，有如三間獸頭大門。

(8) 匾上大書「敕造寧國府」五個大字：敕造寧國府，原意是寧國府為奉皇帝的詔命而建造的，這裡則是暗指清軍係奉清廷之命在此建營防衛。〔甲戌本夾批〕等評注說：「先寫寧府，這是由東向西而來。」這是明白點示林黛玉所代表的鄭成功舟師是由東向西，由長江口向西往南京而來，又點明寧國府是先到達的較靠近長江口的東段地區。按這裡所寫的寧國府大約是長江口至常熟、南通以東的東段北岸地區，榮國府則大約是自常熟、南通以西至南京一帶的西段地區。而鄭成功大軍在初入長江的東段區域，幾乎只是小心謹慎地默默行軍，沒什麼軍事戰鬥大事可記，故這回有關林黛玉先入東邊寧國府的故事，只用一小段文字簡單帶過。至於鄭成功大軍在到達長江西段區域後，從瓜州、鎮江就展開強烈攻擊行動，大破清軍，再進圍南京，則是一場轟轟烈烈而又詭譎的著名大戰，可記的事跡甚多，故後面有關林黛玉到西邊榮國府的故事，作者便使用長篇大論來詳細描寫，這是本回文章的大結構，讀者不能不察。

(9)「又往西行，不多遠，照樣也是三間大門，方是榮國府了。卻不進正門，只進了西邊角門」：正門，即榮國府正門，喻指長江駕舟由東向西走時，到了滸浦與福山港口之間，長江南岸向南凹陷的一段江岸，在地圖上看就好像一個大府第的正門。進了西邊角門，喻指鄭成功舟師駕舟上至南通港附近轉角往西行駛，就好像進了一個大府第的西邊角門。這幾句是隱寫說：「林黛玉所代表的鄭成功舟師，溯長江水路又往西行進，走不多遠就到達常熟、南通附近，這個長江西段地區照樣也是有三大營區的清軍駐紮守衛著，這才是榮國府的所在了，卻不從滸浦與福山港口之間，長江南岸向南凹陷猶如大府第正面大門的地方攻進去，只進入了南通港附近往西轉角的長江水道而去。」有關林黛玉自「棄舟登岸」前往榮國府賈母後院拜見賈母，一路所行路線的實際地點，請參見後面附圖：「林黛玉進入、退出榮國府賈母後院路線，與鄭成功舟師進攻、退出長江、南京路線對照示意圖」。

(10)另換了三四個衣帽周全的十七八歲的小廝上來：這句應是暗喻鄭成功大軍中以鐵衣鐵帽將頭臉身體包裹得很周全的三四隊青年勇壯鐵人軍。按鄭成功在北征南京的前一年，永曆十二年（順治十五年）二月，下令製造鐵面及鐵質披掛⑭。三月在廈門演武亭操練挑選勇士，以能挺起五百斤重之石獅者，撥入左右武衛親軍，「皆給予雲南斬馬刀、弓箭，帶鐵面，穿鐵臂、鐵裙（按實為連上身者，即披掛），用鎖鎖定，使不得脫；時謂之『鐵人』」，建立鐵人軍⑮。這支鐵人軍在鄭軍大敗瓜州、鎮江清軍的戰役中，其威武情狀使清軍破膽，成為當時鄭軍的最大特色，當時有滿清塘報描述說：「藩師二十餘萬，戰船千餘艘，俱全身是鐵，箭射不透，刀斬不入，瓜鎮二戰敗回者魂魄尤驚，策戰者鞠縮不前。⑯」但是因為鐵人軍太出名，太過敏感，本書不敢過度露骨描寫，只在這裡以「衣帽周全的十七八歲的小廝上來」一句話，輕輕一描帶出。

(11) 眾婆子步下，圍隨至一垂花門前落下：垂花門，其原意是「舊時富家宅院，進入大門之後，內院院門，例有雕刻的垂花，倒懸於門額兩側，門上邊蓋有宮殿式的小屋頂，稱垂花門。⑰」這裡則應是喻指長江中狀如曲尺形狀下垂的揚中島，粗看起來有點像垂花門的樣子，請參見長江示意圖。這幾句則應是暗寫鄭成功的親軍鐵人軍（衣帽周全的小廝）及眾將士（眾婆子）簇擁著鄭成功，乘舟（轎子）到這個狀似垂花門的揚中島下船駐紮。

(12) 兩邊是超手遊廊，當中是穿堂：超手遊廊，原意是豪宅院門內兩側環抱的長走廊，這裡應是喻指揚中島長長地橫躺在長江之中，兩邊有長江水道環抱著。穿堂，舊時富家豪宅，常有前後兩大院落，兩大院落的中間處有一棟廳堂，廳堂中間有一走道可以穿行前後院，這個廳堂稱為穿堂。這裡則應是將揚中島以東比作榮府前院，而喻指過了此島那端，就是可以穿行前後院的長江水道了。

林黛玉進入、退出榮國府賈母後院路線，與鄭成功舟師進攻、退出長江、南京路線對照示意圖

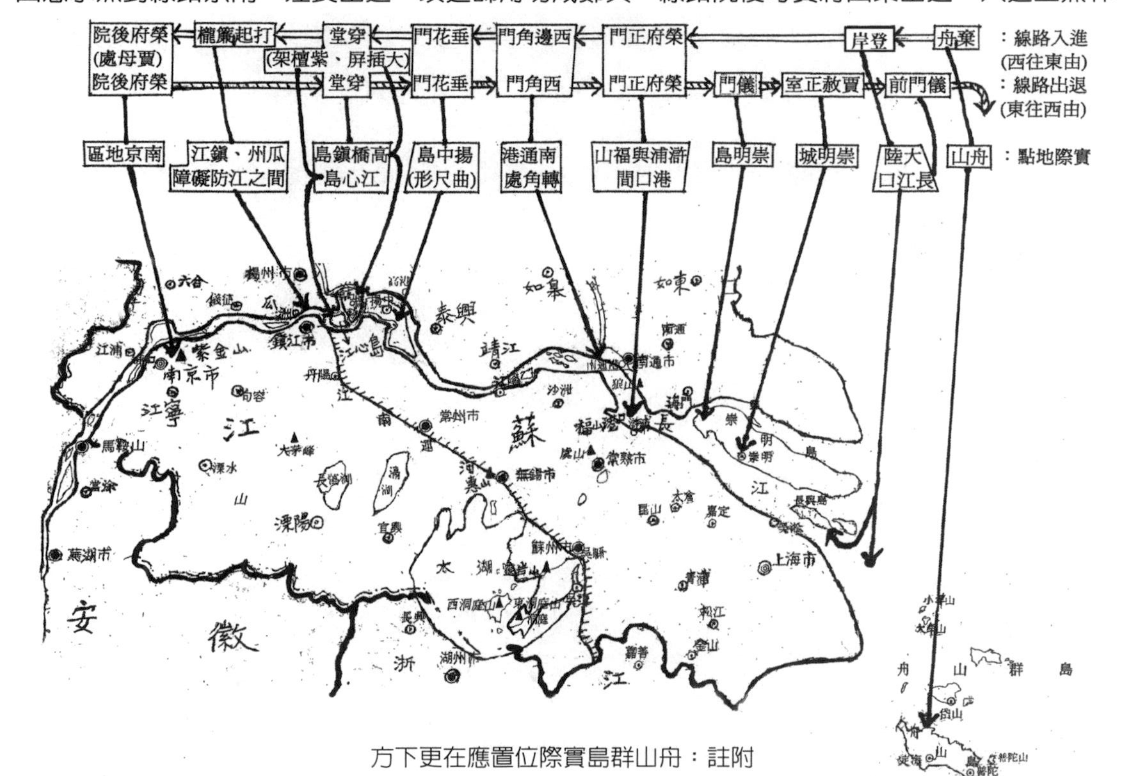

附註：舟山群島實際位置應在更下方

(13)當地放着一個紫檀架子大理石的大插屏：大插屏，通常在前後院落間的穿堂中間會擺放一個大屏風，以蔽視線，俾免從前院庭院便能透視後院正房，這個大屏風就是大插屏。這裡所寫的大理石大插屏應是喻指在揚中島西邊一水之隔的現今高橋鎮所在的那個半島，上寬下尖插立在長江之中，狀似擺放在穿堂中的大理石大插屏。而高橋鎮半島下端西南方緊鄰一個長方形的江心島，看起來好像是一個墊放在下面的紫檀架子，請參見長江示意圖。

(14)轉過插屏，小小三間內廳，廳後就是後面的正房大院：小小三間內廳，這應是喻指江心島以西逼近鎮江的焦山島及附屬的松島、廖島等三個小島，按鄭軍在進攻瓜州、鎮江前曾先佔領焦山等島。後面的正房大院，原意是指富家豪宅後面大院落的正房大院，這裡則是喻指滿清江蘇省境大江南北領域的後方大陣營，也就是從瓜州、鎮江至南京一帶。

(15)正面五間上房，皆是雕梁畫棟，兩邊穿山遊廊廂房，掛着各色鸚鵡、畫眉等鳥雀：「正面五間上房，皆是雕梁畫棟」，應是寓指清軍部署在瓜州、鎮江長江上的五座木城，或稱木浮營，係由大杉木結排，四周圍木柵，上置大礮及士兵，非常堅固雄偉，好像雕梁畫棟的上等院房。根據《海上見聞錄》記載鄭、清瓜州大戰情況說：「兵官張光啟、羅含章等攻奪滿洲木城三座。木城用杉木板釘平，豎柵其上，內各藏兵五百人，火礮四十門，火藥、火罐不計；從上流壓下，船遇之立碎。至是，殲焉。⑱」雖然只記載殲滅木城三座，但可能有逃脫的，原先可能是五座。山，指山牆，房屋兩側的牆形狀如綿延的山，俗稱山牆。遊廊，為連通兩棟或數棟房屋間的走廊。穿山遊廊，就是從山牆開門穿通各棟房屋的走廊。鸚鵡，具有聽人說話而模仿照說的特性，比喻善於學舌聽命照做的人。畫眉，具有美眉嬌聲而取悅人的特色，比喻善於巧言令色邀寵的人。這三句話是喻寫沿著長江兩岸綿延的山巒與平原長廊散佈如廂房般的城鎮中，都佈置著各色各樣被動學舌聽命行事，或主動媚容嬌聲邀功取寵的滿清官兵，隨時準備發起戰鬥。

(16) 台磯之上，坐着幾個穿紅着綠的丫嬛：台，為高地平台。磯，為水邊突出的高低岩石。台磯，就表面假故事來講，就是指富家院落的台階；就裏層真事來講，就是指長江岸邊上的高地平台與突出岩石處。丫嬛，為服侍富家小姐的婢女，這裡則是喻指服侍皇帝、朝廷的官兵。穿紅着綠，是隱指掛著或紅或綠等各色旗幟的滿清八旗或綠營軍隊。這兩句是暗寫當時在長江岸邊的高地平台與突出石磯上面，駐守着幾隊或紅或綠等各色旗幟而專為清廷服務的八旗滿軍或綠營漢軍。

(17) 一見他們來了，便忙都笑迎上來：這是暗寫這些清軍一看見鄭成功大軍（林黛玉與婆子們）衝上來了，就趕忙開礮喊殺，轟隆隆響成一片，好像眾人哄然大笑般迎戰上來，這應是描寫鄭軍與清軍在瓜州長江防線遭遇激戰的熱鬧情景。〔甲戌本夾批〕評注說：「如見如聞，活現於紙上之筆，好看煞！」這是暗點鄭軍與清軍在瓜州長江防線遭遇激戰，礮聲隆隆，殺聲震天，如今閱讀此文章還有如親見親聞一般，簡直是將當時礮聲殺聲響成一片的激戰情景活現於紙上的文筆，真是好看得很啊！

(18) 於是三四人爭着打起簾櫳：簾櫳，亦作簾籠，也就是竹條編成的門簾，為遮蔽門戶之物。按瓜州、鎮江素稱為防衛南京的門戶，故這裡簾櫳、門簾應係隱喻遮蔽、屏障瓜州、鎮江門戶的特殊江防設施滾江龍，請參見長江示意圖。當時在瓜州、鎮江門戶前的長江中，「清人經營江防有年。以鐵錨、木樁、浮牌、篾纜，橫截於江，謂之滾江龍⑲」，用以阻擋船隻行駛。這句話應是暗寫永曆十三年（順治十六年）六月十六日鄭軍進攻北岸瓜州時，鄭成功先派材官張亮率三四隊善泅水兵，奮勇爭先潛水斬斷滾江龍⑳，有如打起門簾一樣。

〔甲戌本夾批〕評注說：「真有是事，真有是事。」這是批書人以唯恐讀者不相信的語氣，強調「真有這種大家爭着打起門簾的事，真有這種大家爭着打起門簾的事」，而這種丫嬛們為富家小姐爭着打起門簾的事，其實沒什麼好大驚小怪地評注的，但批書人却故意這樣連說兩次地加重評注，是有意引起讀者起疑，從而好奇地去探索究竟背後有什麼了不得的真事。

◈真相破譯：

且說林黛玉所代表的鄭成功舟師大軍自從那日離棄舟山群島，登入長江口的岸邊時（永曆十三年、順治十六年五月十七日至十八日），就有江南清軍派發了舟船（轎子）、及載運火礮等武器軍需品的車輛，久候要迎戰鄭軍了。這鄭成功早已派遣小規模舟師突入長江刺探清軍虛實，平日就常聽到自己廈門大本營（母親）向他奏報軍情，說過江南地區的清軍（外祖母家）陣容堅強，與別處較邊緣的閩浙沿海地區不同。他近日從廈門率軍北上至浙江沿海一帶，所遇見的這些滿清三流軍隊，已是軍力不凡了，更何況如今要突入至清軍江南大本營的長江、南京地區。因此，鄭軍一進入長江，就步步留心，時時在意，默默行進，不肯輕易喧嘩多說一句話，不多行一步路地進行無謂的進攻行動，或上岸劫掠擾民，生恐戰力受損，或擾民而引起百姓反抗，而被人民恥笑，失民心而致敗。自從鄭軍上了舟船進入長江江南地區，就從水氣朦朧如紗窗的長江往外察看了一番，發現長江南北兩岸清軍規模盛大，兵員人數眾多，好像市面繁華，人口盛多的街市一樣。舟師又行進半日，忽見長江東段北岸清軍的部署，好像是門前蹲着兩個大石獅子的一座大宅院，威勢赫赫，分成三大營區域駐紮防衛，氣勢威武得猶如三間獸頭大門，門前佈署著十來個華冠麗服的將官領兵把守。岸上營區正門却緊守不開，只有長江水道的東西兩角門有人員出入。這清軍營區是奉清朝皇帝的敕令在此建營防衛，以保國家安寧，就好像一座豪門大宅正門之上有一個匾額，上面大書「敕造寧國府」五個大字一樣。鄭軍心想說，這是江南清軍的前頭部隊了。一面想着，一面舟師又順長江往西行駛，不多遠，看見照樣也是像三間大門豪宅的分三大營區域部署的清軍大陣營，這裡才是榮國府所代表的清軍江南大本營了。但鄭軍却不從滸浦與福山港口之間，長江南岸向南凹陷猶如大府第正面大門的地方攻進去，只進入了南通港附近往西邊轉角有如豪宅西邊角門的長江水道而去。

那操帆駛船的船夫好像轎夫抬轎般把鄭成功送進去，走了如射一支箭所飛馳之距離沒多遠的地方，到了長江水道將轉彎的江陰附近時，便停下來駐紮，船夫退出去了。後面眾將士們都下了船，趕上前來。然後另換了三、四隊以鐵衣鐵帽將頭臉身體包裹得很周全的十七、八歲青年勇壯鐵人軍上來，作為親軍護擁著鄭成功，再度如抬起轎子般地開船前進。後面眾將士們紛紛開船亦步亦趨，圍隨鄭成功來到一處形狀如曲尺形狀下垂，很像垂花門的揚中島停泊下來準備駐紮。此時眾青年鐵人軍退出來，眾將士們趕上來把前面如轎簾般的障礙清除掉，扶護鄭成功黛玉下船來。鄭成功依賴眾將士的扶護，率兵進入了如垂花門的揚中島，此島長長地橫躺在長江之中，兩邊有長江水道環抱流通，宛如豪門大宅院內兩側環抱的長走廊（超手遊廊），過了此島那端，長江當中呈現出一個如同穿堂的地形來，可以由長江穿通至西邊江南清軍的後面大本營。這處如同穿堂的地形，當地有一個北寬南尖插立在長江之中的高橋鎮半島，狀似擺放在穿堂中的大理石大插屏，而高橋鎮半島下端西南方緊鄰一個長方形的江心島，看起來好像是一個墊放在其下面的紫檀架子。轉過如同穿堂插屏的高橋鎮半島及江心島，是如同小小三間內廳的靠近鎮江的焦山島、松島、廖島等三個小島。這三個小島的後面，就是如同豪門大宅後面正房大院的從瓜州、鎮江至南京一帶的江南清軍後方大本營。正面瓜州、鎮江上流長江上，部署著五座滿洲木城，四周豎立柵欄，上置大礮、火藥、兵眾，非常堅固雄偉，好像雕梁畫棟的五間上等院房。沿著長江兩岸綿延穿越山巒的長廊（穿山遊廊）上散佈如廂房般的城鎮中，都佈置著如各色鸚鵡般的各種被動學舌聽命行事，或如各色畫眉般的各種主動媚容嬌聲邀功取寵的滿清官兵，隨時準備發起戰鬥。在長江岸邊的高地平台與突出石磯上面，駐守着幾隊或紅或綠等各色旗幟的八旗滿軍或綠營漢軍。一看見鄭成功大軍衝上來了，他們就趕忙開礮喊殺，轟隆隆響成一片，好像眾人哄然大笑般地迎戰上來，說道：「剛才我們清軍老上司（老太太）還念著要警戒提防，可巧就來了！」鄭軍進攻北岸瓜州時，鄭軍三、四隊善泅水兵，奮勇爭先潛水斬斷滾江龍（按時為永曆十三年、順治十六年六月十六日），有如打起遮蔽清軍瓜州門戶的門簾一樣。一面聽得清軍有人向上級回報說：「鄭成功大軍到了。」

第三節　林黛玉初次拜見外祖母賈母故事的真相

◈原文：

黛玉方進入房時，只見兩個人攙着一位鬢髮如銀的老母迎上來，黛玉便知是他外祖母(1)。方欲拜見時，早被他外祖母一把摟入懷中，心肝兒肉叫着大哭起來(2)。當下地下侍立之人，無不掩面涕泣(3)，黛玉也哭個不住(4)。一時眾人慢慢的解勸住了，黛玉方拜見外祖母，此即冷子興所云之史氏太君也(5)，賈赦、賈政之母(6)。當下賈母一一指與黛玉：「這是你大舅母，這是你二舅母，這是你先珠大哥的媳婦珠大嫂(7)。」黛玉一一拜見過。賈母又說：「請姑娘們來。今日遠客才來，可以不必上學去了。」眾人答應了一聲，便去了兩個。

不一時，只見三個奶嬤嬤並五六個丫嬛，擁擁着三個姊妹來了(8)。第一個肌膚微豐(9)，合中身材，腮凝新荔，鼻膩鵝脂，溫柔沉默，觀之可親(10)。第二個削肩細腰(11)，長挑身材，鴨蛋臉面，俊眼修眉，顧盼神飛，文彩精華，見之忘俗(12)。第三個身量未足，形容尚小(13)。其釵環裙襖，三人皆是一樣的粧飾(14)(15)。黛玉忙起身迎上來見禮(16)，互相廝認過，大家歸坐。丫嬛們斟上茶來。不過說些黛玉之母如何得病，如何請醫服藥，如何送死發喪。不免賈母又傷感起來(17)，因說：「我這些兒女，所疼者惟有你母，今日一旦先捨我去了，連面也不能一見(18)，今見了你，我怎麼不傷心。」說着，摟了黛玉在懷，又嗚咽起來。眾人忙都寬慰解釋，方略略止住(19)。

眾人見黛玉年紀雖小，其舉止言談不俗，身體面龐雖怯弱不勝(20)，却有一段自然風流態度(21)，便知他有不足之症(22)。因問：「常服何藥？如何不急為療治？」黛玉笑道：「我自來是如此。從會吃飲食時便吃藥，到今未斷。請了多少名醫修方配藥，皆不見效(23)。那一年我才三歲時，聽得說來了一個癩頭和尚，說要化我去出家(24)，我父母固是不從。他又說：『既捨不得他，只怕他的病一生也不能好的。若要好時，除非從此以後總不許見哭聲(25)；除父母之外，凡有外姓親友之人，一概不見，方可平安了此一世。』瘋瘋癲癲，說了這些不經之談(26)，也沒人理他(27)。如今還是吃人參養榮丸(28)。」賈母道：「這正好，我這裡正配丸藥呢！叫他們多配一料就是了。(29)」

◈脂批、注釋、解密：

(1) 黛玉方進入房時，只見兩個人攙着一位鬢髮如銀的老母迎上來，黛玉便知是他外祖母：黛玉方進入房時，這句就表面故事來說，是在眾人打起榮國府後院大門的門簾後，林黛玉才剛穿過大門進入後院的上房時。就內裡真事來說，則是暗寫鄭軍打破遮蔽瓜州、鎮江門戶有如門簾橫截於長江上的滾江龍，進入清軍瓜州陣地的時候。外祖母，外字是暗喻關外外族，外祖母就是影射關外外族滿清，這裡的情節則是暗指江南地區的滿清。

只見兩個人攙着一位鬢髮如銀的老母迎上來，在這句話的上面有〔甲戌本眉批〕評注說：「此書得力處，全是此等地方，所謂頰上三毫也。」頰上三毫，「『晉書』卷九十二

『顧愷之傳』謂愷之『每寫起人形，妙絕於時。嘗圖裴楷象，頰上加三毛，觀者覺神明殊勝。』㉑」顯然頰上三毫就是出於這個「頰上加三毛」的典故。這個典故記述晉代大畫家顧愷之曾為裴楷畫像，裴楷臉頰上原本無毛，顧愷之却予以虛飾而加畫三毛，這則脂批就是借用這樣的典故，來提示讀者這裡原文這句話「兩個人攙着一位鬢髮如銀的老母」，也是根據某一個人物或對象，再加以虛誇增飾的一種寫法。按本書常以某個領袖人物的形貌或行為特性來代表某個王朝、政權之勢力，如前面以死時頭背生瘡的努兒哈赤形象，化為癩頭和尚來代表滿清或其領袖人物，以擅於說假話招降為特性的洪承疇，化為賈雨村代表善於哄騙招降的滿清，這裡也是採用相同的方法。作者鑒於滿清順治皇帝當時年紀尚輕，且性情乖張，關鍵大事常由其母孝莊皇太后博爾濟吉特氏（即小說中所說的大玉兒）裁決，因此在本回中常以孝莊皇太后來代表滿清，而其輩份高過順治皇帝，故在書中就選擇以輩份高的老祖母賈母這個角色來代表。而這裡鄭成功進攻南京事在順治十六年，順治二十二歲，孝莊皇太后才四十七歲，實際上並未鬢髮如銀，也不用人攙扶，只是為了配合表面故事這個老祖母的角色，所以作者便將她誇張虛飾為是一個需要人攙扶的鬢髮如銀的老母，因此脂批才評注說這句話是一種類似顧愷之「頰上三毫」的虛誇增飾寫法，而且這是作者寫作此書的一種得力筆法。很多讀者可能會對於作者使用某特殊人物來代稱某王朝或政權的作法，感到非常疑惑，其實這一點也不奇怪，現今報紙、電視不也常簡單以「布希」、「胡錦濤」、「馬英九」等首領姓名來代稱美國、中國、台灣的政府嗎？

鬢髮如銀的老母既是影射以孝莊皇太后為代表的滿清勢力，則攙扶滿清勢力迎上林黛玉鄭成功大軍的兩個人，應是指當時瓜州之戰帶領滿清軍隊的兩個將領，亦即清軍操江軍門朱衣佐與游擊左雲龍。按鄭軍攻打瓜州時，清軍「守將操江軍門朱衣佐同游擊左雲龍率滿漢兵馬數千，屯札（紮）瓜州城外迎敵。」後來大敗，左雲龍被斬於陣中，「朱衣佐乞降，獲至鎮江乞歸養親，藩賜銀五百與之」，而予以放回㉒。朱衣佐因此知道鄭成功有重視親情的婦人之仁的弱點。後來鄭成功大軍包圍南京時，朱衣佐以其被放回的親身經歷，向南京守將江南提督管效忠獻計說：「今可速遣人卑辭寬限，以驕其志」。管效忠依計而行，即派遣一位能說善道的使者向鄭成功說：

大師到此，即當開門延入。奈我朝有例，守城者過三十日，城失則罪不及妻孥。今各官眷口悉在北京，乞藩主寬三十日之限，即當開門迎降。㉓

鄭成功原本已準備雲梯四面攻城，聽到來使這樣說，遂暫停而改為圍而不攻。後來就中了清軍這個緩兵之計，竟然以優勢兵力遭突擊而大敗，徒留一頁令人浩歎的歷史。

(2)早被他外祖母一把摟入懷中，心肝兒肉叫着大哭起來：外祖母影射外族的滿清軍，林黛玉影射鄭成功軍。按當時清軍在瓜州的防衛陣式，在下流有滾江龍橫斷長江以阻擋鄭軍船隻，主帥朱衣佐、左雲龍率滿漢兵馬數千屯紮於岸上瓜州城外，瓜州港外左右各有瓜州柳堤炮臺與譚家洲炮臺，正面岸上有銃兵、弓箭兵把守，長江上流尚有巨型木城數座，準備往下衝毀鄭軍舟船。鄭成功對應戰略則是對於滾江龍、木城、譚家洲炮臺，特別分派將領率兵對付，大軍則直衝瓜州港正中間登陸作戰，以優勢兵力發動閃電式全面攻擊㉔。（黛玉）早被他外祖母一把摟入懷中，這是暗寫當六月十六日鄭軍先斬斷滾江龍，打起瓜州門簾後，鄭成功率大軍直對瓜州港正中間迅速衝進，就好像衝入清軍陣式的懷抱中，而轉換為從清軍的角度來看，則清軍三面佈軍迎戰，好像伸出雙手迎接客人一樣，鄭軍（黛玉）一從正中間衝入，就好像早就被清軍（外祖母）伸手一把摟抱入其陣式（懷抱）之中的模樣。

心肝兒肉叫着大哭起來，這句話旁邊有〔甲戌本夾批〕等評注說：「幾千斤力量寫此一筆！」這是以一種簡略得過頭的文字提示說，這是作者將使用幾千斤力量叫喊大哭的事，轉寫成「心肝兒肉叫着大哭起來」這樣一句筆墨文字。由這句脂批的提示，可見這句原文應是喻寫使用幾千斤力量叫喊大哭的戰鬥場面，也就是喻寫當時清軍將鄭軍圍抱入其陣式正中胸懷心肝部位，鄭軍就像是貼在其心肝兒上的一塊肉，於是清軍就大叫着開礮衝殺鄭軍，但是結果反而是大敗被殺，心肝部位受重創，故而大哭起來。從這句脂批，可見脂批文字常故意簡略或扭曲成極模糊難解的一種文體，實在太模糊、太難懂了，但是如果沒有這樣簡略或扭曲的脂批，則讀者更無從追索到《紅樓夢》本文究竟隱寫些什麼真事了。

(3) 當下地下侍立之人，無不掩面涕泣：外祖母影射外族滿清整體軍勢、國魂，「地下侍立之人」則是喻指滿清下屬官兵。這兩句是暗寫護衛著滿清軍勢、國魂的滿清官兵戰敗，也無不掩面痛哭流涕。〔甲戌本夾批〕評注說：「旁寫一筆，更妙！」這是評注說在描寫滿清整體軍勢、國魂抱恨大哭之餘，再旁寫一筆其下屬官兵亦掩面涕泣，顯得全面大敗痛哭，更是妙！

(4) 黛玉也哭個不住：這句是暗寫林黛玉所代表的鄭軍也有傷亡，所以也哭個不停。〔甲戌本夾批〕評注說：「自然順寫一筆。」這是評注說因為拼戰中鄭軍也有傷亡啼哭之事，所以自然也順寫一筆。

這一段至此九句話，作者竟然將鄭軍遠來，在瓜州冒險從中間突破，清軍環抱猛攻，清軍大敗叫喊大哭，鄭軍小傷亡也哭泣的驚心動魄慘烈戰爭場面，轉寫成小外孫女遠來拜訪外祖母，外祖母因思念深重，一見面便將外孫女一把摟入懷中，心肝兒肉叫着大哭起來，小外孫女也哭個不停，這樣親人久別重逢相擁而泣的親情激動溫馨情景，真是千古妙文。

(5) 此即冷子興所云之史氏太君也：太君，對他人母親的尊稱。史氏太君，表面上是指姓史的一位母親，也就是書中本姓史的賈母這個角色。深層上史氏太君的基本涵義則是歷史的母親，歷史的大母源，而其實際影射或代表的對象很複雜，可能是抽象意義的決定歷史演化的天命，或是本書所講演的歷史或負責講演的作者本身，或是明清之際歷史演化的大源頭，亦即演化出南明、大清、大順、大周、延平等王朝的歷史大源頭朱明王朝，或是政軍勢力源頭的大本營，如這裡滿清江南政軍勢力的大本營南京地區，或是政治上的最高權威或元老級人物，如本回後面賈母就影射當時滿清政治的最高權威與元老級人物順治之母孝莊皇太后等等。

〔甲戌本夾批〕評注說：「書中人目太繁，故明註一筆，使觀者省眼。」這是提示說：「本書中所記述的人物數目太過繁多，若一一寫出該等人物的名稱則觀書者眼睛太忙碌，所以作者特別明白註解一筆，說明林黛玉外祖母賈母這個名號就是代表史氏太君這個意義，也就是代表歷史演化的大母源所相關的眾多人物或對象，以便使觀書者節省眼力。」這則脂批也是極度簡略的文字，實際上是借用林黛玉外祖母賈母為例，來提示讀者書中主要角色的名號，如賈母、賈寶玉、林黛玉、王熙鳳等等，都是作者使用一種歸類的方法，用來代表同一類別的許多人物的一個綜合性名稱，而又假裝說是要使得讀者節省眼力，其實是作者恐怕一一寫出詳細的人物名稱，很容易被看穿該等人物的真實身分，而招惹文字獄大禍。

(6)「只見兩個人攙着一位鬢髮如銀的老母迎上來」至「史氏太君也，賈赦、賈政之母」描寫賈母一段：〔甲戌本眉批〕評注說：「書中正文之人却如此寫出，却是天生地設章法，不見一絲勉強。」書中正文，就是書中故事正線發展的文字，也就是說書中所記明亡清興歷史發展正線的文字。正文之人，就是指書中賈母是明亡清興正線歷史上的重要人物，也就是指清順治之母孝莊皇太后。這則脂批是特別提示這裡林黛玉的外祖母是一位明清歷史發展正線上的重要人物孝莊皇太后，但她遠居北京皇宮中，這裡她首次出場卻將她寫成到南京地區來迎接摟抱林黛玉鄭成功軍，實在太荒謬離譜了，但是若瞭解荒謬離譜假故事背後隱藏的真意，卻是天生地設的寫小說文章章法，看不到一絲一毫的勉強。因為本回後面故事的賈母就是影射順治帝的母親孝莊皇太后，而她實際上是當時滿清政權的最高權威，用來代表滿清勢力非常適當，這裡記述鄭成功大軍攻打南京地區，先以她代表滿清軍隊迎接圍攻林黛玉鄭成功軍，出場暖身，再漸次描寫到孝莊皇太后本人事跡，豈不是一種天生地設的絕妙小說章法。這則脂批主要用意是提示讀者，《紅樓夢》文章表面上常是極度曲折離譜，而背後則是不見一絲勉強的天生地設絕妙章法。

(7)這是你先珠大哥的媳婦珠大嫂：先珠大哥，即賈政的長子，賈寶玉的大哥賈珠，第二回寫他不到二十歲就娶妻生子，一病死了，應是影射滅亡了的朱明崇禎王朝、南明弘光、隆武王朝。珠大嫂，指賈珠的遺孀李紈，應是影射與朱明王朝並世相偶的漢人政權之李自成、張獻忠等農民軍的餘緒。〔甲辰本〕評注：「李紈。」這是提示這裡「先珠大哥的媳婦珠大嫂」就是後面才正式出場的李紈。

(8)只見三個奶嬤嬤並五六個丫嬛，擶擁着三個姊妹來了：奶嬤嬤，就是奶媽。三個姊妹，指迎春、探春、惜春三姊妹。擶擁，即簇擁，為圍聚擁護著的意思。在本書中小姐、姑娘常是喻指某王朝、勢力集團或其領袖人物，嬤嬤常是喻指護衛某王朝或勢力集團的高級大臣大將，小丫嬛常是喻指較次級將臣或一般官兵。這幾句原文是喻寫當林黛玉鄭軍攻破瓜州後，在賈母所代表的滿清發動下，以迎春、探春、惜春為代號的三個地區勢力集團就由三位大將率領五六隊人馬到來。

〔甲戌本夾批〕評注說：「聲勢如現紙上。」這是注解原文這兩句話把軍隊由各方簇擁而來的壯盛聲勢描寫的很逼真，如活現在字紙上面。

(9)第一個肌膚微豐：肌膚微豐就是肌膚稍微豐滿微胖。〔甲戌本夾批〕評注說：「不犯寶釵。」第四回描寫薛寶釵「肌骨瑩潤」，第五回又描寫她「容貌豐美」，可見薛寶釵是個肌膚稍微豐滿微胖的人物，故這則脂批特別提示這裡描寫迎春肌膚微豐，並不沖犯到也是肌膚微豐的寶釵，換句話說，就是提示迎春所影射的對象不是寶釵所影射的對象，所以不會互相沖犯重複。其實所謂胖瘦是喻指領域的大小、形狀的寬窄，或政軍勢力的強弱而言。

(10)肌膚微豐，合中身材，腮凝新荔，鼻膩鵝脂，溫柔沉默，觀之可親：〔甲戌本夾批〕等評注說：「為迎春寫照。」寫照，意思是照實描寫某人或某事的容貌、特點。迎春，根據第二回是榮國府長房賈赦前妻所生的長女，就賈府整體排行則是二小姐（大小姐是二房賈政的長女賈元春）。這是明白點示這幾句話為照實描寫賈迎春容貌特點的文字。在第二回寫到賈府二小姐迎春之旁，有〔甲戌本夾批〕注說：「應也。」而根據筆者的考證，這個諧音的「應」字應該是點示「應天府」，也就是點示在明代稱為應天府的南京地區，或該地區的王朝、勢力集團或其領袖人物。

「肌膚微豐，合中身材」，這兩句話大約是喻寫應天府地區以南京為中心，南至杭州灣、錢塘江，北至揚州、高郵湖，西至蕪湖、巢湖，東至長江口，這個地區上下左右看來有點寬廣，好像一個女人肌膚微豐，中等身材一樣。腮凝新荔，這是喻寫這個地域屬水鄉澤國，長江兩岸湖泊遍佈，地面凹凸不平，猶如一個小姐臉面兩腮凝結出像荔枝那樣凹凸不平的表皮。鼻膩鵝脂，這應是喻寫長江三角洲被崇明島隔開的長江南北水道很像人的兩個鼻孔，而土質為潤濕鬆軟的沉積沙土，好像油膩含脂的肉塊，且長江三角洲突入東海中，形狀很像一個人的鼻頭，從其形狀質地看起來像極了一個人油膩如含脂肥鵝般的豐隆厚軟鼻頭。「溫柔沉默，觀之可親」，這兩句話大約是喻寫這個地區整體形狀略成圓形，長江口又像個笑口，看起來很像一個人相貌溫柔沉默而很親切的感覺。由於這幾句對於迎春容貌的描寫，十分符合大南京應天府地區的地形地貌，更可以證明前面脂批對迎春批注為「應也」，應該就是寓指大南京應天府地區。而這裡寫迎春前來會見林黛玉，是暗寫滿清從大南京地區調派軍隊前來與鄭成功軍戰鬥。

(11) 第二個削肩細腰：〔甲戌本夾批〕評注說：「洛神賦中云『肩若削成』是也。」洛神賦，為曹操兒子曹植所作。曹植愛人甄氏被其兄曹丕所佔，不得相見，某日曹植自京師返回，橫渡洛水時，有感而作洛神賦，感恍惚與洛水之神「宓妃」相遇，借以託寫其與甄氏之情，賦中有「肩若削成，腰如束素」的辭句。可見這句原文的典故是出自曹植洛神賦。

(12) 削肩細腰，長挑身材，鴨蛋臉面，俊眼修眉，顧盼神飛，文彩精華，見之忘俗：〔甲戌本夾批〕等評注說：「為探春寫照。」探春，根據第二回是榮國府二房賈政庶出的女兒，就賈府整體排行則是三小姐。這是明白點示這幾句話為照實描寫賈探春容貌特點的文字。在第二回寫到賈府三小姐探春之旁，有〔甲戌本夾批〕注說：「嘆也。」而根據筆者的考證，這個諧音的「嘆」字應該是點示江日昇《台灣外記》楔子所說「出五代諸侯，為國（明）朝『嘆氣』」㉕，即出鄭芝龍、鄭成功、至鄭克塽等鄭氏五代諸侯，支撐南明隆武、永曆王朝反清復明，為明朝作迴光返照式的最後讓世人感動「嘆氣」的活動地區，或該地區的王朝、勢力集團或其領袖人物。而鄭成功軍系活動範圍雖通常在福建省沿海地區，但也常擴充至浙江舟山一帶，及廣東的潮州一帶，故這裡探春，應是隱指杭州灣以南的浙、閩、至廣東潮州一帶沿海狹長地區。

削肩細腰，這是作者借用洛神賦「肩若削成，腰如束素」的辭句，來喻寫杭州灣以南的浙、閩海岸地形向內傾斜削切而下的狀況。長挑身材，是喻寫這個地區地形狹長。鴨蛋臉面，是喻寫這個地區沿海地形為長長圓弧往西南彎尖下去的形狀，有點像上寬下尖橢圓形的鴨蛋臉模樣。「俊眼修眉，顧盼神飛」，這兩句大概是喻寫這個地區沿海山海交錯，有長形岬島突出猶如人的修長眉毛，長岬邊又有清澄的港澳好像人的俊秀眼睛。「文彩精華，見之忘俗」，這兩句大概是喻寫這些山海交錯、長岬深澳，好像用筆墨橫畫圈點，寫字作畫，頗有天然文章或圖畫的意境，故令人感覺文彩精華，見之忘俗。由於這幾句對於探春容貌的描寫，十分符合閩浙海岸地區的地形地貌，更可以證明前面脂批對探春批注為「嘆也」，應該就是影射《台灣外記》所說「出五代諸侯，為國（明）朝『嘆氣』」的鄭氏五代所活動的閩浙海岸地區。而這裡寫探春前來會見林黛玉，是暗寫滿清從浙、閩地區調派軍隊前來救援。

(13)

第三個身量未足，形容尚小：從這兩句語意，顯然是描寫賈府最幼小的四小姐惜春了。根據第二回，惜春是寧國府賈敬的女兒，賈珍的胞妹，就賈府整體排行是四小姐。〔甲戌本眉批〕等評注說：「渾寫一筆更妙。必個個寫去則板矣。可笑近之小說中，有一百個女子，皆是如花似玉，一副臉面。」這是提示這兩句只是配合表面故事的賈府三春姊妹，按長幼順序而渾寫一筆，連帶簡單寫出最幼小的惜春，這樣的寫法更妙；並順勢譏評當時盛行的才子佳人小說書中，有一百個女子，都寫成如花似玉，同樣一副臉面，非常可笑。由這則脂批可知這裡的惜春，只是極簡單渾寫一筆的文字，換句話說只是未明指地順便記述滿清還從別的地區調派軍隊來增援，而這些軍隊軍力不多、不強，就好像一個幼小的女孩「身量未足，形容尚小」一樣。

(14) 其釵環裙襖，三人皆是一樣的粧飾：釵環，這是喻指沿海黏插在大陸邊上的島嶼很像插飾在女人頭髮的釵飾，而圍繞在港澳四周的環狀島嶼好像女人所戴的手環。裙襖，這是喻指沿海彎彎折折的海岸線及海波盪漾，就好像女人所穿裙襖的皺褶與搖擺生波一樣。又既然三人的釵環裙襖都是一樣的粧飾，可見惜春也是喻指島嶼散佈的沿海地區，不過只是渾寫一筆，未曾詳細描繪，故我們無法核對出究竟是指那一省境的沿海地區。

〔甲戌本夾批〕等評注說：「是極。畢肖。」這是批註以女人所穿戴釵環裙襖來比喻東南沿海島嶼散佈、海岸曲折、波濤盪漾的狀態，極是，完全地唯妙唯肖。從以上作者竟然將江南地區及閩、浙沿海地區地形地貌的特徵，以超常的想像力分別轉寫成一個妙齡美女的身材、容貌、氣質，模擬得唯妙唯肖，而又各極其妙，真是千古絕唱。

(15) 「第一個肌膚微豐」至「三人皆是一樣的粧飾」，描寫迎春、探春、惜春一段：〔甲戌本眉批〕評注說：「從黛玉眼中寫三人。」這是提示以上是從黛玉眼中所看見的情況，來描寫迎春、探春、惜春的容貌，也就是以鄭成功軍在瓜州大戰勝利後所看見、所獲知情報的情況，來描寫清軍從大南京地區、浙閩地區、其他沿海地區都有發動軍隊前來鎮江增援的情況。

(16) 黛玉忙起身迎上來見禮：這是描寫林黛玉鄭成功軍見清軍從各方調集人馬前來鎮江，也趕忙起身動作，迎接清軍調動的情勢，趕緊上來進行一番攻擊或招降的適當行動，好像以合適禮節與清軍相見一般。〔甲戌本夾批〕評注說：「此筆亦不可少。」這是點示前面單是大寫清軍發動前來的情況，這裡再寫林黛玉鄭軍的對應動作也是不可缺少的文字。

(17)「丫嬛們斟上茶來。不過說些黛玉之母如何得病，如何請醫服藥，如何送死發喪。不免賈母又傷感起來」：在「傷感」二字旁邊，有〔甲戌本夾批〕評注說：「妙。」這是特別提示這裡賈母聽到黛玉之母病亡發喪的情況而又傷感起來，隱藏有很「微妙」的意義，要仔細推敲。按這裡黛玉是影射鄭成功延平王朝，黛玉之母賈敏（賈閩）是影射閩地南明隆武帝王朝，所以這裡丫嬛們只說些黛玉之母賈敏如何得病、請醫服藥、送死發喪的事情，不免賈母又傷感起來，其實就是暗寫滿清眾官兵只集中探討以前南明隆武帝閩地王朝如何被滿清剿擊、招降兼施，以致王朝得病、醫療、喪亡的情況，如今也想故計重施，以剿擊、招降兼施的同樣方法，來消滅繼承隆武復明事業的鄭成功延平王朝大軍，不免南京地區滿清的賈母又想到鄭軍也將要如同隆武王朝一樣敗亡，而貓哭耗子般地替鄭軍傷感起來。

(18)連面也不能一見：寓指賈母所代表的江南清軍，連當面與賈敏代表的閩省隆武王朝見面會戰的機會都沒有，隆武王朝就滅亡了，因為清軍耍弄了詐術誘騙隆武王朝柱石的鄭芝龍降清，隆武王朝就崩潰了。

(19)「摟了黛玉在懷，又嗚咽起來。眾人忙都寬慰解釋，方略略止住」：這是暗寫賈母所代表的南京地區清軍，再度把林黛玉所代表的鄭成功軍像摟在懷中一般地圍起來攻擊，但是又再次大敗被殺，傷亡慘重，所以又嗚咽地哭泣起來。經過清軍眾官兵大夥兒都來寬慰解釋一番，這樣賈母所代表的南京地區清軍才略略止住傷心哭泣。按鄭成功大軍於六月十六日大破長江北岸瓜州後，六月十九日又雲集南岸進攻鎮江，滿清除了鎮江守將高謙駐鎮外，江南提督管效忠自南京率兵來援，並調集蘇州、常州、無錫、江陰、吳淞等各方軍隊，齊來圍攻鄭軍，經過一番慘烈戰鬥後，六月二十三日鄭軍又大破清軍，提督管效忠遁回南京，鎮江守將高謙開城投降㉖。原文這一段故事就是暗寫鄭、清鎮江大戰的情況。

在原文「方略略止住」這句話旁邊，有〔甲戌本夾批〕等評注說：「為黛玉自此不能別往。」這是提示後來賈母得以略微止住嗚咽的理由，就是「為（了）黛玉自此不能別往」這個理由。這是什麼意思呢？按黛玉是影射鄭成功軍，賈母是影射南京地區清軍，這裡原文暗寫清軍在鎮江之戰又大敗，所以賈母所代表的南京地區清軍就很傷心地嗚咽哭泣起來，但是聽到眾官兵勸慰說反正鄭軍孤軍深入長江我清軍江南重地，鄭軍戰勝後一定會再繼續往前深入，又不會往別處去，我們清軍再集結大軍將他消滅不就得了，賈母南京地區清軍聽到這樣的話，「為（了）黛玉（鄭軍）自此不能別往」他處，清軍還有機會在江南南京地區將鄭軍擊敗，最後達到將鄭軍復明勢力收拾消化在江南南京地區的結果（即回目所謂「榮國府收養林黛玉」），因此也就心中寬慰解釋，略微止住傷心哭泣了。

(20)黛玉年紀雖小，其舉止言談不俗，身體面龎雖怯弱不勝：黛玉年紀雖小，此時永曆十三年、順治十六年，為鄭成功建立延平王朝第五年，也就是林黛玉五歲，故說黛玉年紀小，其實這年鄭成功已三十六歲，年紀已不小了。其舉止言談不俗，指鄭軍有反清復明大志，驍勇善戰，軍紀嚴明不擾民，又善於鼓動各州縣反正歸附等，其行動與言論不同凡俗。身體面龎雖怯弱不勝，這是喻寫鄭成功延平王朝實際佔有的領土，只有閩南極少數州縣，及閩、粵、浙沿海的厦門、金門、南澳、南日島、海壇島、舟山群島等島嶼，從南到北零零散散分佈於東南沿海地區，各島嶼間相隔著廣闊虛弱的海水，整體形狀南北狹長千里，東西寬處也只數十里，細瘦纖弱，零散稀疏，好像一個女人身體面龎虛怯瘦弱不堪的模樣。

在「身體面龎雖怯弱不勝」這句話的旁邊，有〔甲戌本夾批〕評注說：「寫美人是如此筆伏（法），看官怎得不叫絕稱賞！」這是評論說：「作者描寫絕色美人林黛玉，卻是使用『身體面龎雖怯弱不勝』這樣一點也不美的文詞筆法，讀者看官怎得不因其怪異反常而叫絕稱賞呢！」這是批書人刻意提示作者使用「身體面龎雖怯弱不勝」這樣的詞句筆法，來形容一個女人是一個美人，根本就是很怪異離譜的，以刺激讀者起疑而領悟到這句話並不是在描寫一個美人，而是另有隱藏的意義。由此可見，要想悟通《紅樓夢》故事背後隱藏的真事，首先必須善於察覺《紅樓夢》表面故事違背常理或矛盾不通的文字情節，然後再從這些悖理或矛盾的文字情節，下手去探索能夠合乎常理、理順矛盾的背後真事。

(21)

却有一段自然風流態度：風流，現今幾乎專指性喜沾惹異性的意思，古時則常指男子儀表俊美，風度翩翩，言行舉止瀟灑豪邁的意思，或指女子體態窈窕，顧盼、搖擺生姿，具有如楊柳隨風流動的風韻。這裡在內層上，風流則是乘風勢逐水流而行船的意思。原文這句話是喻寫鄭成功延平王朝雖然領土細瘦纖弱不堪，卻有一股駕馭大自然風勢逐水流而擺盪行船，率舟師來去如風，縱橫海上，舉止豪邁自雄的態勢。

〔甲戌本夾批〕等評注說：「為黛玉寫照。眾人目中，只此一句足矣。」這是評論說：「原文『有一段自然風流態度』這句話，誠為林黛玉鄭成功軍的最真實容貌、特點。在眾人眼目中所看到鄭成功軍的真實形象，只有這一句話就足夠形容了，其餘大可不必多說。」這是因為在世人眼光中，鄭成功軍最有代表性的形象就是乘風逐流地駕駛舟師呈威海上，其餘都不是關鍵事項。

(22)「其舉止言談不俗，身體面龐雖怯弱不勝，卻有一段自然風流態度，便知他有不足之症」一段：不足之症，「中醫病症名。由身體虛弱引起。如脾胃虛弱，叫中氣不足；氣血虛弱，叫正氣不足。㉗」這裡實際上是喻寫林黛玉鄭成功軍領土、軍隊、糧食等不足，患有整體勢力不足的病症。按《紅樓夢》對於兩個首要的女主角林黛玉與薛寶釵，各特意加上一種無法根治的奇怪病症，及一種必須長期服用的特異藥物，如這一回寫林黛玉患有「不足之症」，長期服用「人參養榮丸」，第七回描寫薛寶釵患有一種屬於「無名之症」的胎裏帶來的一股「熱毒」，長期服用「冷香丸」。這種怪異的病症及藥名，是作者故意要透露林黛玉與薛寶釵真實身分之重要特徵的一種特別標記。另外還描寫史湘雲有說話「咬舌」的大缺陷，王熙鳳有「不識字」的大缺點，也都是作者故意要透露其真實身分的暗記。所以，若想了解這些人的真實身分，這些特殊的病症、藥名、缺陷、缺點就是尋線追查的最佳捷徑。

在這一段文字的上面，有兩條脂批。一條〔甲戌本眉批〕評注說：「從眾人目中寫黛玉。」這是提示這一小段四句話是「從眾人目中所看見的觀感，寫出林黛玉鄭軍的整體形象特質」，也就是清軍在瓜州、鎮江接連大敗後，清軍眾人就認真觀察、分析鄭軍的整體形象特質，獲致這四句結論，即「其舉止言談不俗」，善於作戰及號召歸附；「身體面龐雖怯弱不勝」，實際佔領土細瘦纖弱不堪；「卻有一段自然風流態度」，卻擁有一股自然乘風逐流駕駛舟師來去馳擊的豪邁態勢；「便知他有不足之症」，由其領地細碎纖弱，僅靠威猛舟師千里孤軍深入，便知鄭軍具有糧食、資源補給困難、不足的病症。最後「便知他有不足之症」這一句，是喻寫滿清眾人終於歸納出鄭成功大軍具有糧食、資源不足的大弱點，必不能持久，所以最佳對策就是藉故拖延時間，後來鄭軍進圍南京，南京清軍就是據此而訂出向鄭軍詐降請求延緩攻城的計策，使鄭成功中計，而擊退鄭軍的。

另一條〔甲戌本眉批〕評注說：「草胎卉質，豈能勝物耶？想其衣裙皆不得不勉強支持者也。」前面第一冊已說過鄭成功有「草雞」英雄的稱號，而「鄭」字左半部最上面是「廾」字部首，「廾」即「草」，故以「草」字暗點「鄭」字。故草胎，即「鄭胎」，亦即鄭姓的胎兒，就是「姓鄭」的意思。卉質，第一冊已說過「木質」係暗點鄭成功本名鄭森的「森」字，因其由三個「木」字組成，而卉是草的總稱，草與木類同，故這裡以「卉質」代替「木質」，也是暗點「森」字。故「草胎卉質」就是暗指鄭森。這裡批書人是藉「草胎卉質」四字，暗點林黛玉的真正身分就是鄭森，即鄭成功。「豈能勝物耶」中的「物」字，是與第一回描寫絳珠草「遂脫却草胎木質，得換人形」中的「人」字，相對立而稱的。而絳珠草「遂脫却草胎木質，得換人形」，是暗指國力衰降成暗紅絳色的朱明隆武王朝「遂將鄭森脫却其原本姓名鄭森，而賜姓改名為朱成功，使原本儒弱的朱明王朝得以脫胎換骨為具備堅定抗清的『漢人』人格形象。」可見本書是以「人」字代表「漢人」，因此批書人就據此把當時與漢人對立的滿清暗稱為「物」，等於暗罵滿清不是人，這當然是出於當時漢人被滿清滅亡的憤怒情緒所致，同時也有舊時漢人一向自視甚高，瞧不起周圍所謂夷狄小民族的大漢沙文主義成份。綜合起來，這條脂批是評注說：「林黛玉鄭成功延平王朝正如其本名鄭森所蘊含的『草胎卉質』意義一樣，基本體質猶如草胎卉質般的脆弱，豈能勝過那盤踞大陸的蠻物滿清啊？可以想見鄭成功軍僅據有沿海零散島嶼、州縣，糧食不足的情況，就像衣裙左支右絀不堪蔽護身體一般，皆不得不勉強支撐維持著而已。」

(23)「從會吃飲食時便吃藥，到今未斷。請了多少名醫修方配藥，皆不見效」：這是喻寫說：「鄭成功延平王朝自從聚兵成立政權，會籌糧供應軍隊飲食抗清以來，便常被滿清攻擊受傷如同生病，而不時像吃藥一般地想方設法補救，到今天未曾斷絕。不知請了多少如同名醫的謀士勇將研修良方配製好藥來補救治療，都不見效。」

(24)「那一年我才三歲時，聽得說來了一個癩頭和尚，說要化我去出家：三歲時，林黛玉三歲就是隱指鄭成功延平王朝三年，永曆十一年，順治十四年。癩頭和尚，影射滿清。出家，就是離開家庭出去當和尚，當和尚就要剃光頭髮，故這裡出家是比喻剃光前腦頭髮投降滿清。這三句話應是暗寫永曆十年十一月，滿清以誅滅鄭氏三族脅迫鄭芝龍，鄭芝龍再修家書，派家丁謝表為使者（癩頭和尚），攜至廈門懇勸鄭成功剃髮降清（出家），被鄭成功嚴斥，至隔年永曆十一年、延平王朝三年一月（黛玉三歲），謝表又跪求回信，鄭成功於是回信交其攜回，但仍拒絕剃髮降清，從此和議斷絕這件事㉘。〔甲戌本夾批〕評注說：「文字細如牛毛。」這是評論這幾句話又回述永曆十一年、延平王朝三年滿清派人勸說鄭成功剃髮降清的細節，這樣的文字真是描寫得微細如牛毛。

〔甲戌本眉批〕評注說：「奇奇怪怪一至於此。通部中假借癩僧跛道二人，點明迷情幻海中有數之人也。非襲《西遊》中一味無稽，至不能處便用觀世音可比。」癩僧，就是癩頭和尚，是以死時頭背生瘡的努兒哈赤形象來代表滿清或其領袖人物。跛道，就是跛足道人，是以被滿清囚禁時絕食而步履蹣跚如跛足為特性的洪承疇來代表滿清漢軍或其重要人物。癩僧跛道二人，其實就是第一回故事剛開始處，青埂峰下那塊頑石所遇到的一僧一道，也是最後一回將賈寶玉帶往青埂峰的一僧一道。迷情幻海，喻指在明清改朝換代的過渡期間，世人處於執迷明朝漢人民族情感與變換為滿清新朝代的迷幻徬徨情境。按本書基本結構是使用佛道教思想包裝內裡的明亡清興歷史，將世人執意於維持原本明朝漢人統治狀況，描寫為執迷於變幻無常的塵世生活中，而將世人經歷滿清攻擊的種種苦難之後，終於剃頭降清的情況，描寫為看破紅塵而悟道出家。又將專門壓迫或誘騙漢人投降滿清的滿軍與降清漢軍分別神化為癩僧與跛道，而將這兩人誘騙漢人剃頭降清，描寫為點醒迷情幻海中之人悟道出家。這樣的包裝正是使得讀者無法窺破《紅樓夢》暗寫反清復明歷史的最弔詭、最神秘因素，因為若是提倡反清復明的小說，正常的想法是漢人不知亡國之恥而甘心在滿清統治下生活，才是執迷不悟，經僧道大儒之類的高人指點之後，毅然起而反清復明，才是覺醒悟道，《紅樓夢》卻完全顛倒過來，將投降滿清寫成是覺醒悟道出家，由於這樣的奇怪包裝，滿清官員雖很懷疑《紅樓夢》中含有悖逆滿清統治的礙語，卻始終查不出悖逆違礙的實據。這條脂批就是藉機提示說：「本書情節奇奇怪怪，竟至於像這裡所描寫林黛玉故事這樣的地步，她才三歲，只是患了身體虛弱的不足之症，尚未經歷人世間的重大煎熬苦難，就有癩頭和尚要化她去出家當尼姑，實在太過離奇。本書從頭到尾整部書中，假借癩僧跛道二人，點明執迷於漢人情感與朝代變幻之海中的少數幾個人。但這並不是抄襲《西遊記》中那種完全是虛構無稽的故事，到了書中主角唐三藏、孫悟空打不過大魔頭、渡不過大劫難，故事情節實在不能轉圜的地方，便一再使用觀世音突然從天而降，現身為他們化解危機，這樣一味無稽的故事可以比擬的。」這條脂主要目的是藉這裡描寫林黛玉才三歲只生點小病，就跳出一個神話人物癩頭和尚要化她出家的奇怪不合理情節，提示讀者正確解讀《紅樓夢》的方法，首先就要懂得發現本書中含有很多像這樣奇奇怪怪的不合理情節，而像書中突然跳出來救渡某些人的癩僧跛道二人，不可和《西遊記》中的觀世音相比擬，因為《西遊記》中的觀世音故事情節是一味無稽之談的純粹虛構故事，而癩僧跛道故事並不是虛構的無稽之談，故讀者對於這些奇奇怪怪的不合理情節應該知所懷疑，從而下手去追查其合理的答案，以發現其背後所隱藏的真事。

(25) 若要好時，除非從此以後總不許見哭聲：哭聲，喻指戰敗被殺傷亡而哀哭出聲。這兩句是喻寫鄭成功延平王朝若想要治好有如身體虛弱不堪的領土、勢力不足的病症時，除非從此以後與滿清打戰都不許戰敗，以致軍隊有所傷亡而哀哭出聲。

(26) 瘋瘋癲癲，說了這些不經之談：〔甲戌本夾批〕等評注說：「是作書者自註。」這是特別提示上面癩頭和尚所說：「既捨不得他…除非從此以後總不許見哭聲…方可平安了此一世」那段話，表面上是癩頭和尚所代表的滿清「瘋瘋癲癲，說了這些不經之談」，其實「是著作本書的作者自己所作的歷史評註。」也就是說，這段話是作者假借癩頭和尚所代表的滿清之口，對於林黛玉鄭成功王朝前途，作出自己的歷史評註說：「既捨不得鄭王朝剃頭降清…除非從此以後總不許被滿清打敗而見到傷亡哭聲…方可平安了此一世」，而不是滿清真正說了這段話。這一條脂批主要是借這個機會提示讀者一個重要的信息，就是《紅樓夢》作者有時會假借書中某個角色之口，來敘述自己對某人某事的歷史評論。這是《紅樓夢》的一種重要筆法，讀者若不瞭解有這麼一種奇異筆法，對於某些角色的對話就可能會看得一頭霧水，感覺莫名其妙。

(27) 黛玉談說癩僧要化他出家一段：〔甲戌本眉批〕評注說：「甄英蓮乃副十二釵之首，却明寫癩僧一點。今黛玉為正十二釵之貫（冠），反用暗筆。蓋正十二釵人或洞悉可知，副十二釵或恐觀者惑略，故寫極力一提，使觀者萬勿稍加玩忽之意耳。」這是提示說：「本書的金陵十二正釵、副釵中，甄英蓮乃是屬於較次要的副十二釵之首，但是在第一回甄英蓮出場的故事情節中，甄英蓮同樣才三歲，却反倒很詳細明白的描寫癩僧現身來點示一番（說甄英蓮是『有命無運、累及爹娘之物』，並勸他父親甄士隱捨給他帶走，甄士隱不肯，癩僧還念四句詩預示甄英蓮的最終命運）。如今林黛玉為最重要的正十二釵之冠，這裡林黛玉出場，同樣是三歲且牽涉到癩僧的情節，卻不明寫癩僧現身明白指點林黛玉的命運，反而是使用林黛玉『聽得說來了一個癩頭和尚』，而由林黛玉間接轉述的暗寫筆法，輕描淡寫一下而已。這是因為正十二釵所代表的真實人物，世人或許可以洞悉知曉，故輕輕一點就夠了，而副十二釵恐怕觀書者或許會迷惑不明而忽略，故作者描寫時就極力的提筆一寫，其用意是使觀書者萬萬不可對該次要人物稍加玩忽的意思而已。」其中所包含的真相是第一回的甄英蓮影射明太子朱慈烺，在歷史上人們很容易忽略，故作者便極力明白一寫，至於這一回的林黛玉則影射鄭成功，是一位家喻戶曉的英雄人物，所以作者就只用暗筆輕輕寫出，讀者就可知悉，同時當然也是怕寫得太明白，就很容易被滿清檢查出來，而遭致文字大禍。這則脂批主要是藉機又提示了《紅樓夢》的一種重要筆法，就是作者對於明清交替歷史人物中，人們較易知悉的重量級人物有時反而只用暗筆輕描淡寫一下，對於人們較不熟悉的次要人物則可能會極盡可能地明白描寫一番。

(28) 如今還是吃人參養榮丸：人參養榮丸，是中醫專治虛弱不足病症的方劑名稱。這裡表面故事描寫林黛玉，自幼患有身體面龐怯弱不勝的不足之症，顯然是身體虛損而元氣不足的病症，所以作者說他一直吃人參養榮丸，這在中醫是很對症下藥的治療處方。大陸女中醫師汪佩琴在所著《紅樓醫話》中說：「《紅樓夢》中的林黛玉就有虛勞症。……林黛玉秉性素弱，人參養榮丸專以溫補氣血，理虛養心為主。方中以人參、白朮、茯苓、炙甘草（四君子湯）補氣理胃，當歸、白芍、熟地補血和血，遠志養心安神，黃芪益氣固表，大棗、陳皮理氣健脾和中，桂心和生姜溫腎散寒，五味子斂肺止咳。」又說：「此方來自《局方》一書，長期氣血虧，主要着重於補脾益氣為主，以人參養榮丸最為穩妥。所以林黛玉長年服用此丸，一可滋養生化之源，二能養心安神，兼有斂肺止咳，益氣固表，加強抗病能力，從醫理上講是無可挑剔的。㉙」就內裡真事層面來說，人參養榮丸以理虛養心為主，也正好可以對治鄭成功延平王朝領土、糧源不足而體質虛弱，及部屬時有叛逃降清忠心度不足的大病症。

不過，人參養榮丸還有更奧妙的涵義，暗喻洪承疇在崇禎十五年松山戰敗被囚時，因喝了人參湯，而降清培養其榮華富貴前程。按洪承疇戰敗被囚原本誓死不降，後來卻轉變心意降清，其原因歷史上有幾種不同的說法，其中野史傳說得很盛的一種說法，就是說洪承疇被囚時因喝了大美人莊妃所獻的人參湯，而轉意降清的。對此，蕭一山《清代通史》有一段很詳細而生動的描寫，說：

> 承疇被俘至盛京，以死自誓，絕粒屢日，精神漸萎。皇太極令人百計勸降，終不聽；乃問明之降人，有可以餌承疇者否。則以好色對。皇太極大喜，使飾美女數輩，往侍，卒無效。時皇太極妃博爾濟吉特氏（按即莊妃、順治之母）者，內蒙古科爾沁貝勒塞桑女也。貌美冠一時，乃遣之。妃密貯人參汁於小壺，效婢裝，入侍奉承疇，承疇閉目面壁，泣不已；妃強勸之，亦不顧。已而，妃又強勸曰：「將軍終絕粒，獨不可稍飲而後就義也？」語次，情態婉孌，意致悽然，且以壺承其唇；不得已，少沾飲焉。逾時竟不死，妃又進焉，承疇連飲之，愈不死，精神且加充。如是者數日，妃多方勸慰，選進美饌，承疇漸甘之，未幾，意轉，遂飲噉如常。由是益日夜進勸，並反復喻以利害。承疇遂降。㉚

另外，本書對於書中人物生病吃藥而病癒，有時並不是指一般世俗想法的將病治好恢復健康，反倒是指吃藥無效而死亡的意思，這是採取佛教死亡就是解脫的思想，認為人一死就解脫一切病痛苦難，好像再也不必吃藥而病癒了一樣。例如在第十回描寫張太醫為秦可卿診病開藥方後，向其丈夫賈蓉說：「人病到這地位，非一朝一夕的症候，吃了這藥也要看醫緣了。依小弟看來，今年一冬是不相干的。總是過了春分，就可望全愈（痊癒）了。」果然到了第十三回就描寫鳳姐夢見秦可卿來向她交代後事，贈送了「三春過後諸芳盡，各自須尋各自門」兩句遺言之後，秦可卿就死亡了。這是暗寫秦可卿所影射的明崇禎皇帝到了隔年崇禎十七年的春分（二月十二日）過後，到了暮春三月就因李自成攻陷北京而（自縊）死亡，再也不必吃藥地痊癒了。這裡林黛玉長期吃人參養榮丸，就是以這樣異乎凡俗的想法，暗喻鄭成功王朝長期遭受以總管剿撫江南事宜的洪承疇為代表的清軍之攻擊，等於長期吃這個以人參降清求榮華的洪承疇清軍的苦頭、苦藥，就好像長期生病吃苦藥一樣；且同時常會有部屬叛逃降清尋求榮華富貴，就好像洪承疇吃人參而降清尋求榮華富貴一樣，鄭成功王朝長期以來就一直吃著這種部屬吃人參求榮華降清事件的苦藥。

〔甲戌本夾批〕等評注說：「人生自當自養榮衛。」榮衛，中醫有營衛的說法，營指猶如軍隊大本營的身體內部五臟六腑的營生運化機能，衛指猶如軍隊外圍衛兵的身體外表肌膚抵禦寒暑邪氣侵襲的功能，這裡榮衛即營衛，榮即營，指體內五臟六腑生化榮發的機能。人生自當自養榮衛，原意是人生自然應當自己保重身體，保養好自己體內五臟六腑的生化榮發機能，及外表肌膚抵禦寒暑邪氣侵襲的功能，不必別人來操心或代勞。內層隱義則是喻示漢人自當自己統治，自己保養自己人民的營生及國家的防衛，而不應由滿清人來代為統治。

(29)
賈母道：「這正好，我這裡正配丸藥呢！叫他們多配一料就是了」：這顯然是說賈母正配其他丸藥，而要再多配一料人參養榮丸給林黛玉服用。而人參養榮丸隱寓被清軍擊敗吃苦頭的意思，故這幾句是喻寫滿清正在南京集結配備一支軍隊像丸藥般讓你鄭軍吃苦頭，還要叫他們額外再多配備一支一定能使鄭軍吃下敗戰苦藥的軍隊（人參養榮丸）。

在「正配丸藥」四字的旁邊，〔甲戌本夾批〕等評注說：「為後菖菱伏脈。」這是提示這裡賈母所說正配丸藥的情節，是本書後面有關「菖菱」情節的伏脈。

◈真相破譯：

當鄭軍斬斷長江上的滾江龍，衝進入瓜州清軍陣地的時候，只見兩個清軍將領（軍門朱衣佐與游擊左雲龍），攙護着一位以元老級孝莊皇太后之鬢髮如銀的老母形象為代表的江南清軍迎戰上來，鄭軍便知這是關外外族滿清的江南清軍（外祖母）。鄭軍才想要從正中間衝上岸去當面會戰時，早就被外族的江南清軍三面佈軍包圍痛擊，好像伸出雙手將鄭軍一把摟抱入其陣式的懷抱之中，此時鄭軍奮勇中間突破而擊潰清軍，清軍就好像心肝部位受重創一樣，叫着我的心肝兒肉好疼，而大哭起來。當下護衛著清軍軍魂聲勢的下屬官兵死傷極多，也無不掩面痛哭流涕。激戰中鄭軍官兵也頗有傷亡，所以也哭個不停。一時間已分出勝負，於是眾人慢慢的解勸雙方住手休戰，鄭軍才上瓜州收降會見清軍。這股清軍就是第二回冷子興所說的史氏太君，也就是具有促動歷史演化大母源意義的以孝莊皇太后為最高代表的江南總部清軍，大江南地區東部（賈赦）、西部（賈政）兩股清軍的母源、總部。當下瓜州投降的江南清軍又獻上投降的名冊，一一指給鄭軍認識，說：「這是某部大首領（大舅母），這是某部二首領（二舅母），這是你先前滅亡的朱明王朝所並世相偶的漢人政權李、張農民軍餘緒的某首領（珠大嫂李紈）。鄭軍一一清點會面過。隨後江南清軍又發出召集命令說：「請各地清軍（姑娘們）

過來增援。今日鄭軍從廈門遠道才來到這裡，還立腳不穩，各地清軍可以不必在原地點上班駐防（不必上學）了。」眾人答應了一聲，便有兩個去傳令了。

沒過多少時間，鄭軍只見三位大將率領五、六隊人馬，簇擁著以迎春、探春、惜春三個姊妹名號所代表之三個地區的清軍趕來了。第一個是迎春所代表的以大南京應天府（脂批：迎，應也）為中心之江蘇大江南北地區調派來的清軍，這個地區上下左右看來有點寬廣，好像一個女人肌膚微豐，中等身材一樣，地屬水鄉澤國，湖泊遍佈，地面凹凸不平，猶如一個小姐臉面兩腮凝結出像新生荔枝那樣凹凸不平的表皮（腮凝新荔），長江三角洲突入東海中，形狀很像一個人油膩鵝脂般的豐隆厚軟鼻頭（鼻膩鵝脂），而整體地形略成圓形，長江口又像個笑口，看起來很像一個人相貌溫柔沉默而很親切的感覺（溫柔沉默，觀之可親）。第二個是探春所代表的從《台灣外記》所記「出五代諸侯，為國（明）朝『嘆氣』（脂批：探，嘆也）」之鄭芝龍、鄭成功活動地盤的閩浙地區調派而來的清軍，浙閩地區杭州灣以南的海岸地形向內傾斜削切而下，很像一個女子削肩細腰的模樣，地形狹長很像一個女子具有長挑身材，沿海地形為長長圓弧往西南彎尖下去，很像上寬下尖橢圓形的鴨蛋臉模樣（鴨蛋臉面），又沿海長形岬島突出猶如人的修長眉毛，清澄的港澳好像人的俊秀眼睛（俊眼修眉，顧盼神飛），而這些山海交錯、長岬深澳的景致，好像用筆墨橫畫圈點，寫字作畫，頗有天然文章或圖畫的意境，令人感覺文彩精華，見之忘俗。第三個是惜春所代表的數量不多的清軍，就好像一個幼小女孩「身量未足，形容尚小」一樣。這三支援軍都是從沿海三個地區調派來增援的，這三處沿海地區都有黏插在大陸邊上的島嶼，很像插飾在女人頭髮的釵飾，而圍繞在港澳四周的環狀島嶼好像女人所戴的手環，而曲折海岸線及海波盪漾，就好像女人所穿裙襖的皺褶與搖擺生波一樣，看起來好像三個女子都穿著相同粧飾的釵環裙襖一樣。鄭軍見清軍三路援軍來到鎮江，趕忙動身迎上來，進行一番攻擊或招降的適當行動，好像以合適禮節與清軍相見一般。互相遙遙打過照面，認識彼此的佈署、態勢之後，大家又各自歸營駐紮，準備作戰。這時清軍將士們斟上茶來聚會研商戰略。不過是集中檢討說些鄭成功延平王朝母源的閩省南明隆武帝王朝，從前是如何患了什麼缺失，以致被清軍打敗，而受傷得病，如何像請醫服藥般地，請能人出良策以謀補救復元的，後來清軍又用了撫剿兼施欺騙策略，將它徹底消滅，發喪葬送入死地的。經此回顧檢討，清軍感到重施故技應能照樣打敗鄭成功大軍，因此賈母所代表的江南清軍不免又貓哭耗子般地替鄭軍即將失敗而傷感起來。因而好像向鄭軍嗆聲般地說道：「我這些大江南地區的王朝勢力中，所感到最頭疼的惟有你鄭軍母源的隆武王朝，今日一旦先捨離我江南清軍而滅亡去世了，連當面相見會戰的機會都沒有（按因清軍誘騙鄭芝隆投降，隆武王朝就崩潰了），如今見了你鄭軍也即將敗亡在我清軍之手，我怎麼能不替你傷心呢？」說着，賈母所代表的江南清軍，在鎮江再度把林黛玉所代表的鄭成功軍像摟在懷中一般地圍起來攻擊，但是又再次大敗，傷亡慘重，所以又嗚咽地哭泣起來（按鄭、清鎮江大戰發生在永曆十三年、順治十六年六月十九日至六月二十三日）。清軍眾官兵大夥兒都忙著寬慰解釋一番，說反正鄭軍又不會往別處去，一定會再更孤軍深入，我們再集結大軍將他消滅不就得了，賈母所代表的江南清軍頭子聽到這樣的話，才略略止住傷心哭泣。

清軍在瓜州、鎮江接連大敗後，回到南京於是集眾將士深入觀察、分析鄭軍的整體特質及優缺點，發現鄭成功延平王朝雖然才正式建立五年，還好像是一個年紀很小的女孩，但其舉止言談不俗，具有反清復明大志，驍勇善戰，及善於號召各州縣歸附；雖然其實際佔有的閩浙沿海領土細瘦纖弱不堪，好像一個身體面龐怯弱不勝的女孩，卻擁有乘自然風勢逐水流而駕駛舟艦往來各地馳擊的豪邁態勢；綜合這些優缺點便可以知道鄭軍具有領土狹小，僅憑舟師乘風孤軍深入，整體軍力、糧食不足的病症，必不能持久，而可針對這個弱點，定策予以擊敗。因而進一步打探印對其過去實情，問到：「你鄭軍有這樣的不足之症，向來可有常採取什麼策略、藥方呢？如何不急為療治？」鄭軍笑答道：「我鄭軍自來是如此。自從我鄭成功聚兵成立延平政權，會籌糧供應軍隊飲食抗清的時候起，便採取各種策略，好像吃藥似地醫治這個不足之症，直到今日未曾中斷過。不知請了多少如同名醫的謀士勇將，好像修方配藥般地研定良方妙策來補救治療，都不見效。那一年延平王朝第三年時（永曆十一年、順治十四年），聽得說來了一個滿清（癩頭和尚）派來的使者（按係鄭芝龍所派家丁謝表），勸說要我好像出家去當尼姑般地剃髮降清，如同父母般支持我延平王朝的閩省軍民固然是不聽從。他又說：『既然捨不得讓他剃髮降清，只怕他的病一生也不能好的。若要延平王朝這個領土、勢力虛弱不足的病症好轉時，除非從此以後與滿清打戰總不許戰敗，以致軍隊有所傷亡而聽見哀哭的聲音；除了如父母般的同族漢人同胞之外，凡有如同外姓親友的滿清之人，一概不要相見，才可以平安過完這一世。（按這一段話其實是本書作者假借小說角色癩頭和尚所作對於鄭成功王朝前途的歷史評論，而不是癩頭和尚所代表的滿清使者所真正說的話）』瘋瘋癲癲，說了這些荒誕不經之談，也沒人理他（按鄭成功拒絕了謝表的勸降）。如今還是一直吃那個以喝人參湯降清求榮華的洪承疇所代表之清軍所攻擊而傷亡的苦頭、苦藥丸（人參養榮丸）。」賈母所代表的南京清軍，在瞭解鄭軍一直以來常遭受清軍打敗的苦頭，感到再照樣打敗鄭軍很有信心，而說道：「這樣正好，我南京清軍這裡正在集結配備一支像丸藥般的軍隊讓你鄭軍吃苦頭呢！叫他們額外再多配備一支一定能使你鄭軍吃下敗戰苦藥的軍隊（人參養榮丸）就是了。」

附註：

①請參閱《明末張忠烈公（煌言）年譜》，清・趙之謙編，臺灣商務印書館印行，民國六十七年三月初版。

②請參閱以上《明末張忠烈公（煌言）年譜》，第三四至四七頁；及《從征實錄》，明鄭戶官楊英著，臺灣銀行經濟研究室編輯，臺灣省文獻委員會於民國八十四年八月重新出版，第一四〇至一六六頁。

③請參閱《南明史談》之「（附）魯府世系考」、「『皇明監國魯王壙誌』考釋」，毛一波著，臺灣商務印書館印行，民國六十六年十一月二版，第五〇至七〇頁。

④同上《明末張忠烈公（煌言）年譜》，第三六至四六頁。

⑤同上《南明史談》之「『皇明監國魯王壙誌』考釋」，第五九至六四頁。

⑥詳見「鄭延平王受明官爵考」，朱希祖著，採自臺灣銀行經濟研究室編輯《鄭成功傳》之附錄二，臺灣省文獻委員會於民國八十四年八月重新出版，第一三七至一五四頁。

⑦詳見以上《從征實錄》，第八五至八六頁（含朱希祖逷先附註）。

⑧引錄自《鄭成功傳》，清・鄭亦鄒著，臺灣銀行經濟研究室編輯，臺灣省文獻委員會於民國八十四年八月重新出版，第二至三頁。

⑨引錄自《臺灣通史》，連橫撰，臺灣銀行經濟研究室編，台北，眾文圖書公司印行，民國八十三年五月一版二刷，第二六頁。

⑩詳見以上《從征實錄》，第一四二至一四三頁。

⑪詳見以上《從征實錄》，第一四三頁。

⑫詳見《臺灣外記》，清康熙江日昇著・臺灣銀行經濟研究室編輯，臺灣省文獻委員會於民國八十四年八月重新出版，第一七三至一七四頁；及《臺灣史》，臺灣省文獻委員會編，林衡道主編，台北，眾文圖書公司印行，民國八十三年五月一版四刷，第一三三頁。

⑬詳見以上《從征實錄》，第一四〇至一四六頁。

⑭詳見以上《從征實錄》，第一二二頁。

⑮詳見《海上見聞錄》，清・阮旻錫著，臺灣銀行經濟研究室編輯，臺灣省文獻委員會於民國八十四年八月重新出版，第二五頁。

⑯詳見以上《從征實錄》，第一五六頁。

⑰引錄自《紅樓夢校注（一）》，馮其庸等校注，台北，里仁書局印行，民國八十四年十月十五日初版四刷，第五八頁注八。

⑱引錄自以上《海上見聞錄》，第二九頁。

⑲引錄自以上《臺灣史》，第一三三頁。

⑳詳見以上《從征實錄》，第一四七至一四八頁；及《臺灣史》，第一三四頁。

㉑引錄自《新編石頭記脂硯齋評語輯校》，陳慶浩編著，台北，聯經出版事業公司出版，民國七十五年十月增訂再版，第六一頁注一。

㉒詳見以上《從征實錄》，第一四八至一四九頁。

㉓引錄自以上《臺灣外記》，第一七八頁。

㉔有關鄭、清瓜州大戰的情況，詳見以上《從征實錄》，第一四六至一四八頁；《臺灣史》，第一三三至一三四頁；及《海上見聞錄》第二九頁。

㉕詳見以上《臺灣外記》，第一至三頁。

㉖有關鄭、清鎮江大戰的情況，詳見以上《從征實錄》，第一四九至一五一頁；《靖海志》，清・彭孫貽著，臺灣銀行經濟研究室編輯，臺灣省文獻委員會於民國八十四年八月重新出版，第四六至四八頁；及《明季南略（下冊）》清・計六奇編著，臺灣商務印書館印行，民國六十八年三月臺一版，第二五三至二五六頁。

㉗引錄自以上《紅樓夢校注（一）》，第五八頁注一三。

㉘詳見以上《從征實錄》，第一〇五至一〇八頁；並參見《臺灣外記》，第一五九至一六三頁；及《臺灣史》，第一三一頁。

㉙有關人參養榮丸的兩段話，均引錄自《紅樓醫話》，汪佩琴著，大陸上海，學林出版社出版，一九八七年十二月第一版，一九九六年十二月第二次印刷，第一〇至一一頁。

㉚引錄自《清代通史（一）》，蕭一山著，臺灣商務印書館印行，一九六二年九月修訂本臺一版，二〇〇四年三月修訂本臺一版第七次印刷，第二一〇至二一一頁。

第二章　林黛玉初會王熙鳳及舅母邢、王夫人故事的真相

第一節　林黛玉初會王熙鳳故事的真相

◈原文：

一語未了，只聽得後院中有人笑聲說(1)：「我來遲了，不曾迎接遠客！(2)」黛玉納罕道：「這些人個個皆斂聲屏氣，恭肅嚴整如此，這來者係誰，這樣放誕無禮？(3)」心下想時，只見一群媳婦丫嬛圍擁着一個人從後房門進來(4)。這個人打扮與眾姊妹不同，彩綉輝煌，恍如神妃仙子。頭上帶着金絲八寶攢珠髻，綰着朝陽五鳳挂珠釵(5)；項上帶着赤金盤螭瓔珞圈(6)；裙邊繫着豆綠宮絛雙衡比目玫瑰珮(7)；身上穿着縷金百蝶穿花大紅洋緞窄褃襖(8)；外罩五彩刻絲石青銀鼠褂(9)；下着翡翠撒花洋縐裙。一雙丹鳳三角眼，兩彎柳葉掉稍眉(10)，身量苗條，體格風騷(11)。粉面含春威不露，丹唇未啟笑先聞(12)(13)。黛玉連忙起身接見。賈母笑道(14)：「你不認得他，他是我們這裡有名的一個潑皮破落戶兒，南省俗謂作『辣子』，你只

叫他『鳳辣子』就是(15)。」黛玉正不知以何稱呼，只見眾姊妹都忙告訴他道：「這是璉嫂子。」黛玉雖不識，亦曾聽見母親說過：大舅賈赦之子賈璉，娶的就是二舅母王氏之內姪女，自幼假充男兒教養的，學名叫王熙鳳(16)。黛玉忙陪笑見禮，以嫂呼之。

這熙鳳攜着黛玉的手，上下細細的打諒了一回(17)，便仍送至賈母身邊坐下。因笑道：「天下真有這樣標緻人物，我今才算見了(18)！況且這通身的氣派，竟不像老祖宗的外孫女兒，竟是個嫡親的孫女(19)，怨不得老祖宗天天口頭心頭一時不忘(20)。只可憐我這妹妹這樣命苦(21)，怎麼姑媽偏就去世了！」說着，便用帕拭淚(22)。賈母笑道：「我才好了，你倒來招我(23)。你妹妹遠路才來，身子又弱，也才勸住了，快再休提前話(24)。」這熙鳳聽了，忙轉悲為喜道：「正是呢！我一見了妹妹，一心都在他身上了，又是歡喜，又是傷心，竟忘記了老祖宗(25)。該打，該打！」又忙攜黛玉之手，問：「妹妹幾歲了？可也上過學？現吃什麼藥？在這裡不要想家，想要什麼吃的、什麼玩的，只管告訴我。丫頭、老婆們不好了，也只管告訴我(26)。」一面又問婆子們：「林姑娘的行李東西可搬進來了？帶了幾個人來(27)？你們趕早打掃兩間下房，讓他去歇歇。」

說話時，已擺了茶果上來，熙鳳親為捧茶捧果(28)。又見二舅母問他：「月錢放完了不曾？(29)」熙鳳道：「月錢也放完了。才剛帶着人到後樓上找緞子(30)，找了這半日，也並沒有見昨日太太說的那樣，想是太太記錯了？(31)」王夫人道：「有沒有，什麼要緊？」因又說道：「該隨手拿出兩個來，給你這妹妹去裁衣裳的。等晚上想着，叫人再去拿罷！可別忘了(32)。」

熙鳳道：「倒是我先料着了，知道妹妹不過這兩日到的，我已預備下了(33)，等太太回去過了目好送來(34)。」王夫人一笑，點頭不語(35)。

◈脂批、注釋、解密：

(1)一語未了，只聽得後院中有人笑聲說：〔甲戌本夾批〕評注說：「接筍甚便，史公之筆力。」筍，通榫，意即筍頭或榫頭，為兩段木竹接合處突出的部份，用以套入內凹的卯眼，筍頭套接卯眼是中國古代建房屋、造桌椅等，結合兩段木竹的重要技術。「接筍甚便，史公之筆力」，這兩句脂批是提示從這裡「一語未了，只聽得後院中有人笑聲說」，是將這一段文字和前面那一段文字，像筍卯套接起來，接得甚是便捷靈巧，看不出痕跡的文字，是具有像太史公司馬遷寫《史記》那樣有力的筆法，才寫得出來的。而「一語未了」，是指前一段最後賈母所說的話還沒說完，賈母所說的話是：「這正好，我這裡正配丸藥呢！叫他們多配一料就是了」，也就是暗寫賈母所代表的南京清軍說道：「這樣正好，我南京清軍這裡正在集結配備一支像丸藥般的軍隊讓你鄭軍吃苦頭呢！叫他們額外再多配備一支一定能使你鄭軍吃下敗戰苦藥的軍隊（人參養榮丸）就是了。」既然緊接著所寫後院中出現王熙鳳進來的笑聲，是有如榫卯相套般套接前面賈母所說話語的文字，則顯然可見這裡的王熙鳳就是前面賈母所說「多配一料」的「人參養榮丸」，也就是南京清軍額外多配備、徵調的一支一定能使鄭軍吃下敗戰苦藥的軍隊，也就是說曹操曹操到的妙文，所以說這是比美「史公之筆力」才能寫得出的神來之筆。那麼，既然王熙鳳是南京清軍額外多配備、徵調的一支一定能使鄭軍吃下敗戰苦藥的軍隊，很顯然王熙鳳就是影射鄭、清南京大戰中，南京清軍額外從外面徵調前來援助的崇明總兵梁化鳳的軍隊。因為梁化鳳是在南京之戰中出奇策擊敗鄭成功軍的關鍵人物。另外從王熙鳳的「鳳」字，恰好暗點梁化鳳的「鳳」字，可以得到進一步印證。

後院，前面寫「黛玉方進入房時」的情節，既是暗寫鄭軍、清軍在瓜州、鎮江交戰的歷史事跡，則後院自然應是指在瓜、鎮更後面的南京了。有人笑聲說，這是喻寫清軍中有某個人物面對鄭成功大軍壓境，竟然還能毫無懼色地輕鬆自在談笑應對。〔甲戌本夾批〕評注說「懦筆庸筆何能及此？」這是讚嘆這裡作者使用「一語未了，只聽得後院中有人笑聲說」這樣簡短的文字，就將前後兩段文字像榫卯般套接起來，而且「只聽得後院中有人笑聲說」這句話，暗示出鄭、清南京之戰時，面對連戰皆捷的鄭成功大軍圍攻，竟然某號人物還毫無懼憚地談笑用兵的輕鬆態度，真是非凡有力之筆，若是一般平庸懦弱的筆法如何能做得到這樣呢？

(2)
我來遲了，不曾迎接遠客：遠客，暗指千里遠來圍攻南京的林黛玉鄭成功大軍。曾迎接遠客的人，就是前面曾經迎接遠客林黛玉的賈母等人，也就是曾在瓜、鎮迎戰鄭成功大軍的清軍將領管效忠、朱衣佐、左雲龍、高謙等人；故不曾迎接遠客的人，就是不曾在瓜、鎮迎戰鄭軍的清軍將領。不來遲的人，就是在鄭、清南京之戰時，早就在南京駐守等候的清軍將領，如一直坐鎮南京的滿清江南總督郎廷佐、滿帥哈哈木，及瓜、鎮戰敗後立即退回南京的管效忠、朱衣佐等人；故來遲了的人，應就是從其他地方趕來而比較遲到的清軍將領。所以既

「來遲了」，又「不曾迎接遠客」的人，既不是早就在南京駐守等候，又不是曾在瓜、鎮迎戰鄭軍的清軍將領，而應就是奉命從其他地方匆匆趕來，因而來遲了的某一路援軍將領。綜合這兩項因素，不難聯想此人就是既不曾在瓜、鎮迎戰鄭軍，又是遲到南京增援的清崇明總兵梁化鳳。

按鄭成功破瓜州後，就先遣張煌言等率部份舟師至蕪湖一帶，阻擊清軍自湖廣順江東下的水師，連破鎮江之後，隨即於七月初，率大軍溯長江水路向南京進發，於七月七日進抵南京觀音門，緊接著環繞南京鳳儀、神策、金川三門，獅子山、嶽廟山等處紮營圍城，軍威大振。附近州縣句容、儀真、浦口、滁州、六合、太平、蕪湖、當塗、繁昌、丹陽、寧國等，先後歸附①。當時滿清南京「城中震恐，文武將吏，皆懷二、三。唯滿帥哈哈木（又稱喀喀木）、總督郎廷佐、提督管效忠堅持戰守，飛章告急。成功逼城，大造望樓衝車。羅將軍自廣班師至，明愛達里自浙至，援師漸集江上，見成功兵盛不敢戰。廷佐檄調崇明總鎮梁化鳳入援。化鳳將步騎各三千至江寧」②。根據郎廷佐在南京大戰後向清廷的奏報說：「至七月十二日，逆渠鄭成功親擁戰艦數千、賊眾十餘萬登陸，攻犯江寧。城外連下八十三營，絡繹不絕；安設大礮地雷、密佈雲梯、復造木柵，思欲久困。又於上江、下江以及江北等處分布賊艘，阻截要路。臣與喀喀木等晝夜固守，以待援兵協剿。至七月十五日，蘇松水師總兵官梁化鳳親統馬步官兵三千餘名至江寧；又撫臣蔣國柱調發蘇松提督標下游擊徐登第領馬步兵三百名、金山營參將張國俊領馬步兵一千名、水師右營守備王大成領馬步兵一百五十名、駐防杭州協領牙他里等領官兵三百名，俱抵江寧。③」由此可見，鄭軍於七月七日進抵南京江口觀音門，七月十二日紮營佈陣完成，而梁化鳳遲至七月十五日才率兵抵達江寧（即南京），他又未曾參與瓜、鎮迎戰鄭軍之役，故完全符合「我來遲了，不曾迎接遠客」的情況。

〔甲戌本夾批〕評注說：「第一筆，阿鳳三魂六魄已被作者拘定了，後文焉得不活跳紙上。此等（文字）非仙助即神助，從何而得此機括耶？」第一筆，指這裡描寫王熙鳳的第一筆文字，即「只聽得後院中有人笑聲說：『我來遲了，不曾迎接遠客！』」這三句話。阿鳳三魂六魄已被作者拘定了，是提示這第一筆三句話，作者已經描繪得很精當，把王熙鳳這名號所代表的真實人物的精神魂魄、最大特色都捕捉拿定、顯現出來了，因為這三句話已很具體喻寫出這號人物的三大特徵，一是能夠如談笑般輕鬆從容應付鄭軍壓境，二是率兵來遲了，三是未曾參與過先前迎戰遠來的鄭軍之役，只要對南京大戰歷史稍有瞭解的人，都能很容易聯想到是影射梁化鳳。後文焉得不活跳紙上，這一句是進一步註解，王熙鳳既已被作者描神繪影地捕捉拿定是具有這樣精神魂魄特徵的一號人物，後文這號人物那得不讓作者再作更多活龍活現的描寫，而使他活跳在紙面上的故事情節呢？在各史書的實際記載中，梁化鳳也是鄭、清南京大戰中最靈活跳躍的突出人物，由於他出奇策，先詐降以鬆懈鄭軍防備，再挖開長久封閉的神策門突擊，而瓦解鄭軍，鄭軍撤退至長江口謀攻佔崇明島再舉，梁化鳳又及時趕回解圍④，真是縱橫活跳全場的關鍵人物。「此等（文字）非仙助即神助，從何而得此機括耶？」這兩句是批書人鑒於作者竟然能從南京之戰的複雜歷史中，歸納出以上梁化鳳的三大特徵，並非常精準巧妙地轉化成「只聽得後院中有人笑聲說：『我來遲了，不曾迎接遠客！』」這三句迎接遠客的平常話，簡直是人類無法想得出的，因而讚嘆說：「像這樣的文字不是仙人相助就是神明相助，否則作者究竟從何處而能得到這樣精妙描繪該人物特徵的靈機妙想啊？」

〔甲戌本眉批〕等評注說：「另磨新墨，搦銳筆，特獨出熙鳳一人。未寫其形，先使聞聲，所謂『繡幡開，遙見英雄俺』也。」搦，音懦，意思是握、捉。「另磨新墨，搦銳筆，特獨出熙鳳一人」，這三句是再度提示自此以後是另磨新墨汁，握拿銳利的筆鋒，寫出新奇銳利的文字，與前面故事筆法完全不同了，而這段新故事最大的特色是從眾多人物中特別單獨突出王熙鳳這一號人物，也就是著重於從南京之戰中表現最獨特耀眼的人物梁化鳳切入，來描寫南京之戰的戰況。「繡幡開，遙見英雄俺」，這是金聖嘆批點《第六才子書西廂記》第二之一章〈寺警〉最後一段〔收尾〕中，惠明和尚唱詞中的兩句話。按《西廂記》是中國最負盛名的才子佳人傳奇小說，主題是描寫唐代崔相國千金崔鶯鶯，與秀才張生君瑞，旅途中客居河中府普救寺西面廂房而邂逅，所發生的一段戀愛故事。劇中第二之一章〈寺警〉描寫有孫飛虎者率領賊兵五千人圍住普救寺，要擄掠崔鶯鶯為妻，崔老夫人緊急與佛寺住持法本和尚商議，徵詢寺中僧俗眾人，若能有退得賊兵者，便將崔鶯鶯許配給他為妻。於是張生便獻一計，先由法本哄騙孫飛虎，轉傳崔老夫人有鈞命說：「小姐孝服在身，將軍要做女婿呵，可按甲束兵，退一箭之地，等三日後功德圓滿，拜別相國靈柩，改換禮服，然後方好送與將軍。」孫飛虎果然率兵後退等待，張生便另修一求救書信，委由寺中好逞英雄的惠明和尚，火速送往附近擁兵十萬的張生同學征西大將軍杜君實處求救兵，杜將軍率五千人馬星夜趕赴普救寺，終於擊退了孫飛虎賊兵。在惠明和尚臨離普救寺出發時，唱出一段預示其英勇請回救兵嚇退賊兵，英雄救美的慷慨歌詞說：「你助我威神，擂三通鼓，仗佛力，吶一聲喊，繡幡開，遙見英雄俺。你看半萬賊兵先嚇破膽。」⑤以上脂批「繡幡開，遙見英雄俺」，就是這段唱詞中的兩句，而批書人就是借用這兩句話，來提示這裡所寫有關王熙鳳的情節，就是類似《西廂記》中普救寺被圍，而向外緊急搬請救兵，終於解圍退兵的事跡，而王熙鳳就是繡幡開處，所遙見領了救兵前來解圍的英雄人物，這樣的情況與南京清軍被鄭軍圍困，緊急檄調梁化鳳入援，終於擊退鄭軍的鄭、清南京大戰的情況，簡直是一個模子。由此，更可確定這裡的王熙鳳是影射從外面帶領援軍擊退鄭軍之圍的梁化鳳。

另外，由以上的三、四條脂批，充分顯示脂批的評點實在是極為精微奧妙。歷來文學界都認為金聖嘆評點《西廂記》批筆極妙，是評點小說的第一聖手。《紅樓夢》現世之後，至今文學界早就公認《紅樓夢》小說的藝術成就遠超過《西廂記》，而當我們仔細閱讀脂批評點文字，感覺《紅樓夢》脂批批筆的精微奧妙，同樣也遠超過金聖嘆的批筆。

(3)
黛玉納罕道：「這些人個個皆斂聲屏氣，恭肅嚴整如此，這來者係誰，這樣放誕無禮」：這幾句是喻寫林黛玉鄭成功大軍感到很納悶稀罕，心中想道：「我鄭軍連戰皆捷，圍困南京，四方望風歸附，南京城中震恐，清軍個個都緊張得斂聲屏氣，對鄭軍都擺出即將獻城投降的恭肅尊命低姿態，並繃緊神經地嚴整軍隊靜待鄭軍動態。這外來援軍將領究竟是何許人物，竟然敢於像未見面就先發出笑聲說話這樣，向鄭軍放誕無禮地喊話嗆聲。」以上這些都是暗寫梁化鳳不把鄭成功十幾萬大軍放在眼裡，談笑用兵，肆無忌憚攻擊態勢的文字。

針對「放誕無禮」，〔甲戌本夾批〕等評注說：「原有此一想。」這是評注說：「林黛玉鄭成功大軍對於竟然有某號人物敢於向威勢凜凜的鄭軍嗆聲對抗，原本心中存有此舉簡直對我鄭軍放誕無禮的一種想法。」這是以極微妙的語詞，提示原文描寫林黛玉納罕王熙鳳對她「放誕無禮」，是喻寫當時鄭軍具有自高自傲的驕兵心態，認為清軍在瓜、鎮連敗兩次之後，已嚇破膽，對鄭軍都歛聲屏氣，只有恭肅嚴整地等待鄭軍發落的份而已，那裡還有敢於放肆嗆聲對抗的，簡直是放誕無禮。按當時鄭成功由於在瓜、鎮連敗清軍，遠近州縣又望風歸順，產生了相當嚴重的驕兵輕敵心理，所以才會相信前述朱衣佐、管效忠「乞藩主寬三十日之限，即當開門迎降」的緩兵之計，而對南京採取圍而不攻，等待三十日期限到，清軍開城投降的消極作為。其間參軍潘庚鍾、中提督甘輝都曾進言勿中清軍緩兵之計，宜速攻城，以免師老兵疲，而清援兵日集，但鄭成功都不聽。《臺灣外記》記載說：

潘庚鍾曰：「此乃緩兵之計，不可憑信。宜速攻之」！成功曰：「自舟山興兵至此，戰必勝，攻必取，彼焉敢緩吾之兵耶？彼朝實有例，爾勿多疑」。⑥

至於當時清軍人人畏懼鄭軍，眾將怯戰，獨梁化鳳堅決主張出戰的情形，《靖海志》記載說：

成功舟師營江上，將士登陸，逼城為營，因山樹柵，環金川、神策、鳳儀三門，城中震恐，文武將吏，皆懷二、三。……成功屯嶽廟山上，軍容甚盛。廷佐集滿漢諸將議出戰，

滿兵懼，諉候旨進兵。化鳳曰：「必待命而戰，賊已逼城，人心一變，大事去矣」！廷佐迺嚴整部伍，刻期待戰。⑦

(4) 心下想時，只見一群媳婦丫嬛圍擁着一個人從後房門進來：這兩句話很妙，是暗寫鄭軍心下正在想著梁化鳳為何對鄭軍敢這樣放誕無禮時，梁化鳳軍就放誕無禮給你看，鄭軍只見梁化鳳率領一群清軍，乘夜偷挖開原已堵塞不用的南京神策門，從這個如同無人注意之後房門的神策門，衝進來攻擊鄭軍。

(5) 頭上帶着金絲八寶攢珠髻，綰着朝陽五鳳挂珠釵：攢，音鑽，湊聚、聚合。攢珠，是以線將珍珠穿串聚合起來。金絲八寶攢珠髻，是「用金絲穿繞珍珠和鑲嵌八寶（瑪瑙、碧玉之類）製成的珠花的髮髻。」綰，音晚，是盤繞繫結或穿貫的意思。朝陽五鳳挂珠釵，是「一種長（髮）釵，樣子是一支釵上分出五股，每股一支（隻）鳳凰，口銜一串珍珠。」⑧

〔甲戌本夾批〕等評注說：「頭。」這是評注這兩句話是描寫王熙鳳的頭部裝飾。

(6) 項上帶着赤金盤螭瓔珞圈：螭，音痴，為無角的龍。瓔珞，是以幾排珠玉聯綴而成的頸飾。赤金盤螭瓔珞圈，是上排以赤金打造的盤曲的無角龍，加下排以數行珠玉聯綴而製成的頸圈。

〔甲戌本夾批〕等評注說：「頸。」這是評注這句話是描寫王熙鳳的頸部裝飾。

(7) 裙邊繫着豆綠宮絛雙衡比目玫瑰珮：絛，同條，音滔，為用絲編成的扁帶子。豆綠宮絛，為豆綠色的宮廷使用的絲質扁帶子。衡，原意是車轅上的橫木，這裡是指繫結玉珮的小橫槓。

比目，是指兩條魚並排游水而兩目對比。雙衡比目玫瑰珮，是指用兩條小橫槓繫著一個玉珮，而這個玉珮是用玫瑰色玉片雕刻成兩條魚並排而兩目對比的形狀。

〔甲戌本夾批〕等評注說：「腰。」這是評注這句話是描寫王熙鳳的腰部裝飾。

(8) 身上穿着縷金百蝶穿花大紅洋緞窄褙襖：縷，為絲線。縷金，用金色絲線繡縫。褙，襦也，為短衣。襖，為有襯裡的短上衣。窄褙襖，為窄得很合身的有襯裡的短上衣。縷金百蝶穿花大紅洋緞窄褙襖，就是在大紅色洋緞布料上，用金色絲線繡成百蝶穿花圖案的緊身短襖上衣。

(9) 外罩五彩刻絲石青銀鼠褂：五彩，指多種色彩。「刻絲，在絲織品上用絲平織成的圖案，與凸出的繡花不同。石青，淡灰青色。⑨」褂，為披掛在身體外層的外衣。銀鼠褂，指用銀鼠皮縫製的外衣。

(10) 一雙丹鳳三角眼，兩彎柳葉掉稍眉：丹鳳眼，眼尾稍高上翹，俗稱鳳眼，或丹鳳眼。根據古代《麻衣相法》，鳳眼，主「富貴」，「聰明超越」，其判詩曰：「鳳眼波長貴自成，影光秀氣又神清；聰明智慧功名遂，拔萃超群壓群英。⑩」三角眼，指上眼皮折成類似注音符號ㄑ字形，而與下眼線形成類似三角形的眼型。這種眼形除了高齡老人眼皮鬆垂者之外，一般相書都認為是主兇悍奸惡之相。柳葉眉，《麻衣相法》稱係主「發達」，其判詩曰：「眉粗帶濁濁中清，骨肉情疏生子遲；友交忠信貴人盼，定須發達顯揚名。⑪」稍，同梢。掉稍眉，就是眉毛末梢往下掉垂，三角眼配合有這種眉型，更顯其兇悍跋扈。這兩句原文是暗喻以梁化鳳為代表的清軍，就像這種型式的眼眉所顯示，具有「富貴」「發達」的氣運，頭腦「聰明超越」，而性格極兇悍奸狠的角色。

(11) 身量苗條，體格風騷：這兩句是暗寫梁化鳳率領的是水師，梁為滿清蘇松水師總兵官。身量苗條，暗寫舟船船身狹長，好像一個女人身材苗條一樣。體格風騷，則暗寫舟船在水中隨風搖擺前進，活像女人走路時身體搖擺風騷的模樣。

(12) 粉面含春威不露，丹唇未啟笑先聞：這兩句是描寫王熙鳳面容白嫩如敷粉，且像含帶春色般的溫馨可人，而不露出其威風辛辣的本性；嘴唇則如塗朱丹般紅豔，尚未開啟說話就先聽到爽朗的笑聲。這是喻寫當時以梁化鳳為代表的清軍，對於林黛玉所代表的鄭軍，表面上擺出即將投降那樣如春天般溫柔和順的和顏悅色作掩飾，而不露出其內裡的威猛強悍；並且耍弄一張如朱丹般紅豔的熱情口唇，尚未交鋒見到主帥嘴唇開啟說話，就先派人傳送約期投降的聲息，好像熱誠歡迎鄭軍的爽朗笑聲。

〔甲戌本夾批〕等評注說：「為阿鳳寫照。」這是提示原文這兩句話是對於以梁化鳳為代表的清軍，就像寫真般照實描寫出了它的實情、特色。

(13) 描寫王熙鳳一段：〔甲戌本眉批〕評注說：「試問諸公：從來小說中可有寫形追像至此者？」由此可見前面那些文字，是對於王熙鳳所影射的梁化鳳或以梁化鳳為代表的清軍，描寫其形狀追蹤其像貌到極度逼真的文字，因而每一句話理應都有具體的寓指。不過，對於前面所描寫王熙鳳頭部髻釵、頸部項圈、腰部絛珮、身上褙襖褂裙，筆者尚不能悟出究竟寓指了梁化鳳或清軍的何種具體情況，只能就其表面意義注解如上，蓋《紅樓夢》文字極盡隱曲奧微之能事，實在難於窮究悟通每一細節。

(14) 賈母笑道：〔甲戌本夾批〕等評注說：「阿鳳一至，賈母方笑，與後文多少笑字作偶。」這是特別提示讀者要注意到原文描寫賈母一見黛玉就大哭起來，從未笑過，直到這裡王熙鳳延遲來到，賈母方才笑出來，這樣的寫法是有特殊意義的，而且這裡賈母由哭轉笑，並非只笑這麼一次，而是可與後文賈母多次笑聲說話相配作偶的連續發笑，也就是說，賈母自見熙鳳到來，心情才開朗放鬆下來，而能笑得出來，以後又連續開懷笑了不知多少次。這是暗示王熙鳳的到來是促使賈母由哭轉笑，轉悲為喜的關鍵因素，也就是暗示梁化鳳一到來，南京清軍心境才從恐懼悲愁中轉為穩定開朗起來，而笑得出來，後來突擊戰勝更是開心得連連發笑。

(15) 他是我們這裡有名的一個潑皮破落戶兒，南省俗謂作「辣子」，你只叫他「鳳辣子」就是：潑皮，凶頑不講理的無賴。這應是暗罵梁化鳳已答應歸降鄭成功，卻又背信而突擊鄭軍，猶如凶頑無信的無賴漢。根據《明季南略》記載：「南京被圍，廷佐檄松江總兵馬進寶、及崇明提督梁化鳳入援，進寶不奉檄，化鳳以四千人至。初，成功入南，進寶遞書降。…成功南來，化鳳亦偽降，與馬信拜結兄弟，祭誓天地。至是，入京，信獨不疑。⑫」另《靖海志》則記載鄭成功既圍南京後，便派遣「馬信齎書於崇明總鎮梁化鳳，化鳳許納，約下金陵後即納版圖。⑬」顯然梁化鳳是採取先詐降以鬆懈鄭軍防備，再出其不意突擊的策略，行為背信而毒辣。破落戶（兒），原是富貴門第而破敗衰落的人家，這裡應是暗喻梁化鳳是富貴門第明朝破敗衰落下的漢家子弟。辣子，心狠手辣的潑辣角色。鳳辣子，是標誌梁化鳳為剽悍潑辣的角色。按梁化鳳是擊敗鄭成功大軍的主角，先以詐降鬆懈鄭軍對其防備之心，再看出鄭軍弱點，挖開長久封閉的神策門，出其不意突襲擊潰鄭軍，鄭軍撤退攻擊崇明島，他迅速趕回再度瓦解鄭軍攻勢，逼得鄭軍不得不完全退出長江，鄭成功十萬大軍就敗在梁化鳳五千兵馬領頭的來回奔馳死戰之下，梁化鳳實在夠嗆夠辣，作者以「鳳辣子」的綽號來標誌他這樣剽悍潑辣的形象，真是逼真貼切之至。梁化鳳偷挖神策門突擊鄭軍，是鄭清南京之戰的關鍵戰役，以《臺灣外記》記載最詳細，茲引錄並簡註如下：

惟化鳳日夜上城觀望，見其營壘，步步相關，首尾相應，無計可施。偶巡至東北角，見一營人馬（按屬鄭軍先鋒余新之營）屯劄在白土山下，稍疲可破；奈不得即至。忽思此處原有城門，名曰「神策門」（今此門改為得勝門），因出入者少，故壘塞之。不如將此門乘夜挖開冲出，方為勝計。二十一（按係七月）夜三更時分，化鳳率兵挖開城門。天色微明，率騎兵五百（按《靖海志》則記為五千人）突出。果然此營以非衝要之地，無甚關防，其伏路、瞭望俱各疏略。忽輕騎直至，疑為天降，披掛不及（按指鄭軍），遂大潰。化鳳率眾追殺，至余新營前。新督兵出戰，各營列陣以看。因前在鎮江，周全斌奪城，各鎮爭功，互相攻詰，（鄭成）功怒，有「不得吾令，擅自進兵者，罪之」之語，不敢向前對敵。俄而（余）新敗，投蕭拱宸。鳳乘勢冲入，蕭拱宸接戰，當不得箭如雨下，亦敗而遁。⑭

〔甲戌本夾批〕評注說：「阿鳳笑聲進來，老太君打諢，雖是空口傳聲，卻是補出一向晨昏起居，阿鳳於老太君處承歡應候，一刻不可少之人，看官勿以閒文淡文也。」打諢，用輕鬆滑稽的話語互相取笑。空口傳聲，指空閒著口未曾說話，卻傳遞出話聲、心聲來，也就是說這裡文章雖寫「阿鳳笑聲進來，老太君打諢」，事實上當事人阿鳳梁化鳳並未真正發出笑聲，老太君賈母南京清軍也沒有說出任何滑稽的玩笑話，而是作者在替這兩者傳遞心聲，借兩人之口喻寫傳遞出他對歷史的感喟之聲。「卻是補出一向晨昏起居，阿鳳於老太君處承歡應候，一刻不可少之人，看官勿以閒文淡文也」，這是除了這裡所暗寫南京之戰的情形，王熙鳳影射梁化鳳，老太君賈母影射以孝莊皇太后為代表的南京清軍之外，又提示這種「阿鳳笑聲進來，老太君打諢」的親密關係，另外還補充點示出王熙鳳這個角色，是一個一向晨昏起居，都在老太君賈母的住處承歡應候，一刻也不可缺少的人物，看官讀者切勿把它當作毫無寓意的閒淡文字看待。既然老太君賈母實是影射孝莊皇太后，那麼王熙鳳是她住處，晨昏起居承歡應候，一刻也不可缺少的人物，可見王熙鳳必是孝莊皇太后之子孫等至親人物，根據筆者的考證，在後面其他章回的情節中，王熙鳳還常影射康熙皇帝，康熙八歲即皇帝位，依賴祖母孝莊太皇太后指導治國，且侍奉祖母孝莊太皇太后至孝，每日晨昏定省，承歡應候，真是孝莊太皇太后於家於國一刻也不可缺少的人物。

(16)　自幼假充男兒教養的，學名叫王熙鳳：學名，古人常在子弟入學讀書時，再特別為其取一個名字，稱為學名。本書以「學堂」隱喻朝廷，以「入學」、「上學」隱喻入朝廷、上朝廷，而以「學名」隱喻朝廷所賜予的職務名稱。王熙鳳既代表朝廷所賜予的職務名稱，則它的基本涵義應是通諧音「王檄奉」，也就是奉帝王檄命征戰或駐守的將帥人物，這裡梁化鳳奉檄率軍往征鄭軍，正符合這個意義。自幼假充男兒教養的，這是作者有意點示王熙鳳的真實身分為男人，而故意這樣寫的。前面描寫林如海讓林黛玉讀書識字，「不過假充養子之意」，也同樣是故意要點示林黛玉的真實身分是男人。

〔甲戌本夾批〕等評注說：「奇想奇文。以女子曰『學名』固奇，然此偏有學名的反倒不識字，不曰學名者反若假（彼）。」又〔有正本〕此批最後一字「假」作「彼」，較通。這則脂批是提示讀者要注意到書中的不合理或矛盾情節，第一是當時禮俗大家閨秀都居自家深宅大院，通常不會拋頭露面出外就學，因而不會像男子一樣入學而有學名，所以這裡寫王熙鳳有學名是一件奇怪的事；第二是，這裡寫王熙鳳有學名，顯然她是曾上過學讀書而識字的，可是到第四十二回卻寫寶釵說：「幸而鳳丫頭不認得字」，故讀者應注意到王熙鳳有學名卻反倒不識字的矛盾現象；第三是書中寫這個王熙鳳鄭重取有學名卻反倒不識字，而其他女子如林黛玉、薛寶釵、史湘雲、探春等都沒有學名，卻反寫她們那樣能文善詩，這也是一個嚴重的矛盾現象；因此讀者應該深入追查這些離譜的奇想奇文究竟是怎麼回事？根據筆者的考查，所謂「不識字」，其真正涵義應是通諧音「不是治」，也就是「不是順治」，這裡批書人點出王熙鳳不識字，是點示讀者王熙鳳並不是影射清順治皇帝。因為前面批書人提示「一向晨昏起居，阿鳳於老太君處承歡應候，一刻不可少之人」，很容易使讀者錯誤地聯想到王熙鳳是在老太君孝莊皇太后處晨昏起居承歡應候的順治皇帝，所以批書人緊接著又鄭重提示王熙鳳「不是順治」皇帝，俾免讀者誤會他的原意。

(17) 這熙鳳攜着黛玉的手，上下細細的打諒了一回：打諒，通打量，觀察估測之意。黛玉的手，是喻指鄭軍先鋒余新部隊駐紮在前方，猶如黛玉伸出的一隻手。這兩句是喻寫梁化鳳登上南京城觀望，上下細細的觀察打諒評估了一回鄭軍紮營部署的強弱情況，看出鄭軍突出在前猶如一隻手的先鋒余新部隊防衛鬆懈的弱點，於是緊抓住這個弱點加以攻擊而箝制住鄭軍，猶如携着一個人的手臂不放一般。

〔甲戌本夾批〕評注說：「寫阿鳳全部轉（傳）神第一筆也。」傳神，指描繪人或物之神情狀態極為逼真生動。前面賈母介紹王熙鳳是一個「辣子」，特別給她取了一個綽號「鳳辣子」，可見這種剽悍潑辣的「辣子」行事風格就是王熙鳳最逼真的神情狀態，故這裡「阿鳳全部傳神」就是指王熙鳳最真實的剽悍潑辣作風的全部事跡。故這一句脂批「寫阿鳳全部傳神第一筆也」是提示說：「原文『這熙鳳攜着黛玉的手，上下細細的打諒了一回』這兩句話，是描寫王熙鳳最傳神逼真的剽悍潑辣作風之全部事跡中的第一筆事跡。蓋王熙鳳所代表的梁化鳳登上南京城上下細細的觀察打諒鄭軍部隊虛實強弱之後，緊抓住鄭軍猶如伸出一隻手的余新先鋒部隊突擊，正是梁化鳳清軍在南京大戰全部剽悍潑辣行徑中的第一筆事跡，可見這句脂批評點得極為精準。

(18) 天下真有這樣標緻人物，我今才算見了：標緻，原意是形容女子生得豐姿出色，這裡是比喻鄭軍壯盛出色。這兩句是暗寫王熙鳳所代表的梁化鳳清軍詳細觀察林黛玉所代表的鄭軍，「見其營壘，步步相關，首尾相應」，而驚嘆說：「天下問真有這樣壯盛出色的抗清軍隊，我清軍如今才算見識到了。」按自從清軍下江南，南明不是朝臣武將勾結滿清投降，就是軍隊不堪一擊，從未見像鄭成功軍這樣堅決抗清，並且還能率大軍勢如破竹地直逼南京的，原文這兩句話就是暗寫這一歷史現象。

〔甲戌本夾批〕評注說：「這方是阿鳳言語，若一味浮詞套語，豈復為阿鳳哉。」浮詞套語，指一般官方史書經常使用虛浮不實的語詞，對勝者虛誇其神勇無比，對敗者則落井下石抹黑其如盜寇般的烏合之眾、不堪一擊等老套語詞。這則脂批是對於原文這兩句話暗寫王熙鳳所代表的梁化鳳清軍盛讚鄭軍為天下間至今僅見的壯盛出色抗清軍隊，評注說：「這樣的文字才是阿鳳所影射的梁化鳳清軍當時對於圍城鄭軍真正感受的言語，如果一味使用官方史書「勝者為王，敗者為寇」的虛浮不實老套語詞，而描寫鄭軍如盜寇般醜惡散漫，又豈會是精明剽悍的名將梁化鳳呢？」

〔甲戌本眉批〕評注說：「『真有這樣標緻人物』，出自鳳口，黛玉豐姿可知。宜作史筆看。」這是提示說：「『真有這樣標緻人物』這樣的話，出自王熙鳳所影射的清軍名將梁化鳳口中，則林黛玉所影射的鄭成功軍之豐沛壯盛姿態就可想而知了。這句話應該當作『寫歷史的筆法』來看。」除此之外，這則脂批顯然又針對前面原文描寫林黛玉「身體面龐雖怯弱不勝」，而提示讀者這裡描寫王熙鳳讚嘆林黛玉「真有這樣標緻人物」，是個身體面龐微胖的「豐姿」出色人物，前後明顯矛盾不合，應該當作「寫歷史的筆法」來看，才能夠真正理解其真意。按若就林黛玉所影射的鄭成功本人之體形容貌來講，鄭成功並不是「身體面龐雖怯弱不勝」型的人物，而是一個身體面龐豐整剛強型的人物，所以「真有這樣標緻人物」這句話，確實是如實描寫鄭成功容貌的「歷史筆法」。尤其值得注意的是，這則脂批明白提示「真有這樣標緻人物」這句話，「宜作史筆看」，推而廣之，可見整部《紅樓夢》文字情節都「宜作『寫歷史的筆法』來看來讀」，才有可能理解其真正涵義，才有可能貫通其種種前後矛盾不通的情節。現在紅學界正盛行著《紅樓夢》不是歷史文件，而只是純虛構文學小說的說法，殊不知乾隆時代深知內情的批書人早就明白提示讀者《紅樓夢》「宜作史筆看」，可見《紅樓夢》絕對不是一部純粹虛構的文學小說，而是一部以小說方式暗寫歷史的書。

(19)

況且這通身的氣派，竟不像老祖宗的外孫女兒，竟是個嫡親的孫女：老祖宗，即賈母，寓指南京地區。這裡賈母老祖宗，是寓指南京地區原來像老祖宗般的南明弘光王朝。竟是老祖宗嫡親的孫女，則是寓指林黛玉鄭成功延平王朝是輩份如嫡親的孫女般的，嫡傳自南京南明弘光王朝的第三代反清復明王朝（第二代是福建南明隆武王朝）。「這通身的氣派，…竟是個嫡親的孫女」，是驚異林黛玉鄭成功大軍竟是具有攻下南京，以繼承南京弘光王朝的氣派。

〔甲戌本夾批〕評注說：「仍歸太君，方不失石頭記文字，且是阿鳳身心之至文。」石頭記文字，前面已說過所謂「石頭記」更深的一層涵義是隱喻漢人被滿清征服而剃髮成滿清髮式，前腦變成光禿如寸草不生之石頭的記事，簡言之，就是漢人被滿清征服統治的記事，故所謂「石頭記文字」，就是反清復明失敗，以致漢族被剃髮歸清的歷史文字。這則脂批是評注說：「這幾句原文以林黛玉仍歸屬於賈母史太君南京南明弘光王朝，所嫡傳親孫女般的第三代反清復明王朝，這樣方才不致脫失本書主題在於記述反清復明失敗，以致漢族亡於滿清的歷史文字，而且這樣才是阿鳳所代表的梁化鳳身心交戰體驗，所認定鄭成功軍為堅強反清復明勢力的至情至性文字。」

(20) 怨不得老祖宗天天口頭心頭一時不忘：〔甲戌本夾批〕評注說：「卻是極淡之語，偏能恰投賈母之意。」這是評注說：「原文這句話表面上雖只是老祖母時刻惦念外孫女兒的極平淡家常話語，內裡卻偏能恰好投合賈母滿清朝廷天天口頭心頭時刻不忘，必欲收拾鄭成功反清復明勢力的心意。」

(21) 只可憐我這妹妹這樣命苦：〔甲戌本夾批〕評注說：「這是阿鳳見黛玉正文。」這是評注說：「『只可憐我這妹妹這樣命苦』這句話，是暗喻阿鳳所代表的梁化鳳清軍會戰林黛玉所代表的鄭軍，而眼見鄭軍落敗得一副命苦的可憐相的真正歷史文字。」

(22) 只可憐我這妹妹這樣命苦，怎麼姑媽偏就去世了！說着，便用帕拭淚：姑媽，指林黛玉之母賈敏，影射諧音「賈閩」的南明閩系隆武帝王朝。這幾句話是暗喻梁化鳳清軍將鄭軍打敗，眼見鄭軍一副命苦的可憐相，心裡唱衰鄭軍也將如其母源的閩系隆武帝王朝一樣，雖軍勢極盛卻偏就要命苦地敗亡去世了；然後梁化鳳清軍便猶如用手帕擦拭眼淚來憐憫鄭軍的命苦失敗一般地，呈現出視鄭軍如命苦可憐蟲的輕敵態度來。

〔甲戌本夾批〕評注說：「若無這幾句，便不是賈府媳婦。」賈府媳婦，表面上是指賈母府第的媳婦，內裡則是暗指如媳婦為夫家效勞般，為滿清政府效忠服勤的大臣。這則脂批是評注說：「如果沒有這幾句，暗寫出梁化鳳清軍打得鄭軍像隆武帝王朝一樣潰敗，梁化鳳便不配稱是效忠於賈母滿清政府的大臣了。」

(23)賈母笑道：「我才好了，你倒來招我」：這兩句是描寫賈母笑說道：「我才好過來不哭泣了，你倒來招惹我再傷心哭泣。」而前面賈母哭泣傷心，是隱寫滿清軍隊在瓜州、鎮江被鄭軍打敗傷亡痛哭的場面，故這兩句內層實是以極曲折筆法，暗寫賈母南京清軍的其他大將，唯恐被梁化鳳初步打敗鄭軍便如擦拭著眼淚般憐憫起鄭軍來的驕傲輕敵態度，挑剔嘲笑說：「我賈母清軍在瓜州、鎮江被鄭軍打敗傷亡痛哭才剛好轉過來了，你如今初步打敗鄭軍便如擦拭著眼淚般地憐憫鄭軍，驕傲輕敵起來，你這樣反倒來招惹我清軍再度戰敗而傷心哭泣。」

〔甲戌本夾批〕評注說：「文字好看之極！」這是評注說：「像這樣曲來折去的隱微文字，千古未見，真是好看之極啊！」

(24)你妹妹遠路才來，身子又弱，也才勸住了，快再休提前話：這幾句是暗寫林黛玉所代表的鄭成功軍遠路才來到南京地區，雖然孤軍深入，糧餉不裕，體質衰弱，但在瓜鎮卻兩度大敗清軍，如今也好不容易以暫緩三十日便獻城投降的緩兵之計，才勸住鄭軍暫不發動攻擊了，你梁化鳳快別再提說要打得鄭軍像從前隆武帝王朝一樣敗逃而去的輕鬆大話。

〔甲戌本夾批〕評注說：「反用賈母勸，看阿鳳之術亦甚矣。」這是評注說：「梁化鳳初勝鄭軍後，擺出憐憫鄭軍的輕敵態度，露出把柄來讓賈母南京清軍來勸戒他切勿說大話輕敵，避免他功高被妒忌，又使南京清軍總部受到尊重，如此看來阿鳳梁化鳳促使清軍團結以戰勝鄭軍的技術也太高了。」

(25) 我一見了妹妹，一心都在他身上了，又是歡喜，又是傷心，竟忘記了老祖宗：這幾句暗寫梁化鳳軍說：「當我梁化鳳軍一見了林黛玉鄭成功大軍的時候，一心都關注在鄭軍身上了，又是歡喜能戰勝立功，如今小勝一場，又替鄭軍傷心，竟忘記了你老祖宗南京清軍了。」

(26) 「又忙攜黛玉之手，問道：『妹妹幾歲了？可也上過學？現吃什麼藥？在這裡不要想家，想要什麼吃的、什麼玩的，只管告訴我。』」：又忙攜黛玉之手，這是暗寫王熙鳳所代表的梁化鳳清軍，又如攜手般地急忙又纏住林黛玉所代表的鄭軍之另一伸出在前的部隊猛打。這應是指七月二十三日，梁化鳳又急忙率軍抄出山後衝擊鄭軍突出前端的先鋒楊祖之營，終至大敗鄭軍的關鍵戰役。接下來的幾句話是描寫清軍主宰這場大戰，得勝不饒人地究問鄭軍說：「你們鄭軍建立囂張作亂幾年了？可也上過學打過戰？現吃的是什麼苦藥？如今不要想家逃遁回去，想要吃我們什麼便宜的，想要玩什麼花招的，只管告訴我清軍，我們一定奉陪到底。」

有關這場鄭清第二度交戰的南京關鍵大戰之情況，史書《靖海志》記載說：

二十三日，滿漢兵大隊抄出山後，直衝左先鋒楊祖之營。楊祖兵盡藤籐（兵），就地滾殺。化鳳用棗木大棍，概以棒之，執籐者亂倒於地，棄甲曳兵而走。時成功傳令，無令不許輕戰，而山上、山下又隔遠不相聯屬。我兵矢發如雨，楊祖眾寡不能當而走，藍衍戰沒。成功遣陳鵬、萬祿往援，山高不得上。滿兵從山後出其背，前後夾攻。甘輝、張英等在山上被圍，力戰不得出，張英陣亡，甘輝且戰且走，至江擒焉。林勝、陳魁在山下戰敗，全軍俱沒。萬禮等在大橋頭，滿漢兵首尾合圍，萬禮東西馳突不得出，亦被擒焉。萬義泅水而逃。成功見大勢已去，扶創收兵下船，順流返京口。滿漢水師艤集，共追成功。成功揮黃安火礮禦之，擊沉數艘，渡載諸眷姬及諸殘兵出海。

成功查失將領中提督甘輝、後提督萬禮、五軍張英、親軍林勝、陳魁、鎮將藍衍、魏標、朴世用、副將洪復、並戶官潘庚鍾、儀衛吳賜等數十人。後甘輝等解至金陵，總督固山會審，萬禮、余新皆跪，甘輝以足蹴之曰：「痴漢尚欲求生乎」！大罵不屈，俱被殺。⑮

(27) 一面又問婆子們：「林姑娘的行李東西可搬進來了？帶了幾個人來？」：這是暗寫大戰之後，王熙鳳所代表的南京清軍問部屬們是否將鄭軍的糧餉兵器搶奪搬進來了？擄獲攜帶了幾個鄭軍的重要人物來？

〔甲戌本夾批〕評注說：「當家的人事（事）如此，畢肖。」當家的人，這原是指王熙鳳為賈府當家做主的人物，內層則是提示王熙鳳所代表的不只是清軍崇明總兵梁化鳳，這裡更擴大至指清軍南京地區當家做主的人物，如江南總督郎廷佐、滿帥哈哈木、江南提督管效忠等。這則脂批是提示說：「王熙鳳影射清軍南京地區當家做主的人物，當家做主的人物本當如此督促擄獲敵方人物、軍資的，真是像極了。」

(28) 熙鳳親為捧茶捧果：這是喻寫王熙鳳所代表的梁化鳳親自上陣猶如捧茶捧果般地為鄭軍奉上弓箭砲彈，猛烈攻擊招待。〔甲戌本夾批〕評注說：「總為黛玉眼中寫出。」這是評注說：「總為林黛玉所代表的鄭軍親眼中所見，寫出梁化鳳軍猛攻鄭軍的情況。」

(29) 又見二舅母問他：「月錢放完了不曾？」：二舅母，即賈政之妻王夫人，是影射王者或權位接近王者的人物，如親王、藩王、議政王、貝勒王、總督、大將軍等，這裡是喻指梁化鳳所代表的執行攻擊鄭軍之清軍的上司江南總督郎廷佐或北京清廷等。月錢，原意是富貴人家每月發放給家中人的零用錢。這裡則是另有隱寓，按稍早前南京清軍曾派遣使者至鄭成功營「乞藩主寬三十日之限，即當開門迎降」，獲得鄭成功同意，這裡作者巧思把清軍一個月就開門投降的約定比喻為月錢，而放月錢就是把這個約定放棄解除掉，而要放棄這個約定，就得先把鄭成功大軍徹底打敗，否則放棄不掉，所以這裡放月錢是暗寓將鄭軍徹底打敗，而把清軍一個月就開門投降的約定解除放棄掉。

〔甲戌本夾批〕評注說：「不見後文，不見此筆之妙。」後文，是指後面「找緞子」的事，而「找緞子」則是暗喻清軍搜找被截斷的鄭軍部隊小子們，故這個「後文」就是指後面鄭軍大敗潰斷的文章。這是評注說：「如果沒有看見後面南京之戰鄭軍大敗潰斷的文章，就看不見這裡放月錢所暗寓徹底打敗鄭軍，解放掉清軍一個月就開門投降之約定的妙處。」

(30) 才剛帶着人到後樓上找緞子：緞子，為光滑而厚密的絲織布料，這裡是通諧音「斷子」，暗喻戰敗潰斷的軍隊小子們。帶着人到後樓上找緞子，是暗寫清軍派員帶領軍隊到南京更後面的上流蕪湖一帶，去尋找搜捕被截斷而困在當地的鄭軍張煌言部隊。

(31)〔甲戌本夾批〕評注說：「接閒文，是本意避繁也。」這是評注說：「接寫這些較鬆緩閒散的戰後搜捕文字，是本意在避免過份繁瑣地描述南京大戰的細節。」

找了這半日，也並沒有見昨日太太說的那樣，想是太太記錯了：這幾句是暗寫清軍奉命至蕪湖地區尋找老半天，結果並未看見所要搜捕的那個被斷困在當地的張煌言。按鄭成功六月中破瓜州後，張煌言就請命先率領部份舟師至上流蕪湖地區攻略，不但攻佔蕪湖，招撫了當塗、繁昌、寧國、和州、池州、安慶、徽州等鄰近府縣，並阻擊了清軍自湖廣順流東下赴援的水師，上流的九江都為之震動，保障了鄭成功大軍在南京地區的安穩，其功甚偉。及至七月下旬鄭成功在南京大敗，並迅速退出長江，張煌言獲知消息，遂不敢從長江撤退，而被截斷在蕪湖一帶，他於是在八月中棄舟登陸，改由安徽桐城入霍山、英山，迂迴山路二千里，而於九月間逃回浙東台州灣海濱⑯。因張煌言應變得快，改由山路逃亡，故清軍未能搜捕到他。

(32)〔甲戌本夾批〕評注說：「却是日用家常實事。」這是評注說：「原文所隱述這些戰後搜捕行動，却是每場戰役像日用家常瑣事一般，都實在必須做的例行事務。」

「該隨手拿出兩個來，給你這妹妹去裁衣裳的。等晚上想着，叫人再去拿罷！可別忘了」：該隨手拿出兩個（緞子）來，這是說既然南京後面蕪湖地區被截斷的張煌言搜捕不到，那麼也該對前面南京地區戰敗撤退的鄭成功軍，隨手加以截擊，拿出兩個將鄭軍擊得潰斷的戰績來。裁衣裳，隱喻裁製滿人服式的新衣裳，因漢人臣服清朝必須作兩項形貌的改變，一是剃髮成前禿後辮的滿人髮式，另一是改穿滿人的長袍馬褂等服式，故這裡以裁衣裳來隱喻投降清朝而裁製改穿滿式新衣裳。「該隨手拿出兩個來，給你這妹妹去裁衣裳的」，這兩句是暗喻說：「王熙鳳所代表的攻鄭清軍應該隨手拿出兩個將南京鄭軍擊得潰斷的戰績出來，好給林黛玉所代表的鄭軍看到慘敗的實況，而裁製改穿滿式新衣裳，都歸降清朝。」

〔甲戌本夾批〕評注說：「仍歸前文。妙，妙！」這是提示說：「原文這幾句話所記述的事，仍然回歸到前面所記述的南京戰役的文章了。這樣忽前忽後又轉前的寫作筆法，很微妙，很微妙啊！」

(33)
倒是我先料着了，知道妹妹不過這兩日到的，我已預備下了：我已預備下了，顯然是「我已預備下緞子了」的省略，這是暗喻王熙鳳所代表的攻鄭清軍說他已經預備下將鄭軍擊得潰斷的計策點子了。

〔甲戌本眉批〕評注說：「余知此緞阿鳳並未拿出，此借王夫人之語機變欺人處耳。若信彼果拿出預備，不獨被阿鳳瞞過，亦且被『石頭』瞞過了。」石頭，含有多層隱義，其中較淺的一層隱義是喻指心性行為冥頑不靈如頑劣石頭的人物吳三桂等，一層更深的隱義是喻指前腦頭髮剃成光禿如寸草不生之石頭的滿清髮式者，如滿清人或剃髮降清的漢人，這裡的「石頭」二字係喻指滿清人、清朝、清軍。這條脂批是批書人根據歷史事實提示說：「我知道阿鳳所代表的江南攻鄭清軍，實際上並未拿出這種將鄭軍擊得潰斷的戰績來，而是讓鄭成功大批餘眾都逃出長江了，這裡只是顯示江南清軍假借上級查詢戰果的話語，便機靈應變地大事誇耀戰果而欺騙世人的地方而已。如果相信江南清軍果真拿出將鄭軍擊得潰斷的戰績來，不獨被阿鳳所代表的江南清軍所瞞過，而且也被前腦光禿如寸草不生之石頭的滿清所發表過度誇耀戰果的文告所瞞過了。」按鄭成功十幾萬大軍在南京大戰固然大敗，而損失了數萬名，及甘輝、萬禮等十幾員重要將領，元氣大傷，但因撤退得快，也還擁有數萬部眾順利撤退而仍保存堅強實力，回到廈門後還大敗緊隨而下的滿清安南大將軍達素的大軍，嗣後更赴台驅逐戰艦大礮精良的荷蘭軍隊。不過，當時滿清卻藉機大肆誇耀戰果，大張示諭宣傳鄭軍「水陸全軍覆沒，國姓亦沒陣中⑰」等，藉以收攏人心，招降瓦解鄭成功軍，故批書人特別作這樣的批註，以揭發江南清軍機變欺人之處，而還原歷史真相。

(34) 等太太回去過了目好送來：這句是暗寫阿鳳所代表的江南攻鄭清軍對其上級說：「等您回去對我所預備將鄭軍擊得潰斷的計策點子過了目，我好依照您核准的計策行事，而將鄭軍擊得潰斷的戰果送來。〔甲戌本夾批〕等評注說：「試看他心機。」評注說：「試看他如此擅用心機，巧妙地將擊得鄭軍潰斷的事推給上級過目核准，才好送來戰果。」

(35) 王夫人一笑，點頭不語：〔甲戌本夾批〕等評注說：「深取之意。」取，採取、採信。這是評注說：「這兩句原文是表示王夫人深深採信嘉許王熙鳳之表現的意思。」也就是說，上級的王公大吏深深採信嘉許南京清軍大敗鄭軍的表現，所以內心喜悅而微笑，點頭認可其戰果，而不加一語苛責。

〔甲辰本〕評注說：「很漏鳳姐是個當家人。」這是提示說：「這裡原文描寫王夫人對鳳姐這麼喜悅認可，很洩漏出鳳姐是個擔當主理家務的人。」也就是提示這裡鳳姐所代表的不只是清軍崇明總兵梁化鳳，而是更擴大至指清軍南京地區當家做主的人物。這一點其實是《紅樓夢》主要角色名號涵義的通則，一個名號都是既影射某一特定人物，又擴大影射與其具有相同特性的其他人物或集團。譬如本回的林黛玉既影射鄭成功，又擴大影射鄭成功軍隊，或鄭氏延平王朝，甚至其他反清復明勢力。又如本回的賈母既影射順治帝母親孝莊皇太后，又擴大影射滿清王朝、滿清軍隊，或江南清軍、南京清軍等等。若不瞭解這種書中角色的多層次意義，只死板地認定某一人名只是固定地影射某一特定人物，則《紅樓夢》的故事情節就極難理解得通。

又這一段如果沒有好幾條寶貴的脂批，如「不見後文，不見此筆之妙」，「仍歸前文」，「余知此緞阿鳳並未拿出，此借王夫人之語機變欺人處耳」，「很漏鳳姐是個當家人」等等，筆者也絕對不可能透悟出以上放月錢、找緞子、裁衣裳等情節所隱藏的那樣離奇真相。所以筆者一再強調脂批是破解《紅樓夢》真相的唯一法寶，當然經過一個世紀的實際研究經驗，有脂批不一定能破解出《紅樓夢》的真相，但是，沒有脂批就一定不能破解出《紅樓夢》的真相。

◈真相破譯：

賈母南京清軍還沒說完那一句話：「叫他們額外再多配備一支一定能使你鄭軍吃下敗戰苦藥的軍隊（人參養榮丸）就是了」，說曹操曹操就到，只聽得後面南京地區中有人率領一支額外的援軍來到，輕鬆自在地笑聲說：「我率軍增援來遲了，不曾趕得及在瓜州、鎮江迎戰遠來的貴客鄭成功大軍。」林黛玉鄭軍感到很納悶稀罕，心中想道：「我鄭軍連戰皆捷，大軍圍困南京，這些城中清軍個個都震恐得斂聲屏氣，擺出即將獻城投降的恭肅遵命姿態，並繃緊神經地嚴整軍隊靜待鄭軍發落。這外來援軍將領究竟是何許人物，竟然敢於未見面就先發出笑聲說話，對鄭軍擺出放誕無禮的輕蔑態度。」鄭軍心下正在這樣想著，只見一群清軍圍擁着一個將領梁化鳳，乘夜偷挖開原已堵塞不用的南京神策門，從這個如同無人注意之後房門的神策門，衝進來攻擊鄭軍。這支梁化鳳軍隊裝備打扮與南京眾清軍不同，旗幟服飾彩綉輝煌，飛衝馳擊，恍如飛馳自如的超能神妃仙子一般。頭上帶着用金絲穿繞珍珠和鑲嵌八寶（瑪瑙、碧玉之類）製成之珠花的髮髻，繫插著一支分出五股、共五隻鳳凰都口銜一串珍珠的長髮釵；頸項上帶着上排以赤金打造的盤曲無角龍、下排以數排珠玉聯綴而製成的瓔珞頸圈；裙邊繫着豆綠色的宮廷用絲質扁帶子，吊掛兩條小橫槓繫著一個雕刻成兩條雙目對比魚兒的玫瑰色玉珮；身上穿着用金色絲線繡成百蝶穿花圖案的大紅色洋緞布的緊身短襖上衣；外面罩着用絲線平織成五彩圖案的淡灰青色的銀鼠皮外衣；下面穿着翡翠色撒花點的洋褶裙（按以上王熙鳳的衣服裝飾可能都另有寓意，惟筆者尚未能悟通）。一雙三角形的丹鳳眼，象徵其人聰明富貴，但性格兇悍奸狠；兩條彎曲柳葉形而末梢往下掉垂的眉毛，象徵其人有發達揚名的運勢，但性格陰狠跋扈。梁化鳳所率領的是蘇松水師，舟船相接成狹長一排，好像一個女人身材苗條一樣，船隊在水中隨風搖擺前進，活像女人走路時身體搖擺體格風騷的模樣。這以梁化鳳為代表的清軍，對於林黛玉所代表的鄭軍，表面上擺出即將投降那樣如春天般溫和的面容，而不露出其內裡的威猛強悍（粉面含春威不露）；並且要弄一張如朱丹般紅豔的熱情口唇，尚未交鋒對話，就擺出約期投降的先聽到爽朗聲（丹唇未啟笑先聞）的笑臉攻勢。林黛玉鄭軍連忙起身接見應戰。賈母南京清軍見到梁化鳳援軍到來，得意得由哭轉笑說：「你鄭軍不認得他啊！他是我們這裡清軍陣營中，一個有名的凶頑無信的無賴漢（潑皮），原是由富貴門第明朝衰敗變成破落戶（破落戶兒）轉而歸屬到我們清朝的。我們江南省這裡俗話稱作『辣子』，意思是心狠手辣的潑辣角色。你鄭軍只叫他『鳳辣子』，辣子梁化鳳就是。」林黛玉鄭軍正不知如何稱呼應對，只見眾部隊都忙著告訴他說：「這是江南清軍某連鎖地區所配屬的部隊（璉嫂子）。」黛玉鄭成功雖不熟識，但曾經聽見其母源的閩系軍將說過，江南東部（賈赦）底下的某連鎖地區（崇明島、賈璉），所配屬的就是江南西部（賈政）某王公大人（王氏）所內部議定派任的某將官（內姪女），從一開始就習武演練，當作是保國衛民好男兒來教養的，朝廷所賜予的職務名稱（學名）叫做王熙鳳，暗通諧音「王檄奉」，隱寓奉王朝檄命征戰、駐衛的意思。林黛玉見梁化鳳來歷、威勢這麼不簡單，不覺敬畏三分，好像趕忙陪笑見禮，稱呼大嫂般地，不敢怠慢地慎重應對。

這王熙鳳所代表的梁化鳳登上南京城上下細細的觀察打諒鄭軍部隊虛實強弱之後，率兵偷出神策門，緊携住鄭軍猶如伸出一隻手的余新先鋒部隊突擊（按時為永曆十三年、順治十六年七月二十一日），打勝後就走了，仍將鄭軍留在原地，送至賈母南京清軍身邊駐紮下來，以待南京清軍進一步處置。有了這次實際觀察、交戰的經驗後，梁化鳳軍遂笑說道：「天下間真有這樣壯盛出色的抗清軍隊，我梁化鳳軍如今才算見識到了！況且看這鄭成功大軍通身軍勢浩大、堅決反清復明的氣勢派頭，竟不像是如同遠地外孫女兒般，遠在南京地區（老祖宗）外圍沿海地區的政權勢力，竟像是個江南大本營南京地區（老祖宗）的嫡親孫女般，企圖攻下南京，以繼承其老祖宗弘光王朝嫡傳之南京南明天下的樣子。怪不得賈母老祖宗滿清朝廷天天口頭心頭時刻不忘，必欲消滅鄭成功反清復明勢力不可。只可憐我這妹妹般的鄭軍這樣命苦，這次卻被我梁軍打敗，怎麼你那如同母親的閩省隆武王朝偏就被我們清軍消滅去世了（你鄭軍這次恐也將像隆武王朝一樣被我們清軍消滅吧）！」說着，便貓哭耗子般地用手帕擦拭眼淚，為鄭軍即將命苦敗亡而哭泣，呈現出鄙視鄭軍如命苦可憐蟲的輕敵態度來。賈母南京清軍笑道：「我賈母南京清軍在瓜州、鎮江被鄭軍打敗傷亡痛哭才剛好轉過來了，你梁化鳳軍如今才初次打敗鄭軍便擦拭著眼淚憐憫鄭軍，驕傲輕敵起來，你這樣反倒來招惹我南京清軍再度戰敗而傷心哭泣。你那像妹妹般的鄭軍遠路才來到南京地區，孤軍深入，糧餉不充裕，體質又衰弱，如今我們也好不容易以暫緩三十日便獻城投降的緩兵之計，才勸住鄭軍暫不發動攻擊了，你梁化鳳軍快別再提說要打得鄭軍像從前隆武帝王朝一樣敗亡的輕鬆大話了。」這王熙鳳所代表的梁化鳳軍聽了，忙轉悲為喜說：「正是呢！我一見了鄭成功大軍，一心都關注在他身上了，又是歡喜能戰勝立功，如今小勝一場，又替鄭軍傷心起來，竟忘記了你老祖宗南京清軍的存在了。真是該打，該打！」於是梁化鳳清軍，又急忙出兵抄出山後，又如攜手般地纏住林黛玉鄭軍另一伸出在前的先鋒楊祖部隊猛打（按時為同年七月二十三日），得勝不饒人地邊打邊狂亂叫囂究問說：「你們鄭軍建立囂張作亂幾年了？可也上戰場學過打戰？現在可吃的是什麼苦藥？如今不要想家逃遁回去，想要吃我們什麼便宜的、玩什麼花招的，只管告訴我清軍，我們一定奉陪到底。我們將官、士兵們打鬥不夠好了，讓你們不過癮，也只管告訴我清軍。」梁化鳳所代表的南京清軍，一面又問部將們：「林黛玉鄭軍的糧餉兵器可是搶奪搬進來了？擄獲攜帶了幾個鄭軍的重要人物來？你們趕早打掃兩處營房去處，讓他們願意投降過來的人去歇一歇（一副得意驕傲的樣子）。」

說話的時候，清軍已擺了如招待客人茶果般的弓箭砲彈上來，準備給鄭軍享用，王熙鳳所代表的梁化鳳軍親自上陣，猶如捧茶捧果般地為鄭軍奉上弓箭砲彈，猛烈攻擊招待。又見王夫人所代表的清軍上級王公大人問他：「已經將鄭軍徹底打敗，而把我們清軍一個月就開門投降的約定（月錢）完全解除放棄了嗎？」梁化鳳清軍答道：「已經將鄭軍徹底打敗，而我們一個月就開門投降的約定（月錢）也完全解除放棄掉了。剛才還派員帶領軍隊到南京更後面上流（後樓上）的蕪湖一帶，去尋找搜捕被截斷而困在當地的鄭軍部隊（找緞子）。尋找了這老半天，結果並沒有看見您大人昨日說要搜捕的那樣的人（按指張煌言），想是大人記錯了？」上級王公大人說：「有沒有找到，有什麼要緊？」上級因又說道：「要緊的是應該隨手拿出兩個將南京鄭軍擊得潰斷的戰績（緞子）出來，好給林黛玉所代表的鄭軍看到慘敗的實況，而去裁製改穿滿式新衣裳，都歸降清朝。等晚上想着計策了，再派兵去拿出將鄭軍擊得潰斷的戰績（緞子）來罷！可別忘記了。」梁化鳳所代表的清軍答道：「倒是我先料到了，知道鄭軍不過這兩日才到的，我已預備下將鄭軍擊得潰斷的計策點子了。等您大人回去過了目批准，好送來我照辦執行。」上級王公大人心喜一笑，點頭不語，默許梁化鳳所代表南京清軍大敗鄭軍的戰果及後續追擊的做法。

第二節　林黛玉由大舅母邢夫人帶領拜見大舅賈赦故事的真相

◈原文：

當下茶果已撤(1)，賈母命兩個老嬤嬤帶了黛玉去見兩個母舅。時賈赦之妻邢氏(2)忙亦起身笑道：「我帶了外甥女過去，倒也便宜。」賈母笑道：「正是呢，你也去罷，不必過來了。」邢夫人答應一個「是」字，遂帶了黛玉與王夫人作辭。大家送至穿堂前(3)。出了垂花門(4)，早有眾小廝們拉過一輛翠幄青紬車來，邢夫人攜了黛玉坐上(5)。眾婆娘放下車簾，方命小廝們抬起，拉至寬處方駕上馴騾(6)，亦出了西角門，往東過了榮府正門，便入一黑油大門中，至儀門前方下來(7)。眾小廝退出，方打起車簾，邢夫人攙了黛玉的手進入院中。黛玉度其房屋院宇，必是榮府中之花園隔斷過來的(8)。進入三層儀門，果見正房廂廡遊廊悉皆小巧別致，不似方才那邊軒峻壯麗(9)，且院中隨處之樹木山石皆有(10)。一時進入正室，早有許多盛粧麗服之姬妾丫嬛迎着(11)。邢夫人讓黛玉坐了，一面命人到外面書房中請賈赦(12)。一時人來回說：「老爺說了：『連日身上不好，見了姑娘彼此倒傷心(13)，暫且不忍相見(14)。勸姑娘不要傷心想家，跟着老太太和舅母，即同家裡一樣。姊妹們雖拙，大家一處伴着，亦可以解些煩悶(15)。或有委屈之處，只管說得，不要外道才是。』」黛玉忙站起來，一一聽了。再坐一刻，便告辭。那邢夫人苦留吃過晚飯去(16)，黛玉笑回道：「舅母愛恤賜飯，原不應辭，只是還要過去拜見二舅舅，恐領賜去不恭，異日再領，未為不可(17)。望舅母容諒。」邢夫人聽說，笑

道：「這倒是了。」遂命兩三個嬤嬤用方才的車好生送了過去。於是黛玉告辭。邢夫人送至儀門前，又囑咐眾人幾句，眼看着車去了方回來(18)。

◈脂批、注釋、解密：

(1)當下茶果已撤：這是暗喻猶如茶果般的弓箭砲彈已經撤除，鄭軍、清軍以弓箭砲彈猛烈互攻的南京大戰結束了。

(2)賈赦之妻邢氏：按照表面的小說故事，賈赦為榮國府賈母的長子，邢氏為賈赦的妻子。不過，在這一段情節的內層真事中，賈赦、邢氏只是配合表面故事榮國府東院有個長子長媳，而設出的兩個角色，其實際意義則隨作者之意而有各種不同的影射對象。大致上賈赦是影射該區鄭成功部將、反清復明勢力、民心等。而邢氏通諧音「行氏」，暗寓逃行者、逃行的行動，或暗寓「行人」的使者、或派使者議和之事，大致是影射撤退逃行的鄭軍，鄭軍撤退逃行的行動，或鄭、清間互派使者議和之事，或其他配合文意的適當意義或人物。

(3)大家送至穿堂前：穿堂，前面已指出是喻指位於揚中島西邊、鎮江東邊之高橋鎮半島插立江心，猶如大理石大插屏的那一段長江水道，故這裡由西向東而來的「穿堂前」，就是喻指未至高橋鎮半島之前的鎮江、瓜州一帶地方。按南京清軍疾追鄭軍至鎮江、瓜州附近，因見鄭成功已先「令五軍都督忠明伯周全斌將甲士五千入鎮江，列營待戰，追者不敢逼⑱」，清軍大夥兒不敢攻擊，只有眼看鄭軍登舟離去，就好像送別客人一樣，故這裡原文寫說：「大家送至穿堂前」。

(4) 出了垂花門：垂花門，前面已指出是喻指長江中粗看起來有點像垂花門的揚中島。這句是暗寫鄭成功舟師已撤出了鎮江以東的揚中島。值得注意的是，前面描寫黛玉由東向西入榮國府時，是先進了垂花門，再到穿堂，而至後院賈母處，這裡描寫黛玉從賈母處出來，則是先至穿堂，再出了垂花門，那麼來時既是由東向西，則可以斷定這裡從後院賈母處出來必是由西向東了。由此，更可以確定這裡的情節是暗寫鄭成功舟師在南京戰敗，順長江由西往東撤出的事跡。有關林黛玉由邢夫人帶領，退出榮國府後院賈母處，一路所行路線的實際地點，請參見前面附圖：「林黛玉進入、退出榮國府賈母後院路線，與鄭成功舟師進攻、退出長江、南京路線對照示意圖」。

(5) 眾小廝們拉過一輛翠幄青紬車來，那邢夫人携了黛玉坐上：幄，音握，即帳蓬。紬，通綢字。翠幄青紬車，就是具有青色綢布所製翠綠色車簾的車輛。不過，鄭成功軍係屬舟師，應是乘坐舟船逃出長江，所以所謂翠幄青紬車，應是具有青色綢布所製翠綠色布簾的一種特殊船艦。〔甲辰本〕評注說：「未識黛卿能乘此否？」這是評注說：「不知鄭成功是否能夠乘坐這種青綢綠簾的船逃出去？」

(6) 拉至寬處方駕上馴騾：馴騾，溫馴的騾子，這裡應是寓指鄭軍已脫離清軍追擊，船艦航行速度變為緩慢，好像駕上溫馴騾子般緩緩而行。

(7)亦出了西角門，往東過了榮府正門，便入一黑油大門中，至儀門前方下來：西角門，就是前面所說南通港附近往西轉角的長江水道，請參見前面長江示意圖。榮府正門，就是前面所說滸浦與福山港口之間，長江南岸向南凹陷猶如大府第正面大門的地方，請參見前面長江示意圖。黑油大門，應是喻指在前面某一段江岸或水面看起來一片黑油油，好像是一個黑油大門的地段或水道，其實際地點筆者尚未悟出。儀門，「舊時官衙、府第的大門之內的門，取有象可儀之意，又具裝飾作用。一說，旁門也可稱儀門，係由『誃門』（即官署的旁門）訛轉而來。見《在閣新知錄》。⑲」這裡儀門應是寓指擋在長江水道中的崇明島，看來有如擋在府第大宅門道中間的儀門一般，請參見前面長江示意圖。至儀門前方下來，應是寓指鄭軍船隊駛到崇明島西端稍前的崇明港，下船登陸。《從征實錄》、《海上見聞錄》等史書，均記載鄭軍於八月初八日停泊崇明港。

值得一提的是，這裡林黛玉自後院賈母處出來，由邢夫人帶領去拜見其大舅賈赦所走的路線，是由「穿堂」、「垂花門」、「西角門」，往東經過榮府正門而來；而前面林黛玉進來榮國府時所走的路線，是先到寧國府，再往西行至榮國府，卻不進「（榮府）正門」、而只進「西邊角門」，再經「垂花門」、「穿堂」，而入榮國府後院拜見賈母。顯然，這裡林黛玉自賈母處出去，是按照前面進來時的相同路線，逆向退回去，而來時是由東往西，出去時是由西往東，這完全符合鄭成功舟師來時是自長江口由東往西攻進南京，戰敗後則自南京由西往東退出長江口的路線。

(8)「邢夫人攙了黛玉的手進入院中。黛玉度其房屋院宇，必是榮府中之花園隔斷過來的。」：這是暗寫撤退逃行的鄭軍部將們護持黛玉鄭成功進入賈赦府院所代指的崇明島中，而黛玉鄭成功測度崇明島的地宇、官府，必是從長江南岸（榮府）中蘇州一帶如花園般的景觀所綿延隔斷過來的，地理、體制本是連屬一體的，只是被長江隔斷而已。

〔甲戌本夾批〕等評注說：「黛玉之心機眼力。」這是評注原文這幾句是描寫鄭成功眼力精細，一下就看出崇明島與長江南岸的江南本是相連屬的，只是有長江隔斷而已，所以產生了攻佔崇明島，進取江南的心機。《從征實錄》記載說：「（八月）初八日，舟師至崇明港，（鄭成功）集諸將議曰：『師雖少挫，全軍猶在。我欲攻克崇明縣以作老營，然後行思明吊（調）前提督等一枝（支），再圖進取。⑳』」

(9)進入三層儀門，果見正房廂廡遊廊悉皆小巧別致，不似方才那邊軒峻壯麗：這是暗寫鄭軍準備攻打崇民城，再往前挺進三段路程，看見城鄉、道路、清軍佈署都小巧別致，不似南岸那邊規模宏偉壯麗。

(10)且院中隨處之樹木山石皆有：這是寓寫崇民島上景觀隨處都有山石樹木。〔甲戌本夾批〕等評注說：「為大觀園伏脈。試思榮國園今在西，後之大觀園偏寫在東，何不畏難之若此。」為大觀園伏脈，這裡描寫榮國府賈赦東院中，「其房屋院宇，必是（西邊）榮府中之花園隔斷過來的」，「且院中隨處之樹木山石皆有」，很像一個地跨榮國府西院與東院兩大院落的大花園；而第十六回描寫蓋造大觀園的概況說：「老爺們已經議定了，從東邊一帶，借着東府（即寧國府）裡的花園起，轉至北邊，一共丈量準了，三里半大，可以蓋造省親別院（即大觀園）了」，又說：「拆寧府會芳園墻垣樓閣，直接入榮府東大院中」；兩相對照，這裡榮國府東西兩院相連大花園的景況，很顯然是後面地跨寧國府榮國府兩府之大觀園的雛型，故而批書人批註這裡「為大觀園伏脈」。榮國園今在西，這句明白點示這裡所寫的榮國府及其花園位於賈赦院落的西方。「後之大觀園偏寫在東，何不畏難之若此」，經查後面第十六、十七至二十幾回描寫大觀園蓋造、遊幸、遷入及各種活動的文章中，並未寫明大觀園位於東邊，故這兩句脂批究竟是什麼意思，不得而知。

(11) 一時進入正室，早有許多盛粧麗服之姬妾丫嬛迎着：正室，即賈赦正室，這裡是寓指鄭軍真正要攻擊的城市崇明縣城，請參見前面長江示意圖。這兩句是暗寫鄭成功率兵進入真正要攻擊的崇明城地域時，崇明城早有許多裝備壯盛服飾華麗的清朝將官士兵在那裡等待迎戰鄭軍了，所以攻城失敗。按鄭軍攻崇明城失敗的原因，主要是崇明總兵梁化鳳從南京適時趕回，城中早有防備。梁化鳳兩度打敗鄭成功，真是鄭成功的剋星。《靖海志》記載說：

（八月）初八日，成功至崇明，以作老營。先是，梁化鳳以海人連敗，出海必攻崇明以抒憤，連夜提師返崇明。十一日，海師攻圍甚急，城崩數丈，適化鳳兵至，內外夾攻，海師大敗。㉑

(12) 邢夫人讓黛玉坐了，一面命人到外面書房中請賈赦：書房，喻指軍隊駐紮的營房。賈赦，影射駐紮在崇明島附近各地的鄭軍部將。這是暗寫逃行的鄭軍就讓鄭成功班師在崇明駐紮坐鎮下來，一方面鄭成功又命人到外面去調請附近各地的鄭軍部將（賈赦）前來攻打。

〔甲戌本夾批〕評注說：「這一句都是寫賈赦，妙在全是指東擊西、打草驚蛇之筆。若看其寫一人即作此一人看，先生便呆了。」這是評示說：「原文『一面命人到外面書房中請賈赦』這一句，都是在描寫賈赦，而文意甚為微妙，其微妙處在於原意在描寫鄭軍攻打崇明城的失敗，卻不明白寫出攻城失敗之事，反而藉由描寫命人到外面調集兵馬，來反襯攻城的失敗，完全是採用一種指東擊西、打草驚蛇的描寫筆法。若看他寫賈赦一個人名，就把賈赦當作單是這麼一個人看，讀者先生便呆傻了。」最後兩句是明白點示這裡賈赦雖只是一個人名，但並不一定只是影射相同的一個人，而可能是幾個不同的人。而這種一名寓指多人，或一人具有多名的情況，是《紅樓夢》主要人物命名的共同原則，如果不按照這樣來解讀《紅樓夢》，那麼讀者「先生便呆了」，這樣呆板是怎麼樣也解不通《紅樓夢》的呀！

有關鄭成功率兵攻打崇明城失敗，及部將勸其班師回廈門的情況，《從征實錄》記載說：

（八月）十一日早辰時開炮，至午時，西北角城崩下數尺，河溝填滿。藩親督催促登城。守將梁華（化）鳳（按由南京火速趕回）死敵（抵）不退。時正兵鎮韓英勇壯登城梯，被銃傷中左腿，跌下。矢石交加，有如雨下。監督王起俸亦被銃傷而退。藩見城堅難攻，傳令班回。越數日，韓英死之，王起俸亦被傷而亡。時本藩又欲吊（調）集諸將前來攻打。右武衛周全斌言曰：「此城深溝高壘，梁華（化）鳳請加守援，已難驟拔。況官兵被創之餘，昨韓英被傷，聞者寒心，無意戀戰。且得此孤城絕島，亦是無益。不

如漸回舊汛休養，號召精銳，候明年再進長江，以圖大舉，未為晚也。伏請睿裁」。藩從之。隨傳令班師。㉒

(13) 一時人來回說：「老爺說了：『連日身上不好，見了姑娘彼此倒傷心』」：老爺，就是賈赦，這裡是寓指崇明島附近鄭軍諸部將、江南反清復明勢力的民心士氣。這幾句話，是喻寫不多時有人來向鄭成功稟報說：「諸部將反應說了：『連日來在南京及崇明城被清軍打敗，各部隊都受傷不好，如今與你鄭成功再會見集結，彼此反倒會感覺傷心（因為將士們心中不樂意再攻城）。』」

〔甲戌本夾批〕等評注說：「追魂攝魄。」這是注解說：「原文這兩句話，是喻寫鄭軍被清軍打敗追擊，各部隊都受傷，彼此見面都感傷心的追魂攝魄情況的文字。」

〔甲戌本眉批〕評注說：「余久不作此語矣，見此語未免一醒！」此語，是指原文「連日身上不好，見了姑娘彼此倒傷心」這兩句話語。余，表面上看當然是指批書人本人，但是故事中「作此語」的人是賈赦，故這個「余」字具有批書人及賈赦的雙重身分。這究竟是怎麼回事呢？真相是，批書人為掩人眼目，常會化身為書中故事的角色，如這裡的賈赦，藉以寫出他對該角色或其相關事跡的歷史評語。因此，這條脂批是評注說：「我賈赦所代表的鄭軍部將自從進入長江都打勝戰，好久不作這種部隊戰敗傷亡身體不好，見了藩主鄭成功彼此倒傷心的喪氣話了，如今看見作者寫出這樣的話，未免一下醒悟過來，認清鄭軍已落敗到這種地步，不能再冒進攻打崇明城了。」

(14) 暫且不忍相見：這是暗喻鄭軍部將暫且不忍與鄭成功相見，集結再去攻打崇明城。〔甲戌本夾批〕評注說：「若一見時，不獨死板，且亦大失情理，亦不能有此等妙文矣。」這是評注說：「若是賈赦所代表的鄭軍部將真的會見林黛玉所代表的鄭成功，集結去攻打崇明城時，不獨顯得他們只會死板地聽命行事，而且也大失歷史事實的情理，也不能有這等鄭軍部將原本唯命是從，卻發生『暫且不忍相見』，不肯聽命集結的妙文了。」

(15) （老爺說了：）「勸姑娘不要傷心想家，跟着老太太和舅母，即同家裡一樣。姊妹們雖拙，大家一處伴着，亦可以解些煩悶」：家，喻指鄭成功延平王朝的老家、大本營廈門；想家，喻指鄭成功因戰敗而想念著要撤軍回老家廈門地區。老太太，即賈母，喻指江南西段大南京地區。舅母，即邢夫人、王夫人，喻指江南東西段地區。跟着老太太和舅母，喻指有某種意見、民心反映勸鄭成功駐留在江南地區，不要撤回老家廈門。悶，苦悶，又通諧音「滿」，寓指滿清。「大家一處伴着，亦可以解些煩悶」，喻寫各地反清復明勢力大家都在江南地區一處攜手相伴着，同心協力抗清，也可以解除一些被滿清攻擊的煩擾苦悶。

〔甲戌本夾批〕評注說：「赦老亦能作此語？嘆嘆！」這是批者藉由質疑、感嘆賈赦所代表戰敗的鄭軍部將竟還能作出這種留駐江南抗清的話語，來提示這裡的賈赦已不只是代表戰敗的鄭軍部將，而是擴大代表潛伏江南地區的反清復明勢力、人民，他們呼籲鄭成功大軍留駐江南地區，大家同心協力抗清。

(16)那邢夫人苦留吃過晚飯去：這裡的邢夫人通諧音「行夫人」，寓指「行人」，即使者，是寓指奉派交涉鄭、清議和的使者，或議和的事。這句話是暗寫鄭、清議和的使者，傳達清方苦留鄭軍投降到清朝，領到清朝有如請吃晚飯的賞賜官爵之後，再回廈門去。

按同年八月四日鄭成功自南京敗退至吳淞口停泊時，就派遣禮部都事蔡政往見清松江提督馬進寶，謀進京與清廷進行議和事宜，一方面於八月十一日進攻崇明城，採取以戰逼和的策略。及至十一日攻崇明城失敗後，馬進寶派人進言既然有意向清廷求和，就不宜再啟戰端，且部將也反對，鄭成功於是不再攻崇明城。於十二日又遣蔡政先往見馬進寶商議後，再前往北京與清廷談判議和事宜。鄭成功便撤退至浙江林門，分派各鎮留駐舟山、台州、溫州等地，等候蔡政議和消息。不久之後，為鞏固後方大本營，以備清內大臣安南將軍達素率軍南下攻擊，鄭成功於九月七日返回廈門，各鎮亦陸續調回。清廷對於鄭成功求和，堅持鄭成功必須親自剃髮請降，因而和議不成，蔡政於十二月返回廈門㉓。

(17)只是還要過去拜見二舅舅，恐領賜去不恭，異日再領，未為不可：二舅舅，即賈政，這裡應是寓指鄭成功的老地盤廈門、福建地區，或當地鄭軍、百姓。領賜，暗指領了清廷准其剃髮投降、賜封官爵的恩賜。這幾句是暗寫鄭成功說：「只是還要撤兵過去會見廈門、福建地區的留守鄭軍、百姓，恐怕現在就領了清廷的恩賜而剃髮降清封官，回去對老地盤廈門、福建忠心明朝的部眾、百姓不恭敬，將失去他們的向心力，動搖政權根基，他日再談判領取這項清朝恩賜之事，未嘗不可。

〔甲戌本夾批〕評注說：「得體。」這是評注說：「鄭成功不因戰敗而冒然剃髮降清的做法是很得體的。」

(18) 邢夫人送至儀門前，又囑咐眾人幾句，眼看着車去了方回來：儀門前，寓指類似儀門的崇明島前方的長江口，請參見前面長江示意圖。這裡的邢夫人在「邢」字通諧音「行」字的基本意義下，又轉為綜合寓指鄭、清雙方互派行人使者議和的因素、局勢、狀態，或江南長江口地區送行鄭軍的因素、力量、情勢等。這幾句是暗寫邢夫人所代表鄭、清雙方進行議和及江南長江口地區送行鄭軍的情勢，將鄭軍送至類似儀門的崇明島前方的長江口，又囑咐眾人幾句，眼看着船隊去了才回來。

◈真相破譯：

當下猶如招待客人茶果般的弓箭砲彈已經撤除，清軍以弓箭砲彈招待猛攻遠客鄭軍的南京大戰結束了。鄭成功軍順長江撤退，賈母南京清軍命令兩個老經驗將領率兵追擊，驅帶了黛玉鄭軍去見識撤離江南西區（賈政）和東區（賈赦）兩個南明母源舊地（兩個母舊）的歷程。當時賈赦之妻邢氏所代表「行氏」的撤退逃行的鄭軍，看到清軍追擊，趕忙也起身笑說：「我帶了外甥女似的本地之外的鄭軍部隊過去，倒也很適合戰敗則逃的便宜行事機宜。」賈母南京清軍笑說道：「正是呢，你這撤退逃行的鄭軍也去罷，不必再打過來南京了。」逃行的鄭軍回應了一個「是」字，遂帶領了鄭軍部隊和南京地區的那些王公大人辭別。清軍追擊部隊追到很像穿堂的高橋鎮半島插立江心的長江水域之前的鎮江一帶，見鄭軍早已派兵在鎮江列營待戰，不敢逼近，而目送鄭軍登舟離去。鄭軍順長江往東出了像垂花門的揚中島時，早有眾小兵們拉過一艘好像裝備有青色綢布所製翠綠色布簾的船艦（翠幄青紬車）來接應，逃行的鄭軍携了鄭成功坐上去。眾部將放下船簾，方命小兵們揚帆起程，行駛至寬闊處，鄭軍已擺脫清軍的追擊，才好像駕上溫馴騾子般地緩慢航行。也如來時路線出了好像西角門的南通港附近往西轉角的長江水道，往東過了江南地區（榮府）滸浦與福山港口之間江岸向南凹陷猶如大府第正面大門的地方，便進入一段江岸或水面看起來一片黑油油，好像是一個黑油大門的長江水道（其實際地點筆者尚未悟出）之中。再駛到有如擋在府第大宅門道中間之儀門一般，擋在長江水道中央的崇明島西端前方的崇明港時，鄭軍便下船登岸來。眾小兵退出，才打起船簾，撤退逃行的鄭軍部將們（邢夫人）護持黛玉鄭成功進入賈赦府院所代指的崇明島中。黛玉鄭成功測度崇明島的地宇、官府（房屋院宇），必是從長江南岸（榮府）蘇州一帶如府第花園般的景觀綿延一體過來的，只是被長江隔斷而已，因此便產生了攻佔崇明島，進取江南的想法。鄭軍準備攻打崇明城，再往前挺進三段路程（三層儀門），果然看見城鄉、道路、清軍佈署都是小巧別致，不似剛才長江南岸那邊規模宏偉壯麗，而且島中隨處都有樹木山石。一時之間鄭成功率兵進入真正要攻擊的崇明城地域，崇明城早有許多裝備壯盛服飾華麗的清朝將官士兵在那裡等待迎戰鄭軍了，所以攻城失敗（時為順治十六年八月十一日）。逃行的鄭軍就讓鄭成功班師在崇明駐紮坐鎮下來，一方面鄭成功又命人到外面去調請駐紮在附近地區的鄭軍部將們（賈赦）前來攻打。過了不多時有人來向鄭成功稟報說：「諸部將、江南地區反清復明勢力、民心反應說了：『連日來大家在南京及崇明城被清軍打敗，各部隊都受傷不好，如今與你鄭成功再會見，彼此反倒感傷心，所以暫且不忍心再來相見集結去攻城。另一方面，江南反清復明勢力、民心反映，勸告你鄭成功大軍不要因為一時失敗傷心而想要撤回老家大本營廈門地區，在這裡跟着老太太賈母和舅母所寓指的江南地區，就如同在大本營廈門地區一樣。有如同胞姊妹們般的各地反清復民勢力雖兵力拙劣不很強，但大家在江南地區一處攜手相伴着，同心協力抗清，也可以解除一些被滿清攻擊的煩擾苦悶。容或有委屈之處，只管互相通告說明情況，彼此接應，不要向外族的滿清訴說委屈，以博取其同情而降清才是。』」林黛玉鄭成功趕忙像站起來似地表示尊重，對於這些意見、民心反映都一一聽了，考量了。再駐紮坐鎮在崇明島一陣子，便決定要告辭江南地區，撤退回大本營廈門地區。那邢夫人所代表鄭、清互派交涉議和的行人使者，傳達清方苦留鄭軍投降到清朝，領過清朝有如請吃晚飯般的賞賜官爵之後，再回廈門去，林黛玉鄭成功笑回道：「交涉議和的行人使者傳達清方愛恤，如賜飯般准予剃髮投降賜官，原不應推辭，只是還要撤兵過去會見廈門、福建地區的留守鄭軍舊部（二舅舅），恐怕現在就領了清廷的恩賜而剃髮降清封官，回去對他們不恭敬，將失去他們諒解、支持，他日再談判領取這項清朝恩賜的事，未嘗不可。希望議和的行人使者轉告清廷見諒。」那議和的行人使者聽鄭成功這麼說，笑道：「這倒是了。」於是林黛玉鄭成功軍便告辭撤出江南長江口地區。邢夫人所代表鄭、清雙方互派行人使者議和的局勢，使得鄭軍兩三個老資格部將用剛才的船艦將鄭軍順長江送了過去。那邢夫人所代表鄭、清雙方進行議和，及江南長江口地區送行鄭軍的情勢，將鄭軍送至類似儀門的崇明島前方的長江口，又囑咐眾人幾句話，眼看着船隊去了才回來。

第三節　林黛玉進入榮國府拜見二舅母王夫人、二舅賈政故事的真相

◈原文：

一時，黛玉進入榮府。下了車，眾嬤嬤引着便往東轉彎，穿過一個東西的穿堂，向南大廳之後(1)，儀門內大院落，上面五間大正房，兩邊廂房鹿頂耳房鑽山(2)，四通八達，軒昂壯麗，比賈母處不同(3)。黛玉便知這方是正緊正內室，一條大甬路直接出大門的(4)。進入堂屋中，抬頭迎面先看見一個赤金九龍青地大匾，匾上寫着斗大三個字，是「榮禧堂」(5)，後有一行小字：「某年月日，書賜榮國公賈源」，又有「萬幾宸翰之寶」(6)。大紫檀雕螭案上，設着三尺來高青綠古銅鼎，懸着待漏隨朝墨龍大畫(7)，一邊是金蜼彝(8)，一邊是玻璃盒(9)。地下兩溜十六張楠木交椅。又有一副對聯，乃是烏木聯牌，鑲着鑿銀的字跡(10)，道是：

座上珠璣昭日月(11)，
堂前黼黻煥烟霞(12)。

下面一行小字，道是：「同鄉世教弟勳襲東安郡王穆蒔拜手書(13)」。

原來王夫人時常居坐宴息，亦不在這正堂，只在這正室東邊的三間耳房內(14)。於是老嬤嬤引黛玉進東房門來(15)。臨窗大炕上猩紅洋罽(16)，正面設着大紅金錢蟒靠背(17)，石青金錢蟒引枕(18)，秋香色金錢蟒大條褥(19)。兩邊設一對梅花式洋漆小几，左邊几上文王鼎匙箸香盒(20)，右

邊几上汝窑美人觚(21)，內插着時鮮花卉，並茗盌唾壺等物(22)。地下面西一溜四張椅上，都搭着銀紅撒花椅搭，底下四副腳踏(23)。椅子兩邊也有一對高几，几上茗椀花瓶俱備(24)。其餘陳設自不必細說(25)。老嬤嬤們讓黛玉炕上坐，炕沿上却也有兩個錦褥對設，黛玉度其位次，便不上炕，只向東邊椅子上坐了(26)。本房內的丫嬛忙捧上茶來，黛玉一面吃茶，一面打量那些丫嬛們，粧飾衣裙、舉止行動，果亦與別家不同(27)。

茶未吃了，只見穿紅綾襖青緞掐牙背心的一個丫嬛走來(28)，笑說道：「太太說，請姑娘到那邊坐罷！」老嬤嬤聽了，於是又引黛玉出來，到了東廊三間小正房內(29)。正面炕上橫設一張炕棹，棹上磊着書籍、茶具，靠東壁面西設着半舊青緞靠背引枕(30)。王夫人却坐在西邊下首，亦是半舊青緞靠背坐褥，見黛玉來了，便往東讓(31)。黛玉心中料定這是賈政之位(32)。因見挨炕一溜三張椅子上，也搭着半舊的彈墨椅袱(33)，黛玉便向椅上坐了。王夫人再四携他上炕，他方挨王夫人坐了(34)。王夫人因說：「你舅舅今日齋戒去了，再見罷(35)！……」

◈脂批、注釋、解密：

(1)眾嬤嬤引着便往東轉彎，穿過一個東西的穿堂，向南大廳之後：從這裡林黛玉「往東轉彎」、「穿過一個東西的穿堂」、看到坐北「向南大廳」的路線，可見這是描寫鄭成功大軍從往東出長江轉彎，穿過浙江、福建沿岸一個東西的海道，向南行駛，陸地與海島圍成一個海道寬闊的空間，好像一個向南大廳。

〔甲戌本夾批〕等評注說：「這一個穿堂是賈母正房之南者，鳳姐處所通者則是賈母正房之北。」賈母正房依照前文係指江南西段瓜州鎮江至南京地區。鳳姐處，指梁化鳳駐守處的長江口崇明島。故鳳姐處所通賈母正房之北邊的東西向穿堂，毫無疑問是喻指東西向的長江水道而言。那麼賈母正房江南西段之南邊的東西向穿堂顯然就是喻指長江口至閩粵的由東斜向西南的沿海水道而言。有了這條脂批對於東西穿堂的方向提示，便可以推知以下故事是接續前文暗寫鄭成功大軍由長江口撤出，沿浙閩沿海水道回到廈門大本營的種種事跡了。

(2)

儀門內大院落，上面五間大正房，兩邊廂房鹿頂耳房鑽山：儀門，這裡是指旁門，寓指福建沿海海道旁邊有河流可通行，猶如有旁門可通之處。廂房，舊式宅院庭院上方一排數間是廳堂與正房，庭院東西兩邊各數間房屋叫做東廂房、西廂房。鹿頂，「建築術語。本作『盝頂』，最早見于北宋李明仲的《營造法式》。元代陶宗儀《輟耕錄》解釋說：『盝頂之頂三椽（按即支撐屋瓦的大圓木），其頂若笥（按即竹作衣箱）之平，故名。』清初，盝頂的涵義已發生變化，即指一般平屋頂，也代稱平頂的房子。㉔」耳房，指如耳朵附於頭的兩旁般，附連在正房兩側的小房子。鹿頂耳房，就是附連在正房兩側的平頂小房子。鑽山，山指山牆，即綿延如山的房屋兩側牆壁，鑽山就是在山牆鑽洞開門。兩邊廂房鹿頂耳房鑽山，就是說庭院左右兩邊有廂房，正房左右兩側還延伸出較低的平頂耳房，而且在廂房尾端與耳房之間，又將牆壁鑽洞開門互相連通，看起來很宏偉壯觀。這三句表面上是描寫榮國府正內室府第，大門之內又有迎客儀門，儀門內有大院落，大庭院上面有五間大正房，大正房兩側又延伸加蓋平頂的耳房，大庭院兩邊有廂房，左右廂房兩端與正房左右耳房間又鑽牆開門互相連通，真是宏偉壯觀之極。內裡則是喻寫以福州省城為心腹要地的福州地區清軍，佈署得就像這榮國府府第一樣，領域大院落的上方正面、正面左右翼、兩側邊都佈署有重兵，兩側翼外圍還有游哨巡邏連絡，固若金湯，不容輕犯。

(3) 比賈母處不同：賈母處，即榮國府後院，暗指江南南京地區。

(4) 黛玉便知這方是正緊正內室，一條大甬路直接出大門的：正內室，應是喻指福建省城福州，是較內地而掌理內部要事的正規官署所在。一條大甬路直接出大門的，這應是喻指福州有一條閩江大河道直接通出大海門戶。

(5) 匾上寫着斗大三個字，是「榮禧堂」：榮，榮華、榮耀。禧，吉祥幸福。另外，榮字還通諧音「榕」字，暗點別稱為「榕城」的福州。故榮禧堂應是暗指福建省城的榕城福州。

(6) 又有「萬幾宸翰之寶」：幾，通機。萬幾，即日理萬機之意。宸，通辰，指北辰，即北極星，代指皇帝，或皇帝居住的地方。翰，原意為長硬的羽毛，因常用來作毛筆，故後來翰字用來代稱毛筆，及用筆寫成的文辭。宸翰，就是皇帝的文辭、御批。寶，皇帝的寶印玉璽。「萬幾宸翰之寶，「這是皇帝印章上的文字㉕」。又有「萬幾宸翰之寶」，又有一顆刻有「萬幾宸翰之寶」這六個字的皇帝印璽。這表示「榮禧堂」三字是皇帝親書賜予的，同時也可能表示福州城「榮禧堂」是皇帝運用玉璽日理萬機處理政務的殿堂，即可能寓指這「榮禧堂」是福州城南明隆武帝的朝閣殿堂。

(7) 懸着待漏隨朝墨龍大畫：漏，即滴漏，為古時的計時器，等於現代的時鐘，漏又指時刻。待漏，等待時刻，就是等待上朝的時刻，古時大臣要在五更（現在早上四點到六點）到朝房等待上朝的時刻。隨朝，隨著一群大臣的朝班上朝廷朝見皇帝。墨龍大畫，「巨龍在雲霧海潮中隱現的大幅水墨畫㉖」。懸着待漏隨朝墨龍大畫，這是說榮禧堂中懸掛着一幅畫有眾多大臣等待時刻隨班上朝，以及一條巨龍在雲霧海潮中忽隱忽現的大幅水墨畫。這是暗喻榮禧堂福州原是「眾多大臣等待時刻隨班上朝」的宮殿朝廷所在，而這群朝廷大臣以一條大墨龍為龍頭老大。這幅墨龍大畫所畫「在雲霧海潮中隱現」的巨龍，是暗點在隆武朝廷中的龍頭老大鄭芝龍。作者假借這幅墨龍大畫，把鄭成功父親鄭芝龍在隆武朝廷中興風作浪的情況，比喻得唯妙唯肖，真是妙極了！

(8) 一邊是金蜼彝：金，金屬的、金色的。蜼，本音讀作「未」，本義為一種類似獼猴而稍大的長尾猿。彝，即彝器，為古代祭祀宗廟的青銅製禮器。蜼彝，為刻有長尾猿（蜼）的圖形的青銅禮器，此時蜼的讀音變作「壘」。金蜼彝，就是金色而刻畫有長尾猿的祭祀宗廟的青銅禮器。

〔甲戌本夾批〕評注說：「蜼音壘。周器也。」這是一方面注解蜼彝一詞的蜼字應變音讀為「壘」，一方面注解金蜼彝是周朝時祭祀宗廟的禮器。這裡脂批特意注解金蜼彝為「周器」，另有一層深意是借「周」字點出黃道「周」。按黃道周為隆武朝廷的首輔，吏部尚書、武英殿大學士，為文官的班首。一邊是金蜼彝，是暗寫隆武朝廷的一邊站的是以黃道周為首的文臣，他好像祭祀宗廟的禮器一般地虔誠忠心於南明隆武宗廟朝廷。

(9) 一邊是玻璃𥁌：〔甲戌本夾批〕評注說：「𥁌音海，盛酒之大器也。」這是注解𥁌的音讀作「海」，是一種盛酒的大器皿。另外，批書人更是藉著這樣的注解，而提示𥁌暗通同音的

「海」字，所盛的酒也喻指海水，音義合起來就是影射擁有海上勢力的鄭芝龍。而玻璃為不堅牢、易碎的物品。故這句原文「一邊是玻璃盒」，是暗寫隆武朝廷的另一邊站的是以鄭芝龍為首的武將，他們擁有海洋通商、海軍的大勢力，可是不忠貞於隆武王朝，當滿清大軍壓境時，他們便暗通降清，好像易碎的玻璃一般地碎裂瓦解了。

(10) 又有一副對聯，乃是烏木聯牌，鑲着鑿銀的字跡：〔甲戌本夾批〕評注說：「雅而麗，富而文。」這是注解這個烏木聯牌，鑲着雕鑿白銀的字跡，看起來既文雅又富麗。

(11) 座上珠璣昭日月：珠，圓形的珠子。璣，不圓的珠子。珠璣，泛指珍貴美麗的珠子，又比喻人的詩文優美如珍珠。日月，指天上的太陽和月亮，而日與月合起來構成一個「明」字，故又寓指明朝。座上珠璣昭日月，表面上是描寫主座上的人衣帽上華貴的珍珠昭耀明亮如天上的日月一樣，內裡則是喻寫主座上的南明隆武帝衣帽上華貴的珍珠昭顯出明朝天下的光芒。

(12) 堂前黼黻煥烟霞：黼黻，「古代官吏貴族禮服上繡的花紋。黼（音府），半黑半白的斧形圖案。黻（音服），『亞』形圖案。㉗」堂前黼黻煥烟霞，表面上是描寫堂前客人禮服上的斧形亞形黼黻圖紋煥發光彩如飛烟彩霞一樣，內裡則是喻寫隆武帝殿堂前聚集著達官貴族，他們所穿上朝禮服上的斧形亞形黼黻圖紋煥發出飛烟彩霞般的光彩。

〔甲戌本特批〕等評注說：「實貼。」這是注解這句話描寫得很貼合實際狀況，也就是說這裡切實是達官貴族聚集的所在。

(13) 同鄉世教弟勳襲東安郡王穆蒔拜手書：〔甲戌本夾批〕等評注說：「先虛陪一筆。」這是註明這句原文是虛擬的陪襯文筆，並非真有個名叫穆蒔的東安郡王的人物題了這副對聯，甚至此人也並不是主人賈政的同鄉世教弟。不過，在虛擬的假官爵假姓名背後，卻暗示了極重要的真實情況。首先，東安郡王的爵號暗示此人為東方地區的郡王級人物。其次，其姓名穆蒔二字也暗藏不尋常訊息。穆，肅穆、恭敬。蒔，為移植、栽種花木的意思。故穆蒔的名號本義為恭敬移植的意思，隱示榮禧堂主人是此人所恭敬移植、栽培的。這投射到當時福州地區的政治實況，則東安郡王穆蒔顯然是影射福建藩鎮勢力鄭芝龍、鄭鴻逵兄弟等鄭氏家族，及他們恭敬迎接唐王朱聿鍵移至福州，擁戴扶植他建立南明隆武王朝的事跡。按當順治二年五月南明南京福王弘光朝廷被清軍滅亡後，潞王被擁護在杭州監國，時唐王朱聿鍵剛好旅居杭州，數日後潞王就投降滿清。當時鄭鴻逵水師自長江京口撤退，路經杭州遇見唐王，於是奉迎唐王至福州，遂與其兄鄭芝龍，及南來眾大臣共同擁立唐王登基為隆武皇帝。隆武朝廷的軍隊及官員薪俸大多數是鄭芝龍、鄭鴻逵家族所供應，「軍國大政，一委芝龍，行朝仰成而已」㉘。故隆武王朝確實是鄭芝龍、鄭鴻逵家族所恭敬移植、扶植建立的。這裡作者根據這樣的歷史事實，將扶立隆武王朝的鄭芝龍家族創造出東安郡王穆蒔這樣的名號，實在是再逼真不過了。

以上這一段是以各種隱寓筆法先寫鄭成功軍隊已撤回至福州沿海地區，看見清軍佈署嚴密，再追述福州榕城（榮禧堂）原是鄭成功父親鄭芝龍等，擁立南明隆武帝王朝的都城宮廷所在。

(14)原來王夫人時常居坐宴息，亦不在這正堂，只在這正室東邊的三間耳房內：王夫人，為賈政的正妻，林黛玉的二舅母。但是在內層真事中，和前面賈赦、邢夫人一樣，賈政、王夫人只是配合表面故事榮國府西院有個次子次媳，而設出的兩個角色，其實際意義則隨作者之意而有各種不同的影射對象。大致上王夫人在這裡是影射福建地區以安南將軍達素為代表的清軍或其將領，但是到後面又轉為擴大代表超然的中國天下王朝政府，同時又是作者的代言人。正堂，暗指福州。耳房，應是喻指沿海港灣、海灣地形，中間是個洞灣，周圍有長形半島、海島環繞，看起來好像一個耳朵的形狀。東邊的三間耳房，應是喻指福建東岸沿海的興化、泉州、漳州等三處港灣地帶。這句應是喻寫福建清軍時常居坐宴息駐紮防禦鄭成功的地方，不在正堂的福州，只在這東邊鄰近鄭成功大本營廈門的興化、泉州、漳州三處沿海港灣地區。

〔甲戌本夾批〕評注說：「若見王夫人。」這是評注說：「原文這樣描寫，讓人好像親見福建清軍的佈署陣式一樣。」

(15)

於是老嬤嬤引黛玉進東房門來：這句是喻寫鄭成功的老部將引領著林黛玉所代表的鄭成功大軍，進入福建東岸泉州、漳州門口沿海地區來。

〔甲戌本夾批〕評注說：「黛玉由正室一段而來，是為見政老耳，故進東房。」正室，即前面賈赦的居所，也就是長江口的崇明島一帶。政老，即賈政，應是影射鄭成功的廈門大本營舊部勢力。這是評注說：「黛玉由正室崇明島一段路而來，是會見其大本營廈門舊部勢力而已，故進東房的泉州漳州廈門一帶地方。」

〔甲戌本夾批〕評注說：「直寫引至東廊小正室內矣。」東廊小正室，喻指福建東岸小島廈門，鄭成功延平王朝的正式都城所在。

(16) 臨窗大炕上猩紅洋罽：炕，音抗，中國北方用磚塊或土坏砌成中空且可供生火取暖的長方形睡鋪，這裡臨窗大炕應是喻指臨近海岸邊的高平陸地而言。猩紅，為大紅色。罽，音季，毛織的地毯、毯子。洋罽，西洋毛毯。這裡「猩紅洋罽」究竟隱喻什麼，筆者還未悟通，不敢妄評。

(17) 正面設着大紅金錢蟒靠背：金錢蟒，「錦緞上繡的龍形圖案，呈小團龍花紋。㉙」這一句原文有何暗喻，筆者還未悟通，不敢妄評。

(18) 石青金錢蟒引枕：石青，石青色。引枕，「坐時用來搭放胳膊的一種圓墩形的倚枕；另有一種當中有方洞，側臥時好放耳朵的枕頭也叫引枕。書中指的是前一種。㉚」這一句原文的真相還未悟通，不敢妄評。

(19) 秋香色金錢蟒大條褥：秋香色，淡黃綠色。褥，坐臥時墊在身體下面的柔軟坐墊、墊被之類。這一句原文的真相還未悟通，不敢妄評。

(20) 左邊几上文王鼎匙箸香盒：文王鼎，「指周代的傳國國鼎，此處說的是小型仿古香爐，內燒粉狀檀香之類的香料。㉛」匙箸，用來填取或翻撥香料、香灰的湯匙筷子。香盒，裝香料的盒子。這一句原文的真相還未悟通，不敢妄評。

(21) 右邊几上汝窑美人觚：汝窑，「北宋時建於河南汝州的瓷器窑。汝州在今河南臨汝。㉜」觚，音孤，盛酒器。美人觚，「古代一種盛酒器，長身細腰，形如美人，故稱美人觚。㉝」這一句原文的真相還未悟通，不敢妄評。

(22) 內插着時鮮花卉，並茗盌唾壺等物：盌，音晚，小盂也。盂，飲器也。故茗盌，即小茶碗。唾壺，就是供吐痰的壺。這兩句原文的真相還未悟通，不敢妄評。

(23) 都搭着銀紅撒花椅搭，底下四副腳踏：椅搭，「搭在椅子上用以擋塵土的長方形綉花綢緞飾物。㉞」腳踏，坐時供踏放兩腳的矮凳子。這一句原文的真相還未悟通，不敢妄評。

(24) 几上茗椀花瓶俱備：椀，音晚，盌的俗字，小盂也。茗椀，即茗盌，小茶碗也。這一句原文的真相還未悟通，不敢妄評。

(25) 其餘陳設自不必細說：〔甲戌本夾批〕評注說：「此不過略叙榮府家常之禮數，特使黛玉一識階級座次耳，餘則繁。」榮府，隱指福建地區。階級座次，隱指福建地區清軍與鄭軍軍隊佈署的位階層級及座落位置。這是評注說：「這一段文字不過略叙榮府福建地區清軍與鄭軍平時佈署攻防的常態，特別使林黛玉鄭成功軍認識自己在這個區域軍力所佔的等級及應佈署的地點而已，其餘陳設的描寫則很繁瑣。」言外之意是以上有關陳設的描寫太過繁瑣而不關緊要，讀者不必去一一追索核對其影射的真事為何。

(26) 黛玉度其位次，便不上炕，只向東邊椅子上坐了：這三句是喻寫林黛玉鄭成功軍審度當地清軍的佈署狀況，便決定不登上大陸的陸地上，只向東邊如椅子般散置於泉州、漳州海岸邊的島嶼上佈署坐定了。

〔甲戌本夾批〕等評注說：「寫黛玉心意。」這是註明這幾句黛玉審度其位次情勢，不登上大陸作戰，只在東邊的島嶼上佈署進行海戰，是描寫鄭成功心中的意向、戰略。

(27) 黛玉一面吃茶，一面打量那些丫嬛們，粧飾衣裙、舉止行動，果亦與別家不同：這幾句是喻寫林黛玉鄭成功一面像吃茶般悠閒佈署備戰，一面打量對岸那些身為清朝奴婢的清兵們，出動的是舟船水師，所以他們的服飾裝備，及舉止行動，果然和南京等別處的清軍以陸軍為主的情況有所不同。

(28) 只見穿紅綾襖青緞掐牙背心的一個丫嬛走來：掐牙，「錦緞雙疊成細條，嵌在衣服或背心的夾邊上，僅露少許，作為裝飾，叫做掐牙。㉟」青緞掐牙背心，就是青色緞子材質而夾邊縫飾有掐牙的背心。

〔甲戌本夾批〕評注說：「金乎？銀乎？」這是提示這個丫嬛的身分不是與「金」有關，就是與「銀」有關，從而刺激讀者聯想到她的身分是「後金」滿清的奴婢，也就是清軍的將領。所以，接下來描寫這個丫嬛走來笑說道：「太太說，請姑娘到那邊坐罷」，就是喻寫有個清軍將領率了一隊清兵走過來，這一舉動彷彿說：「我們清軍說，請你們鄭軍到那邊清軍佈署陣地去駐紮一戰吧！」對應到歷史真事上，應是喻寫清朝派遣安南將軍達素率領一支大軍南下泉州、彰州征勦鄭成功海師，而引誘鄭師集中至廈門、金門應戰的事。

(29) 於是又引黛玉出來，到了東廊三間小正房內：東廊，喻指福建東邊沿海海道東邊而言。東廊三間小正房，喻指位於福建沿岸隔海的東邊，鄭成功大本營所在的廈門、金門、鼓浪嶼三島。

(30) 正面炕上橫設一張炕桌，桌上磊着書籍、茶具，靠東壁面西設着半舊青緞靠背引枕：桌，音照，意同櫂，划船用的長槳；又音桌，放東西的用具，意同桌。炕桌，放在炕床上的短腳小桌子，這裡是喻指鄭成功延平王朝的辦公處所之都城廈門。磊，音壘，像很多石頭堆聚在一起地堆疊。書籍，暗喻朝廷奏摺文書。這個炕棹上磊着書籍，是暗喻這個地方是堆疊著許多奏摺文書的王朝朝廷所在，也就是暗指這個地方就是鄭成功延平王朝朝廷所在的廈門。靠東壁面西設着半舊青緞靠背引枕，這是喻指靠在廈門東邊有一個大金門島與小金門島，大金門島上有一排面向西方大陸的大武山脈高聳著，形狀有如坐著時身體所依靠的靠背，旁邊的小金門則有如擺放手臂的引枕，同時這大小金門島也可供作延平王朝都城廈門的後援靠山。

〔甲戌本夾批〕評注說：「傷心筆，墮淚筆。」這六字是批注在原文「棹上磊着書籍」旁邊。這條脂批是評注說：「看到原文『棹上磊着書籍』暗寫出鄭成功延平王朝的都城廈門，而如今都已被滿清征服統治，這樣的文筆都是徒然令人傷心、墮淚的文筆。」

(31) 王夫人却坐在西邊下首，這是喻寫王夫人所代表的清軍却佈署坐鎮在金門、廈門西邊稍下方靠山面海的漳州港、同安港一帶。「見黛玉來了，便往東讓」，是喻寫王夫人所代表的清軍看見林黛玉所代表的鄭軍前來了，便擬定策略要發動舟師往前衝擊，將鄭軍往東邊的廈門島上推擠。

(32) 黛玉心中料定這是賈政之位：賈政之位，就是前面所寫「正面炕上橫設一張炕棹」的地方，亦即喻指鄭成功延平王朝位於廈門的都城朝廷所在。這句是暗寫黛玉鄭成功心中料定清軍所要衝湧推擠過來的目的地是廈門島，而這正是延平王朝都城大本營的位置（賈政之位），因此無論如何不能讓清軍得逞。

〔甲戌本夾批〕等評注說：「寫黛玉心到眼到，傖夫但云為賈府敘坐位，豈不可笑？」傖音倉，是對粗壯鄙賤之人的稱呼，南北朝時，南朝人常以「傖」譏稱北朝人，如稱「傖父」、「老傖」，另外，南方吳人常譏稱中州人為「傖人」，故這裡傖夫和傖父、傖人一樣，是譏稱他人為身體粗壯鄙賤而頭腦無知識的人。這句脂批是評注說：「這一小段是暗寫林黛玉所代表的鄭成功環顧四周情勢，仔細觀察清軍在何處佈署，鄭軍應在何處佈署，心中料定王夫人所代表的清軍所要侵犯的目的地，是賈政之位所代表的延平朝都城大本營的廈門島，真是將鄭成功對於敵我情勢眼中看到、心中想到，判斷、佈署精當的情況，寫得淋漓盡致，那些身體粗壯鄙賤而頭腦無知識的人，單從外表故事認為這段文章只是為賈府人物排定坐位次序，豈不是很可笑嗎？」蓋當時鄭成功在南京大敗之餘，戰略上若不調集所有軍隊集中鞏固廈門、金門大本營地區，以擅長的水戰取勝，而冒然登上大陸作戰，必致兵分力散而致廈、金不保，後來鄭成功大敗滿清達素大軍，證明他真是眼到心到，情勢判斷精準之至。

(33)因見挨炕一溜三張椅子上，也搭着半舊的彈墨椅袱：一溜，即一排。彈墨，是用剪紙技術將紙張剪空為某種圖案，再將這紙張攤開覆蓋在布料上，然後再用墨色等顏料彈潑或噴灑在紙張空洞處的布料上，而將布料塗染成某種圖案，這種技術叫做彈墨。椅袱，即椅套。彈墨椅袱，就是用彈墨技術染成圖案的椅套。挨炕一溜三張椅子上，是寓指緊靠猶如炕床的廈門島的三處崎角的地方，應是指鄭軍佈署重兵之處的高崎、海門、劉五店。搭着半舊的彈墨椅袱，應是寓指佈署著半舊有留守及半新調回來的鄭軍，就像彈墨椅套般，黑壓壓地覆蓋遍該地區。

〔甲戌本夾批〕等評注說：「三字有神。此處則一色舊的，可知前正室中亦非家常之用度也。可笑近之小說中，不論何處，則曰商彝周鼎、綉幙珠簾、孔雀屏、芙蓉褥等樣字眼。」三字有神，指原文「半舊的」三字有神理。這是因為「半舊的」三字，即半舊半新的意思，正合當時漳泉、金廈地區清軍、鄭軍是半舊半新的實況，即一方面有原本就駐守當地的舊有軍隊，一方面又有從其他地區調集過來的新軍隊。如清軍是匯合原駐漳泉的施琅、黃梧軍隊，與安南將軍達素等從其他地區調集過來的新軍隊而組成，而鄭軍是匯合原駐金廈的洪旭等的留守軍，與鄭成功剛從長江敗回的新軍隊所組成，所以評說「半舊的」三字很有神理。「此處則一色舊的，可知前正室中亦非家常之用度也」，此處，指這裡王夫人住處，喻指漳泉地區清軍；前正室，指前面所寫大院落上面五間大正房，喻指福州地區清軍。這兩句是評注說：「從這裡王夫人住處所代表的漳泉地區清軍部署有一色舊有駐軍，就可推知前面所寫正室所代表的福州地區清軍，也不是平時家常的用度，而同樣是另外添加上超出平常用度的外地新來軍隊。」「可笑近之小說中，不論何處，則曰商彝周鼎、綉幙珠簾、孔雀屏、芙蓉褥等樣字眼」，這幾句是基於本書這裡照實際狀況描寫即使是富貴人家實際上也包含有「半舊的」陳設，來譏諷當時小說中，一寫到富貴人家，「不論何處，則曰商彝周鼎、綉幙珠簾、孔雀屏、芙蓉褥等樣字眼」，實在過度虛誇不實。

〔甲戌本眉批〕等評注說：「近聞一俗笑話云：一庄農人進京，回家眾人問曰：『你進京去可見些個世面否？』庄人曰：『連皇帝老爺都見了。』眾人罕然問曰：『皇帝如何景況？』庄人曰：『皇帝左手拿一金元寶，右手拿一銀元寶，馬上稍（捎）着一口袋人參，行動人參不離口。一時要屙屎了，連擦屁股都用的是鵝黃緞子，所以京中掏茅廝（廁）的人都富貴無比。』試思凡稗官寫富貴字眼者，悉皆庄農進京之一流也。蓋此時彼實未身經目覩，所言皆在情理之外焉。又如人嘲作詩者亦往往愛說富麗話，故有『脛骨變成金玳瑁，眼睛嵌作碧璃琉』之誚。余自是評石頭記，非鄙薄前人也。」這條脂批是以庄農進京未見皇帝，卻謊說見過皇帝生活如何豪奢富麗的故事，來譏諷清朝官修明清交替歷史猶如稗官野史一般，都是類似這種庄農進京之流，「實未身經目覩，所言皆在情理之外」，愛說富麗話以諂媚勝利者滿清的作品。

(34)王夫人再四携他上炕，他方挨王夫人坐了：上炕，喻指登上廈門島陸地。這兩句是喻寫王夫人所代表的漳泉地區清軍，再三再四向林黛玉所代表的鄭軍發動衝鋒攻擊，海戰先勝之餘，並帶動鄭軍登上如炕床的廈門島陸地上大戰，鄭軍才挨著清軍近身纏鬥反擊，而且反敗為勝，而得以在廈門地區駐軍坐定了。

按順治十六年八月十一日鄭成功攻崇明城失利後，便於九月七日率軍返回廈門。滿清則乘南京大勝之餘威，想一舉攻下廈門、金門兩島，徹底剿滅鄭成功，於是在該年十二月派遣「滿洲將軍達素帶披甲萬餘前來勦海，並令三省水師會勦。」順治十七年一月下旬，達素先頭部隊抵達福州，於是鄭成功二月調回北部汛防各提鎮以防護廈門、金門大本營。三月達素率軍抵達泉州。清、鄭雙方隨即展開一番整備佈署，清軍戰略是採取漳州、泉州南北兩路並進夾擊，南方「漳州港中先選大船一百號配漢兵，總兵李率泰同海澄公黃梧督之，出海澄港、同安港收拾小船；（泉州港方面）將軍達素同同安總鎮施琅以小船配滿兵，橫渡高崎。」鄭成功則在靠近海澄港的廈門海門一帶，及靠近同安港的廈門高崎一帶佈下重兵抵禦，並在劉五店泊軍遏止北方圍頭灣的清舟師進入同安港會合。鄭成功本人則「藩駕駐舟中督師海門㊱」。五月十日一早清軍南北兩路齊發進攻，南路海門之戰，清舟師「乘風蔽江而下，以數船攻一船，用鐵鍊牽住，礮矢齊發，梯而登。」一時，鄭軍舟船、水兵被擊燬、擊斃者甚多，被壓逼退至廈門港口。將近中午潮漲風轉，鄭軍奮起反擊，礮發如雷，反而大勝。至於北路廈門高崎之戰，由於鄭軍守將陳鵬密通施琅，密謀內應，故十日辰時達素總督滿、漢兵船順利從赤山坪登陸廈門島。惟陳鵬副將陳蟒未降，設法擺脫陳鵬而緊急率兵出擊，「滿兵見金龍甲兵至，以為迎己也，及下水砍殺（清兵），始慌亂」，鄭軍各路水陸兵隨後趕至合擊，清兵未登陸水師被擊退，「滿兵先登岸者被殺及其溺水不計其數」，達素敗回。「數日，屍浮海岸萬餘，長髮者（按為鄭軍）十（之）二三，短髮者（按為清軍）十（之）七八。」由此可見，南北兩戰場清軍都是先勝，並極力壓逼鄭軍登上廈門島陸地上作戰，這種情況這裡則只用「王夫人再四携他（黛玉）上炕」一句話加以概括；在鄭軍則兩地都是先敗退，再近身纏鬥反擊而致勝，終得以在滿清臥榻之旁的廈門駐軍坐鎮下來，對此情況這裡則只用「他（黛玉）方挨王夫人坐了」一句話加以概括。後來，當年十月清廷調達素回京問罪，達素在福州得知，畏罪而吞金自殺㊲。滿清自此畏懼鄭成功海師之銳，而不再發兵征勦。其後，鄭成功鑒於南明雲南永曆王朝被吳三桂擊破逃亡緬甸，大陸清朝政權日益強固，為謀更廣大根據地而東征臺灣去了。

(35)王夫人因說：「你舅舅今日齋戒去了，再見罷！……」：王夫人，這個王夫人所代表的意義和前面不盡相同，除了代表漳、泉清軍的意義外，又擴大轉為代表超然的全中國天下王朝政府，同時又是作者的代言人，代表作者來作歷史敘述。舅舅，即賈政，這裡是影射鄭成功的廈門大本營勢力。齋戒，古人在祭祀或重大典禮之前，吃素齋，戒除葷酒女色，沐浴更衣，清心淨身一至三天，以示誠敬，俾感動鬼神而招福戒禍，叫做齋戒。這裡齋戒則引申為自我檢討修心以招福戒禍的意思，甚至可解釋為通諧音「災戒」，也就是「戒除災禍」的意思。這幾句原文的內層意思是：作者假借王夫人清軍的口吻，順便簡述鄭成功後續東渡攻打台灣的歷史說：「你林黛玉舅舅賈政所代表的鄭成功的大本營勢力，今日已深自檢討本身金廈兩島實力遠不及擁有全大陸的滿清，為了戒除災禍，攻打台灣去了，以後再見罷！……」

針對「齋戒去了」，〔甲戌本夾批〕等評注說：「點綴官途。」點綴，是在原有事物上再加裝點綴飾，使得更為華麗可觀。這是提示「齋戒去了」這句話，是暗寫賈政在其原來的官途經歷上，再多裝點綴飾出一些新花樣途徑出來，也就是喻示鄭成功王朝在原來廈門、金門及大陸沿海的官途經歷上，又裝點綴飾出攻佔台灣的更為華麗可觀的新途徑出來。

針對「再見罷」，〔甲戌本夾批〕評注說：「赦老不見，又寫政老，政老又不能見，是重不見重，犯不見犯。作者慣用此等章法。」赦老與政老「重不見重」，是提示這兩人影射的對象有重疊，但是又不見完全重疊。根據這樣的提示，便可由前面不見黛玉的賈赦既是影射鄭軍部將，而推知這裡不能見黛玉的賈政必定是與賈赦重疊的鄭軍人物，然而兩者既重疊又不重疊，所以兩者所影射的雖同是鄭軍人物，但應是不同性質或地點的鄭軍人物。前面賈赦影射崇明城之戰時的鄭軍部將，這裡賈政影射鄭、清廈門大戰時的鄭成功廈門大本營勢力，果然賈赦與賈政影射的對象，真的是「重不見重」。所以脂批的評注文字雖然都是極為撲朔迷離，但是如果能夠仔細辨析去領悟，卻是極度有用、極度奧妙有趣的。這裡如果沒有這則脂批提示赦老與政老「重不見重」，筆者就無從悟通賈政就是影射與鄭軍相關的鄭成功廈門大本營勢力。如果沒有脂批「點綴官途」的提示，筆者也萬萬想不到原文「（賈政）齋戒去了」，就是暗寫鄭成功廈門大本營勢力攻打台灣，開闢、點綴新官途去了。這則脂批最後一句「作者慣用此等章法」極為重要，是提示《紅樓夢》作者慣用像賈赦與賈政「重不見重」的文章筆法，也就是說兩個不同的角色名號，所影射的對象既重疊又不盡重疊的文章筆法，這樣的文章筆法對於破解這兩號故事人物的歷史真實身分實在是極度困難的，而作者又「慣用」此等章法，況且還有與此類似的「一名多人」、「多名一人」等等許多煙雲模糊的筆法，可見要破解出《紅樓夢》故事的真相，是一件極度艱難吃力的事，津渡茫茫，唯有依賴脂批微微燈塔之光的指引，才稍稍有可能渡登《紅樓夢》真相的彼岸。

◈真相破譯：

一時間，黛玉鄭成功大軍從崇明島撤退進入榮國府所代表的江南、浙、閩地區。下了車改乘船艦，眾部將引導鄭成功大軍由西往東出長江口轉彎，穿過一個由浙江斜向福建沿岸的東西向穿行的海道（穿堂），向南行駛一段好像是向南大廳的陸地與海島圍成的寬闊海道之後，看到一處猶如有旁門（儀門）可通行的閩江河道，裡面有一處像府第大院落的福建省城福州城，這裡清軍佈署得就像大府第「上面五間大正房，兩邊廂房鹿頂耳房鑽山」一樣，領域的上方正面、正面左右翼、兩側邊都佈署有重兵，兩側翼外圍還有游哨巡邏連絡，四通八達，互有照應，好像府第軒昂壯麗般地軍容壯盛，固若金湯，比較南京地區（賈母處）有所不同。黛玉鄭軍便知這才是正規的位於內地掌理內部要事的官署所在（正內室），有一條如同大甬路的閩江大河道直接通出大海門戶。遙想過去，進入福州城官署的正中堂屋中，抬頭迎面就可先看見一個以青色為底色，上面刻有九條赤金色龍的大匾額，匾上寫着斗大三個字，是「榮禧堂」，其中的「榮」字暗通諧音「榕」字，暗點又名「榕城」的福州城，後面有一行小字：「某年月日，書賜榮國公賈源」，又蓋有「萬幾宸翰之寶」的皇帝印璽，表示這「榮禧堂」三字是皇帝親書賜予的，更寓示這「榮禧堂」是福州城南明隆武帝臨朝辦事的殿堂。在大紫檀木雕刻有無角龍的案桌上，擺設着三尺來高青綠色古銅鼎，上面懸掛着一幅畫著眾臣等待時刻隨班上朝，以及一條巨龍在雲霧海潮中忽隱忽現的大幅水墨畫（待漏隨朝墨龍大畫），這幅畫象徵福州榮禧堂原是「眾多大臣等待時刻隨班上朝」的宮殿朝廷所在，而這群朝廷大臣以猶如一條大墨龍的鄭芝龍為龍頭老大。一邊擺設的是金色而刻畫有長尾猿的周代祭祀宗廟的青銅禮器，稱為金蜼彝，這個周代禮器象徵隆武朝廷朝臣有一邊站的是以黃道「周」為首的文臣，他們好像祭祀宗廟的禮器一般地虔誠忠心於南明隆武宗廟朝廷，另一邊是玻璃製作的盛酒大器皿，稱為玻璃盒，其中盒字通諧音「海」字，故這個玻璃大酒器象徵隆武朝廷朝臣有一邊站的是以擁有海洋勢力的鄭芝龍為首的武將，他們如同玻璃易碎不堅似地不忠貞，當滿清大軍壓境時，他們便暗通降清，好像易碎的玻璃一般地碎裂瓦解了。地下有兩排十六張楠木交椅。又有一副對聯，是用烏木製作的聯牌，鑲着雕鑿白銀的字跡，看起來既文雅又富麗，寫道是：

座上珠璣昭日月：主座上的南明隆武帝衣帽上華貴的珍珠，昭顯出明（日月）朝天下的光芒。

堂前黼黻煥烟霞：殿堂前聚集達官貴族之禮服上的斧形亞形黼黻圖紋，煥發出如飛烟彩霞般的光彩。

下面有一行小字，寫道是：「同鄉世教弟勳襲東安郡王穆蒔拜手書」，寓示福建同鄉世教弟勳爵襲封安定東方郡王的福建藩鎮勢力鄭芝龍、鄭鴻逵兄弟等鄭氏家族，恭敬（穆）迎接榮禧堂主人（唐王朱聿鍵）移植（蒔）至福州登基建朝，敬拜手書祝賀。（按以上是作者以極隱密的神奇文筆，暗寫福州城原是鄭芝龍、鄭成功父子鄭氏家族所扶持的南明隆武王朝的都城朝廷所在。）

原來清軍王侯級將領（王夫人）時常駐守居坐宴息，也不在這正堂的福州城官署，只在福州東邊鄰近鄭成功大本營廈門的如同三間耳房的興化、泉州、漳州等三處沿海港灣地帶之內。於是鄭軍老部將引領著林黛玉鄭成功大軍進入福建東岸泉州、漳州門口沿海地區來。臨窗大炕（寓指沿岸高平陸地）上鋪著猩紅色的西洋毛毯，正面設着大紅色繡有小團龍花紋（金錢蟒）的錦緞靠背，石青色繡有小團龍花紋的搭放胳膊的圓墩形錦緞倚枕（引枕），秋香色（淡黃綠色）繡有小團龍花紋的大條柔軟坐墊。兩邊擺設著一對梅花式西洋油漆的小几，左邊小几上擺著仿周代傳國鼎文王鼎的小香爐及湯匙、筷子、香料盒，右邊小几上擺著一個河南汝州瓷器窑（汝窑）所燒製的形狀長身細腰如美人的盛酒器（美人觚），其內插着時鮮花卉，及小茶碗、供吐痰的唾壺等物品。地下面向西的一排四張椅子上面，都搭上用以遮擋塵土的銀紅色撒花點的綢緞飾布（椅搭），底下有四副供踏放兩腳的矮凳子（腳踏），椅子兩邊也有一對高几，几上小茶碗花瓶都俱備。其餘還有一些陳設，自然不必細說（按以上有關林黛玉所見王夫人日常所住東邊耳房的陳設佈置，大致上是暗寫林黛玉鄭成功軍觀察福建東岸沿海的地理形勢，及清軍佈署的狀況，以決定鄭軍如何佈署應對的文字，不過其寓意極隱晦難明，筆者不敢妄加臆斷）。鄭軍將領們提議想讓黛玉鄭軍攻佔有如炕床的福建漳州附近的大陸陸地上，該段陸地沿岸上却也有兩個像錦褥對設般的突出長岬（或半島），黛玉鄭成功審度當地地理及清軍佈署形勢，便決定不登上大陸作陸地作戰，只向東邊如椅子般散置於泉州、漳州海岸邊的廈門、金門等島嶼上佈署坐鎮下來，準備與清軍進行水戰。廈門大本營（本房）內的部將趕忙像捧上茶來一般地服侍鄭成功，林黛玉鄭成功一面像吃茶般悠閒佈署備戰，一面打量對岸那些身為清朝奴婢的清兵們，出動的是舟船水師，所以他們的服飾裝備，及舉止行動，果然和南京等別處的清軍以陸軍為主的情況有所不同。

林黛玉鄭軍像吃茶般悠閒佈署備戰還未完了，只見穿著青色緞子材質而夾邊縫飾有掐牙之背心的一個清軍將領安南將軍達素，率了一隊清兵走過泉州、漳州來，要征勦鄭成功海師，這一舉動彷彿笑說：「我們清軍說，請你們鄭軍到清軍佈署的那邊去駐紮一戰吧！」鄭軍部將聽了這個情報，於是又帶引黛玉鄭軍出來，到了福建沿岸隔海的東邊（東廊），鄭成功大本營所在的廈門、金門、鼓浪嶼三個小島（三間小正房）內駐紮備戰。鄭軍佈署形勢，正面猶如炕床的廈門島上，橫設著猶如一張炕上矮桌的延平王朝小朝廷廈門都城，朝廷上堆磊著奏摺文書，及議事聚會使用的茶具等，靠在廈門東邊有一個大金門島與小金門島，大金門島上有一排面向西方大陸的大武山脈高聳著，靠山面海的形狀有如坐著時身體所依靠的靠背，旁邊的小金門則有如擺放手臂的引枕，同時這大小金門島也可供作延平王朝都城廈門的後援靠山，島上部署著原留守的及新調來的半舊半新鄭軍。王夫人所代表的清軍卻佈署坐鎮在金門、廈門西邊稍下方的漳州港、同安港一帶，也是靠山面海，擁有舊有留守及新近調來的半舊半新部隊，看見林黛玉鄭軍佈署前來了，便擬定策略要發動舟師往前衝擊，將鄭軍往廈門島上推擠。黛玉鄭成功心中料定清軍的目的是要衝湧推擠過來侵犯廈門島，而這正是延平王朝都城大本營的位置（賈政之位），無論如何不能讓清軍得逞。因看到緊靠猶如炕床的廈門島有三處崎角的地方（高崎、海門、劉五店），也是已佈署著半舊有留守及半新調回來的鄭軍，就像彈墨椅套一般，黑壓壓地覆蓋遍了該地區，黛玉鄭成功本人便向這崎角處（海門）去坐陣指揮了。王夫人所代表的清軍舟師蜂擁前衝攻擊，海戰先勝之餘，再三再四把鄭軍衝帶上猶如炕床的廈門島陸地上廝殺大戰，鄭軍被迫挨著清軍進行近身纏鬥反擊，最後反敗為勝，才得以在廈門地區駐軍坐定了。這場鄭、清廈門大戰結束了，因而作者假借王夫人清軍的口吻，順便簡述鄭成功後續東渡攻打台灣的歷史說：「你林黛玉舅舅賈政所代表的鄭成功廈門的大本營勢力，今日已深自檢討本身金廈兩島實力遠不及擁有全大陸的滿清，為了戒除災禍（齋戒），攻打台灣去了，以後再見罷！……」

附註：

①詳見以上《從征實錄》，第一四八、一五二至一五七頁；並參見《靖海志》，第四六至四九頁。

②引錄自以上《靖海志》，第四九頁。

③引錄自《清世祖實錄選輯》之「八月己丑朔，江南總督郎廷佐奏報」，臺灣銀行經濟研究室編輯・臺灣省文獻委員會於民國八十六年六月重新出版，第一六一頁。

④詳見以上《臺灣外記》，第一七九至一八二頁；《臺灣史》，一三七至一三八頁；《明季南略（下冊）》，第二五七至二五八頁；《從征實錄》，第一六四至一六五頁；及《靖海志》，第五二頁。

⑤詳見《第六才子書西廂記》第二之一章〈寺警〉，元・王實甫原著，清・金聖嘆批點，張建一校注，臺灣，三民書局印行，民國八十八年十月初版，第一〇八至一三六頁。

⑥引錄自以上《臺灣外記》，第一七八頁。

⑦引錄自以上《靖海志》，第四九頁。

⑧引錄自以上《紅樓夢校注（一）》，第五八頁注一四及一五

⑨引錄自以上《紅樓夢校注（一）》，第五九頁注一九

⑩引錄自《古本麻衣相法》，清・丘宗孔編輯，臺灣，老古文化事業公司出版，一九九二年九月臺灣七版，一九九六年七月臺灣二次印刷，第七八頁。

⑪引錄自以上《古本麻衣相法》，第七〇頁。

⑫引錄自以上《明季南略（下冊）》下冊，第二五七頁。

⑬引錄自以上《靖海志》，第四八至四九頁。

⑭引錄自以上《臺灣外記》，第一七九頁。

⑮引錄自以上《靖海志》，第五〇至五一頁。

⑯詳見以上《從征實錄》，第一四八、一五三至一六〇頁；及以上《明末張忠烈公（煌言）年譜》，第三四至四七頁。

⑰引錄自以上《從征實錄》，第一六六頁。

⑱引錄自以上《靖海志》，第五一頁。
⑲引錄自以上《紅樓夢校注（一）》，第五九頁注二六。
⑳引錄自以上《從征實錄》，第一六四頁。
㉑引錄自以上《靖海志》，第五二頁。
㉒引錄自以上《從征實錄》，第一六五頁。
㉓詳見《鄭成功與清政府間的談判》，吳正龍著，台北，文津出版社出版，二〇〇〇年九月初版一刷，第一五七至一六八頁；及以上《從征實錄》，第一六四至一六七頁。
㉔引錄自《紅樓夢辭典》，周汝昌主編，大陸，廣東人民出版社出版發行，一九八七年十二月第一版，一九八九年四月第二次印刷，第三七五頁。
㉕引錄自以上《紅樓夢校注（一）》，第六〇頁注二八。
㉖引錄自以上《紅樓夢校注（一）》，第六〇頁注二九。
㉗引錄自以上《紅樓夢校注（一）》，第六〇至六一頁注三三。
㉘詳見《東南紀事》之〈隆武紀年〉，清・邵廷采撰，臺灣銀行經濟研究室編輯，臺灣省文獻委員會於民國八十四年八月重新出版，第二至五頁；及《賜姓始末》之〈隆武紀年〉，清・黃宗羲撰，臺灣銀行經濟研究室編輯，臺灣省文獻委員會於民國八十四年八月重新出版，第四九至五二頁。
㉙引錄自以上《紅樓夢辭典》，第二九五頁。
㉚引錄自以上《紅樓夢辭典》，第七三〇頁。
㉛引錄自以上《紅樓夢校注（一）》，第六〇頁注三七。
㉜引錄自以上《紅樓夢辭典》，第五〇〇頁。
㉝引錄自以上《紅樓夢辭典》，第三九二頁。
㉞引錄自以上《紅樓夢辭典》，第七二四頁。
㉟引錄自以上《紅樓夢校注（一）》，第六一頁注四〇。
㊱引錄自以上《從征實錄》，第一七六頁。
㊲有關鄭、清海門、高崎戰役的情形，係參採自以上《靖海志》，第五二至五五頁。

第三章 林黛玉初會賈寶玉及賈寶玉發狂摔玉故事的真相

第一節 王夫人向林黛玉警示賈寶玉為混世魔王故事的真相

◈原文：

王夫人因說：「（你舅舅今日齋戒去了，再見罷！）只是有一句話囑咐你：你三個姊妹倒都極好，以後一處念書認字，學針線，或是偶一頑笑，都有儘讓的(1)。但我不放心的最是一件：我有一個孽根禍胎(2)，是這家裡的『混世魔王』(3)，今日因廟裏還願去了(4)，尚未回來，晚間你看見便知。你只以後不用睬他，你這些姊妹都不敢沾惹他的。」

黛玉亦常聽見母親說過，二舅母生的有個表兄，乃啣玉而誕，頑劣異常(5)，極惡讀書(6)，最喜在內幃廝混；外祖母又極溺愛，無人敢管(7)。今見王夫人如此說，便知說的是這表兄了。因陪笑道：「舅母說的可是啣玉所生的這位哥哥?在家時亦曾聽見母親常說，這位哥哥比我大一歲，小名就喚寶玉，雖極憨頑，說在姊妹情中極好的(8)。況我來了，自然和姊妹同處，兄弟們自是別院另室的(9)，豈得去沾惹之理？」王夫人笑道：「你不知原故，他與別人不同，自幼老太太疼愛，原係同姊妹一起嬌養慣了的(10)。若姊妹們有日不理他，他倒還安靜些。縱然他沒趣，不過出了二門，背地裡拿着他的兩三個小么兒出氣，咕唧一會子就完了(11)。若這一日姊妹們和他多說一句話，他心裏一樂，便生出多少事來。所以囑咐你別睬他。他嘴裏一時甜言蜜語，一時有天無日，一時瘋瘋傻傻，只休信他(12)。」黛玉一一的都答應着(13)。

◈脂批、注釋、解密：

(1)你三個姊妹倒都極好，以後一處念書認字，學針線，或是偶一頑笑，都有儘讓的：三個姊妹，指迎春、探春、惜春三姊妹，概略寓指浙江、福建、廣東三省地區的政軍勢力。書，曆書，代指王朝。字，通諧音「治」，暗點清朝順治皇帝。一處念書認字，喻指鄭成功廈金海上政權與浙、閩、粵相鄰在一處，但各自念讀認定各自王朝詔令文字而行事，亦即鄭軍聽命於延平王朝、清軍聽命於順治清廷。針線，前面第一冊已說過是比喻如以針線刺布帛般地行軍刺擊作戰。偶一頑笑，喻指偶而像湊在一起頑皮笑鬧般地彼此混戰起來。都有儘讓的，都儘管有互相讓來讓去的彼此忽勝忽敗機會。

(2)我有一個孽根禍胎：孽根禍胎，指王夫人的兒子賈寶玉，影射清順治皇帝。這裡王夫人並不是代表順治之母孝莊皇太后，而是轉為代表親近、親見順治帝言行的王公大臣，又擴大代表超然的中國天下王朝政府，同時又是作者的代言人。這句話是作者站在王公大臣、天下王朝的立場說，我中國天下有一個使得世人國破家亡的孽根禍胎滿清順治帝或順治王朝。

〔甲戌本夾批〕評注說：「四字是血淚盈面，不得已、無奈何而下。四字是作者痛哭。」這是評注說：「原文把清順治標誌為『孽根禍胎』這四個字，代表滿清是滅亡漢人明朝的孽禍根源，是為了王夫人所代表的中國君民血淚盈面，不得已、無奈何而寫下的。『孽根禍胎』這四個字也是代表本書作者國破家亡的哀傷痛哭。」

(3) 是這家裡的「混世魔王」：「世」字暗點清「世」祖順治帝。混世魔王，製造人世間混亂的魔王。王夢阮、沈瓶庵在合著的《紅樓夢索隱》中，詮釋說：「又一說世祖出家在天泰山，為京西三山之一，都人有山前鬼王、山後魔王之諺，魔王謂即世祖。眾口一詞，流傳不禁。①」可見當時北京一帶對於清世祖順治帝原就有「魔王」的諺語流傳著。這句原文是作者假借王夫人之口，暗罵清世祖順治王朝是這像一個大家庭的中國國境裡造成人世間大混亂的魔王。

〔甲戌本夾批〕評注說：「占（與）絳洞花王為對看。」這是提示說：「這裡賈寶玉『混世魔王』的稱呼，可與第三十七回賈寶玉別號『絳洞花王』為對映來看。」可見後面「絳洞花王」的意義和這裡「混世魔王」順治帝有某種對映關係存在。

(4) 今日因廟裏還願去了：廟裏，喻指廟堂朝廷。還願，比喻對群臣的奏報，還告以自己的心願旨意。這句是喻寫寶玉所影射的順治帝今日上廟堂朝廷，聽取群臣的奏報，還告以自己的心願旨意去了，也就是上朝聽政下聖旨去了。〔甲戌本夾批〕評注說：「是富貴公子。」這是提示賈寶玉是富貴家族的公子。

(5)乃啣玉而誕，頑劣異常：啣，為銜的俗字，用嘴含叼物件的意思。啣玉而誕，表面是指賈寶玉是嘴中含叼著一塊玉而誕生的，但世間不可能有這種事，所以這顯然是一種比喻的寫法。深層上「玉」寓指玉璽，代表皇帝的權位，啣玉而誕實是喻寫賈寶玉所影射的清順治帝福臨啣著玉璽而誕生，也就是一誕生下來就帶有當皇帝的命。按當清太宗皇太極駕崩時，其弟多爾袞與其庶妃所生的長子豪格各擁重兵爭位，實力相當，相持不下。後來皇太極五宮后妃的莊妃博爾濟吉特氏與其姑媽孝端皇后哲哲出策，由莊妃之子年僅六歲的福臨繼位，而由相爭雙方的代表多爾袞與濟爾哈朗共同輔政，獲得雙方同意，於是福臨便以六歲小童而繼位為順治皇帝（此事各史書都有記載）。三十幾歲大人拼死相爭得不到皇帝位，六歲小兒卻想都不曾想過而得到，只能說是福臨天生帶有皇帝命，故作者使用藝術筆法，將六歲小兒福臨當皇帝的事寫成「啣玉而誕」，即啣著玉璽而誕生，真是神來妙筆。

頑劣異常，這四字是順治帝真實性格的實描。大陸清史專家張曉虎在《痴道人：順治皇帝傳奇》一書中，說道：「如果有誰只想在那些堂而皇之的官書中去搜尋和描摹一位封建帝王的個性，那往往是所獲無幾，甚至空手而回。原因很簡單，官書是『奉敕（皇帝詔命）』修撰的，其本旨是『為尊者諱』，其中的帝王多被美化為神，而非人。②」所以官書中所記順治的性格，即使有一點點真實成份，也都是誇大其優點的一面，對於缺點的一面則都避諱而不敢有絲毫記錄。其實順治帝真實性格行為的一面，確實是一個頑劣異常的青少年，這可從傳教士湯若望及名僧木陳忞的記載中，獲得充分證實。湯若望是德國籍的天主教耶穌會傳教士，順治時擔任掌理天文曆算的欽天監監正，同時向宮中傳教，贏得順治帝及其母孝莊皇太后的極度信任。他對於清宮的見聞留有回憶錄，見諸魏特所著的《湯若望傳》，書中記載福臨「酷嗜游獵」，「和一切滿洲人一樣，肉感肉欲的性癖好尤其特別發達」，又記說：

他內心會忽然想起一種狂妄計畫，而以一種青年人的固執堅決施行。……一件小事就能激起他的暴怒來，竟致使他的舉動如同一位發瘋發狂的人一般。③

木陳忞為佛教臨濟宗名僧，浙江寧波天童寺住持，曾奉詔入宮講說佛法，他南返後著有《北遊集》，其中記載他於順治十六年入宮時，還目睹順治帝：

龍性難攖，不時鞭朴左右。④

〔甲戌本夾批〕等評注說：「與甄家子恰對。」這是提示這裡描寫賈寶玉「頑劣異常」，與第二回描寫甄寶玉「其暴虐浮躁，頑劣憨痴，種種異常」，恰好互相對照符合。至於賈寶玉與甄寶玉究竟是怎樣的對照關係，第二回在描寫甄寶玉的特異性格之處，有一條脂批提示說：「甄家之寶玉乃上半部不寫者，故此處極力表明，以遙照賈家之寶玉。凡寫賈寶玉之文，則正為真（甄）寶玉傳影。」可見凡是描寫賈寶玉的文字也正是寓寫甄寶玉形影的文字。

(6)極惡讀書：這句是描寫賈寶玉所影射的順治帝極厭惡閱讀漢文書籍。按順治福臨是在多爾袞與豪格極力競爭皇帝位，相持不下，雙方妥協而意外當上皇帝位的，多爾袞所以同意福臨登基，是看上他是個年僅六歲的不懂事小童，方便他以輔政或攝政名義操控政權。而為預防小皇帝長大成人後，必須歸還政權，多爾袞在輔政或攝政掌權期間，便阻絕福臨接受漢文教育的機會，如此一來，即使小皇帝長大成人而親政，但既看不懂群臣的漢文奏摺，多爾袞便仍然可以穩穩控制朝政。因此，當多爾袞於順治七年十二月出關打獵摔馬受傷猝死，順治次年以十四歲提早親政時，面對眾多漢文奏摺都茫然不解，所以在這段親政的初期幾年內，順治很怕也很厭惡閱讀大臣們所上呈的漢文文書，這裡原文寫賈寶玉「極惡讀書」，就是暗寫順治帝這種很厭惡閱讀漢文奏摺文書的實況。後來順治帝經過數年的自覺苦讀，甚至讀到嘔血，才終於能批閱漢文奏摺。有關順治帝讀書的情況，官方的《世祖實錄》記載說：「六歲即嗜觀書史，…每披覽所及，一目輒數行下，不由師授，解悟旁通，博於經籍。⑤」這根本是盲目的吹捧，事實上順治帝後來回憶說：

> **朕極不幸，五歲時先太宗早已晏駕，皇太后生朕一身，又極嬌養，無人教訓，坐失此學。年十四，九王（多爾袞）薨，方始親政，閱諸臣奏章，茫然不解。⑥**

〔甲戌本夾批〕評注說：「是極惡每日『詩云子曰』的讀書。」詩云，是指經書中常有引用詩經的文字，就寫「詩云」如何如何。子曰，是指經書中常有引用孔子、孟子的說話，就寫「子曰」如何如何。故「詩云子曰」是代指四書五經之類的書籍而言。這句脂批是提示原文「極惡讀書」的具體內容：「是極厭惡每日閱讀包含有『詩云』或『子曰』等文字的四書五經之類的書籍而言。」按在明清科舉時代，凡是稍為有錢人家的青少年子弟沒有不讀四書五經等書籍，以備參加科考，以期中舉人中進士當官的，所以原文「極惡讀書」當然就是極厭惡閱讀四書五經等書籍的意思，根本不必另外注解，這裡脂批卻鄭重其事地加以注解，那是因這一回的「書」字還有其他特殊意義，也就是代指「王朝曆書」之意，因而才必須加以注解撇清。

(7)外祖母又極溺愛，無人敢管：外祖母，即賈母，在外表故事中賈母是賈寶玉的祖母，但在內層真事上，這裡的賈母實是指順治帝的生母孝莊皇太后，或滿清政府，或老天爺。這兩句原文是暗寫孝莊皇太后或滿清政府或老天爺，極溺愛順治帝，維護著他當皇帝，無人敢管。像這裡賈母與賈寶玉兩個角色，其輩份或關係在外表故事與內層真事上呈現不一致的現象，在《紅樓夢》中是隨處可見的，也是作者慣用的重要障眼法之一。

〔甲戌本眉批〕評注說：「這是一段反襯章法，(與)黛玉心用（中）猜度蠢物等句對着（看）去，方不失作者本旨。」這是批注這一段幾句話是作者不直接描寫寶玉形象，而反用黛玉間接轉述以襯托出寶玉形象的反襯章法，應與後面黛玉見寶玉時，描寫黛玉心中猜度「寶玉不知是怎生個憊懶人物，懵懂頑劣之童，倒不見那蠢物也罷了」等句對照看去，才不會錯失作者的本旨。說穿了，就是極力提示讀者將賈寶玉往頑劣小兒皇帝的順治帝身上聯想。

(8)這位哥哥比我大一歲，小名就喚寶玉，雖極憨頑，說在姊妹情中極好的：這位哥哥比我大一歲，這裡賈寶玉代表清順治帝，林黛玉則代表南明王朝，清順治一年為明崇禎十七年，清順治二年為南明南京弘光王朝一年，到這裡鄭成功攻打南京是清順治十六年，南明十五年（永曆十三年、延平王朝五年），故寫說表哥賈寶玉比表妹林黛玉大一歲。極憨頑，指順治帝喜怒無常，極為憨傻頑皮，又指清軍像頑童般極為憨傻頑皮地到處打架攻擊。在姊妹情中極好的，這是喻寫清順治王朝在中國境內如姊妹般的各地方勢力中，籠絡得彼此感情極好，如吳三桂等就與滿清聯姻，衷心效忠清朝。

〔甲戌本夾批〕評注說：「以黛玉道寶玉名，方不失正文。『雖』字是有情字，宿根而發，勿得泛泛看過。」前兩句「以黛玉道寶玉名，方不失正文」，是評注說：「這裡以黛玉明朝道出寶玉清朝名字，才不會失去歷史上明朝為正統的文章、理路。」後三句提示的寓意比較深，牽涉本書寶玉黛玉愛情故事的基本寫作結構。「雖」字是有情字，這是提示這裡原文寫說「『雖』極度憨頑，說在姊妹情中極好的」，可見這個「雖」字是隱含有姊妹原諒寶玉的「極度憨頑」缺點，而仍然對他感情極好的「有情字」；也就是暗示中國明朝境內如姊妹般的各地方勢力對於寶玉所代表的滿清是「有情」的。「宿根而發，勿得泛泛看過」，這是提示中國明朝各地勢力對於滿清「有情」，是由過去明朝與清朝曾經聯合消滅李自成的宿根而發生的，讀者切勿當作泛泛的文字看過去。正因為明朝北京先滅於闖王李自成，而吳三桂與滿清聯軍幫忙消滅李自成，才有明朝在南京再建立南明王朝，而苟延歲月的歷史事實，所以明朝等於宿命上欠了吳三桂與滿清一份情，必得要對吳三桂與滿清付出代價償還。本書就是抓住這條歷史脈絡，來編造出賈寶玉與林黛玉愛情故事的基本模式，在第一回編造出一個天界神瑛侍者與絳珠草的神話，神瑛侍者對絳珠草有灌溉甘露延命的恩惠，而絳珠草對神瑛侍者懷有報恩之情，後來神瑛侍者降生人間為賈寶玉，絳珠草便跟著降生人間為林黛玉，要把一生眼淚還報賈寶玉以償還其前世甘露延命的恩情，這就是這裡所謂的「有情字」。而作者是以天界神瑛侍者降生為賈寶玉代表吳三桂與滿清，以天界絳珠草降生為林黛玉代表衰落的明朝（含明鄭延平王朝），而以林黛玉把一生眼淚還報賈寶玉的事，來代表明朝、南明屢次被滿清打敗、甚至滅亡而傷心流淚，都是償還吳三桂與滿清曾經救命延壽的恩情，所以書中無論賈寶玉怎麼無情，林黛玉總是對他有情，為他百般委屈流淚，至死方休，形成書中寶玉黛玉愛情故事的基本模式，而這樣的愛情模式讀者「勿得泛泛看過」，否則就無法品味到寶黛愛情故事的甚深神妙意趣。

(9) 況我來了，自然和姊妹同處，兄弟們自是別院另室的：這是喻寫何況如今我林黛玉所代表的明朝鄭軍來了，自然是和各地漢族同胞姊妹共同相處在中國境內，那個賈寶玉所代表的滿清順治王朝自然是如兄弟之邦一般，退居到別個院落之另外一個房室的關外地區的。

〔甲戌本夾批〕評注說：「又登（蹬）開一筆。妙，妙！」這是提示原文這三句又把文意踢開一層新境界，暗寫鄭成功誓復中原，要把滿清趕出關外，真是妙啊！

(10) 自幼老太太疼愛，原係同姊妹一起嬌養慣了的：老太太，就是賈母，這裡又轉為代表老天爺。這兩句是喻寫自從順治帝或其王朝幼年時期就因為老天爺疼愛，進入中原與漢人如姊妹般同混在一起，高居皇帝之位嬌養慣了的。

〔甲戌本夾批〕評注說：「此一筆收回，是明通部同處原委也。」這是評注說：「這裡又一筆將上面寶玉滿清另居關外的說法收回，是說明整部書都寫寶玉所代表的滿清與十二釵等眾姊妹同處中原地區的原委。」

(11) 縱然他沒趣，不過出了二門，背地裡拿着他的兩三個小么兒出氣，咕唧一會子就完了：出了二門，指下朝後走出皇宮外宮、內宮兩道門，而進入皇居內苑。小么兒，指身分低微的小人物太監。咕唧，口中唧哩咕嚕地喝斥叫罵。這幾句是暗寫順治帝縱然心中感覺苦悶沒趣，只不過下朝走出了皇宮兩道門，進入內苑裡，背地裡拿着他的兩三個小太監來鞭打出氣，口中唧哩咕嚕喝斥叫罵一陣子，也就完了。這正符合木陳忞老和尚《北遊集》有關順治帝「龍性難攖，不時鞭朴左右」的記載。

〔甲戌本夾批〕評注說：「這可是寶玉本性真情。前四十九（几・幾）字迴異之批，今始方知。蓋小人口碑累累如是，是是非非任爾口角，大都皆然。」這可是寶玉本性真情，這句是提示原文所寫寶玉心中不舒服，就在內苑鞭打太監出氣，咕唧叫罵的情況，可是寶玉所代表的順治帝的本性真情。這從前面木陳忞老和尚《北遊集》對於順治帝「龍性難攖，不時鞭朴左右」的記載，可以得到充分證實。「前四十九字迴異之批，今始方知」，這兩句就意義上來看，應是批示說：「前面對於原文『孽根禍胎』四字的那則異乎尋常的批注文字：『四字是血淚盈面，不得已、無奈何而下。四字是作者痛哭』，現在才知道它的真正意義。」不過這則針對「孽根禍胎」的批注文字只有二十二字，並非四十九字，故是否指這一則批注文字，不能十分確定。「蓋小人口碑累累如是，是是非非任爾口角，大都皆然」，小人，就是指原文的小么兒，也就是身分卑微的小人物太監。口碑，即眾人的口頭批評。這三句是提示說：「大抵清宮中卑微的小人物太監眾人口頭批評，都紛紛傳言順治有如此拿太監鞭打出氣的事，鬧出種種是是非非，任人口角傳說，他大都是鬧些這樣子的事。」

(12)「他嘴裏一時甜言蜜語，一時有天無日，一時瘋瘋傻傻，只休信他。」：前三句是具體而逼真的描寫順治帝的性情反覆無常，忽喜忽怒的情狀。其中「一時有天無日」，就是前面《湯若望傳》所記「他內心會忽然想起一種狂妄計畫，而以一種青年人的固執堅決施行」的情況。而「一時瘋瘋傻傻」，則符合《湯若望傳》所記「一件小事就能激起他的暴怒來，竟致使他的舉動如同一位發瘋發狂的人一般」的情況。此外，這四句原文又是喻寫清軍就像順治帝性情一樣反覆多變，你林黛玉所代表的鄭軍休要相信清軍的甜言蜜語，如說寬限三十天就獻城投降等。

(13)「黛玉一一的都答應着」一段：〔甲戌本眉批〕等評注說：「不寫黛玉眼中之寶玉，却先寫黛玉心中已畢有一寶玉矣，幻妙之至。只（自）冷子興口中之後，余已極思欲一見，及今尚未得見，狡猾之至。」這是評注這一段描寫林黛玉要會見賈寶玉的故事，不直接寫黛玉眼中見到的寶玉如何如何，而却先寫黛玉未見賈寶玉之前，心中已有一個賈寶玉如何的完全形象，既未見面心中卻先有形象，可見文字真是奇幻奧妙之至，作者筆法真是狡猾之至，所以讀者必須仔細再仔細，才能悟透這段文字的真意。至於這裡描寫林黛玉與賈寶玉初次會面，尚未見面，却先寫黛玉心中已有一個寶玉的形象，是因為第一回描寫黛玉的前生絳珠草早就曾與寶玉的前生神瑛侍者相處過，而且蒙受神瑛侍者灌溉甘露而久延歲月的恩惠。而絳珠草蒙受神瑛侍者灌溉甘露而久延歲月的神話故事，實際上是寓指明朝北京先滅於闖王李自成，而蒙山海關事件吳三桂與滿清聯軍幫忙消滅李自成，才有明朝在南京再建立南明王朝，而苟延歲月的歷史事實。這裡描寫林黛玉鄭軍（明軍）與賈寶玉（清軍）南京相會大戰，作者就是把神瑛侍者、絳珠草前生相會的故事，所寓指山海關事件吳三桂（明軍）與清軍曾經相會的情形拉進來對映描寫，因而描寫林黛玉未見賈寶玉就先有一個寶玉的形象，或賈寶玉一見林黛玉就有似曾相識的感覺等，以造成故事情節的神秘奇幻效果，這是這裡林黛玉初會賈寶玉故事的一個基本結構，這在後面的故事情節會顯得更明顯。

◈真相破譯：

王夫人所代表的王公大臣、天下王朝因而說：「…只是有一句話囑咐你鄭成功延平王朝：你鄰近的有如三個姊妹般的福建、浙江、廣東三省地區的政軍勢力，倒都極好，以後大家在同一處地區各自念讀認定各自的王朝詔令文字而行事（念書認字，亦即鄭軍聽命於延平王朝、清軍聽命於清順治王朝），學習演練猶如以針線刺布帛般的行軍刺擊作戰技術（學針線），或者偶而好像湊在一起頑皮笑鬧般地彼此混戰一番，都儘管有互相讓來讓去而忽勝忽敗的機會。但我最不放心的一件事，是我中國天下有一個使得世人國破家亡之罪孽災禍根源（孽根禍胎）的滿清順治皇帝或順治王朝，是這個好像大家庭般的中國國境裡製造人世間大混亂的魔王（混世魔王），今日他因上廟堂朝廷，聽取群臣的奏報，還告以自己的心願旨意（還願）去了（按即上朝聽政下聖旨去了），尚未回來，晚間你看見就知道。你以後只是不用理睬他要緊，你這些如姊妹般的中國境內其他政權勢力都不敢沾惹、挑戰他的。」

林黛玉所代表的鄭成功延平王朝也常聽見其母源的福建閩系將士們說過，由諸王公大臣（二舅母王夫人）所擁護誕生的有個如表兄的清順治王朝，清順治帝福臨乃好像是啣著玉璽而誕生的，天生就有當皇帝的命似的，六歲就當了皇帝（按由於其叔父多爾袞與長兄豪格相爭不下而妥協的結果），他好玩而又喜怒無常，頑劣異常，極厭惡閱讀漢文書籍，最喜在內宮廝混耽溺於女色；賈母所代表的其母孝莊皇太后又極溺愛呵護著他當皇帝，無人敢管。今見王夫人所代表的王公大臣、天下王朝如此說，便知說的是這位如表兄般的清順治帝了。因而陪笑道：「舅母王夫人所代表的王公大臣、天下王朝說的可是好像啣了玉璽，撿便宜所誕生的這位如哥哥般的清順治王朝？在廈門老家時也曾經聽見母源的福建閩系舊部常說，這位如哥哥般的清順治王朝（寶玉）年號紀年，比我南明王朝（黛玉）紀年大一年（清順治二年為南明王朝一年，如今延平王朝五年為順治十六年、南明王朝十五年），這裡特別把他的小名命名為寶玉，以影射其擁有玉璽、天子寶位。雖然順治帝極為憨傻頑皮，其王朝軍隊也像頑童般極為憨傻頑皮地到處打架攻擊，但聽說順治王朝在中國境內如姊妹般的各地方勢力中，籠絡得彼此感情極好（如吳三桂等就與滿清聯姻，衷心效忠清朝）。何況如今我林黛玉所代表的南明王朝鄭軍來了，自然是和各地漢族同胞姊妹共同相處在中國境內，那個賈寶玉所代表的滿清順治王朝自然是如兄弟之邦一般，退居到別個院落之另外一個房室的關外地區的，豈有去沾惹的道理？」王夫人所代表的天下王朝笑說道：「你不知道原故，他順治王朝與別人不同，自從幼年時期（順治帝六歲、順治元年）就因為老天爺（老太太）疼愛，而進入中原，原就與漢人各地勢力如姊妹般同混住在一起，高居皇帝之位嬌養慣了的。如果這些如姊妹般的中國境內各地方勢力有一日不去理睬招惹他，他順治帝倒還安靜些，不會派兵去攻擊剿滅。縱然他順治帝心中感覺煩悶沒趣，只不過下朝走出了皇宮兩道門，進入內苑裡，背地裡拿着他的兩三個小太監（小么兒）來鞭打出氣，口中咕嚕唧哩喝斥叫罵一陣子，也就完了。若這一日朝中大臣或各地方勢力（姊妹們）和他頂嘴作對多說一句話，他心裏一高興起來，就生出多少事端災禍來。所以囑咐你千萬別理睬、招惹他順治帝或其清廷、清軍。他順治帝嘴裏一時甜言蜜語，一時有天無日地暴怒胡為，一時又變得瘋瘋傻傻，而清廷、清軍也和順治帝的怪異個性一樣，反覆多變，詭詐之至，你鄭軍只休要相信他（如不要相信清軍說寬限三十天就獻城投降等）。」林黛玉所代表的鄭成功軍都一一的答應着。

第二節　王夫人攜帶林黛玉赴賈母處晚飯吃茶故事的真相

◈原文：

只見一個丫嬛來回：「老太太那裏傳晚飯了(1)。」王夫人忙攜了黛玉，從後房門由後廊往西(2)，出了角門，是一條南北寬夾道(3)。南邊是倒座三間小小抱廈廳(4)，北邊立着一個粉油大影壁，後有一半大門，小小一所房宇(5)。王夫人笑指向黛玉道：「這是你鳳姐姐的屋宇，回來你好往這裡找他來，少什麼東西，你只管和他說就是了。(6)」這院門上也有四五個才總角的小厮(7)，都垂手侍立。王夫人遂攜黛玉穿過一個東西穿堂(8)，便是賈母的後院了(9)。於是進入後房門，已有多少人在此伺候，見王夫人來了，方安設桌椅(10)。賈珠之妻李氏捧飯，熙鳳安箸，王夫人進羹(11)。賈母正面榻上獨坐，兩旁四張空椅。熙鳳忙拉了黛玉在左邊第一張椅上坐了，黛玉十分推讓(12)。賈母笑道：「你舅母和嫂子們不在這裏吃飯。你是客，原應如此坐的。」黛玉方告了座，坐了。賈母命王夫人坐了，迎春姊妹三個告了座方上來。迎春便坐右手第一，探春左第二，惜春右第二。旁邊丫嬛執着拂塵、漱盂(13)、巾帕。李、鳳二人立於案旁佈讓(14)。外間伺候之媳婦、丫嬛雖多，却連一聲咳嗽不聞。

寂然飯畢，各有丫嬛用小茶盤捧上茶來(15)。當日林如海教女以惜福養身，云飯後務待飯粒嚥盡，過一時再吃茶，方不傷脾胃(16)。今黛玉見了這裏許多事情不合家中之式，不得不隨的，少不得一一的改過來，因而接了(17)。茶畢，早有人捧過漱盂來，黛玉也照樣漱了口，然後盥手畢，又捧上茶來，方是吃的茶(18)。賈母便說：「你們去罷！讓我們自在說話兒。」王夫人聽了，忙起身，又說了兩句閒話，方引李、鳳二人去了。

◈脂批、注釋、解密：

(1)老太太那裏傳晚飯了：老太太那裏，就是賈母居住處的榮國府後院，也就是鎮江、瓜州以西的大南京地區。傳晚飯，喻指傳喚眾人聚合來對陣打仗。可見這一句原文在文章結構上，是又將歷史場景從鄭、清廈門大戰，重新拉回至前面南京鄭、清大戰的場景，再以不同角度、重點重複描寫鄭、清南京大戰的情況。

(2)王夫人忙携了黛玉，從後房門由後廊往西：這裡的王夫人又轉變為略帶勤王意味的一個引導鄭軍進入長江、南京的引路人。〔甲戌本夾批〕等評注說：「是正房後廊也。」正房，就是前面所寫榮府大院落上面五間大正房，也就是福建的福州一帶地區。後廊，中國傳統房屋皆座北朝南，房前是南方，房後是北方，所以後廊就是正房後面通往北方的通道，也就是福州後面通往北方的閩浙沿海海道。故原文描寫林黛玉從後房門由後廊往西，就是說林黛玉所代表的鄭成功舟師由福州後面通往北方的閩浙沿海海道北上，至長江口再轉往西方前進。

(3)出了角門，是一條南北寬夾道：〔甲戌本夾批〕等評注說：「這是正房後西界墻角門。」正房後，就是福州北方。西界牆，就是閩浙蘇沿海海道的西岸陸地地界，因為清軍沿岸駐守就像房屋防賊的牆壁一樣，故批說是西界牆。西界墻角門，喻指閩浙蘇的海岸地界如角門般的長江口。一條南北寬夾道，既是一條南北被夾住的寬廣通道，則必是一條東西走向的寬廣通道，這正合長江為南北很寬廣的東西走向河道的情況。

(4) 南邊是倒座三間小小抱廈廳：倒座，房屋正座是座北朝南，倒座便是座南朝北的意思。抱廈廳，環抱正屋後面的廳屋稱為抱廈廳。這句是喻寫在長江口南岸邊滿清佈署了三處座南朝北，向北邊的長江防守的小小營壘陣地。

(5) 「北邊立着一個粉油大影壁，後有一半大門，小小一所房宇。…這是你鳳姐姐的屋宇」：影壁，「坐落於門內外，與門相對，作為屏障，以區隔內外，操縱觀感視線的一座短牆，北方稱之為影壁，南方則稱照壁或照牆。影壁有以磚、石、琉璃砌築的，也有木製的。⑦」大影壁，喻指位於長江口中，區分長江內外，屏障長江口的大島嶼崇明島。鳳姐姐，即王熙鳳，影射滿清崇明島總兵梁化鳳，故這裡鳳姐姐的屋宇，顯然就是指梁化鳳駐地之長江口崇明島上的崇明城。北邊立着一個粉油大影壁，是喻指在長江南岸水道的北邊立著一個狀如粉油大影壁的巨大島嶼崇明島。後有一半大門，指崇明島後半段有一個如一半大門的出入口崇明港。小小一所房宇，喻指崇明港內陸有一個小城崇明城。有關林黛玉由王夫人帶領，第二度進入榮國府賈母後院吃晚飯，從「出了角門」，是一條南北寬夾道」起，事實上就是重新描寫鄭成功舟師從長江口西上進攻至南京的事，黛玉一路所行路線的實際地點，請參見前面附圖：「林黛玉進入、退出榮國府賈母後院路線，與鄭成功舟師進攻、退出長江、南京路線對照示意圖」。

(6) 這是你鳳姐姐的屋宇，回來你好往這裡找他來，少什麼東西，你只管和他說就是了：回來，指鄭軍從南京戰敗回來長江口崇明島時。少什麼東西，寓指鄭軍在南京戰敗少了兵員，或少了努力以致沒打贏等等。你只管和他說就是了，這句是寓寫你鄭軍戰敗回來只管和打敗你的梁化鳳說，再找他算帳而把損失要回來就是了。後來鄭軍從南京戰敗回到崇明島，果然找梁化鳳報復，由鄭成功親自率兵猛攻崇明城，只可惜又再度被梁化鳳打敗了，梁化鳳真是吃定黛玉鄭軍的大姐頭鳳姐姐啊！

(7)這院門上也有四、五個才總角的小廝：總角，兒童時將頭髮分左右兩邊總聚起來，結紮成向上的兩支角形的髮髻，稱為總角，故總角又代指兒童。這句是喻寫在這個有如院落門口的崇明城門口上，也有四、五個像是總角小童般的小隊清軍營壘駐守著。

〔甲戌本夾批〕評注說：「二字是他處不寫之寫也。」這是註解說：「原文『也有』二字隱含著『他處有、這裡也有』四、五個才總角的小廝的意思，所以他處院門房門即使不特別寫出有四、五個才總角的小廝，其實也是有四、五個才總角的小廝。」換言之，不寫也等於有寫，所以叫做「不寫之寫」。也就是說作者即使沒有一一寫出，讀者也應該瞭解各處城鎮其實也都有清軍小隊人馬把關防守。

(8)王夫人遂攜黛玉穿過一個東西穿堂：東西穿堂，就是像穿行東西之廳堂似的貫穿東西之長江水道。

〔甲戌本眉批〕等評注說：「這正（是）賈母正室後之穿堂也，與前穿堂是一帶之屋。中一帶乃賈母之下室也。記清。」賈母正室，就是清軍江南總部南京一帶地區。而室後為北方，室前為南方。故賈母正室後之穿堂，就是江南南京北邊的長江水道。前穿堂，就是江南南京南方的浙閩沿海海道。這條脂批是提示說「這裡黛玉所穿過的這個『東西穿堂』是清軍江南總部南京（賈母正室）北邊的穿堂長江水道，和南邊的穿堂浙閩沿海海道同是東南沿海一帶的房屋地區。至於中間江浙一帶乃是清軍江南總部所統轄的下屬地區。讀者要記清楚。」

(9) 便是賈母的後院了：賈母的後院，也就是清軍江南軍區後面西區的南京總部地區。〔甲戌本夾批〕等評注說：「寫得清，一絲不錯。」這是評論這段原文寫林黛玉所代表的鄭成功舟師，從福建往北再轉西進入南京地區，一路轉彎摸角的南北東西方位都寫得很清楚，沒有一絲一毫的差錯。話雖如此，但是讀者若不是極度仔細，絕對想不到前面已寫鄭成功從南京撤退回廈門，現在卻又重寫鄭成功從廈門進攻至南京。

(10) 見王夫人來了，方安設桌椅：〔甲戌本夾批〕等評注說：「不是待王夫人用膳，是恐使王夫人有失侍膳之理（禮）耳。」由此可知這個王夫人是侍奉賈母的角色，而賈母代表清軍江南總部，可見這裡王夫人又轉為代表從外面趕來侍奉、護衛南京總部的清軍勤王之師了。據此，原文這兩句應是喻寫清軍南京地區是看見外面勤王救援部隊趕來了，方才像安設桌椅般地佈陣應敵，而這正符合歷史的實際情況。按鄭成功大軍由於在瓜州、鎮江接連大敗清軍，附近州縣先後歸附，軍威大盛，故進抵南京環繞南京鳳儀、神策、金川三門紮營圍城時，當時滿清南京守軍震驚得不敢出戰，人心思變。根據《靖海志》記載：「城中震恐，文武將吏，皆懷二、三。唯滿帥哈哈木（又稱喀喀木）、總督郎廷佐、提督管效忠堅持戰守，飛章告急。…羅將軍自廣班師至，明愛達里自浙至，援師漸集江上，見成功兵盛不敢戰。廷佐檄調崇明總鎮梁化鳳入援。化鳳將步騎各三千至江寧。」又根據清江南總督郎廷佐戰後的奏報說：「臣與喀喀木等晝夜固守，以待援兵協剿。至七月十五日，蘇松水師總兵官梁化鳳親統馬步官兵三千餘名至江寧；又撫臣蔣國柱調發蘇松提督標下游擊徐登第領馬步兵三百名、金山營參將張國俊領馬步兵一千名、水師右營守備王大成領馬步兵一百五十名、駐防杭州協領牙他里等領官兵三百名，俱抵江寧。」可見當鄭軍圍城初期，南軍清軍確實只是晝夜固守城內，等到各地勤王援軍到達後，才開始佈陣應敵。

(11) 賈珠之妻李氏捧飯，熙鳳安箸，王夫人進羹：李氏，即李紈，應是指原屬李自成等農民軍而後來降清的清軍將領。熙鳳，影射清崇明總兵梁化鳳，或其他奉王檄（諧王熙鳳）征戰的清軍。王夫人，寓指清朝某些勤王援軍將領。這三句是暗寫清兵各路援軍到齊後，原屬李自成等農民軍的降清將領、奉王檄征戰的清軍梁化鳳等，及某些勤王援軍將領等，就好像捧飯、安放筷子、進羹湯似地，為賈母所代表的南京清軍總部服務，部署對抗鄭軍的種種事務。

(12) 熙鳳忙拉了黛玉在左邊第一張椅上坐了，黛玉十分推讓：熙鳳，王熙鳳通諧音「奉王檄」，寓指奉王檄征戰的清軍，這裡是影射奉命至鎮江與鄭軍作戰的清江南提督管效忠軍。左邊第一張椅上，指南京城左邊最上方第一個位置上，也就是南京城東北邊靠長江的位置上。熙鳳忙拉了黛玉在左邊第一張椅上坐了，這一句是暗寫奉王檄至鎮江作戰的清江南提督管效忠軍，被鄭軍大敗而急忙逃回南京，等於拉引鄭軍急忙追擊到南京城東北邊靠長江的位置上。黛玉十分推讓，這一句是暗寫鄭成功軍好像很客氣推讓人家邀請入座的樣子，遲遲才到達駐紮在南京城東北邊靠長江的位置上。按鄭成功軍於六月二十三日就攻克鎮江，卻遲至七月七日才到南京觀音門，二、三天的行程竟拖延了十四天才到達，所以作者寫說「黛玉（鄭軍）十分推讓」。

(13) 拂塵、漱盂：拂塵，一根棍子頂端捆綁馬尾或塵尾，用手持棍柄揮動，以拂去塵土或趕走蒼蠅的用具。漱盂，供漱口用的圓盆子。

(14) 李、鳳二人立於案旁佈讓：佈讓，宴席間向客人佈菜、勸餐。這句原文是喻寫李紈、熙鳳二人所代表的清軍站立在清軍南京總部旁邊，像佈菜、勸餐般地佈署計劃著向客人鄭成功軍發射、佈散箭矢大礮等。

(15) 寂然飯畢，各有丫嬛用小茶盤捧上茶來：飯，這裡賈母召集各人來晚飯，是暗寓南京地區吸引鄭軍、清軍各路人馬前來會集駐紮的意思。寂然飯畢，暗寓各路軍隊已經會集南京，未曾立即開戰，而默默地紮營完畢。各有丫嬛用小茶盤捧上茶來，按晚飯後吃茶，吃茶後就要休息睡覺，所以這裡賈母安排丫嬛「捧上茶來」招待黛玉，是暗寓南京清軍就好像捧上茶來招待吃茶後就休息似地捧給鄭軍一個緩兵之計，使得鄭軍不會馬上發動攻擊，從而使鄭軍、清軍都暫時休息下來。這個緩兵之計，就是前面所說的清江南提督管效忠派使向鄭成功「乞（求）藩主寬三十日之限，即當開門迎降」的計策，蒙鄭成功同意，而彼此遵行的約定。

(16) 當日林如海教女以惜福養身，云飯後務待飯粒嚥盡，過一時再吃茶，方不傷脾胃：林如海，影射張煌言。這三句是暗寓當日張煌言曾上書鄭成功，勸告他要知珍惜福氣機會以保養鄭軍，而儘速攻打南京城，攻下之後才休息，免得鄭軍最後吞不下南京清軍而反受傷害，就好像「飯後務必等待飯粒吞嚥完盡，過一陣子再吃茶，才不會傷到脾胃」一樣。按張煌言所著《北征錄》記載說：「正思直取九江（按當時張煌言在安徽蕪湖一帶），然延平軍（按即鄭成功軍）圍石頭城（按即南京城）者已半月，余聞之上書，大略謂『頓兵堅城，師老易生他變』。⑧」這裡作者就是根據張煌言上書鄭成功奏呈「頓兵堅城，師老易生他變」的話，而變化寫成以上的小說文字。

〔甲戌本夾批〕等評注說：「夾寫如海一派書氣，最妙。」這是評注原文這幾句夾寫林如海一派書生氣息，堅守書中道理、原則，最妙。

(17) 今黛玉見了這裏許多事情不合家中之式，不得不隨的，少不得一一的改過來，因而接了：今黛玉見了這裏許多事情不合家中之式，這句是暗寫黛玉鄭成功看見這裏南京地區鄭軍大勝，各州縣聞風紛紛歸附，南京清軍震恐求降，敵我強弱情勢反轉，而且南京清軍又有「今各官眷口悉在北京」、「守城者過三十日，城失則罪不及妻孥」的特殊情況等等，許多事情不合以前在廈門、福建地區的形勢。因而接了，即黛玉因而接了賈母派丫嬛捧上來的茶，內層上則是暗寓黛玉鄭成功因而接受了賈母南京清軍總部派遣使者，所送上來的「乞（求）藩主寬三十日之限，即當開門迎降」的要求。

(18) 黛玉也照樣漱了口，然後盥手畢，又捧上茶來，方是吃的茶：這幾句是描寫林黛玉所代表的鄭成功大軍進軍到南京地區，改變了以前在廈門、福建地區的舊習慣、作風，凡事入鄉隨俗、因當地情勢而應變，就好像原本在家是飯後就吃茶，現在則按照南京當地習俗，改變為「飯後先用茶漱了口，然後洗手，再吃茶」一樣。

〔甲戌本夾批〕等評注說：「總寫黛玉以後之事，故只以此一件小事略為一表也。」這是提示說：「原文這幾句是總體地描寫鄭成功大軍進軍到南京地區以後，作風改變的事，故而只用先照樣以茶漱口，再正式吃茶這件小事來略微表示一下。」

〔甲戌本眉批〕等評注說：「今（余）看至此，故想日後以（所）閱王敦初尙公主，登厠時不知塞鼻用棗，敦輒取而啖之，早為宮人鄙誚多矣。今黛玉若不漱此茶，或飲一口，不無（為）榮婢所誚乎？觀此則知黛玉平生之心思過人。」王敦，晉朝大將軍，其堂侄為大書法家王羲之。尙，匹配。公主，指晉武帝的女兒襄城公主。這是脂批人以他日後所閱讀到《世說新語》中記載晉朝大將軍王敦配娶襄城公主初期，因不知皇宮習俗，在上廁所的時候，誤將宮中廁所內用於塞鼻防臭的棗子，拿來食用，被宮人鄙笑的故事，來提示如今林黛玉鄭成功軍進軍南京地區，如果不依當地習俗先照著先用這個茶漱口，或竟將漱口用的茶喝進一口，不是會被榮國府清軍的官兵所譏誚了嗎？看到這一點就知道林黛玉鄭成功平生的心思超過常人，太過依從別人，同情心太濃厚了。

◈真相破譯：

只見一個部屬來回報說：「鎮江、瓜州以西的大南京地區（老太太）那裏，傳喚眾人聚合來對陣打仗了（可見作者又將歷史場景從鄭、清厦門大戰，重新拉回至前面鄭、清南京大戰的場景了）。」那懷抱忠勤王事的理念（王夫人）促動鄭成功趕忙携帶其舟師大軍，從福州後面通往北方的閩浙沿海海道（後廊）北上，至長江口再轉往西方前進，出了閩浙蘇海岸地界如角門般的長江口，就是一條南北很寬廣之夾道似的東西走向長江河道。在長江口南岸滿清佈署了三處座南朝北（倒座），規模小小而形成環抱形勢的營壘陣地（抱厦廳），長江口北岸則立著一個猶如粉油大影壁的區分長江口內外之屏障的崇明島，崇明島後半段有一個如一半大門的出入口崇明港，崇明港內陸有一個小城崇明城。勤王之師的指引人（王夫人）笑指著，向黛玉鄭成功說道：「這是那個有如你鄭軍大姐頭的梁化鳳所駐守的崇明城，好好認識記住，以後從南京戰敗（主要是被梁化鳳打敗）撤退回來時，你鄭軍好往這裡找他梁化鳳來，在南京戰敗少了兵員，或少了努力以致沒打贏等，無論少掉了什麼東西，你鄭軍只管和他梁化鳳說，再和他打一仗，算個總帳把損失、面子等要回來就是了。」這個崇明城院落門口上，也有四、五個像是總角小童般的小隊清軍營壘駐守著，都垂手侍立，等待命令隨時作戰。見到崇明城清軍已有戒備，勤王之師的指引人遂携帶黛玉鄭軍穿過一個像穿行東西之廳堂（穿堂）似的貫穿東西的長江水道，便是清軍江南軍區後面的南京總部地區（賈母的後院）了。於是鄭軍進入如清軍江南軍區後房門的南京港口，佈軍於城外，已有多少清軍在此伺候守護南京城，看見外面清軍勤王援軍（王夫人）趕來了，方才像安設桌椅般地佈陣應敵。於是原屬李自成等農民軍的降清將領（李氏）、奉王檄（諧王熙鳳）征戰的清軍梁化鳳等，及某些勤王援軍將領（王夫人）等，就好像捧飯、安放筷子、進羹湯似地，為賈母所代表的南京清軍總部服務，部署對抗鄭軍的種種事務。南京總部清軍（賈母）在正面南京城上獨自駐紮坐鎮，南京城兩旁有四處空地。王熙鳳所代表奉王檄征戰的清江南提督管效忠軍，自鎮江被鄭軍大敗而急忙逃回南京，活像拉引鄭軍急忙追擊到南京城東北邊靠長江的位置上似的，鄭軍卻好像十分客氣推讓人家邀請入座的樣子，遲遲才到達駐紮在南京城東北一帶的位置上（按鄭成功軍於六月二十三日就攻克鎮江，卻延遲至十四天後的七月七日才到達南京觀音門）。南京清軍總部笑道：「你那些如舅母和嫂子們的清軍不敢在這裏衝著你鄭軍來路的地方駐軍吃飯。你是遠來客軍，原應如此駐紮的。」黛玉鄭軍方才好像禮貌地告了座，而駐紮坐鎮下來。南京清軍總部命令某些勤王的清兵援軍（王夫人）駐紮下來了，蘇、浙、粵三處援軍報告了之後才開上來駐紮。江蘇的援軍（迎春）便駐紮在右手邊第一空處，浙閩的援軍（探春）駐紮在左手邊第二空處，廣東的援軍（惜春）駐紮在右手邊第二空處（按以上有關清軍各路部隊在南京地區的紮營部署位置，是否合乎歷史實際情況，筆者不得而知）。旁邊還有士兵們手中拿著類似拂灰塵或趕蒼蠅的拂塵、漱口的盆子、擦拭手臉的巾帕之類的武器，準備將鄭軍驅除、唾棄、擦拭掉。李紈、熙鳳二人所代表的清軍站立在清軍南京總部旁邊，像佈菜、勸餐般地佈署計劃著向客人鄭成功軍發射、佈散箭矢大礮等。南京外間州縣伺候待命的清軍將領、士兵雖多，却震懾於鄭成功大軍的威勢，而一點聲息動作也沒有，連一聲咳嗽也沒聽到。

鄭軍、清軍各路人馬好像聚集吃晚飯般會集到南京地區，未曾立即開戰，而各自默默地駐紮佈陣完畢（寂然飯畢）之後，各營就像各有部屬用小茶盤捧上茶來侍候一般地，彼此休閒下來待戰。當日南京大戰期間，林如海所代表的張煌言曾經從蕪湖一帶上書鄭成功，以愛惜上天所賜攻城的福氣機會，保養鄭軍身體康安之道，勸導鄭成功，說道：「頓兵堅城，師老易生他變」（等於勸他儘速攻下南京城再休息，以免生變受害），這話就好像是說：「飯後務必等待飯粒吞嚥完盡，過一陣子再吃茶，才不會消化不良而傷到脾胃」一樣。如今黛玉鄭成功看見這裏南京地區許多事情已不合以前在廈門、福建地區的形勢（按主要是鄭軍大勝，南京清軍震恐求降，及清軍「各官眷口悉在北京」、「守城者過三十日，城失則罪不及妻孥」等事況），不得不依隨的，少不得一一的改過來，因而接受了賈母南京清軍總部派遣使者所送上來，如同休閒之茶的「乞（求）藩主寬三十日之限，即當開門迎降」的休戰待降要求。由此我們看到林黛玉所代表的鄭成功大軍進軍到南京地區，大大改變了以前在廈門、福建地區的謹慎舊習慣、作風，就好像原本在家是飯後就吃茶，現在則按照南京當地習俗，改變為「飯後先用茶漱了口，然後洗手，再吃茶」一樣。黛玉鄭成功吃過「休戰待降」的休閒茶之後，南京清軍總部就下令說：「你們各路清軍放心去罷！讓我和黛玉鄭成功輕鬆自在說話兒。」王夫人所代表的勤王清兵援軍將領聽了，趕忙站起身來，又說了兩句鄭軍怎會這麼笨，這樣就輕易中計的風涼閒話，才帶引李紈、熙鳳二人所代表的清軍將領各自回營去了。

第三節　林黛玉初見賈寶玉故事的真相

◈原文：

賈母因問黛玉念何書。黛玉道：「只剛念了《四書》(1)。」黛玉又問姊妹們讀何書。賈母道：「讀的是什麼書，不過是認得兩個字(2)，不是睜眼的瞎子罷了！」一語未了，只聽院外一陣腳步响(3)，丫嬛進來，笑道：「寶玉來了(4)！」黛玉心中正疑惑着：「這個寶玉不知是怎生個憊懶人物(5)，懵懂頑劣之童？」倒不見那「蠢物」也罷了(6)。心中正想着，忽見丫嬛話未報完，已進來了一個輕年公子(7)。頭上戴着束髮嵌寶紫金冠(8)，齊眉勒着二龍搶珠金抹額(9)；穿一件二色金百蝶穿花大紅箭袖(10)，束着五彩絲攢花結長穗宮絛(11)；外罩石青起花八團倭緞排穗褂(12)；登着青緞粉底小朝靴(13)。面若中秋之月(14)，色如春曉之花(15)。鬢如刀裁，眉如墨畫，眼似桃瓣，睛若秋波。雖怒時而若笑，即瞋視而有情(16)。項上金螭瓔珞(17)，又有一根五色絲絛繫着一塊美玉(18)。黛玉一見，便吃一大驚(19)。心下想道：「好生奇怪，倒像在那裡見過的一般，何等眼熟到如此！(20)」只見這寶玉向賈母請了安，賈母便命：「去見你娘來。」寶玉即轉身去了。

一時回來再看，已換了冠帶：頭上周圍一轉的短髮，都結成了小辮，紅絲結束，共攢至頂中胎髮，總編一根大辮(21)，黑亮如漆，從頂至梢一串四顆大珠，用金八寶墜角(22)；身上穿着銀紅撒花半舊大襖，仍舊帶着項圈、寶玉、寄名鎖(23)、護身符(24)等物；下面半露松花撒花綾褲腿(25)，錦邊彈墨襪，厚底大紅鞋。越顯得面如敷粉，唇似施脂；轉盼多情，語言常笑。天然一段風騷全在眉梢，平生萬種情思悉堆眼角(26)。看其外貌最是極好，却難知其底細。

◈脂批、注釋、解密：

(1)黛玉道：「只剛念了《四書》。」：〔甲戌本夾批〕等評注說：「好極，稗官耑用，腹隱五車書者來看。」稗，音敗，本意為一種類似稻的植物，其穀粒細小，喻指街談巷語，道聽塗說等微不足道的言論。稗官，古代設的一種採訪民間瑣事的小官，專門從街談巷語中，來考察各地的民情風俗及民間輿論；根據《漢書‧藝文志》記載，小說之流就是從稗官中衍變而來。稗官又常和野史合稱稗官野史，因而稗官也常是稗官野史的簡稱，這裡稗官就是指稗官野史而言，指在野的民間私人所撰寫的雜史傳記。在中國的傳統中，官修的正史由於擺脫不了「成者為王，敗者為寇」、「為尊者諱」等固定寫作模式，所以充滿許多歪曲不實的成份，有時反而民間人士根據其親身見聞秉筆直書的稗官野史，保留不少珍貴的真實史料，頗能補助官方正史的不足。這條脂批是針對原文「四書」二字提示說：「好極了，這『四書』一詞是民間私修的稗官野史所專用的名詞，必須學識豐富，腹中能隱藏得下五車書的人來看，才得以瞭解其意義。」按《四書》一般就是指《大學》、《中庸》、《論語》、《孟子》等四本書，在當時舉世皆知，根本不必註解，這裡批書人卻特加怪異註解，可見這裡的《四書》並非一般人熟知的《四書》。按中國歷代王朝每逢改朝換代，必造新曆法書，曆法書簡直就是王朝的標誌，所以《紅樓夢》便創造「書」字作為曆書的「隱語」或密碼，常使用「書」字來代指王朝曆法書、或王朝。這裡的《四書》，就是某些南明稗官野史所專用的很特別的王朝曆書，亦即鄭成功海上政權所制頒的「隆武四年曆」或「東武四先曆」。這裡原文寫黛玉說「只剛念了《四書》」，是寓寫黛玉鄭成功軍向清軍表態說：「我們鄭軍只到達南京才剛念過了從前鄭成功海上政權所制頒的『隆武四年曆』曆法書（四書），加強對鄭成功延平王朝的遵奉、效忠。」

按鄭成功原是南明福建隆武王朝的大臣，隆武帝的乾駙馬、養子，自然是遵奉隆武王朝所頒的曆書。當唐王朱聿鍵於順治二年閏六月二十七日（或說十五日）在福州即帝位，改該年乙酉年七月一日以後為隆武元年，制頒大統曆，完成新王朝的造曆換元之舉。隆武二年隆武帝在清軍追擊下出逃，於八月二十八日逃至汀州府被殺身亡。緊接著隆武王朝所倚賴的鄭成功之父鄭芝龍，又投降滿清，於當年十一月中被清軍從福州挾送北京，隆武王朝實質上滅亡。當隆武二年末鄭芝龍決計自安平北上歸降滿清時，鄭成功勸阻無效，遂在叔父鄭鴻逵暗助下，密帶一旅遁走金門，開啟他反清復明的志業。由於原屬隆武王朝，鄭成功海上政權還是繼續遵奉隆武曆書。雖然這年十月桂王朱由榔在廣東肇慶監國，旋即登基稱帝，改次年丁亥年（順治四年）為永曆元年，但根據黃宗羲所撰《賜姓始末》記載，鄭成功「丁亥，仍稱隆武三年」，隆武三年「十月，從大學士路振飛、曾纓議，頒明年隆武四年（按永曆二年、順治五年）戊子大統曆；用文淵閣印印之。⑨」再過一年的己丑順治六年，鄭成功政權就改奉永曆帝正朔，稱永曆三年。可見「隆武四年戊子大統曆」（簡稱「隆武四年曆」），是鄭成功在隆武王朝已滅之後，而尚未改奉永曆帝年號之前，自行制頒的曆法書。另外，徐鼒在其《小腆紀年》附考中，說：

> 明末成功頒隆武四年戊子大統曆於海上，時道阻未通粵中（按指永曆帝）也。從大學士路振飛和曾纓議，仍稱隆武四年，頒曆用文淵閣印鈐之。考曰：顧炎武集有〈路舍人家見東武四先曆〉詩，舍人振飛長子澤溥也。東武四先曆，蓋隆武四年（曆）之隱語也。⑩

可見，「隆武四年曆」或「東武四先曆」確實是鄭成功海上政權所制頒的曆書，而且確實是顧炎武、黃宗羲、徐鼒等民間私修的稗官野史所專用的特殊用詞，尤其「東武四先曆」是採用與「隆」、「年」分別同韻的「東」、「先」二字，以代指「隆武四年曆」的一種隱語密碼，若不是學富五車，正規經史之外，又兼通各種稗官野史雜記的人，是不可能瞭解鄭成功制頒「東武四先曆」、「隆武四年曆」這樣偏僻的歷史事件的。所以這則脂批針對黛玉念《四書》，批注「稗官崇用，腹隱五車書者來看」，真是既精確又周到的指引。由此可知，這裡原文寫黛玉只剛念了《四書》，是作者有意點示林黛玉的真實身分就是制頒、遵奉「隆武四年曆」、「東武四先曆」的鄭成功。

(2) 賈母道：「讀的是什麼書，不過是認得兩個字」：字，通諧音「治」，暗點清「順治」帝。兩個字，就是暗指「順治」二字。這幾句是暗寫賈母所代表的滿清說：「我滿清治下的各地如姊妹般的官兵，讀的是什麼書啊，只不過是教他們認得『順治』兩個字，希望他們效忠我滿清順治王朝，不是像睜眼的瞎子，明明是我清朝任命的官吏，卻去認別人為主子罷了！」

(3) 只聽院外一陣腳步響：院外，喻指鄭軍軍營之外。這句是喻寫南京鄭軍只聽到軍營之外傳來一陣腳步聲，有清軍使者來求見了。〔甲戌本夾批〕評注說：「與阿鳳之來相映而不相犯。」這是提示這一陣腳步響所寫的以下寶玉之來見黛玉，與前面所寫王熙鳳之來見黛玉，是互相對映而不相衝犯的事件。而前面王熙鳳來見黛玉，是暗寫清軍崇明總兵梁化鳳率兵會見、偷襲南京鄭軍的事件，可見這裡所寫也是清軍會見南京鄭軍的事件，但又與梁化鳳偷襲鄭軍不相衝犯的其他相會事件。

(4) Ｙ嬛進來，笑道：「寶玉來了！」：Ｙ嬛，喻指鄭軍守營將士。寶玉，籠統喻指順治帝所代表的清軍，在這句則專指南京清軍派赴鄭軍交涉的使者。〔甲戌本夾批〕等評注說：「余為之一樂。」余，既是批書人本人，又兼有劇中人林黛玉的角色。這則脂批是批書人站在劇中人林黛玉立場，提示當時林黛玉鄭成功見清軍懼怕得派使者來約期投降的心境說：「我林黛玉鄭成功因這清軍使者前來約期投降，可省去一番爭戰殺戮，心裡不禁為之一樂。」

(5) 黛玉心中正疑惑着：「這個寶玉不知是怎生個憊懶人物」：黛玉心中正疑惑着，這裡作者文筆非常詭詐，不直接寫出鄭成功已經聽過清軍使者「乞藩主（鄭成功）寬三十日之限，即當開門迎降」的請求，而跳過去寫出「黛玉心中正疑惑着」這一句，利用這一句暗度陳倉地暗寫鄭成功已經聽過清軍使者的說詞之後，「心中正疑惑着」這說詞是否可靠的情狀。怎生，即怎樣，或怎麼樣。憊懶，涎皮賴臉，形容一個人厚臉糾纏而耍賴無信。這兩句原文是暗寫黛玉鄭成功聽屬下來報寶玉所代表的清軍使者來了，並聽過其「乞藩主（鄭成功）寬三十日之限，即當開門迎降」的說詞之後，他心中正疑惑着：「這個寶玉所代表的南京清軍不知是怎麼樣一個涎皮賴臉，耍賴無信的人物？」

針對「這個寶玉不知是怎生個憊懶人物」這句話，〔甲戌本夾批〕等評注說：「文字不反，不見正文之妙，似此應從《國策》得來。」反，就是反面文字，違反心意的欺騙文字。這裡是註解原文這句話就是描寫寶玉所代表的清軍涎皮賴臉，對鄭成功使用了違反心意的欺騙說詞。正文，喻指歷史的真正結果，這裡是指鄭、清南京大戰最後鄭軍大敗的這個真正結果。《國策》，就是《戰國策》，是專記戰國時代各國互相攻戰計策的書。這則脂批是提示說：「這個賈寶玉所代表的清軍，若不使用與其心中真正意圖（詐降緩兵）相反的欺騙文字、說詞，涎皮賴臉地欺騙林黛玉鄭軍（寬限三十日便開門迎降），我們就不知道這場鄭、清南京大戰的真正結果，鄭軍原本勝券在握，最後卻反而大敗，竟是勝負顛倒的妙處了，像這樣的耍賴欺騙（詐降緩兵）計策，應是從《戰國策》學得來的吧！」

(6) 倒不見那「蠢物」也罷了：蠢物，是一語雙關，既譏諷順治帝是性情怪異、浮躁暴虐，頑劣憨痴的愚蠢之物，又暗寓鄭成功驕傲地鄙視南京清軍不戰就要獻城投降實為愚蠢之物。這句是暗寫鄭成功聽過清軍使者寬限三十日便迎降的說詞之後，心中雖然十分疑惑清軍可能是詐降緩兵的耍賴計策，可是最後還是答應清軍緩攻三十日便投降的要求，決定倒不以兵戎相見那不戰就要獻城投降之「蠢物」的順治帝所代表的南京清軍也就罷了。

〔甲戌本夾批〕等評注說：「這蠢物不是那蠢物，卻有個極蠢之物相待，妙極！」那蠢物，指第一回自稱蠢物的頑石吳三桂。極蠢之物，係指林黛玉鄭成功。這條脂批是提示說：「這裡的這個蠢物不是第一回那個自稱蠢物的頑石吳三桂，而是頑劣憨痴的蠢物順治帝，這個蠢物順治帝所代表的清軍，卻有個極蠢之物的林黛玉鄭成功與之相對待，竟然愚蠢到答應三十日內不以兵戎相見那南京清軍，真是妙極了！」

有關鄭成功接受南京清軍「寬三十日之限，即當開門迎降」的請求一事，由於是鄭、清南京大戰勝敗的關鍵因素，作者在前面鳳姐初會黛玉的情節中，已以「放月錢」寫了一次，至賈母傳晚飯的情節，又以黛玉接吃了賈母丫嬛捧上的茶再寫了一次，到這裡黛玉初見寶玉的情節，又以黛玉心中疑惑寶玉是個憊懶人物，倒不見那「蠢物」也罷了的方式，再寫了第三次，這就是第一回脂批所提示《紅樓夢》書中十六種神奇祕法之中的「千皴萬染」法，也就是變換不同的故事情節，一再重複渲染重述同一件事的筆法，這是《紅樓夢》作者經常使用的筆法。作者採用這種一再重複渲染的筆法，主要是基於該事件是歷史上既關鍵又精彩的事件，基本上很值得一寫再寫，而重複描寫不只著眼於建構成各姿各態的表面故事情節，更是寄望透過一再重複描寫，能使讀者可以有多次閱讀同一件事的機會，而有更大可能得以悟通該一關鍵歷史真事，從而悟通《紅樓夢》所隱寫主題的真義，達到他創作《紅樓夢》的真正目的。

(7) 心中正想着，忽見丫嬛話未報完，已進來了一個輕年公子：輕年公子，指年紀很輕的賈寶玉，按鄭、清南京大戰發生在順治十六年，書中的說法就是賈寶玉十六歲，所以說是輕年公子，當年順治帝的真正年齡則是二十二歲。原文這三句是暗寫鄭軍心中正在一直想着南京清軍是否會是要賴無信的人物的時候，忽然見到屬下將士匆匆來報清軍來襲，話還未報完說清，一個代表輕年順治王朝的清軍部隊已經蜂擁進攻上來了（果然就毀約背信了）。這次進攻就是前面所述的梁化鳳等清軍偷挖神策門突擊鄭軍前鋒的戰役。

關於梁化鳳清軍偷挖神策門突擊鄭軍前鋒的事件，前面作者已以「這熙鳳携着黛玉的手，上下細細的打諒了一回」的文字，描寫過一次，這裡又改變為「（黛玉）心中正想着，忽見丫嬛話未報完，已進來了一個輕年公子（寶玉）。…黛玉一見，便吃一大驚」的文字，再寫一次，這是作者慣用的「千皴萬染」筆法的又一例。

(8) 頭上戴着束髮嵌寶紫金冠：紫金冠，「把頭髮束紮在頂部的一種髻冠。⑪」嵌寶紫金冠，就是上面鑲嵌有珠寶的紫金冠。

(9) 齊眉勒着二龍搶珠金抹額：抹額，一種戴在額上的頭飾，用以攏壓額前頭髮。二龍搶珠金抹額，就是上面刻飾有兩條龍爭搶中間一顆珠寶圖案的金質抹額。

(10) 穿一件二色金百蝶穿花大紅箭袖：百蝶穿花，一種眾多蝴蝶穿梭於花叢中的圖案。箭袖，「古代射箭的人所穿服裝的袖子，上端長，可以遮蓋手臂，下端短，便於射箭。也指這種衣服。清代以這種服式為禮服。⑫」筆者以為箭袖可能還有更深的一層涵義，即作者有意以箭袖暗指馬蹄袖，因為馬蹄袖也是上端長，可以遮蓋手臂，而馬蹄袖為滿清特有的服式，可以標示這個賈寶玉為滿人。二色金百蝶穿花大紅箭袖，就是用兩色金線所繡成的百蝶穿花圖案的大紅底布箭袖或馬蹄袖衣服。

(11) 束着五彩絲攢花結長穗宮縧：攢，聚合。攢花結，聚合成花朵的結子。縧，同條，絲質扁帶子。長穗宮縧，末端垂有長條穗子的宮廷使用的繫腰絲質扁帶子。束着五彩絲攢花結長穗宮縧，就是腰部束繫著用五彩絲線聚合成花朵結子的宮廷使用的垂著長穗子的絲質扁帶子。

(12) 外罩石青起花八團倭緞排穗褂：石青，石青色。起花八團，繡起八團圓形的花。倭，指日本。倭緞，日式東洋緞子。排穗褂，垂綴著一排彩色穗子的外衣褂子。

(13) 登着青緞粉底小朝靴：登着，蹬著、踏著、穿踏著。靴，長筒的鞋子。朝靴，上朝時穿的半高筒的靴子。按以上有關描寫賈寶玉服飾的文字，是作者趁機插寫寶玉所代表順治皇帝的衣著裝飾，同時又大體表示清軍軍容輝煌，神氣飛揚的氣勢。

(14) 面若中秋之月：〔甲戌本眉批〕等評注說：「此非套滿月。蓋人生有面扁而青白色者，則皆可謂之秋月也。用滿月者不知此意。」這條脂批是特別提示說：「原文描寫賈寶玉『面若中秋之月』，這個『中秋之月』並不是套用八月十五日中秋節晚上月亮呈現很圓滿的圓月形狀，來形容這個賈寶玉具有猶如中秋滿月時的圓形臉型。大凡有人天生具有面扁而青白色的，就都可稱他的臉形是中秋之月。如果用中秋滿月的圓形臉來理解，就不知道這裡賈寶玉『面若中秋之月』的真正意思了。」換言之，賈寶玉「面若中秋之月」，並不是指賈寶玉的臉像中秋滿月的圓形臉，而是指他的臉生得顏面寬扁而青白色。批書人這樣的詮釋還是很含混其詞，很不容易理解他的真意。其實批書人應該是想要提示這個賈寶玉是滿清人。根據筆者所見到過的東北人，其體型大都比較體壯胸厚，而臉形寬闊而扁，臉色有的很白，有的有點鐵青，還巒合乎批書人所批註的「生有面扁而青白色者」。

(15) 色如春曉之花：曉，音小，早晨天剛亮。這句是描寫賈寶玉的臉色猶如春天早晨的花，非常的粉嫩。

〔甲戌本眉批〕等評注說：「『少年色嫩不堅勞（牢）』，以及『非夭即貧』之語，余猶在心，今閱至此放聲一哭。」〔有正本〕「堅勞」寫作「堅牢」。「少年色嫩不堅牢」這句話，出自《金瓶梅》，該書第九十六回描寫擅長麻衣神相的葉頭陀，為年輕的陳敬濟看面相時，說道：「『色怕嫩兮又怕嬌，聲嬌氣嫩不相饒，老年色嫩招辛苦，少年色嫩不堅牢。』只吃你面皮嫩的虧。」結果「可憐敬濟，青春不上三九（按即二十七歲），死於非命。」非夭即貧，不是短命夭壽就是貧窮。這一條脂批是針對原文描寫賈寶玉「色如春曉之花」，心中非常感慨地評註說：「當初世人盛傳賈寶玉『少年色嫩不堅牢』，以及『非夭即貧』的話語，我還記在心裡，如今閱讀到這裡作者使用『色如春曉之花』這句話，描寫賈寶玉臉色猶如春天早晨花朵般粉嫩，同樣是暗示賈寶玉『少年色嫩不堅牢』、『非夭即貧』的命運，我不禁為應驗這些不祥話語而早夭的賈寶玉，感慨得放聲大哭一場。」這其實是特別要揭露這個賈寶玉的真實身分，是一位世間盛傳猶如《金瓶梅》中陳敬濟「少年色嫩不堅牢」，吃了少年面皮嫩白的虧，而年紀輕輕就早夭的人物，也就是清順治福臨，他死於順治十八年，年僅二十四歲。

關於順治的死亡，歷來是個謎。因官方史書只簡單紀錄他崩逝於順治十八年元月七日，至於其死因，則基於「為尊者諱（為地位尊崇的人避諱）」的正史寫作原則，完全沒有記載，因此歷來引發種種傳說。傳得最盛的是說他因愛妃董鄂貴妃逝世，萬念俱灰，拋棄皇帝位，而出家五臺山為僧，終於五臺山。直到滿清滅亡，禁忌解除，清史專家孟森才從當時大臣的私人紀錄中，考證到順治帝實際上是死於宮中，而真正的死因是染患天花，出痘而亡。孟森的根據有二，第一是順治臨終時奉命撰寫遺詔的漢大臣王熙的《王文靖集》，書內有王熙自撰的年譜記載說：

初六日，三鼓，奉召入養心殿，諭「朕患痘勢將不起，爾可詳聽朕言，速撰詔書，即就榻前書寫。」……隨勉強拭淚吞聲，就御榻前書就詔書首段。隨奏明恐過勞聖體，容臣奉過面諭，詳細擬就進呈。遂出至乾清門下西圍屏內撰擬，凡三次進覽，三蒙欽定，日入

時始完。至夜（按已交七日），**聖駕賓天，泣血哀慟。初八日，同內閣擬上世祖章皇帝尊謚。**⑬

第二是當時中書舍人張宸的雜記，記載說：

辛丑年（按為順治十八年）**正月，世祖皇帝賓天。予守禁中，凡二十七日。……初四日，九卿大臣問安，始知上不豫。初五日，又問安。見宮殿各門所懸門神對聯盡去。一中貴向各大臣耳語，甚愴惶。初七晚，釋刑獄，諸囚獄一空**（按此時順治已崩，才有大赦釋囚之事），**……傳諭民間毋炒豆，毋燃燈，毋潑水，始知上疾為出痘。**⑭

(16)雖怒時而若笑，即瞋視而有情：這兩句與其說是描寫順治福臨的容貌俊秀，瞋怒時眉目唇頰亦含情若笑，不如說是刻畫順治為代表的滿清王朝在戰略上剿撫或和戰的兩面靈活作風，經常一面使出怒目金剛的重兵征剿攻勢，一面使出以高官厚祿招降的溫情微笑攻勢，譬如這裡鄭清南京大戰，一面積極調集軍隊備戰，一面使出三十日後就開門投降的乞憐微笑詐降手段。

〔甲戌本夾批〕等評注說：「真真寫殺（煞）！」這是評論原文這兩句話，真是把滿清一面瞋怒重兵威脅，一面含情微笑利誘的兩面手法慣技，描寫得逼真得要死！

(17)項上金螭瓔珞：瓔，似玉的美石。珞，石頭堅硬的樣子。瓔珞，用珠玉穿綴成一排好幾串下垂的頸飾；印度古代習俗，各邦國王或貴族男女項上多掛戴珠玉成串的瓔珞；我國古代南方各族也以瓔珞為頸飾。金螭，就是金質的無角龍。項上金螭瓔珞，就是頸項上掛著一個金質的無角龍，其下垂著幾串珠玉的瓔珞頸圈。

(18)有一根五色絲絛繫着一塊美玉：這裡賈寶玉胸前所繫掛的這一塊美玉，也就是前面林黛玉所說賈寶玉「啣玉而誕」的那一塊玉，而本回稍後作者又借黛玉之口補充說：「（那塊玉）上頭還有字跡。」及借襲人之口補充說：「聽得說落草時，從他口裡掏出（那塊玉），上頭有現成的穿眼。」顯然這塊美玉就是第二回冷子興所說：「（賈寶玉）一落胎胞，嘴裡便啣下一塊五彩晶瑩的玉來，上面還有許多字跡」的那一塊寶玉。對於這塊神秘的寶玉，到了第八回則更詳細描寫說：「那一塊落草時啣下來的寶玉，…大如雀卵，燦若明霞，瑩潤如酥，五色花紋纏護，這就是大荒山中青埂峰下的那塊頑石的幻相。」且又註明此寶玉上面「並癩僧所鐫（刻）的篆文」，其正面橫寫著「通靈寶玉」四字，其下縱寫著「莫失莫忘」及「仙壽恒昌」兩行字，其反面則縱寫著三行字：「一除邪祟」、「二療冤疾」、「三知禍福」。由第八回這裡寫明「這就是大荒山中青埂峰下的那塊頑石的幻相…並癩僧所鐫的篆文：『通靈寶玉』」等，又可見這塊寶玉又是第一回所描寫大荒山中青埂峰下那塊頑石，被僧人施幻術所變成的那塊縮小成扇墜大小的鮮明瑩潔的美玉，又是甄士隱夢中所見僧人所攜帶那個「蠢物」，所化現的那塊刻有「通靈寶玉」的鮮明美玉。以上綜合起來，就是書中賈寶玉所配帶那塊「寶玉」的較完整形象。

至於這樣一塊神秘的寶玉究竟象徵什麼實質的意義，歷來探索《紅樓夢》歷史真事的索隱派重要紅學家，如蔡元培、鄧狂言、壽鵬飛、梅景九、潘重規等，都認為這塊寶玉是象徵傳國璽、天下帝位。這樣的看法基本上是正確的，不過還不夠周延，應該說寶玉是泛指玉璽所衍生的天下帝位、王朝帝位、藩王、王侯等相關的多層次意義。再說帶有這樣一塊寶玉的賈寶玉，究竟影射歷史上什麼真實人物，筆者以為至少影射吳三桂與順治帝兩位人物，在第一回、第五回是影射吳三桂，在本回則是影射順治帝。而賈寶玉這樣的雙重身分，在本回稍後作者特別以〈西江月〉二詞，來加以點明出來。

(19) 黛玉一見，便吃一大驚：〔甲戌本夾批〕等評注說：「怪甚！」這是特別提示讀者注意，一個少女黛玉至外婆家見到少年表哥寶玉，原是平常事，這裡卻寫黛玉一見寶玉，「便吃一大驚」，實在「甚為怪異」，另有玄機，應該深入追究。原文這兩句的文氣，是承接以上「（黛玉）忽見丫嬛話未報完，已進來了一個輕年公子」而來，繼續暗寫林黛玉所代表的圍攻南京鄭軍，一見到清軍（從久已荒廢的神策門）突然衝殺進來，大出意料之外，措手不及而大吃一驚。

(20) 心下想道：「好生奇怪，倒像在那裡見過的一般，何等眼熟到如此！」：〔甲戌本夾批〕等評注說：「正是想必有（在）靈河岸上三生石畔曾見過。」〔甲辰本〕「有」寫作「在」。這則脂批是提示第一回「西方靈河岸上三生石畔，有絳珠草一株。時有赤瑕宮神瑛侍者，日以甘露灌溉，這絳珠草始得久延歲月」的情節中，林黛玉前身絳珠草就曾在西方靈河岸上三生石畔見過賈寶玉的前身神瑛侍者，所以這裡林黛玉初見賈寶玉，才會「吃一大驚」地感覺到「好生奇怪，倒像在那裡見過的一般，何等眼熟到如此！」而前面筆者已破解第一回三生石畔絳珠草蒙神瑛侍者灌溉甘露而久延歲月之故事的真相，就是描寫山海關事件時，絳珠草明朝命運與三生石吳三桂相畔結合在一處，在神瑛侍者滿清打著為明朝代報君父之仇仁義之師的欺騙手段，逼降吳三桂，入關驅逐李自成出北京之下，滿清入主中原，而絳珠草明朝也才得以在南京建朝復活而久延歲月的歷史事跡。至於這裡絳珠草降世化生的林黛玉與神瑛侍者降世化生的賈寶玉見面的故事，則是描寫林黛玉所影射的代表明朝之鄭成功軍與賈寶玉所影射的守衛南京的滿清軍相見大戰的歷史事跡。這次鄭軍與清軍南京相見大戰的過程，清軍使用了派遣使者向鄭軍約定「寬三十日之限，即當開門迎降」，再毀約突擊的詐騙手段，而使明朝鄭軍吃了大敗戰。這和從前山海關事件時，滿清與林黛玉所代表的吳三桂復明勢力約定聯合驅走李自成，代報君父之仇以恢復明朝，結果驅走李自成後，滿清就毀約乘機入主中原，逼降吳三桂復明勢力的欺騙手段，看起來極為眼熟相似。所以這裡作者借著戰敗者林黛玉明朝鄭軍之口，以歷史評論的語氣描寫說：「好生奇怪，這次南京之戰滿清毀約突擊的欺騙手段倒像在那裡（山海關事件）見過的一般，何等眼熟到如此！」

(21) 頭上周圍一轉的短髮，都結成了小辮，紅絲結束，共攢至頂中胎髮，總編一根大辮：這裡周圍短髮共總攢聚至頂中胎髮，顯然是特別點出順治帝天生頂中胎髮高聳的特徵。按《清實錄》對於順治誕生時的特徵，記載說：

> **次日，上**（按指皇上，順治帝）**誕生，視之，頂中髮一縷聳然高起，與別髮迥異。是日紅光照耀宮闈，經久不散，香氣瀰漫數日。**⑮

至於周圍短髮都攢聚至頂中總編一根大辮，則明白寫出這個寶玉是一個將頭髮攏聚至頭頂中總編成一根大大長髮辮的滿清髮式人物。

(22) 金八寶墜角：「鑲嵌有各種色美珠寶之金墜飾。墜，垂。角，亦作腳。清代自辮髮盛行以後，八旗子弟、富家公子對辮子的修飾日益講究，每以金、銀、珠寶等製成各式墜角繫於辮梢，既使之不會隨便擺動，又顯示了美觀和豪富。⑯」有了這個專用於裝飾滿式長髮辮的金八寶墜角，更可確認這個賈寶玉是留有滿式長髮辮的人物。

(23) 寄名鎖：「舊時怕幼兒夭亡，給寺院或道觀一定財物，讓幼兒作『記名』弟子，並在幼兒的脖子上繫一小金鎖，叫做『寄名鎖』。⑰」

(24) 護身符：「舊時，佛、道及巫師等讓人用經典、神像、符咒等懸帶身上，認為可以避邪免災，稱為護身符。⑱」

(25) 松花撒花綾褲腿：褲腿，即褲管。綾，比綢緞細薄光滑的絲織品。松花撒花綾褲，「織有撒花狀紋的淺黃綠色綾褲。松花，淺黃綠色，此指綾褲底色。撒花，衣料上狀如撒花之紋飾圖案。⑲」按以上有關描寫賈寶玉再現時的髮型髮飾及服飾的文字，一方面是作者趁機再插寫寶玉所代表順治皇帝的特殊髮式與服飾，讓讀者能悟知這個寶玉就是順治皇帝或順治所代表的清軍，另一方面同時又大體表示清軍調整改換陣式裝備，再度出現對付鄭軍，另有一番軍容氣勢。

(26) 天然一段風騷全在眉梢，平生萬種情思悉堆眼角：這兩句與前面「雖怒時而若笑，即瞋視而有情」，有異曲同工之妙，並不是描寫順治福臨的眉梢風騷眼角含情，而是刻畫順治為代表的滿清王朝在戰略上，天生似地慣常使用眉梢風騷眼角含情的拋媚眼柔情攻勢，使得反清復明陣營受到迷惑，而瓦解致敗。譬如以高官厚祿溫情招降明朝將臣，或如這裡南京清軍向圍城鄭軍，搖尾乞憐，乞求鄭軍寬緩三十日後就開門投降，致使鄭軍受到迷惑，防備鬆懈而大敗等等。

◈真相破譯：

賈母南京清軍總部因而問黛玉鄭成功軍念讀、遵奉什麼曆法書、屬於什麼王朝。黛玉鄭成功軍答道：「只到達南京才剛念過了從前鄭成功海上政權所制頒的『隆武四年曆』曆法書（四書），加強對鄭成功延平王朝的遵奉、效忠。」黛玉鄭軍又問猶如姊妹們的南京及附近各地區勢力念讀、遵奉什麼曆法書，現在究竟是屬於什麼王朝（按言外之意是現在很多州縣都歸附到我們鄭延平王朝了）。南京清軍總部低姿態地回答說：「這裡各地區如姊妹般的政軍勢力，讀的是什麼曆法書啊？只不過是教他們認得『順治』兩個字（認得兩個字），希望他們效忠我滿清順治王朝，不是像睜眼的瞎子，明明是我清朝任命的官吏，卻去認別人為主子罷了！」賈母南京清軍總部故意示弱的一句話還沒說完，圍城鄭軍只聽到軍營之外傳來一陣腳步聲，部屬進來，喜形於色地笑著報告說：「有使者代表寶玉南京清軍來求見了！」黛玉鄭成功心中正在疑惑着：「這個寶玉所代表的南京清軍不知是怎麼樣一個涎皮賴臉，耍賴無信的人物，或竟如懵懂頑劣的兒童一般？（按鄭成功必定已經聽過清軍使者『乞藩主（鄭成功）寬三十日之限，即當開門迎降』的說詞之後，才有可能疑惑寶玉清軍不知是怎麼樣的無信賴皮鬼、頑劣之童，不過作者故意留白不明寫）」轉念一想，兩軍交戰生靈塗炭也不好，倒不如不以兵戎相見那不戰就要投降之「蠢物」的南京清軍也就罷了，因而答應清軍寬限三十日便迎降的乞求。某天鄭成功軍心中正在一直想着南京清軍是否會是耍賴無信的人物的時候，忽然見到屬下將士匆匆來報清軍來襲，話還未報完說清，一個代表輕年順治王朝的清軍部隊已經蜂擁進攻上來了（果然就毀約背信了；按這次突擊就是前面所述梁化鳳清軍偷挖神策門突擊鄭軍前鋒的戰役）。這寶玉所代表南京清軍的主子順治皇帝，頭上戴着把頭髮束紮在頂部而鑲嵌有珠寶的叫做紫金冠的一種髻冠，額頭上與眉毛整齊的部位勒戴著上面刻飾有兩條龍爭搶中間一顆珠寶圖案的金質抹額；上身穿著一件用兩色金線所繡成的百蝶穿花圖案的大紅底布箭袖（或馬蹄袖）衣服，腰部束繫著用五彩絲線聚合成花朵結子的宮廷使用的垂著長穗子的絲質扁帶子；外面罩著石青色繡起八團圓形花的日式東洋緞子布料，而垂綴著一排彩色穗子的外衣褂子；腳上穿踏著青色緞子粉紅色底的上朝時穿的半高筒靴子（按以上有關描寫賈寶玉服飾的文字，是作者趁機插寫寶玉所代表之順治皇帝的衣著裝飾，同時又大體表示這次突擊之清軍軍容輝煌，神氣飛揚的氣勢）。他的臉面生得好像中秋的月亮，寬扁而青白色（按係根據脂批注解），臉色猶如春天早晨的花，非常的粉嫩，這樣粉嫩的臉色象徵著「少年色嫩不堅牢」、「非夭即貧」的命運（按係根據脂批注解；而果然順治帝二十四歲就夭亡）。鬢毛整齊得猶如用刀裁剪的，眉毛濃黑得猶如用黑墨畫的，眼形好似桃花的花瓣，眼睛清澄明亮如同秋天的水波。雖是發怒時而臉上還是好像在笑，即使是瞋目瞪視而表情還感覺含有情意，這意味著以順治為代表的清軍在戰略上也像這樣的眼神表情一樣，經常使出一面瞋怒重兵威脅，一面含情微笑誘惑的兩面手法慣技。頸項上掛著一個金質的無角龍而其下垂著幾串珠玉的瓔珞頸圈，又有一根五色絲扁帶繫掛着一塊鮮明美玉的寶玉，象徵他是擁有玉璽的天子皇帝。黛玉明朝鄭軍，一見到清軍（從久已堵塞荒廢的神策門）突然衝殺進來，大出意料之外，措手不及而大吃一驚。被突擊戰敗之餘，心下仔細想一想說：「好生奇怪，這次滿清毀約突擊的欺騙手段倒像在那裡（山海關事件）見過的一般，何等眼熟到這樣子啊！」只見這寶玉所代表的梁化鳳清軍回去向賈母南京清軍總部報告已戰勝鄭軍，請其安心，南京清軍總部便命令說：「去會見王夫人所代表的各地勤王援軍商議後續攻擊行動再來。」寶玉所代表的梁化鳳清軍就轉身去了。

過了一時這寶玉所代表的順治皇帝再回來時（同時也暗示南京清軍再度整裝而出），再看他的模樣，已換了冠帶裝飾：頭上周圍一圈的短髮，都結成了小辮，用紅絲線結紮綁束著，共同攢聚到頭頂中胎髮（按這是暗點順治帝頭髮特徵「頂中髮一縷聳然高起」），再總編成一根大髮辮，黑亮如漆，從頭頂到髮辮末梢綴飾著一串四顆大珠，辮尾綁用了鑲嵌有各種色美珠寶的金墜飾（按這樣的大髮辮及墜飾，正是滿清貴族髮型髮飾的特徵）；身上穿着銀紅撒花的半舊大襖，仍舊帶着金螭瓔珞項圈、寶玉、寄名鎖（代表託寄為寺院或道觀記名弟子的保平安小金鎖）、護身符（包紮經典、神像、符咒等以避邪護身的小符袋）；下面露出一半織有撒花狀紋的淺黃綠色細滑綾褲，滾了錦邊並有彈墨圖紋的襪子，及厚底的大紅鞋（按以上有關描寫賈寶玉再現時的髮型髮飾及服飾的文字，一方面是作者趁機再描寫寶玉所代表順治皇帝的特殊髮式與服飾，讓讀者能悟知這個寶玉就是順治皇帝或順治所代表的清軍，另一方面同時又大體表示南京清軍第二度出現突擊鄭軍時，其軍容氣勢輝煌的樣子）。越顯得臉面猶如敷了白粉，嘴唇好似施抹了胭脂；眼睛轉盼多情，語言常帶笑意。天然一段風騷全在於眉梢，平生萬種情思都堆在眼角，這意味著以順治為代表的滿清王朝在戰略上，也是天生似地慣常使用眉梢風騷、眼角含情的拋媚眼柔情攻勢，使得反清復明陣營受到迷惑，而瓦解致敗。看他的外貌最是好到極點，却難知其底細如何。

第四節　賈寶玉〈西江月〉二詞的真相

◈原文：

後人有〈西江月〉二詞，批這寶玉極恰(1)，其詞曰：

無故尋愁覓恨，有時似傻如狂。(2)
縱然生得好皮囊，腹內原來草莽。(3)
潦倒不通世務，愚頑怕讀文章。(4)
行為偏僻性乖張，那管世人誹謗！(5)
富貴不知樂業，貧窮難耐凄涼。(6)

可憐辜負好韶光，於國於家無望。(7)
天下無能第一，古今不肖無雙。(8)
寄言紈褲與膏粱，莫效此兒形狀(9)。

◈脂批、注釋、解密：

(1)後人有〈西江月〉二詞，批這寶玉極恰：後人，其實沒有別人，就是本書作者。〈西江月〉，為詞牌名，原是唐朝時的教坊曲。本詞調取名為「西江月」是源自李白〈蘇臺覽古〉詩的詩句「只今惟有西江月，曾照吳王宮裡人。」「西江月」的基本格式通常是全首八句共五十字，平仄間隔押韻，每句字數依序為「六、六、七、六；六、六、七、六」，這裡的〈西江月〉二詞，就完全合乎這個格式。由於「西江月」必須平仄間隔押韻，較難處置，最易失之呆滯庸俗，故詞人多不作⑳。這裡總共十六句，前八句為一首，後八句為一首，故原文特別寫明是「〈西江月〉二詞」。前八句為一首，「狂莽章謗」四字為韻角，其中「狂章」二字為平聲韻，「莽謗」二字為仄聲韻，正是平仄間隔押韻的韻式。後八句為另一首，「涼望雙狀」四字為韻角，其中「涼雙」二字為平聲韻，「望狀」二字為仄聲韻，同樣是平仄間隔押韻的韻式。又詞的用韻與詩不同，是根據《詞林正韻》用韻，以上「狂莽章謗、涼望雙狀」八個用韻的字都是《詞林正韻》第二韻部的字，其中「狂章涼雙」四字為平聲韻，「狂章涼」三字為十陽韻，「雙」為四江韻，而十陽與四江同屬第二韻部平聲韻，可以通押；「莽謗望狀」四字則為仄聲韻，「莽」為三十七蕩上聲韻，「謗」為四十二宕去聲韻，「望狀」為四十一漾去聲韻，而三十七蕩、四十二宕、四十一漾同屬第二韻部仄聲韻，可以通押。

二詞，當然是指這裡總共十六句，是二首詞，前八句為一首，後八句為一首。不過，這裡賈寶玉一個角色，作者卻用兩首詞來描寫評批，是特意藉此提示讀者賈寶玉實際上具有雙重身分，第一個身分就是具有第一首詞所批寫之特色的真實人物，第二個身分就是具有第二首詞所批寫之特色的真實人物。根據筆者的考證，第一首詞所批寫影射的真實人物是清順治帝，第二首詞所批寫影射的真實人物是吳三桂。蓋本書賈寶玉這個角色、名號，實際上影射了很多位不同的歷史真實人物，而最主要的是順治帝及吳三桂，由於賈寶玉是全書的主人公，幾乎所有情節都與他有關係，極度重要，作者深恐讀者會混亂摸不清，所以特別在這裡插寫這兩首〈西江月〉詞，以提示讀者賈寶玉所影射的最主要真實人物，就是具這二首詞所批寫之特色的兩位真實人物。

〔甲戌本眉批〕評注說：「二詞更妙。最可厭野史貌如潘安，才如子建等語。」這是評論說：「這二首詞正合乎歷來〈西江月〉詞寫作的格調，語詞很庸俗，意義很呆實，更是妙。最可厭的是野蠻論斷的滿清官方歷史，都把順治帝的容貌才情過度誇飾，使用容貌如晉代美男子潘安仁，才氣如七步成詩的曹植子建等語詞來描繪。」

(2)無故尋愁覓恨，有時似傻如狂：無故尋愁覓恨，這是描寫順治帝心性中常懷有一股莫名的愁緒與恨意，常會無故尋覓事端或對象來發洩。前面木陳忞老和尚《北遊集》所記載順治帝

「龍性難攖，不時鞭朴左右」，就是順治無緣無故尋愁覓恨的一個顯著例證。有時似傻如狂，這是描寫順治帝心性浮躁易怒，有時暴怒起來竟至激動得似傻如狂一般。這種情況正如前面《湯若望傳》所記載「他內心會忽然想起一種狂妄計畫，而以一種青年人的固執堅決施行。…一件小事就能激起他的暴怒來，竟致使他的舉動如同一位發瘋發狂的人一般。」

順治帝這種怪異心性的形成，是源自其叔父九王多爾袞攝政七年期間，剝奪了他皇帝的實權，壓制他成為傀儡小皇帝，而且為使順治成為不懂事的虛位皇帝，俾便自己永遠掌控皇帝實權，因而刻意禁錮順治的正常童年生活。順治臨終前數日曾有諭旨提及「睿王攝政時，皇太后與朕分宮而居，每經累月，方傳一見㉑」，可見他幼時因多爾袞的阻擾而缺乏母愛的溫暖。多爾袞又阻絕順治接受漢文教育的機會，使得順治帝「年十四，九王薨，方始親政，閱諸臣奏章，茫然不解。」這種情況使得順治帝恨極多爾袞，而身為皇帝日理萬機，其漢文及處理政務之知識又嚴重不足，內心極度憂愁焦慮，因而形成其內心既憂愁又怨恨的雙重牢結，無處發洩之餘，遂鬱積成一種好似跟誰有深仇大恨，誰都欠他一筆重債的緊繃偏激心態，故稍受刺激或困惱就會潰決爆發，作出狂叫罵人打人等的過激行為，以發洩其心中無名怒火。原文「無故尋愁覓恨，有時似傻如狂」這兩句話，實在將順治帝這種心底鬱積憂愁與怨恨所迸發出的怪異行為，描寫得極為逼真符實。

(3)縱然生得好皮囊，腹內原來草莽：皮囊，佛教說法認為生命的本質是靈魂，身體只是靈魂寄居的器具，猶如貯裝靈魂的皮囊，人死去只是丟棄肉身皮囊，而靈魂不死，另尋一副肉身皮囊去寄居而輪迴轉生。這裡「生得好皮囊」，是描寫順治帝身體容貌生得很美好，而依照今日所能見到的順治帝畫像，順治帝確實生得十分俊美，真是一表人才，依佛教的說法就是生得一副好皮囊。

莽，叢生的草。草莽，雜草、叢草，又引申為雜草叢生的田野，或出沒草野打家劫舍的盜賊。腹內原來草莽，是以腹內裝著雜草，來比喻不學無術，譏諷賈寶玉所影射的順治帝「（幼年時）無人教訓，坐失此學（漢學）。年十四，九王薨，方始親政，閱諸臣奏章，茫然不解」，這種腹內學術文章不足的情況。

(4) 潦倒不通世務，愚頑怕讀文章：潦倒，境遇不順而失意落魄，或頹廢放蕩。按順治帝未親政前，名義上雖貴為萬萬人之上的皇帝，但由於攝政王多爾袞的跋扈專擅，剝奪他的皇權，對他嚴厲監控，他形同被禁錮在宮中嬌養，毫無皇權可言，還得擔心多爾袞的謀害篡位，他唯有每日穿著厚重龍袍扮個皇帝模樣，晨昏參拜，四時祭祀叩頭行禮，無事只有騎馬射獵，暗搞男女關係，胡混過日，可謂潦倒失意不堪，頹廢放蕩之至。又深居宮中，少失漢學經史教育，不參與朝政決策，因而不知民間疾苦，不通經世濟民事務，愚頑無學識，「方始親政，閱諸臣奏章，茫然不解」，而怕讀群臣奏摺文章，所以說順治帝「潦倒不通世務，愚頑怕讀文章」，實在是描寫得很真實貼切。

(5) 行為偏僻性乖張，那管世人誹謗：這是點出賈寶玉所影射的順治帝性格乖張行為偏僻，而且鬧出一些轟動世間的事件，雖然世人批評誹謗，還是一再發生。有關順治性格乖張行為偏僻的記載，在滿清官方歷史可以說絕無僅有，但從以上民間的《湯若望傳》記載「他內心會忽然想起一種狂妄計畫，…一件小事就能激起他的暴怒來，竟致使他的舉動如同一位發瘋發狂的人一般」；及木陳忞老和尚《北遊集》記載他「龍性難攖，不時鞭朴左右」，已可明顯看出順治帝性格乖張行為偏僻的狀況。對此本書本文也有很生動的描寫，如透過林黛玉的口說賈寶玉「頑劣異常，極惡讀書，最喜在內幃廝混」，透過王夫人的口說「縱然他沒趣，不過出了二門，背地裡拿着他的兩三個小么兒（指太監）出氣，咕唧一會子就完了。若這一日姊妹們和他多說一句話，他心裏一樂，便生出多少事來。…他嘴裏一時甜言蜜語，一時有天無日，一時瘋瘋傻傻」等。由此可以證明《紅樓夢》是一部記錄了許多官方史書不敢記載之歷史秘密的信史，故純就歷史角度來看，《紅樓夢》就具有無上價值。

至於順治帝因而鬧出偏僻乖張的轟動世間事件，引起世人批評誹謗的也很多，最著名的是他搶奪其弟妃董鄂氏，痴戀董鄂妃，董鄂妃不幸病死，悼念過甚，竟至於剃光頭髮，要拋棄江山出家當和尚，後來雖被其母孝莊皇太后所阻而出家未成，但消息不脛而走，驚動天下，誤傳為他因所痴戀之董鄂妃病死，萬念俱灰，而遁迹五臺山出家。其次是，當順治十六年鄭成功大軍連破瓜州、鎮江，圍困南京，整個江南陷入危急之際，身為皇帝的順治帝竟驚慌得想要逃回關外滿洲故地，經孝莊皇太后斥責他不應卑怯地放棄祖先的江山，則忽轉而瘋狂暴怒，拔劍猛砍皇帝御椅，宣言要御駕親征，不勝便死，後經朝廷上下全力勸阻，好不容易才平息其衝天怒氣，取消了親征之舉㉒。

(6)富貴不知樂業，貧窮難耐凄涼：自此以下八句是第二首詞。單看起首這兩句，就知道這第二首詞不是描寫順治帝的，因為順治帝雖有當皇帝不像皇帝，富貴不知樂業的情況，但他終身為富貴甲天下的皇帝，並沒有過貧窮的狀況，根本沒有「貧窮難耐淒涼」的經歷，相反地他還曾想放棄至富至貴的皇帝之位，出家去當貧窮淒涼的和尚生涯呢！

根據筆者的考證，這第二首詞八句是描寫吳三桂的。這兩句是點出吳三桂一生作為反覆的基本原由、根性所在。樂業，意思是樂於堅守善盡自己的本職業務。這兩句是評論吳三桂一生行事反覆無常，而以追求富貴為主要考量，每因難耐貧窮、貪求富貴，而改變其人生基本立場，如他於明朝末年受明崇禎帝一再擢升重用，官至山海關總兵、平西伯，富甲遼西一帶，在李自成攻陷北京時，李以封侯為條件招降，他思考可續享富貴，便很高興答應降李，率軍前往北京半途中得知李自成拘捕其父吳襄，並曾被拷掠追贓助餉，他便敏感地想到降李可能富貴不保（當然還有愛妾陳圓圓也被奪佔的因素），未經詳細求證分析，就衝冠一怒而轉向滿清借兵伐李，後來更由於貪求滿清許諾封賜藩王的富貴而降清，未能樂於盡忠保衛明朝漢族的本職業務，反而幫助宿敵滿清滅亡自己的國家民族，成為民族罪人。當他幫助滿清一統天下後，如願受封為雲南平西藩王，富貴達到極點，他卻不能規規矩矩樂守其藩王本業，窮奢極侈，並多方製造事端，征戰不休，糜費兵費，拖累國家財政，授予清廷撤藩的藉口，而一遭撤藩他便難耐失去藩王地盤軍隊，想像將來可能進一步被滿清清算，掉入貧窮淒涼的境況，而於康熙十二年十一月起兵反清，但當他勢如破竹於康熙十三年三月初進攻至長江一線時，他又眷戀往日藩王富貴，即行停頓不前，修書向清廷乞請裂土罷兵，畫江為國㉓，重享藩國富貴，結果被清廷峻拒，最終戰敗而全族被殺。真是最典型的「富貴不知樂業，貧窮難耐淒涼」的事跡。

(7)可憐辜負好韶光，於國於家無望：韶光，春光。這兩句是批評吳三桂下列兩件辜負美好春季時光，誤國誤家的事件。其一是崇禎十七年三月李自成自山西向北京進攻，三月六日崇禎帝急詔吳三桂自關外寧遠入援北京，當時他擁有明朝最精銳的部隊約五萬，號稱關寧鐵騎，從寧遠至北京，急行軍約六天可達的行程，他卻率精兵殿後，隨遷移關內的百姓緩緩而行，走了十來天至三月二十日才到達約三分之二行程的豐潤，而驚聞李自成已於先一日的三月十九日攻佔北京，崇禎帝自縊明亡，誤時失職，導致未戰而亡國失君，及李自成入北京逮殺其父母等，使救國救家失去希望㉔。

其二是前述他起兵反清時期，於康熙十三年三月迅速從雲南進攻至湖南的長江一帶，同時，四川、廣西、福建都叛清歸附，京師、河南也有藉朱三太子名義起義的反清動亂，形勢大好，正是乘勝繼續北上直搗黃龍的大好時機，想不到吳三桂竟在此關鍵時刻屯兵不進，倘佯逍遙於長江之上，飲酒作樂。原來他盤算的是趁此番大勝時機暗中修書向清康熙帝要脅，妄求釋放其長子吳應熊、長孫吳世霖等一家人，以交換他不再北進，而劃長江以南為其大周國領域，是以他便在長江上泛舟逍遙，靜待康熙的答覆。結果卻是等到康熙將吳應熊父子處死的噩耗。原來康熙只將吳應熊父子囚禁，如今閱覽其奏書大為震怒，遂下詔：「近覽吳三桂奏章，詞語乖戾，妄行乞請。諸王大臣咸以吳三桂怙惡不悛，其子孫即宜棄市，義難寬緩。」藉以「寒老賊之膽」、「絕群奸之望」，沮喪吳三桂的心靈，使其精神崩潰。吳應熊父子於當年四月十三日被殺，六月間噩耗傳至南方，正在桌前飲酒的吳三桂大驚失色，「推食而起」，極度痛心、憤恨不已，暗地裏悲哭㉕。正由於吳三桂辜負這年三月好韶光的北進機會，而給予清廷充裕時間調兵遣將，集結兵力，佈署反擊，導致吳軍此後一直無法突破清軍長江北岸的堅強防線，由進攻轉變為防禦的不利態勢，苦撐八年，終於戰敗而國滅家亡。

(8)天下無能第一，古今不肖無雙：天下無能第一，這是緊接以上吳三桂擁有全國最精銳軍隊，卻兩度「辜負好韶光」，致使救國救家的希望破滅，而嚴詞譴責吳三桂是全天下第一無能的人物。古今不肖無雙，則是作者對於吳三桂背棄自己的國家民族，投降關外異族滿清，倒戈擊滅自己國家的賣國求榮行徑，痛斥他是華夏民族的不肖份子，而且是古今無雙的不肖份子。時至今日，滿清入關征服漢族而統治近三百年過後，不但漢族並未曾被消滅，而且反而促使關內、關外民族的實質大融合，創造出今日中國領土空前龐大，國力空前強盛的境況，因此從宏觀角度來看，滿清入關統治對於中華民族的發展，反而是崎嶇而卻正確的道路，應該受到歷史的肯定，甚至讚賞。而細究滿清入關統治在軍事實戰上的最大功臣，莫過於引清軍入關的漢人第一猛將吳三桂，照說吳三桂也應受到歷史家所讚頌才對。不過事實上迄今並沒有看見到有歷史家讚頌吳三桂降清滅漢之行為的，反倒是吳三桂三字早已成為華人世界咒罵賣國求榮漢奸的代名詞，由此可見，世人確實也跟《紅樓夢》作者一樣，認定吳三桂為中國「古今不肖無雙」的敗類。國人對於吳三桂這樣的評價，其中原因除了民族立場的不忠之外，還在於其動機不良，純是出於貪圖榮華富貴與美人溫柔的享樂而出賣國家，即使是無漢民族情愫的旁觀洋人也不屑他的所作所為，在明清兩朝都當過官的耶穌會德國籍傳教士湯若望，對於吳三桂有旁觀者清的客觀評論說：

這個人的心理，我們無法推究，然而他的軍事才能卻是毫無疑問的。至於說他對皇帝和皇朝所表現的不忠、不義和沒有愛國心則似乎都是實情。支配著他性靈的主要成分，絕大多數是為了貪圖尊榮富貴，其次則是不見得高尚的個人動機（按應是暗指吳迷戀陳圓圓等美人溫柔）。㉖

湯若望對於吳三桂的評價與《紅樓夢》幾乎完全相同，尤其是評定吳三桂的心靈本性主要被尊榮富貴及美人溫柔所支配，兩者觀點真是華洋妙合。

(9) 寄言紈褲與膏粱，莫效此兒形狀：這兩句是作者苦心囑咐世間穿輕細白絹褲子，吃肥肉良穀美食的富貴子弟，切莫仿傚這個男兒賈寶玉所代表之吳三桂的賣國求榮形狀。〔甲戌本眉批〕評注說：「末二語最要緊。只是紈褲膏粱（粱），亦未必不見笑我玉卿。可知能效一二者，亦必不是蠢然紈褲矣。」這是提示說：「這首詞末尾這二句話最要緊，讀者可要謹記在心。只是一般層級的紈褲膏粱富貴子弟，也未必不被我這位賈寶玉先生所見笑。由此可知能效法得上他十分之一、二的人物，也必然不是一般蠢然玩樂的紈褲富貴子弟了。」從這裡提示一般的富貴子弟，都會被賈寶玉所見笑，而且能效法得上他十分之一、二的人物已不是一般的富貴子弟可比，可見書中的賈寶玉是個頂級的富貴人物，藩王、皇帝之流了。

有關這兩首〈西江月〉詞，是作者對《紅樓夢》全書最重要角色的主人公賈寶玉，所影射的兩個最主要真實人物順治帝及吳三桂，特意下批語，作定位的歷史評價文字，並且自認為批判得極為恰當，所以鄭重寫說「〈西江月〉二詞，批這寶玉極恰」。在筆者對照各種史書的記載看來，也確實批得極為恰當，尤其是第二首批評吳三桂「天下無能第一，古今不肖無雙」，真是把吳三桂為求富貴溫柔而賣國求榮，覥顏事仇，超過古來歷代任何漢奸的行徑，痛批得淋漓盡致，定位得極為允當。不過，一般紅學家不明底裡，因而都根據表面故事，詮釋為兩首詞都是描寫同一個人賈寶玉，然而書中賈寶玉到最後終於改邪歸正，注重仕途經濟，轉而認真閱讀時文，參加科舉考試，並不合這兩首詞所批賈寶玉「腹內原來草莽」、「愚頑怕讀文章」、「行為偏僻性乖張」。另外賈寶玉在離家出走之前，考中了舉人，光耀了祖先，且妻子寶釵有了胎，將來生貴子，可與賈蘭「蘭桂齊芳」，而「家道復初」，這完全不合這裡所批賈寶玉「於國於家無望」、「天下無能第一」、「古今不肖無雙」的情況。所以一般紅學家在這種前後自相矛盾，無法詮釋得通之餘，便怪罪說是後四十回的續作者，違背了前八十回原作者的原意，把後四十回的故事情節寫歪了，而使得前後情節互相矛盾起來，然而對於後四十回是否真是後人續作，續作者是誰，百年來又拿不出足以令人信服的充分而有力的證據。

另外還有一些紅學家，誤解《紅樓夢》主人公賈寶玉代表的是一個正面人格的人物，看到這裡〈西江月〉二詞所批寫賈寶玉的文詞，盡是一些草莽、愚頑、偏僻、乖張、天下無能第一、古今不肖無雙等負面的文詞，嚴重不合他們所認定賈寶玉是正面人物的觀點，便辯解說這些負面文詞看來好像是對寶玉的譏諷和貶斥，其實是對他的讚頌和褒揚。但是，本書作者自己已在這裡特別寫明「〈西江月〉二詞，批這寶玉極恰」，也就是說作者自己認為這些「草莽、愚頑、偏僻、乖張、天下無能第一、古今不肖無雙」等文詞，是評批賈寶玉所代表的真實人物的「極為恰當」文詞，可見賈寶玉所代表的真實人物確實是歷史上極受世人非議否定的人物。況且深知《紅樓夢》故事內情的脂批人，在第五回針對原文「那（警幻）仙姑知他天分高明，性情穎慧」，批注說：「通部中（作者）筆筆貶寶玉，人人嘲寶玉，語語謗寶玉，今却於警幻意中忽寫出此八字來，真是意外之意。此法亦別書中所無。」可見賈寶玉是一個作者及世人「人人嘲（笑）」、「語語謗（罵）」的歷史人物，只有與「禍根孽胎」之賈寶玉同類的警幻仙姑，才會意外褒獎賈寶玉。由此可知，那些紅學家詮釋〈西江月〉二詞中所批寫賈寶玉的貶抑、否定文詞，是對賈寶玉似貶實褒之意的觀點，實際上是嚴重不合作者本人及深知內情之脂批人的觀點的。這同時也顯示，如果不先索解出《紅樓夢》故事的真相，而單就表面故事來詮釋，則其中角色的情節、性格便會發生矛盾不通的現象，對於相關詩詞的義涵也會詮釋不通，在不得不彌縫其矛盾不通現象以自圓其說之餘，很容易作出違背作者原意與脂批評注的十分勉強而彆扭的詮釋。

◈真相破譯：

後世有人（按其實就是本書作者）寫有〈西江月〉二首詞，批寫這賈寶玉極為恰當，這兩首詞寫說：

【按第一首詞八句，所批寫影射的真實人物是清順治帝】

無故尋愁覓恨，有時似傻如狂：常會無緣無故地自尋煩愁和仇恨而尋覓對象發洩，有時竟至於似呆傻如瘋狂的地步。（按《湯若望傳》記載：「一件小事就能激起他的暴怒來，竟致使他的舉動如同一位發瘋發狂的人一般。」木陳忞老和尚《北遊集》記載：「龍性難攖，不時鞭朴左右」）

縱然生得好皮囊，腹內原來草莽：縱然是生得一副外表俊美的好相貌，肚腹內原來像是裝了一堆雜草般地不學無術。（按順治帝自己回憶說：「朕極不幸。五歲時先太宗早已晏駕，皇太后生朕一身，又極驕養，無人教訓，坐失此學。年十四，九王薨，方始親政，閱諸臣奏章，茫然不解。」）

潦倒不通世務，愚頑怕讀文章：他曾經很潦倒落魄不通經世濟民事務，愚昧頑劣又害怕閱讀群臣奏摺文章。（按順治帝曾有諭旨說：「睿王攝政時，皇太后與朕分宮而居，每經累月，方傳一見」，處處受到多爾袞控制，連母親都每經累月才得一見，故其少年時期實是極為潦倒落魄，從而頹廢放蕩，耽溺游獵及女色，而深居宮中，又無帝王養成教育，自然愚頑不通世務，又怕讀群臣奏摺文章。）

行為偏僻性乖張，那管世人誹謗：其行為偏僻不正而性情乖張橫暴，常鬧出驚世駭俗的事件而完全不管世人批評誹謗！（按順治帝「龍性難攖」，「不時鞭朴左右（太監）」；當鄭成功大軍大敗清軍，圍困南京之際，他竟驚慌得想要逃回關外，又拔劍猛砍皇帝御椅，宣言要御駕親征；他搶奪其弟妃董鄂氏為己妃，董鄂妃病死，他竟剃光頭髮鬧著要拋棄江山出家當和尚等等，不斷鬧出乖異世俗的事件，全然不顧世人的批評誹謗。）

【按第二首詞八句，所批寫影射的真實人物是吳三桂】

富貴不知樂業，貧窮難耐淒涼：富貴時不知樂於安守自己的本業，貧窮時難於忍耐處境淒涼。（按吳三桂在明朝末年受封山海關總兵、平西伯，富甲遼西一帶，不能樂守其富貴根源的保衛明朝本業，延遲率兵至北京抵禦李自成，一旦李自成滅亡明朝，他落入亡國失官的貧窮處境，便難耐淒涼而改投許諾他藩王富貴的滿清；其後當他受滿清封為雲南藩王，他又不樂守其富貴的藩王本業，而窮奢極侈地胡搞，等到滿清撤藩，他又忍耐不了失去藩王地盤的淒涼，而起兵反清，自立為大周皇帝，導致最後被滿清打敗滅族的後果。）

可憐辜負好韶光，於國於家無望：可憐辜負了美好的春天時光，以致造成對於國家及家庭都沒有指望的國破家亡慘況。（按崇禎十七年春天三月間，吳三桂奉急詔入援北京，卻一路拖延緩行，辜負美好春光，以致明朝被李自成滅亡，他自己的父母也被逮殺。至康熙十三年春天三月間，吳三桂反清軍從雲南勢如破竹進攻至湖南的長江一帶，卻不乘勝北上中原，而在長江上逍遙泛舟飲酒作樂，再度辜負美好春光，導致其長子吳應熊父子被清康熙處死，大周王朝、反清復漢勢力敗亡，吳家全族被誅滅。）

天下無能第一，古今不肖無雙：他是全天下第一無能的人物，自古至今華夏民族無雙的不肖子孫。（按吳三桂在明末擁有明朝全國最精銳的軍隊，在反清復漢時期獲得各地復明勢力的全面響應，卻兩度「辜負好韶光」，致使救國救家的希望破滅，真是全天下第一無能的人物。而吳三桂背叛自己的國家民族，投降敵方滿清，倒戈擊滅自己祖國的賣國求榮行徑，確實是古今無雙的華夏不肖子孫。）

寄言紈褲與膏粱，莫效此兒形狀：傳言奉勸世間穿輕細白絹褲子和吃肥肉良穀美食的富貴子弟，切莫仿傚這個男兒賈寶玉所代表之吳三桂的賣國求榮形狀。

第五節　賈寶玉初見林黛玉故事的真相

◈原文：

賈母因笑道：「外客未見就脫了衣裳，還不去見你妹妹！(1)」寶玉早已看見多了一個姊妹，便料定是林姑母之女(2)，忙來作揖。廝見畢歸坐，細看形容，與眾各別(3)。兩彎似蹙非蹙籠烟眉(4)，一雙似喜非喜含情目(5)；態生兩靨之愁，嬌襲一身之病(6)；淚光點點，嬌喘微微(7)；閑靜時如嬌花照水，行動處似弱柳扶風(8)；心較比干多一竅(9)，病如西子勝三分(10)。寶玉看罷，因笑道(11)：「這個妹妹我曾見過的(12)。」賈母笑道：「可又是胡說，你又何曾見過他。」寶玉笑道：「雖然未曾見過他，然我看着面善，心裡就算是舊相識(13)，今日只作遠別重逢，未為不可(14)。」賈母笑道：「更好，更好。若如此，更相和睦了(15)。」寶玉便走近黛玉身邊坐下，又細細打諒一番(16)，因問：「妹妹可曾讀書？(17)」黛玉道：「不曾讀書，只上了一年學(18)，些須認得幾個字。」寶玉又道：「妹妹尊名是那兩個字？」黛玉便說了名字。寶玉又問表字。黛玉道：「無字。」寶玉笑道：「我送妹妹一個妙字，莫若『顰顰』二字(19)，極好。」探春便問：「何出？(20)」寶玉道：「《古今人物通考》上說：『西方有石名黛，可代畫眉之墨(21)。』況這林妹妹眉尖若蹙，用取這兩個字，豈不兩妙！(22)」探春笑道：「只恐又是你的杜撰。」寶玉笑道：「除《四書》外，杜撰的太多，偏只我是杜撰不成？(23)」

◈脂批、注釋、解密：

(1) 賈母因笑道：「外客未見就脫了衣裳，還不去見你妹妹！」：脫了衣裳，寓指寶玉清軍好像脫了圍護身體的衣裳似地，放棄南京總部外圍蔽護的瓜州、鎮江。這幾句是以小說口吻暗寫賈母清軍南京總部因而笑說道：「遠來外客林黛玉鄭軍還未會見交戰，你寶玉清軍難道就好比脫了衣裳似地，要放棄南京外圍蔽護的瓜州、鎮江，還不去會見對付那林黛玉鄭軍！」這一段起是另磨新墨，變換一種新筆墨，重新再將鄭、清南京大戰皴染、暗寫一次。

(2) 寶玉早已看見多了一個姊妹，便料定是林姑母之女：林姑母，即林黛玉母親賈敏，通諧音賈閩，影射建朝於閩省福建的南明隆武帝王朝。這兩句是暗寫賈寶玉所影射的順治帝或以順治帝為代表的清軍，早已看見在其統治領域內多出了一個政軍勢力，便料定是福建南明隆武帝王朝所衍生出的林黛玉鄭成功延平王朝軍隊。

(3) 廝見畢歸坐，細看形容，與眾各別：廝，互相。廝見畢歸坐，這句是暗寫寶玉所代表的清軍與黛玉所代表的鄭軍在瓜州、鎮江互相見面廝殺完畢後，清軍戰敗回歸坐守南京城。「細看形容，與眾各別」，這兩句是暗寫江南清軍鑒於瓜、鎮大敗，而仔細研究觀看鄭成功全軍形勢陣容，因屬於海軍舟師，又有全身披穿鐵衣的鐵人部隊，持砍馬大長刀，及特製藤牌防禦銃砲的藤牌兵等等，與大陸其他各地駐軍主要是步兵、騎兵者都不一樣，迥然有別。

(4) 兩彎似蹙非蹙籠烟眉：蹙，音促，皺縮。籠烟，籠罩著烟霧。兩彎眉，眼睛上左右各一道彎彎的眉毛，深層上是暗喻鄭成功十幾萬舟師分成左右兩部份，排成兩排彎彎的長列行駛在長江上；按鄭成功大軍在攻破瓜州時，便派張煌言率領一部份舟師先行突擊至安徽的蕪湖一帶地方，其他則由他自己率領先攻破鎮江，再前進圍攻南京城，這前後兩隊舟船排成長列行駛在長江上，在文人奇想下則恰似一個人的兩道彎眉。似蹙非蹙眉，看似皺縮又不是真正皺縮得很明顯的眉毛，從表面意義看是描寫林黛玉眉毛微微皺縮，反映其心中有淡淡憂愁；從內層意義看則是暗寫鄭成功舟師在長江上排成長列行駛，舟船排列參差不齊，行駛速度快慢不一，遠看猶如眉目在微微蹙皺而動，似皺非皺一般；當然眉毛似蹙非蹙也連帶暗喻鄭成功舟師深入長江攻擊，有類似人愁則蹙眉的隱憂存在。籠烟眉，這是描寫林黛玉的眉毛淺淡，宛如籠罩著一抹濛濛的輕烟一般；內層上則是暗寫鄭成功的船隊航行在長江中，江上水氣濛濛，如同兩道長眉的長列船隊籠罩著一抹濛濛烟霧。

〔甲戌本夾批〕等評注說：「奇眉妙眉，奇想妙想。」這是提示原文所謂「兩彎似蹙非蹙籠烟眉」，是作者發揮高度想像力，奇想妙想下的一種奇眉妙眉，事實上世間可能根本就沒有這種眉毛，讀者應該深入探究作者究竟是將什麼事物奇想妙想成這樣的奇妙眉毛。

(5)一雙似喜非喜含情目：這是描寫在賈寶玉眼中看來，林黛玉具有一雙看似喜悅但又矜持不太顯露喜悅的隱含情意的眼目。似喜非喜目，內層意義則是暗寫清軍看出鄭軍在瓜州、鎮江兩戰都大勝，大軍順利包圍南京，且附近甚多州縣相繼望風歸附，使得鄭軍感覺勝利在望，不禁喜形於色，眼珠子都微露喜悅之色，但畢竟南京還未攻下，大敵當前，故喜悅之餘也緊張地嚴肅備戰，呈現似喜非喜的眼色出來。含情目，內層意義則是暗寫南京清軍由於自鄭軍逃回之清將朱衣佐的報告，獲悉朱衣佐在瓜州戰敗被擒，但向鄭成功「乞歸養親，藩賜銀五百與之」，卻意外獲准賜銀放回的事實，看出鄭成功心性仁厚，對於倫常親情特別富含同情心，眼睛為靈魂之窗，自然呈現出一雙富有情意的含情目。

由於南京清軍看出鄭成功因連番戰勝隱隱有一股似喜非喜的驕兵心態，又有富含親情同情心的雙重弱點，於是就採用了朱衣佐所獻的計策：

今可速遣人卑詞寬限，以驕其志。然後設守禦之策，徵援兵破之。㉗

南京清軍總部依計派遣使者向鄭成功乞請：「大師到此，即當開門延入。奈我朝有例，守城者過三十日，城失則罪不及妻孥。今各官眷口悉在北京，乞藩主寬三十日之限，即當開門迎降。」鄭成功果然「允其請，而厚賞之。㉘」因而圍而不攻，靜待三十日後清軍開門投降，導致最終被清軍突擊而大敗。

〔甲戌本夾批〕等評注說：「奇目妙目，奇想妙想。」這是提示原文所謂「一雙似喜非喜含情目」，是作者奇想妙想下創造出來的一種奇目妙目，讀者應該深入探究作者究竟是將什麼事物奇想妙想成這樣的奇妙眼目。

(6)
態生兩靨之愁，嬌襲一身之病：靨，音頁，臉頰上的小渦，俗稱酒渦。態生兩靨之愁，原意是嫵媚的姿態映生於兩邊臉頰的愁容，深層上則是暗寫鄭成功舟師分成江東、江西兩部份佈署長江上，首尾相隔甚遠，這樣的態勢產生了兩面難於互相策應、兼顧的憂愁。襲，承襲。嬌，原意是嬌怯，深層上則通諧音「驕」，指驕傲輕敵。嬌襲一身之病，原意是嬌怯的情愫出自她一身虛弱的病體，深層上則是暗寫鄭成功戰勝而驕的心態，承襲下來了鄭軍一身驕傲輕敵的病體。因此，應從這個針對心病弱點，以柔情的緩兵之計取勝鄭軍。

(7) 淚光點點，嬌喘微微：淚光點點，這句是暗寫鄭成功於六月攻佔瓜州之後祭拜明太祖及崇禎皇帝，七月中旬屯駐南京嶽廟山時，祭拜明太祖及列宗，全軍大哭，聲聞遠近，人人哭得淚光點點，好不哀慟㉙。嬌喘微微，這句是描寫鄭軍千里遠征，一路奔馳征戰，鎮江大捷後，「由水路向南京進發，所乘海船形体巨大，逆水而上，又不順風，靠縴挽而行，十天後（七月初九日）才到達南京儀鳳門下㉚」，舟船勞頓，喘息未定，宛若一個嬌俏美人急走而微微喘息，故而清軍便判斷鄭軍樂於稍事休息，正好有利於施用緩兵之計。

(8) 閑靜時如嬌花照水，行動處似弱柳扶風：閑靜時如嬌花照水，這句是描寫鄭軍舟船帶著風帆閑靜停泊長江時，猶如嬌美花朵照映江水之中一般。行動處似弱柳扶風，這句是描寫鄭軍數百條舟船乘風揚帆行動處，遠看恰似柔弱的楊柳枝葉扶乘著風力搖晃擺盪一般。

〔甲戌本眉批〕評注說：「又從寶玉目中，細寫一黛玉，直畫一美人圖。」這是提示以上幾句是作者又從賈寶玉清軍眼目中所見的情況，詳細描寫林黛玉鄭軍的形勢陣容、軍心士氣、動靜狀態、強弱點所在，並逕直將這些情況細細推敲比擬，摹擬成一個標緻美人的蹙眉、情目、愁靨、嬌病、動靜姿態等等，組構描畫成一幅美人的圖像。

〔甲戌本夾批〕評注說：「至此八句是寶玉眼中。」這是註明從「兩彎似蹙非蹙籠烟眉」起，到「行動處似弱柳扶風」這一句，總共八句話是寶玉所代表的南京清軍眼中所觀察到黛玉所代表的鄭軍的種種情況。

(9)心較比干多一竅：比干，古代商朝最後一個帝王紂王的叔父。心較比干多一竅，根據《史記・殷本紀》記載：「紂王淫亂，比干曰：『為人臣者，不得不以死爭。』迺強諫紂。紂怒曰：『吾聞聖人心有七竅。』剖比干，觀其心。」比干遂死，孔子讚美他是「仁者」。所以比干七竅，是代表忠心愛國愛民，不惜以死相爭的聖人仁者。這裡描寫林黛玉鄭成功心較比干多一竅，亦即心有八竅，是極言鄭成功是較比干更忠國愛民，不怕以死相爭的聖人仁者。

〔甲戌本夾批〕評注說：「此一句是寶玉心中。」這是評注說：「這一句話『心較比干多一竅』，是寶玉所代表的南京清軍心中對林黛玉所代表的鄭成功的評定。」也就是說南京清軍從鄭成功敢於率舟師從廈門孤軍深入至南京，及哭祭明太祖、崇禎帝甚哀等舉動，心中評定鄭成功是較比干更精忠不畏死的人物。所以清軍心中就瞭解鄭軍不能正面硬仗力取，而必須以欺騙手段智取。

〔甲戌本眉批〕等評注說：「更奇妙之至，多一竅固是好事，然未免偏僻了，所謂過猶不及也。」這則評語批書人是仿傚《左傳》「斷章取義」的筆法，將原文「心較比干多一竅」的「多一竅」，作了與《史記》原典故不相同的解釋，轉用來比喻鄭成功除了目前攻佔的大陸長江沿岸地區之外，又多了大陸之外的廈門、金門等海島一處藏身之所，而評論說：「這更是奇妙之至，林黛玉鄭成功多了廈門、金門等海島一處藏身之所，固然是好事，然而地點未免太遙遠偏僻了，正合俗話所說的過猶不及了。」

(10)病如西子勝三分：西子，就是西施，是戰國時期越國的美女，被獻給敵國吳國國王夫差，憑其美貌博得夫差的無限寵愛，為越國做了很好的臥底情報工作，終於幫助祖國越國打敗吳國。相傳西施有心痛的毛病，不舒服時常會顰眉，就是微微蹙皺眉頭，看起來更增幾分令人憐惜之美。病如西子勝三分，這句話表面上是描寫林黛玉病弱楚楚可憐的嬌美模樣還勝過西施三分；內層上則是比喻鄭成功大軍猶如病美人西施一樣，外表雖然非常雄壯美麗，但是內裡卻有心病，隱含有驕兵輕敵、具有婦人之仁的同情心、遠征勞頓想休息等心思，這樣的心病比西施的心病更嚴重得勝過三分。

〔甲戌本夾批〕等評注說：「此十句定評，直抵一賦。」賦，為漢代盛行的一種文體，文章風格介於詩與散文之間，賦的特色在內容上是對某一人、事、物作詳實細密的描述，在辭藻上是務求華美巧麗。這條脂批是評注說：「從『兩彎似蹙非蹙籠烟眉』起，到『病如西子勝三分』這一句，總共十句話是對於林黛玉鄭成功大軍很客觀的確定評價，簡直可抵得上對林黛玉鄭軍敘述詳實而辭藻華麗的一篇賦。」

〔甲戌本眉批〕等評注說：「不寫衣裙粧飾，正是寶玉眼中不屑之物，故不曾看見。黛玉之居止容貌，亦是寶玉眼中看、心中評，若不是寶玉，斷不能知黛玉終是何等品貌。」這條脂批是評注說：「這裡寶玉清軍所見黛玉鄭軍形貌的十句話，不寫黛玉鄭軍如同衣裙遮護粧飾其身體的外圍零散海島，正因為那些海上島嶼是寶玉清軍眼中不屑一顧之物，故只當不曾看見，未列入評估戰情的重點內。以上十項有關黛玉鄭軍的居止布署、軍容風貌，也是寶玉清軍眼中認真察看、心中認真評斷出來的結論，若不是對明軍、鄭軍作戰極富經驗的寶玉清軍（其中一個重要因素是擁有甚多深知對方內情的朱明、明鄭降臣叛將），斷然不能得知黛玉鄭軍終究是何等內在心性品格與外在布局形貌。」

(11)寶玉看罷，因笑道：〔甲戌本夾批〕等評注說：「看他第一句是何話？」這是提醒讀者要特別注意寶玉清軍仔細觀看完黛玉鄭軍陣容狀貌之後，第一句說的是什麼話，因為以下寶玉所說的第一句話「這個妹妹我曾見過的」暗含了清軍觀看鄭軍後的總結論、對策（下一條再詳解）。

〔甲戌本眉批〕評注說：「黛玉見寶玉寫一『驚』字，寶玉見黛玉寫一『笑』字，一存於中，一發乎外，可見文於下筆必推敲的准（準）穩，方才用字。」這是批書人提示說：「前面描寫黛玉初見寶玉的直覺感受，寫了一個『驚』字，這裡描寫寶玉初見黛玉的直覺感受，寫了一個『笑』字，而一個『驚』的作用是存在身體之中，另一個『笑』的作用是發出於身體外面，由此可見作者在下筆描寫寶玉黛玉相見的文章時，對於黛玉鄭軍困存於中間被突擊而『驚』，和寶玉清軍發乎外來攻得勝而『笑』的戰情，必定事先推敲的準確穩當，方才選用精準的用字。」也就是提示原文前面描寫「黛玉見寶玉寫一『驚』字」，到這裡又寫「寶玉見黛玉寫一『笑』字」，這樣前後的整體文章其實就是在暗寫黛玉鄭軍困存於中間被突擊而『驚』，和寶玉清軍發乎外來攻得勝而『笑』的鄭、清南京大戰戰況。

(12)這個妹妹我曾見過的：這句話是寶玉南京清軍仔細觀察發現黛玉鄭軍十項實況後，所說出的第一句話，因為隱含有很深的意義，所以前面脂批特別提示讀者要注意「看他第一句是何話？」究竟這句話隱含什麼深意呢？其實這是寶玉清軍觀察黛玉鄭軍敵情之後作下一個總結論，同時也是對策，而說道：「這個妹妹林黛玉鄭軍的陣仗我以前曾經看見過的」，意思是既然曾經看見過、對付過的，那麼就仿照以前會見對付過的辦法來對付目前的鄭軍就對了。

至於什麼時候賈寶玉清軍曾經見過林黛玉鄭成功復明軍隊呢？前面描寫林黛玉初見賈寶玉時，黛玉心下想道：「好生奇怪，倒像在那裡見過的一般，何等眼熟到如此！」原文旁邊有一條脂批提示說：「正是想必在靈河岸上三生石畔曾見過。」可見前面林黛玉感覺曾經見過賈寶玉，與這裡賈寶玉感覺曾經見過林黛玉，都是指第一回靈河岸上三生石畔，林黛玉前世絳珠草與賈寶玉的前世神瑛侍者曾經會見過的事，而這個故事其實就是暗寫崇禎十七年四月山海關事件時，神瑛侍者滿清以欺騙背信手段，逼降吳三桂復明軍，入關驅逐李自成，竊據北京建朝的事跡。所以這裡賈寶玉清軍說：「這個妹妹我曾經見過的」，其隱藏的具體詳細內容就是說：「這個妹妹林黛玉鄭成功復明軍的形容陣仗，我寶玉清軍以前在山海關事件時就曾經看見過、對付過類似的吳三桂復明軍的」，言外之意是清軍從前在山海關事件時，既然曾經有過以欺騙背信手段制伏吳三桂復明軍的成功經驗，如今面對鄭軍的對策，自然是再以欺騙背信手段制伏鄭成功復明軍了。

〔甲戌本夾批〕等評注說：「瘋話。與黛玉同心，却是兩樣筆墨。觀此則知玉卿心中有則說出，一毫宿滯皆無。」與黛玉同心，指這裡寶玉初見黛玉感覺「這個妹妹我曾見過」，與前面黛玉初見寶玉時感覺「倒像在那裡見過的一般，何等眼熟到如此」，彼此都同樣具有似曾相識的心思。宿，前世、宿昔、時間久遠。宿滯，對於前世或時間久遠以前的事記憶滯礙，想不起來。（寶玉）一毫宿滯皆無，因為書中將山海關事件時的清軍神瑛侍者安排為後面賈寶玉（清軍）的前世，現在的賈寶玉清軍對於從前山海關事件時清軍使用欺騙背信的策略，一下子就想起來，一點也沒有記憶滯礙的現象，故說「一毫宿滯皆無」。這則脂批是提示說：「這裡寶玉平生第一次看見黛玉就說出『這個妹妹我曾見過的』這樣的話，簡直是說『瘋話』，因此這句話絕對是另有內情的。讀者要注意到這裡寶玉初見黛玉就感覺『這個妹妹我曾見過』，和前面黛玉初見寶玉時感覺『倒像在那裡見過的一般，何等眼熟到如此』，彼此都同樣具有似曾相識的心思，作者卻使用兩種不同的筆墨來描寫，文筆真好，也是有意欺瞞讀者（讀者應該追究寶玉黛玉彼此都有似曾相識的心思，其實是由於第一回兩人前世『在靈河岸上三生石畔曾見過』的緣故）。我們觀看這裡描寫寶玉南京清軍見過林黛玉鄭成功復明軍的形容陣仗，馬上就聯想到他清軍曾經在久遠前的山海關事件看見過類似陣仗，判定其與當時的吳三桂復明軍同樣具有很大弱點，並想以同樣的欺騙背信方法來對付鄭軍的狀況，就可知寶玉清軍心中若存有從前的任何見識、經驗，一下子就能想到、說出，運用自如，連一絲一毫時間久遠的記憶滯礙現象都沒有。」

(13) 雖然未曾見過他，然我看着面善，心裡就算是舊相識：這是暗寫寶玉南京清軍在此以前雖然未曾見識過黛玉鄭成功復明軍，然而我寶玉清軍看着鄭軍的模樣就感覺面善，類似以前山海關事件時的吳三桂復明軍，所以心裡就算是舊相識。

〔甲戌本夾批〕評注說：「一見便作如是語，宜乎王夫人謂之瘋瘋傻傻也。」這是再度提醒讀者：「一方面寶玉平生第一次看見黛玉就說出『我看着面善，心裡就算是舊相識』這樣的話，顯然是不合常理的瘋瘋傻傻的話，必然另有隱藏的意義，讀者應深入探究；另一方面，由於寶玉說出這樣不合常理的話，那麼前面王夫人所代表的王公大臣說寶玉瘋瘋傻傻不就很適宜，一點不假了。」這條評語主要還在於藉機點示這裡的寶玉就是當時王公大臣譏諷其心性行為瘋瘋傻傻的順治皇帝，或以他為代表的滿清勢力。這是批書人繼前面提示賈寶玉是說「瘋話」的人之後，第二次更明白地提示賈寶玉就是被人們譏諷為「瘋瘋傻傻」的順治帝。

(14) 今日只作遠別重逢，未為不可：遠別重逢，暗寫林黛玉所代表的復明軍在山海關、江南等大陸地區，與清軍相見交戰失敗後，遠別大陸地區到遙遠的東南海外廈門、金門等海島，如今又在鄭成功率領下回到大陸江南地區，與清軍重逢交戰。

〔甲戌本夾批〕等評注說：「妙極奇語。全作如是等語，（焉）怪人謂曰痴狂？」〔有正本〕「怪人」作「焉怪人」。這條脂批是提示說：「原文寶玉說出『今日只作遠別重逢，未為不可』這樣的話，是一種『妙極奇語』，因為正合乎復明軍遠別大陸至海上島嶼，如今又在鄭成功率領下回到大陸江南地區與清軍重逢的歷史事實。不過，寶玉初見黛玉就全說出像『遠別重逢』這樣以前曾見過面的話，怎麼能夠怪人家說他『痴狂』呢？」這是批書人第三次明白提示賈寶玉就是被人們譏諷為「痴狂」、「瘋傻」的順治帝。

(15) 賈母笑道：「更好，更好。若如此，更相和睦了。」：這裡賈母是籠統地代表清軍的上級。賈母要賈寶玉與林黛玉「相和睦」，則是暗示清軍上級指示寶玉清軍要對敵對的黛玉鄭軍，採取一種「相和睦」的策略來應付，也就是前面所說派遣使者「乞藩主（鄭成功）寬三十日之限，即當開門迎降」，以假投降爭取鄭軍不立即攻城，而與鄭軍維持暫時「相和睦」不交戰的緩兵策略。

〔甲戌本夾批〕評注說：「作小兒語，瞞過世人亦可。亦是真話」這則脂批是提示說：「原文賈母說『更相和睦』的這些話，表面上是一個母親作出哄騙小兒的話語，但同時也可以是哄騙瞞過一般世人眼目的話語，具有一語雙關的雙重意義。讀者應該特別注意這些『更相和睦』的話『亦是真話』，並非純粹是哄騙小兒的玩笑話。」所以讀者應該進一步探究賈母所說『更相和睦』這些話的真正涵義，也就是隱含以上瞞過像鄭軍這樣世間大人眼目的「相和睦」詐降緩兵策略。另外，此批中的「小兒」二字，並不合這裡賈寶玉已是一個十幾歲「輕年公子」的身分，所以顯然是批書人有意暗點六歲小兒就當皇帝的小兒皇帝順治。

(16)

寶玉便走近黛玉身邊坐下，又細細打諒一番：寶玉便走近黛玉身邊坐下，這句是暗寫寶玉所代表的南京清軍便遵照賈母南京清軍上級的交代，走近黛玉所代表的鄭軍身邊坐下來，而和黛玉鄭軍「相和睦」在一起了，這中間就隱含南京清軍派遣使者向鄭成功乞求「寬三十日之限，即當開門迎降」，並獲得鄭成功同意，所以雙方得以「相和睦」在一起，而作者對於這整個過程，故意不明白寫出，而只以簡得不能再簡的「寶玉便走近黛玉身邊坐下」這一句帶過，留下模糊空間，讓讀者自己去推理想像。又細細打諒一番，這句是暗寫南京清軍既已答應鄭軍三十日後就開門迎降，卻又仔仔細細打諒觀察估量一番鄭軍的形勢、虛實等，以便針對弱點攻擊鄭軍，一副不老實要投降的樣子；而「細細打諒一番」的結果，就是前面所述梁化鳳乘夜偷挖開神策門，突擊鄭軍前鋒余新營的事件，但這裡作者故意戛然而止，不予寫出，以製造文章的神秘氣氛。

〔甲戌本夾批〕等評注說：「與黛玉兩次打諒（量）一對。」這是評注說：「這裡寶玉兩次打量黛玉形容，與前面（第三節）黛玉兩次打量寶玉恰好是一對，彼此各兩次打量對方形容。」因此，如果讀者前面已悟出黛玉打量寶玉是暗寫鄭軍觀察打量清軍形勢，就應聯想到這裡寶玉打量黛玉便是相對地暗寫清軍觀察打量鄭軍形勢。

(17) 因問：「妹妹可曾讀書？」：這裡所謂「讀書」，並不是指一般所說的閱讀書籍而言，而是暗指奉讀王朝曆書，或頒行曆書而建朝稱帝的意思。以下是作者假借寶玉、黛玉、探春的對話，插寫、暗示林黛玉真實身分，並作歷史評論的文字。

〔甲戌本夾批〕等評注說：「自己不讀書，却問到人，妙！」〔有正本〕「問到人」作「問別人。」這裡根據前面描寫寶玉「極惡讀書」，而評論說：「寶玉自己不讀書，却問到別人林黛玉『可曾讀書？』真是奇妙啊！」這無非是設法提示讀者聯想到這個寶玉就是影射少時不曾閱讀漢文書籍的順治帝。

(18) 黛玉道：「不曾讀書，只上了一年學」：這裡所謂「上學」是寓指在某王朝任官上朝的意思。只上了一年學，這是暗寫鄭成功曾在南明隆武王朝任官上朝一年，按隆武王朝起始於順治二年七月一日，至順治三年八月二十八日，隆武帝被清軍殺害於汀州府而滅亡㉛，總共約一年一月，非常合乎這裡黛玉鄭成功「只上了一年學」的說法。

(19) 寶玉笑道：「我送妹妹一個妙字，莫若『顰顰』二字」：顰，音頻，原意為皺縮，但慣用於指皺眉顰眉而言，而顰眉代表身體不舒服、心中憂愁。顰顰，一個顰字已是皺眉憂愁之意，連用兩個顰字而稱黛玉「顰顰」，則是暗諷黛玉常常顰眉含憂。這裡寶玉送黛玉「顰顰」的表字，從文字上來看，是結合前面描述黛玉具有「兩彎似蹙非蹙籠烟眉」，以及「病如西子勝三分」的形貌，而蹙眉就是顰眉之意，「病如西子」更有心痛而顰眉的特點，故稱她為「顰顰」，正合黛玉的形貌；從表面意義上來看，黛玉身體瘦弱，又有母死而寄居外祖母家的寄人籬下淒涼處境，「顰顰」二字又最能代表其身心交困而經常憂愁顰眉的情況。至於更深層的意義，則是寶玉所代表的清軍暗諷黛玉所代表的鄭軍或反清復明軍，已失去整個大陸地區，如今雖率大軍攻至南京地區，但孤軍深入，補給不易，遠征勞頓，尤其具有驕兵輕敵心態，及婦人之仁的同情心，猶如病美人西施一樣，外表雖然非常雄壯美麗，但其實體質虛弱，又有心病，前途處境像頻頻蹙額顰眉一般，充滿憂慮。另外，「顰顰」還有暗點林黛玉真正身分為延平王鄭成功的意義。按「顰顰」諧音「平平」，而「平平」就是把「平」字再寫一次，也就是延長「平」字而形成的，故「平平」就是「延平」，暗點「延平」王鄭成功。「顰顰」二字用在黛玉身上具有這麼多唯妙唯肖的意義，怪不得寶玉說這是「一個妙字」。

(20)探春便問：「何出？」：這是寫探春追問「顰顰」二字有何出處、典故，同時也提示讀者後面寶玉的回答，就是說明林黛玉（鄭成功）的出處、來歷。〔甲戌本夾批〕等評注說：「寫探春。」這是提示說：「這句是作者有意在眾多人物中特別寫出探春來。」言外之意是，其他眾多人物多不問「顰顰」二字有何出處、典故，只有探春急急追問，暗示了「顰顰」二字的出處與探春有關。而探春前面已說過意義通「嘆春」，代表出五代諸侯為明朝「嘆氣」的福建地區或該地區之鄭芝龍、鄭成功之明鄭勢力，或擴大為代表福建閩系隆武帝或其餘緒明鄭勢力。

(21) 寶玉道：「《古今人物通考》上說：『西方有石名黛，可代畫眉之墨。』」：《古今人物通考》，這是作者假擬的書名，其實並沒有這麼一本書籍。在《紅樓夢》中「古今」也常是一個密碼，不是泛指古代和現今，而是特指已過往的舊朝代明朝與現今的新朝代清朝而言。這裡所謂「古今人物通考」，其實就是說「把記載古朝明朝和今朝清朝人物的書籍通通查考過」的意思。

西方，中國人沿襲佛教說法，認為人死則魂歸西方，或往生西方極樂世界，故這裡以「西方」代表死者，暗指已死亡而魂歸西方極樂的南明隆武帝。石，除指黛石外，又暗點出身泉州南安「石井」村人氏的鄭成功。黛，「黛石，畫眉石。明，蔣一葵《長安客話》卷四：『宛平縣（按在北京市西南）西堂村產石，黑色而性不堅，磨之如墨。金時宮人多以畫眉，名曰畫眉石，亦曰黛石。』㉜」另外，婦女用黛石畫眉毛，這樣畫成的眉毛稱為黛眉，而黛眉又可代替原來眉毛的形色，所以黛又有「代」的意義。畫眉，就是畫眉毛，中國婦女畫眉美容開始得很古遠，先是用墨畫，後來也有用黛石來畫的；《漢書・張敞傳》記載說：「敞無威儀，為婦畫眉；有司以奏，上問之。敞曰：『臣聞閨房之私，有甚於畫眉者。』」由於這個張敞畫眉的典故，畫眉也含有丈夫為妻畫眉，或夫婦娛悅情深的意義，而這裡就是取這個意義來暗點鄭成功與隆武帝女兒的夫妻關係。按鄭森蒙隆武帝賜姓改名為朱成功，隆武帝雖無女兒許配給鄭成功，但真的賜他可以「儀同駙馬」行事，這是鄭成功在隆武朝能夠擁有極高權勢，及後來能夠繼承隆武帝餘勢的根源。可代畫眉之墨，這句表面上是說黛石可以代替墨來畫眉毛，內裡則是以此代替關係，來暗喻黛玉鄭成功是可代替一個為妻子畫眉的丈夫之人物，也就是可代替做為隆武帝駙馬，來為隆武公主畫眉的人物，因為事實上隆武帝並沒有女兒嫁給鄭成功，只是認鄭成功為乾駙馬，乾駙馬實質上就是一個可以代替駙馬畫眉的人物。

因此，這幾句話其實就是作者假借書中角色寶玉的口，暗中說明封號延平王（顰顰）的林黛玉（鄭成功）的出身來歷，說道：「我把記載古朝明朝和今朝清朝人物的書籍通通查考過後，上面有記載說：『西方有石名黛，可代畫眉之墨。』」隱寓「已魂歸西方極樂的南明隆武帝，獲有一位出身泉州石井村的人物鄭成功，封賜他一個像『黛』一樣的代替性質名號，也就是可以像黛代替墨似地，代替畫眉的名號乾駙馬（儀同駙馬）。」

(22) 況這林妹妹眉尖若蹙，用取這兩個字，豈不兩妙！：眉尖，指眉頭尖起來，而不是指眉尾尖端。眉尖若蹙，指眉頭稍微尖起來，好像蹙皺顰眉的樣子。深層意義上，這是說將林黛玉取用「顰顰」這兩個字，既可點出林黛玉鄭成功的真正身分「延平」王，何況這林黛玉鄭軍舟師船隊分江東、江西兩段部署，集中在南京、蕪湖兩處，看起來好像眉頭尖起來，且首尾兩端不能兼顧，而若有隱憂存在，就好像一個人眉頭尖起蹙皺含憂的模樣，「顰顰」二字形容這兩種情況都很妙，豈不是兩妙！

(23) 寶玉笑道：「除《四書》外，杜撰的太多，偏只我是杜撰不成？」：《四書》，與前面黛玉所讀的《四書》一樣，同樣是暗指鄭成功早年在海上所頒行的「隆武四年曆」或「東武四先曆」，同時也代表鄭成功繼承南明隆武王朝的政權。前面賈母問黛玉讀什麼書，黛玉說：「只剛念了《四書》」，這裡又寫寶玉說：「除《四書》外，杜撰的太多」，特別強調《四書》的聖人經書地位，這是因為清初朝廷特別注重朱子學，而特別尊崇《四書》，像寶玉這樣以科舉為出路的年青學子都必須特別注重《四書》，故而有像這裡「除《四書》外，杜撰的太多」，這樣捧過頭而近於諷刺的說法。然而，作者真正的意思是，藉由《四書》在當時為最被尊崇的貨真價實經書地位，來強調在鄭、清南京之戰的順治十六年之時，南明各王朝已相繼覆亡，雲南永曆帝也已逃亡至緬甸，只有曾經頒行所謂「四書」之「隆武四年曆」或「東武四先曆」的鄭成功海上政權，才是最貨真價實的天下正統王朝，滿清王朝則是竊據杜撰出來的王朝。「偏只我是杜撰不成」，這句話很妙，意思是說我寶玉雖杜撰，但別人也杜撰，所以不只我是杜撰的，其內層意思是說當時天下大亂，群雄競起，自己杜撰自己是天下帝王建朝的很多，如李自成、張獻忠等都是，不只我滿清是篡奪杜撰出來的王朝。這裡作者安排讓寶玉所代表的滿清親口說出，頒行「四書」「隆武四年曆」的鄭成功明鄭政權，才不是杜撰的天下真王朝，滿清自己及其他很多都是篡奪杜撰出來的王朝，可見作者文筆之靈轉奧妙，真是獨步千古，無人能及。

〔甲戌本夾批〕等評注說：「如此等語，焉得怪彼世人謂之怪？只瞞不過批書者。」這是就寶玉所說「除《四書》外，杜撰的太多」的表層意思來看，非常不通，因為五經（詩、書、易、禮、春秋）才是至高無上的先聖經書，《四書》算是次要的，如今寶玉獨尊《四書》，詆毀其他杜撰的經籍太多，跡近怪異論調，因而評注說：「寶玉儘說些像『除《四書》外，杜撰的太多』這樣的話語，那裡能怪那些世人稱他為『怪』異呢？寶玉老是說這些怪異的話，瞞騙得過別人，只是瞞騙不過我這深知內情的批書人。」這又是再度提示讀者，老是說話怪異的寶玉就是被世人稱為「怪」異的人物順治帝。

◈真相破譯：

賈母清軍南京總部因而笑說道：「遠來外客林黛玉鄭軍還未會見交戰，你寶玉清軍難道就好比脫了衣裳似地，要放棄南京外圍蔽護的瓜州、鎮江，還不去會見對付那林黛玉鄭軍！」寶玉清軍早已看見在其統轄領域內多出了一個政軍勢力，便料定是福建南明隆武王朝所衍生出的林黛玉鄭成功延平王朝軍隊，於是好像到門口打躬作揖迎接客人一般地，趕忙率兵來到南京門口的瓜州、鎮江迎戰黛玉鄭軍。寶玉清軍與黛玉鄭軍在瓜州、鎮江互相見面廝殺完畢後，清軍戰敗回歸坐守南京城，鑒於瓜、鎮大敗，遂仔細研究觀看鄭成功全軍形勢陣容，是屬於海軍舟師的特殊部隊，與大陸其他各地駐軍主要是步兵、騎兵者迥然有別。那黛玉鄭成功大軍十幾萬舟師分成江東、江西左右兩部份，排成兩排長列行駛在長江上，而舟船排列參差不齊，行駛速度快慢不一，遠看有時似在微微蹙動，有時又似不蹙動，而江上水氣濛濛，使得船隊上面籠罩著一抹濛濛輕烟，這樣的兩長列船隊遠遠看來，恰似美人的兩道彎彎的眉毛，似蹙皺又似非蹙皺一般，又好像籠罩著一抹濛濛的輕烟一般（兩彎似蹙非蹙籠烟眉）；鄭軍在瓜州、鎮江連戰大捷後，大軍順利包圍南京，且附近甚多州縣相繼望風歸附，不禁喜形於色，但畢竟南京還未攻下，還有點緊張地備戰，未真正喜悅，呈現出似喜非喜的眼色來，而由鄭軍釋放被俘而「乞歸養親」的清軍將領（朱衣佐），露示鄭成功富含婦人之仁的同情心，這種情形就好像美人具有「一雙似喜非喜含情目」一般；鄭軍舟師分成江東、江西兩部份佈署長江上，首尾相隔甚遠，這樣的態勢產生了兩面難於互相策應、兼顧的憂愁，好像一個美人兩邊面頰酒渦泛生愁容一般（態生兩靨之愁）；鄭軍戰勝而驕（諧音嬌）的心態，承襲傳下鄭軍一身驕傲輕敵的病體，好像一個美人嬌怯的情態承襲自她一身虛弱的病體一般（嬌襲一身之病）；鄭軍戰勝後祭拜明太祖及崇禎皇帝全軍大哭，聲聞遠近，人人哭得淚光點點，且千里遠征，一路舟船勞頓，奔馳征戰，喘息未定，宛若一個嬌俏美人急走而微微喘息，有稍事休息的心態（按正好有利於施用緩兵之計）；鄭軍舟船帶著風帆閑靜停泊長江時，猶如嬌美花朵照映江水之中一般，數百條舟船乘風揚帆行動處，遠看恰似柔弱的楊柳枝葉扶乘著風力搖晃擺盪一般，這種情形猶如一個長挑美人「閑靜時如嬌花照水，行動處似弱柳扶風」的姿態；鄭成功的心較商紂王叔父比干多一竅（按《史記》說比干心有七竅，是能以死相爭的忠臣），是較比干更不怕以死相爭的忠臣（按故不可以正面力敵取勝）；鄭軍隱含有驕兵輕敵、具有婦人之仁的同情心、遠征勞頓想休息等心病隱憂，猶如病美人西施心疼而常顰眉發愁一樣，而且鄭軍這樣的心病比西施更勝過三分（按因此應針對這個心病弱點，以柔情的緩兵之計取勝鄭軍）。寶玉清軍觀看研析鄭軍軍情完畢，於是笑說道：「這個年號比我順治朝小的南明鄭成功復明軍我清軍以前曾經見識過的。」賈母南京清軍上級笑說道：「你寶玉清軍可又是胡說，你又何曾見過他。」寶玉南京清軍笑道：「我寶玉南京清軍在此以前雖然未曾見識過黛玉鄭成功復明軍，然而我清軍看着鄭軍的模樣就感覺面善，類似以前山海關事件時的吳三桂復明軍，所以心裡就算是舊相識，今日只當作黛玉所代表的山海關吳三桂復明軍，在山海關與我清軍相見交手失敗後，遠別大陸地區到遙遠的東南沿海海島，如今轉化為黛玉所代表的鄭成功復明軍，又回到大陸江南地區，與我清軍重逢交戰，我清軍再以從前山海關的老辦法來對付取勝，未嘗不可。」賈母南京清軍上級笑說道：「這樣更好，這樣更好。若照你這樣說，那更要採取從前那套『相和睦』的老策略了（按所謂『相和睦』，就是前面所述清軍向鄭軍乞求『寬三十日之限，即當開門迎降』，緩兵『相和睦』，然後再背信突擊的欺騙手段，而這與從前在山海關時清軍以背信欺騙手段，逼降吳三桂復明軍，入主中原是同樣手段）。」寶玉所代表的南京清軍便遵照賈母清軍上級的交代，走近黛玉所代表的鄭軍身邊坐下來，和黛玉鄭軍「相和睦」在一起（按這裡就隱含南京清軍派遣使者向鄭成功乞求並獲准「寬三十日之限，即當開門迎降」，已施展了「相和睦」的緩兵詐降計策，所以雙方得以「相和睦」在一起），卻又仔仔細細打諒觀察估量一番鄭軍的形勢、虛實等（按目的是以便針對弱點攻擊鄭軍，一副不老實要投降的樣子，而其結果就是前述梁化鳳偷出神策門，突擊鄭軍前鋒營的事件，但這裡作者故意不寫出）。南京清軍因而問說：「你鄭軍可曾奉讀、頒行王朝曆書？」黛玉鄭成功答道：「不曾頒曆建朝（讀書），只有在南明隆武王朝任官上朝一年（上了一年學），稍微認識一些政軍事務的治理之道（認得幾個字）。」寶玉清軍又問道：「你的尊名是那兩個字？」黛玉鄭成功便說了名字。寶玉清軍又問表字如何稱呼。黛玉鄭成功答道：「沒有表字。」寶玉清軍笑說道：「我送你鄭軍一個妙字，不如就叫『顰顰』二字，極好的（按『顰顰』意思是像西施一樣頻頻地蹙額顰眉有心病隱憂，恰合黛玉鄭軍有驕兵輕敵心態，及富有婦女之仁的同情心之心病隱憂，且『顰顰』諧音『平平』，等於把『平』字延續，暗點『延平』王鄭成功，所以說極好）。」探春所代表的福建閩省勢力便問說：「有何典故出處？」寶玉清軍說道：「我把記載古朝明朝和今朝清朝人物的書籍通通查考過後（《古今人物通考》），上面有記載說：『那已魂歸西方極樂的南明隆武帝（西方），獲有一位出身泉州石井村的人物鄭成功（有石），封賜他一個像『黛』一樣的代替性質名號（名黛），可以像黛石代替墨似地，代替畫眉的名號乾駙馬（可代畫眉之墨；按鄭成功獲隆武帝賜予儀同駙馬），這乾駙馬就是延平王鄭成功。』何況這林黛玉鄭軍舟師船隊分江東、江西兩段部署，集中在南京、蕪湖兩處，看起來好像眉頭尖皺起來，且首尾兩端有不能兼顧的隱憂存在，就好像一個人眉頭尖起蹙皺含憂的模樣（眉尖若蹙），取用『顰顰』這兩個字做為林黛玉鄭軍的表字，可以把鄭軍這兩種特色都標示、形容得很妙，豈不是兩妙！」探春閩省勢力笑說道：「只恐又是你寶玉清軍杜撰偽創的。」寶玉所代表的清順治帝、清軍笑道：「在現今明清改朝換代的時代，除了曾經頒行所謂『四書』之『隆武四年曆』的鄭成功海上政權，才是最貨真價實的天下正統王朝之外，其他篡奪杜撰出來的王朝太多了（按如李自成、張獻忠王朝等），偏偏只有我滿清順治王朝是篡奪杜撰出來的王朝不成？」

第六節　賈寶玉突發痴狂摔玉故事的真相

◈原文：

（寶玉）又問黛玉：「可也有玉沒有？(1)」眾人不解其語。黛玉便忖度着：因他有玉，故問我有也無；因答道：「我沒有那個。想來那玉亦是一件罕物，豈能人人有的。(2)」寶玉聽了，登時發作起痴狂病來，摘下那玉，就狠命摔去(3)，罵道：「什麼罕物！連人之高低不擇，還說『通靈』不『通靈』呢！我也不要這勞什子了。(4)」嚇的地下眾人一擁爭去拾玉(5)。賈母急的摟了寶玉，道：「孽障(6)！你生氣要打罵人容易，何苦摔那個命根子？(7)」寶玉滿面泪（淚）痕，泣道：「家裏姐姐妹妹都沒有，單我有，我就沒趣。如今來了這麼一個神仙似的妹妹也沒有，可知這不是個好東西。(8)」

賈母忙哄他道：「你這妹妹原有這個來的，因你姑媽去世時，捨不得你妹妹，無法可處，遂將他的玉帶了去了(9)。一則全殉葬之禮，盡你妹妹之孝心，二則你姑媽之靈，亦可權作見了女兒之意。因此，他只說沒有這個，不便自己誇張之意。你如今怎比得他，還不好生慎重帶上(10)，仔細你娘知道了。」說着，便向丫嬛手中接來，親與他帶上。寶玉聽如此說，想一想竟大有情理，也就不生別論了(11)。

◈脂批、注釋、解密：

(1)（寶玉）又問黛玉：「可也有玉沒有？」：這是因為寶玉自己是啣玉而生，並經常將這塊玉佩帶在胸前，故而問黛玉是否也有一塊與他類似的玉。而前面已解說過賈寶玉這塊玉就是寓指玉璽所代表的皇帝權位，所以這裡寶玉這一問的真正意義，就是暗寫寶玉所代表的清順治或清軍面對鄭成功大軍進圍南京的局面，質問黛玉所代表的鄭成功或鄭軍說：「你這鄭成功可也和我順治帝一樣擁有玉璽所代表的天下帝權沒有啊？（不然怎麼竟敢率大軍來挑戰，奪取我這勢蓋天下的滿清王朝）」這裡作者是藉用書中角色對話的形式，來暗寫鄭、清大戰雙方當事人清順治、鄭成功、孝莊皇太后的心態、作為，並作歷史敘述或評論，而不是寶玉清順治真的向黛玉鄭成功問了這樣的話，下面黛玉及賈母的對話也是同樣的情形。

〔甲戌本夾批〕等評注說：「奇極怪極，痴極愚極，焉得怪人目為痴哉！」這是就表面故事來看，寶玉自己有玉，而與表妹黛玉初次見面就問她是否也有玉，真是唐突奇怪，而批註說「寶玉這樣唐突的問話真是奇怪至極，痴愚至極，那得怪世人視他為『痴』人啊！」但批書人真正的用意是藉機再提示讀者，這個寶玉的真實身分就是心性行為奇怪至極，痴愚至極，而被世人視為「痴」人的順治皇帝。順治皇帝的「痴」是多方面的，而有兩個尤其顯著的具體事件，其一是情痴，就是痴戀董鄂貴妃，貴妃病死，而剃髮大鬧要放棄帝位出家為僧的事；其二是取法號為「癡（痴）道人」，按順治帝最後數年篤信佛教，曾請玉林禪師取法號，自擇「癡」字，刻章自稱「癡道人」。根據《玉林國師年譜》記載說：

（順治十六年己亥）世祖請師起名。師辭讓。固謂師曰：「要用醜些的字眼。」師書十餘字進覽。世祖自擇「癡」字，上則用龍池祖法派中「行」字（按此字是表示輩份）。後凡請師說戒等御札，悉稱弟子某某，即璽章亦有「癡道人」之稱。㉝

這已是批書人第五次露骨提示這個寶玉就是人們稱其為「瘋傻」、「痴狂」、「怪」、「（情）痴」的「痴道人」順治皇帝，批書人可說已賭上全家性命盡力提示了，如果讀者還是不能領悟到這個寶玉就是順治皇帝，那也實在沒得辦法了。

(2)「黛玉便忖度着：因他有玉，故問我有也無；因答道：『我沒有那個。想來那玉亦是一件罕物，豈能人人有的。』」：罕，即稀罕，但又通諧音「汗」，汗讀作韓，為關外民族酋長、國王的稱呼，如蒙古鐵木真稱為成吉思汗。滿清努兒哈赤建立大金國時稱為「大英明汗」，皇太極繼位時稱為「天聰汗」，都是稱汗，而不稱帝。罕物，原意是稀罕之物，但這裡主要是通諧音「汗物」之意，暗指賈寶玉順治帝所擁有的那塊寶玉是關外蒙古或大金國汗王所擁有之物。這件事是有典故的，牽涉皇太極將國號由大金更改為大清，並改汗王而稱皇帝。按清太宗天聰九年，皇太極派遣其弟多爾袞率兵西征察哈爾的蒙古林丹汗殘餘勢力，收服林丹汗之子額哲及其部眾，額哲獻上林丹汗所擁有的元宮玉璽，是元朝滅亡時元順帝匆匆帶出關外的，因為後來成為關外蒙古林丹汗、大金天聰汗所擁有之物，又是稀罕之物，所以本書將它隱稱為罕（汗）物，真是貼切之至。關於滿清獲得這塊玉璽的詳情，「清史列傳」多爾袞傳記載說：

有元玉璽，交龍紐，鐫漢篆曰：「制誥之寶。」順帝失之沙漠。越二百餘年，有牧山麓者，見羊不食草，以蹄撅地，發之乃璽，歸於元裔博碩克圖汗，後為林丹汗所得。至是多爾袞令額哲獻於上。㉞

皇太極意外獲得這塊元朝失落已久的玉璽，舉國君臣極為興奮，認為是天命攸歸的祥瑞。於是天聰十年四月滿漢蒙大臣上表勸進稱帝，表文中強調說：「更獲玉璽，內外化成，上合天意，下協輿情。以是臣等仰體天心，敬上尊號。」皇太極嘉納，而「親祭告天地，受寬溫仁聖皇帝之尊號，建國號大清，改元崇德。」㉟

由此可知，這裡黛玉答道：「我沒有那個。想來那玉亦是一件罕物，豈能人人有的。」就是暗寫黛玉所代表的鄭成功，答覆寶玉所代表的清順治說：「我並沒有那個玉璽所代表的天下帝位。不過想來你那塊玉璽，也是一件關外汗王所擁有的稀罕之物，豈能人人都有的。」其中的「那玉亦是一件罕物」，是關鍵的字句，具有雙關涵義，一方面暗含那個代表天下帝位的玉璽是由關外汗王傳承下來的清順治的稀罕之物，這一層透露了黛玉鄭成功心中不敢堅決挑戰清順治擁有勢蓋天下之帝位的軟弱心態，另一方面則暗含既然那塊玉璽是關外汗王所擁有之物，那麼寶玉清順治就應退出關外滿清故地做汗王才是，這一層則透露了黛玉鄭成功大軍聲勢浩大，看起來頗有攻下南京，進而將寶玉順治帝逐出關外的態勢。

〔甲戌本眉批〕等評注說：「奇之至，怪之至，又忽將黛玉亦寫成一極痴女子。觀此初會二人之心，則可知以後之事矣。」這是根據黛玉鄭成功率大軍是代表明朝來向清朝討回被竊佔的國土，理應嚴正回答他擁有玉璽所代表的天下帝權才夠氣勢，而原文卻寫他很客氣的回答說：「我沒有那個（玉）。…那玉…豈能人人有的。」實在令殷切期盼反清復明的世人感到很失望，所以批書人評注說：「真是奇怪之至，作者又忽然將黛玉鄭成功也寫成一個對清順治天下帝位不敢堅決挑戰的極痴呆女子。我們觀看作者用這樣的文字來描寫寶玉清順治與黛玉鄭成功這二人初次會師對戰的心態，就可以知道後來鄭、清南京大戰的事實結果了。」也就是說從作者描寫寶玉清順治一出口問話就氣勢較強，而黛玉鄭成功答話則氣勢較弱，讀者就可以預知後來鄭、清南京大戰的結果，是清強鄭弱，清軍戰勝鄭軍了。

(3)

寶玉聽了，登時發作起痴狂病來，摘下那玉，就狠命摔去：就表面故事看，這裡描寫寶玉聽了黛玉的話，就突然痴狂摔玉，實在讓人感到一頭霧水，不知是什麼原由。黛玉說「那玉亦是一件罕物，豈能人人有的」，其實很合一般常理，寶玉聽了為什麼就要抓狂摔玉呢？只有從內層真事來理解，才會了解為什麼黛玉的話會對寶玉刺激那麼大，竟使他一下子就抓狂摔玉。原因就在「那玉亦是一件罕物」那句話，暗含鄭成功大軍聲勢浩大，具有大敗清軍而將寶玉順治帝逐出關外當汗王的態勢，因而寶玉順治帝聽了頓時驚恐得發作起痴狂病來，摘下那代表天下帝位的玉璽，就狠命摔去，想要拋棄皇帝位，而逃離北京至關外滿清故地去當汗王。

按清順治在聽到鄭成功大軍屢敗清軍，圍困南京，各州縣望風叛降的奏報消息，驚恐過度，曾一度想要遷出北京，逃回關外滿洲故地，後因孝莊皇太后斥責，忽轉而瘋狂暴怒欲御駕親征，後經群臣全力諫阻，恰好江南清軍大敗鄭軍的捷報又適時傳到，因而作罷。但這件當時轟動全北京的大事，在官修史書中都未曾記載。只有在鄭成功戶官楊英所著的《從征實錄》，有記載鄭軍截獲一通滿清文書傳報說：「報內有『燕都不通文報，近一月矣，南都未知明、清』之句。又有家書附搭云：『南都音信久絕，傳聞鐵兵難敵，有遷都遠避之議，大事可知。』㊱」其中的「傳聞鐵兵難敵，有遷都遠避之議」，就是說「傳聞清廷因為鄭成功的鐵人兵難於敵禦，而有將都城遷離北京，遠避至關外滿洲的議論」。至於順治帝曾想御駕親征之事，在私人著作中則有一些記載，木陳忞老和尚所撰寫的《北遊集》中記載說：「上（順治）一日語師（木陳），朕前者因海氛之警（鄭成功圍攻南京之事），將親統六師，屆於南徐，會江寧捷至中止。㊲」當時禮部尚書王熙在自撰的《年譜》中記載說：「已亥（按即順治十六年），以海逆入犯江南，上擬親征，奉旨扈從，不果行。」另外，康熙初年任職福建福寧道，兼攝福建按察使的洪若皐，在他所著的《南沙文集》卷五《海寇記》中記載說：「世祖章皇帝聞變，震怒，于八月初九日駕幸海子（指北京供皇帝游獵的南海子），整飭六師親征。是日申時，江南巡撫蔣國柱報賊已破。初十日子時，駕回宮，傳百官于午門宣捷。寇平，以六等治從逆諸人罪，誅殺連年。㊳」而對於這整個事件的過程，《湯若望傳》則有更為詳細而生動的記載說：

當這個噩耗傳至北京，皇帝完全失去了他鎮靜的態度，而頗欲作逃回滿洲之思想。可是皇太后對他加以斥責，她說，他怎樣可以把他的祖先們以他們的勇敢所得來的江山，竟這麼卑怯地放棄了呢？他一聽皇太后底這話，這時反而發起了狂暴的急怒。他拔出他的寶劍，並且宣言為他絕不變更的意志，要親自去出征，或勝或死。為堅固他的這言詞，他竟用劍把一座皇帝御座劈成碎屑。照這樣他要對待一切人們的，祇要他們對於他這御駕親征的計畫說出一個不字來時。

皇太后枉然地嘗試著用言詞來平復皇帝底這暴躁。另派皇帝以前的奶母（按係李嘉氏）到皇帝面前進勸。可是這更增加了他的怒氣。各城門已貼出了官方的布告，曉諭人民，皇上要親自出征。當時全城內便起了極大的激動與恐慌。王公大臣則長隊往湯若望處請求援助。若望應允，至皇帝前呈上奏疏，並且很深沉地請求，不要使國家到了破壞地步，他不願有所見而不言。當時皇帝的情緒就轉變過來，請若望起。現在他知道「瑪法」（按係順治對湯若望的滿語尊稱，漢語意為老爺爺）的見解是好的。所以，各城門上又貼出了一張新布告，曉諭人民，皇上之出征已作罷論。㊴

由此可見，雖然《湯若望傳》對於勸說順治放棄親征一事有誇大其詞的嫌疑，但順治帝因鄭成功大軍威震江南，曾一度想要遷都關外滿洲，及御駕親征等事，則確是事實。故而這裡所寫寶玉突發痴狂病而狠命摔玉，及後面賈母訓斥其「孽障」，眾人爭去拾玉，賈母接過來親自為他帶上，寶玉也就不生別論等情節，都是合乎歷史真事的小說式神奇文筆。

〔甲戌本夾批〕評注說：「試問石兄：此一摔，比在青埂（埂）峰下蕭然坦臥何如？」青埂（埂）峰下，暗指長城外大青山下山海關、遼西走廊等關外地區。蕭然，蕭然物外，閒遠自在的樣子。坦臥，坦然無憂地躺臥。這是評注說：「試問石頭兄：你把那塊代表天下帝位的玉璽這麼一摔，丟棄皇帝位，比你當初在大青山下山海關、遼西走廊以外的關外地區，蕭然閒逸，坦然無憂地躺臥何如？」也就是說，如果你順治帝退出關外滿洲地區，不在關內沾惹漢人天下的是非，則你滿清可以像原來未入關前一樣，過著蕭然閒適，坦然無憂地躺臥的安逸自在生活，不會遭受漢人反抗而時常恐懼難安。這條脂批同時點示了兩個重要情節脈絡，其一是點示這裡的寶玉順治帝就是第一回那塊被女媧氏拋棄在青埂峰下的石頭，通靈幻化而生的，然而事實上第一回青埂峰下的石頭、通靈寶玉、賈寶玉的真實身分是吳三桂，可見書中的石頭就是賈寶玉，而賈寶玉或石頭則影射兩個真實人物吳三桂與順治帝，這是作者設定的一種煙雲模糊的欺人模式，又怕太過神秘讀者無法悟知，所以特別在前面以「西江月」二首詞加以寫明。其二是點示這裡寶玉摔去那塊佩玉的目的，是想回歸青埂峰下，這樣我們前面既已證明寶玉是順治帝，就很容易悟通這裡寶玉摔玉回歸青埂峰下，就是暗寫清順治帝想要摔掉皇帝位，回歸關外遼東滿洲故地了。由此又附帶可知所謂青埂峰下的範圍又可擴大包括遼東一帶的廣大地區，原先第一回的青埂峰下只是寓指吳三桂的駐地山海關及寧遠、錦州等遼西走廊一帶地區。

(4)罵道：「什麼罕物！連人之高低不擇，還說『通靈』不『通靈』呢！我也不要這勞什子了。」：罕物，就是原為關外汗王之物的玉璽，又代表天下帝位。連人之高低不擇，這句話很妙，意思是人的品質有高低之分，你這塊玉璽代表著天下帝位，理應選擇一個高品質的人做主人、當皇帝，如今你卻連人的高低品質都不知選擇，而選擇了一個像我順治這樣的人做主人、當皇帝，言外之意是我順治是一個品質低劣的人，沒資格當天下皇帝。這是作者巧妙安排順治皇帝自己痛罵自己，由此可見作者文筆之神奇奧妙，真是令人嘆為觀止，古今中外無第二人。通靈，一語雙關，原是指賈寶玉誕生時口中銜下來的這塊寶玉，就是第一回青埂峰下那塊石頭通靈而化成的通靈寶玉，這裡則另含有頭腦靈通的意思，所以「還說『通靈』不『通靈』」的意思，就是譏諷你這塊寶玉是由石頭通靈而化生的，現在卻選擇一個低品質的我順治做主人、當皇帝，你簡直頭腦不靈通之至，還說什麼『通靈』不『通靈』的寶玉呢！勞什子，就是「玩意兒」、「東西」的意思，帶有厭惡、輕蔑的意味。我也不要這勞什子了，這句是暗寫順治帝不要那個惹來勞煩、使他擔驚受怕的玩意兒玉璽，而想要拋棄皇帝位。

(5) 嚇的地下眾人一擁爭去拾玉：這是喻寫順治帝想要拋棄皇帝位遷回關外遼東地區，嚇得底下的眾文臣武將眼看自己的官途祿位都岌岌可危，於是都一擁爭著去諫阻順治帝遷回關外及御駕親征，或爭著去奮力作戰，以挽救重拾即將失去的玉璽所代表的清朝順治天下帝位。

(6) 賈母急的摟了寶玉，道：「孽障！」：孽，妖異災禍、罪惡。孽障，原是佛教用語，指過去的罪惡就是現在成佛的障礙，後來民間轉變為罵人的話，尤其是罵下輩子孫胡作非為，製造罪惡敗家，障蔽美好前途。這裡賈母斥責寶玉「孽障」，就是前面《湯若望傳》所記孝莊皇太后斥責順治帝竟要卑怯地放棄祖先江山，逃回關外滿洲故地的事。

〔甲戌本夾批〕等評注說：「如聞其聲！恨極語，却是疼極語。」這提示說：「這句話罵得好重，現在讀到賈母罵寶玉『孽障』二字，就如真的聽見聲音一樣，好急切大聲啊！賈母罵『孽障』這樣重的話，是恨極寶玉的話，但原文卻又寫『賈母急的摟了寶玉』，可見這又是極心疼寶玉的話。」這裡賈母既恨極又疼極的心情是很自然的事，因為她就是順治帝的母親孝莊皇太后，眼看順治竟要拋棄祖先打下的江山，她當然恨極順治竟畏怯不爭氣到這種地步，但是想到自己的兒子年紀輕輕就要擔受鄭成功大軍勢如破竹攻至南京這樣重大的壓力，實在又是心疼不已，即使是平常人家，子女胡為闖禍而加以斥責，又有幾人不是既恨又疼的。

(7) 何苦摔那個命根子：命根子，生命的根本。那個命根子，這是極力強調賈寶玉胸前佩帶的那塊寶玉，是寶玉生命的根本，失去它就像植物失根一樣，就會枯萎沒命了。試想一塊寶玉只是身外之物，一個人將寶玉丟掉並不會死亡，而這裡卻寫那塊寶玉是賈寶玉失去就會沒命的命根子，由此推想，可見那塊寶玉並不是賈寶玉順治帝這個人的命根子，而是滿清王朝的命根子，因此，那塊寶玉絕不是一般的寶玉，只能是皇帝的玉璽，或玉璽所代表的天下大寶之皇帝寶位了。像這樣從表面文章的不合理處起疑、推想，歸結出合情合理的結論，就是突破《紅樓夢》文字迷障，讀通《紅樓夢》故事情節，窺破其真相，品味其真趣味的最自然方法，也是最有效的方法。

〔甲戌本夾批〕等評注說：「一字一千斤重。」這是提示賈母斥責寶玉而說出「何苦摔那個命根子」這句話，心情極度沉重，每一個字都有如一千斤重那麼沉重、難過。這是因為賈母就是影射孝莊皇太后，眼見兒子順治帝嚇得想要放棄北京逃出關外，豈不是等於摔掉天下帝位，滿清王朝命終，叫她心情如何能不像千斤般沉重呢！

(8) 寶玉滿面泪（淚）痕，泣道：「家裏姐姐妹妹都沒有，單我有，我就沒趣。如今來了這麼一個神仙似的妹妹也沒有，可知這不是個好東西。」：這幾句是補充說明寶玉摔玉的原因。仔細分析寶玉所說的這兩個原因，第一個原因只是讓他感覺那塊玉「沒趣」，可見是次要原因，第二個原因讓他悟知那塊玉「不是個好東西」，可見是主要原因。因此，讓寶玉痴狂摔玉的主要原因，在於他看到林黛玉美得像神仙似的，照說美人自然更應該擁有美玉，但她卻沒有，於是領悟到他自己較為不美卻反而有，可見那塊美玉「不是個好東西」，故而急急要把它摔掉。在內層涵義上，「神仙」寓指具有凡人不可企及的超高能力者，這兩句話是作者借寶玉之口，補充說明寶玉清順治突然想要拋棄那塊玉璽所代表的皇帝位的內心原因說：「如今來了這麼一個林黛玉鄭成功，率領著復明大軍，好像超高能力的神仙似的，屢戰屢勝不可抗拒，更有資格擁有玉璽所代表的皇帝位，然而他卻沒有，我清順治能力不及他，反而擁有玉璽所代表的皇帝位，勢將被推翻而朝滅人亡，可知這個玉璽所代表的皇帝位不是個好東西。」至於所謂那塊玉「沒趣」的次要原因，應該是暗點順治帝原本就感覺當皇帝沒有趣味的事實。按順治由於從六歲就當皇帝，儀節繁瑣不堪，又受攝政王多爾袞欺壓，常覺當皇帝還不如像一般兒童自在玩耍來得有趣，長大親政後，國事千頭萬緒，又由於漢文不好，閱讀羣臣奏章，常茫然不解，而深感當皇帝是件無趣的苦事，最後幾年他篤信佛教，甚至萌生拋棄皇帝位出家當和尚的想法，佛教界盛傳順治帝曾自作一偈說：

吾本西方一衲子，為何落入帝王家。㊵

凡此種種，都說明順治帝確實感覺當皇帝是件「沒趣」的苦事。

另外，原文這兩句又補充說明前面寶玉罵那塊玉「連人之高低不擇」的話之中，所謂「人之高低」的具體內容，暗點像「神仙似的妹妹」林黛玉就是「人之高」者，像他賈寶玉那樣就是「人之低」者，所以那塊玉璽應該選擇「人之高」者的林黛玉鄭成功復明勢力為主人當天下皇帝，而不應選擇賈寶玉滿清順治當皇帝。

〔甲戌本夾批〕等評注說：「千奇百怪，不寫黛玉泣，卻反先寫寶玉泣。」這是針對原文描寫「寶玉滿面泪（淚）痕，泣道」，而評注說：「作者的文筆真是千奇百怪，第一回描寫絳珠草下世為人（即轉生為林黛玉）是為了要把一生所有眼淚償還神瑛侍者所轉生的人（即賈寶玉），所以這裡寶玉黛玉初會，應該描寫黛玉哭泣流淚以償還寶玉才對，然而作者卻不寫黛玉哭泣，反而先寫寶玉哭泣。」這是提示這裡描寫寶玉先哭泣流淚，與前面黛玉下世還淚的故事情節矛盾不合，非常奇怪，所以讀者應該更深入探究其原因。

(9)
你這妹妹原有這個來的，因你姑媽去世時，捨不得你妹妹，無法可處，遂將他的玉帶了去了：姑媽，寶玉的姑媽就是林黛玉的母親賈敏，賈敏通諧音賈閩，寓指建都閩省的南明隆武皇帝，或其王朝。所以這幾句話，實際上是作者假借賈母之口，對於林黛玉鄭成功復明勢力的來歷，補充說明黛玉鄭成功復明勢力原本有這個玉璽所代表的皇帝位來的，因賈閩隆武王朝滅亡，隆武皇帝去世後，就沒有皇帝了，等於隆武皇帝把代表皇帝的玉璽帶去陰間，於是黛玉鄭成功復明勢力才沒有玉璽所代表的皇帝位了，而作者將這種情形以小說筆法加以編造，解釋成是黛玉的母親去世時，捨不得離開黛玉，沒有辦法可想，遂將黛玉的玉帶去陰間，以便她在陰間見到那塊玉就好像見到黛玉一樣。

(10) 你如今怎比得他，還不好生慎重帶上：這兩句表面上是描寫賈母勸孫子寶玉說：你如今有寶玉可佩帶，怎能比得黛玉沒寶玉可帶，還不好好珍惜慎重帶上這寶玉。內裡真相則是暗寫孝莊皇太后對她的兒子順治帝，分析清、鄭雙方的大勢說：你順治如今是擁有玉璽的天下皇帝，勢力遍蓋天下，怎麼比得那黛玉鄭成功復明軍是個失去玉璽帝位，偏處一方的沒落王朝殘部而已，還不好好地慎重把這玉璽所代表的皇帝位佩帶、擔當上來。

(11) 「說着，便向丫嬛手中接來，親與他帶上。寶玉聽如此說，想一想竟大有情理，也就不生別論了」：丫嬛，喻指猶如丫嬛般侍候著滿清皇帝的眾大臣將士。「便向丫嬛手中接來，親與他帶上」，這兩句是喻寫清朝眾將臣群起想方設法，打敗鄭軍，挽救了清朝瀕臨崩潰的江山，猶如把丟在地上的代表皇帝的玉璽拾起來，而孝莊皇太后在順治帝驚慌失措之際，代為拿定主張撐持皇權，這時就把眾將臣挽救起來的江山、皇權接過來，親自交給順治帝佩帶、擔當起來。「寶玉聽如此說，想一想竟大有情理，也就不生別論了」，這三句是接著前面賈母孝莊皇太后分析清、鄭大勢的話，繼續喻寫寶玉順治帝聽了孝莊皇太后這樣清盛鄭弱的說法，仔細想一想竟是大有情理，因而從痴狂中恢復理智，也就不再產生放棄帝位逃回關外、御駕親征等別樣的議論了。綜合起來就是暗寫順治帝因為聽到孝莊皇太后等全力諫阻，且眾臣群策群力打敗鄭軍的捷報又適時傳到，也就不生出逃出關外、御駕親征的別論了。

〔甲戌本夾批〕等評注說：「所謂小兒易哄，余則謂君子可欺以其方云。」小兒，指寶玉，這是批書人第二次以「小兒」二字點示寶玉就是六歲就當皇帝的小兒皇帝順治。君子，這裡不是指一般的仁人君子，而是通諧音「君主」，暗指國家君主的皇帝。方，這裡是指方法。這是特別提示說：「一般讀者看了這裡賈母勸服寶玉的故事，都會感覺是一段所謂『小兒易哄』的老祖母哄騙小孫兒的故事；但是我批書人則說這是一段『一國君主（順治帝）可以用適當方法加以欺騙勸服』的故事。」這樣的提示實在太迂迴，太隱密難懂了，所以脂批雖說是評注《紅樓夢》暗藏之真事的文字，但是要想破解脂批真意，從脂批獲得啟示，也是極度困難的事。

〔甲戌本眉批〕評注說：「『不是冤家不聚頭』第一場也。」冤家，彼此有冤仇的家庭或人。「不是冤家不聚頭」是一句俗諺，意思是「不是彼此有冤仇的人就不會碰頭相聚」，換句話說就是以前彼此有冤仇，所以才會再碰頭相聚，這句話尤其用於形容夫妻有緣相會而結合，卻常常吵吵鬧鬧，似乎彼此有冤仇卻又相聚生活的情況。這裡因為書中描寫寶玉與黛玉是一對彼此傾心相愛的情侶，卻常常口角爭吵，所以批書人便用「不是冤家不聚頭」來形容表面故事中寶玉與黛玉常有爭吵的情侶關係，並提示讀者說這裡寶玉與黛玉初次相會彼此鬥嘴哭鬧的情形，就是全書寶玉與黛玉鬥氣爭吵情節的第一場；然而內層上，批書人更是提示寶玉與黛玉是彼此有冤仇的國家（清朝與明朝）。

◈真相破譯：

寶玉所代表的清順治帝、清軍又質問黛玉所代表的鄭成功、鄭軍說：「你這鄭成功可也和我順治帝一樣擁有玉璽所代表的天下帝權沒有啊（按言外之意是否則你鄭成功怎麼竟敢率大軍來挑戰我這擁有玉璽天下的清順治王朝）？」眾人都不瞭解他的話是什麼意思。黛玉鄭成功便忖度着：因為他順治帝擁有玉璽所代表的天下皇帝寶位，所以問我有天下皇帝寶位還是沒有；因而就回答道：「我沒有那個代表天下皇帝寶位的玉璽。可是仔細想來，你順治帝那塊玉璽也是一件關外汗王所擁有的稀罕之物（罕物），故只能擁有關外疆土，豈能人人都有的。」寶玉順治帝聽了鄭成功憑其連戰大勝的赫赫威勢，說出他只能是關外汗王這樣的話來，頓時驚恐得發作起痴狂病來，摘下那代表天下帝位的玉璽，就狠命摔去，想要拋棄皇帝位，而逃離北京至關外滿清故地去當汗王，口中罵道：「什麼代表天下皇位、關外汗王稀罕之物的玉璽啊！你連人的品質高低都不知選擇，竟選擇了一個像我順治這樣的人做主人、當皇帝（按言外之意是順治帝品質低劣，不夠格當天下皇帝），簡直頭腦不靈通之至，還說什麼『通靈』不『通靈』的寶玉呢！我也不要這個惹來勞煩不安之玩意兒（勞什子）的玉璽、天下皇帝位了。」嚇得底下的眾文臣武將眼看順治帝此舉將使自己的官途祿位岌岌可危，於是都一擁爭著去諫阻順治帝遷回關外及御駕親征，或爭著去奮力作戰，以挽救重拾即將失去的玉璽所代表的清朝順治天下帝位（拾玉）。賈母孝莊皇太后急得出來主持政局，維護順治政權，就好像摟住了寶玉順治帝似的，並訓誡順治帝說：「你這製造罪惡敗家，障蔽祖宗帝業前途的孽障！你生氣要打人罵人容易（按這句暗點順治帝平時常生氣而『不時鞭朴左右（太監）』），何苦摔棄那個玉璽所代表的天下皇帝位的滿清王朝命根子呢？」寶玉順治帝滿面淚痕，哭泣著說道：「這好像一個大家庭的中國疆域裏，如同姐姐妹妹的各地區勢力，都沒有人擁有這個玉璽所代表的天下皇帝位，單只我順治有這皇帝位，非常勞煩不堪，我本來就沒興趣當這個皇帝的。如今來了這麼一個林黛玉鄭成功復明大軍，屢戰屢勝不可抗拒，好像超高能力的神仙似的，卻也沒有皇帝位，可知這個玉璽所代表的皇帝位不是個好東西（按言外之意是我清順治能力不及鄭成功，卻不知量力擁有玉璽皇帝位，勢必會被推翻而朝滅人亡，所以我這玉璽皇帝位不是什麼好東西）。」

賈母孝莊皇太后急忙像哄小兒般地對他說道：「你這個像妹妹般年號比你小的黛玉鄭成功南明勢力，原本有這個玉璽所代表的皇帝位來的，因為其母源的閩省隆武王朝滅亡，隆武皇帝去世時，捨不得離開你如妹妹般的鄭成功，沒有辦法可想，就把代表皇帝的玉璽帶去陰間了。這樣一方面成全了殉葬的禮節，盡到鄭成功的孝心，二方面隆武皇帝的亡靈，也可以權宜地當作看見到那玉璽皇帝位就好像看見鄭成功一樣的意思。因此，他鄭成功只說沒有這個玉璽皇帝位，那只是不便自己誇張的意思。你順治如今是擁有玉璽的天下皇帝，勢力遍蓋天下，怎麼比得那黛玉鄭成功復明軍是個失去玉璽帝位，偏處一方的沒落王朝殘部而已，還不好好地慎重把這玉璽所代表的皇帝位佩帶、擔當上來，要仔細如果朝中王公大臣們知道你要放棄皇帝位逃出關外，信心潰散，事情可就大了。」賈母孝莊皇太后一邊勸說著兒子順治帝，一邊代他拿定主張撐持皇權，這時就把眾將臣挽救起來的江山、皇權接過來，親自交給順治帝佩帶、擔當起來。那寶玉順治帝聽了母親孝莊皇太后這樣分析清盛鄭弱的說法，仔細想一想竟是大有情理，因而從痴狂中恢復理智，也就不再產生放棄皇帝位逃回關外、御駕親征等別樣的議論了。

附註：

①引錄自《紅樓夢索隱》之「紅樓夢索隱提要」，王夢阮、沈瓶庵合著，台灣中華書局印行，民國七十二年七月，三版，第六頁。

②引錄自《痴道人・順治皇帝傳奇》，張曉虎著，台北，國際村文庫書店出版，一九九五年元月，初版，第三五頁。

③有關魏特《湯若望傳》所記順治帝福臨的怪異性格，請參閱《這一朝，興也太后亡也太后：興・孝莊》，丁燕石著，台灣，遠流出版公司出版，二〇〇四年七月初版二刷，第二〇〇、二四一頁；及以上《痴道人・順治皇帝傳奇》，第三七頁。

④引錄自《清代五大疑案考實》之「世祖出家事考實」，孟森著，台北，正中書局印行，民國七十七年八月重排新版，第一〇頁；並參見以上《痴道人・順治皇帝傳奇》，第四三、四四、一四八、一五一頁；及以上《這一朝，興也太后亡也太后：興・孝莊》，第二〇一頁。

⑤引錄自以上《痴道人・順治皇帝傳奇》，第三六頁。

⑥引錄自以上《痴道人・順治皇帝傳奇》，第四三頁。

⑦引錄自《紅樓夢(上)》，馮其庸編注，台北，地球出版社出版，民國八十九年元月再版，第八六頁之注八四。

⑧引錄自以上《明末張忠烈公(煌言)年譜》所轉載《北征錄》記載，第四一頁。

⑨引錄自以上《賜姓始末》，清・黄宗羲撰，第二頁。

⑩引錄自以上毛一波著《南明史談》之「南明大統曆・(附)『東武四先曆』之謎」，第八一頁。

⑪引錄自以上《紅樓夢校注(一)》，第六二頁注五三。

⑫引錄自以上《紅樓夢辭典》，第二七八頁。

⑬引錄自以上《清代五大疑案考實》之「世祖出家事考實」，第一二至一三頁。

⑭引錄自以上《清代五大疑案考實》之「世祖出家事考實」，第一四至一五頁。

⑮引錄自以上《這一朝，興也太后亡也太后：興・孝莊》，第四二至四三頁。

⑯引錄自以上《紅樓夢(上)》，馮其庸編注，第八九頁之注一〇一。

⑰引錄自以上《紅樓夢辭典》，第二六一頁。

⑱引錄自以上《紅樓夢（上）》，馮其庸編注，第八九頁之注一〇四。

⑲引錄自以上《紅樓夢（上）》，馮其庸編注，第九〇頁之注一〇五。

⑳參見《詞的寫作與賞析》附錄（二）《白香詞譜》之〈考釋作法‧白香詞譜〉，李旭東編著，台北，益群書店印行，民國八十二年三月二版三刷，第二三頁。

㉑引錄自以上《這一朝，興也太后亡也太后：興‧孝莊》，第一二四頁。

㉒詳情請參閱以上《痴道人‧順治皇帝傳奇》，第四六至四八頁；及以上《這一朝，興也太后亡也太后：興‧孝莊》，第二〇五至二〇六頁。

㉓詳情請參閱《吳三桂大傳》下冊，李治亭著，香港，天地圖書公司出版，一九九四年，第五四一至五四七、六二七至六三四頁。

㉔詳情請參閱以上《吳三桂大傳》上冊，第一〇〇至一〇三頁。

㉕詳情請參閱以上《吳三桂大傳》下冊，第五四一至五五六、五六三、五七五、六二七至六三八頁；及《細說吳三桂》，劉鳳雲著，台北，雲龍出版社出版，一九九三年五月第一版二刷，第一六一頁；以及《龍鳳劫‧康熙皇帝傳奇》，張研著，台北國際村文庫書店，一九九五年元月初版，第五八頁。

㉖引錄自《這一年中國有三個皇帝》，丁燕石著，台灣，遠流出版公司，一九九九年九月，初版一刷，第一二二頁。

㉗引錄自以上《臺灣外記》，第一七八頁。

㉘引錄自以上《臺灣外記》，第一七八頁。

㉙詳情請參閱《臺灣史》，第一三四、一三六頁；及《臺灣外記》，第一七七頁。

㉚引錄自《南明史》，顧城著，北京，中國青年出版社，二〇〇三年十二月，第一版第二次印刷，第九四四頁。

㉛引述自以上《賜姓始末》之附錄一〈隆武紀年〉第五〇頁；及《臺灣外記》，第九四頁。

㉜引錄自以上《紅樓夢（上）》，馮其庸編注，第九〇頁之注一〇九。

㉝引錄自以上《清代五大疑案考實》之「世祖出家事考實」，第九頁。

㉞引錄自《清朝的皇帝（一）》，高陽著，台北，風雲時代出版公司，一九九三年五月，初版二刷，第九二頁。

㉟引述自《清朝全史》，日本稻葉君山原著，但燾譯，臺灣中華書局印行，民國七十四年四月臺五版，上二之第五六頁；並參考以上《清朝的皇帝（一）》第八九頁。

㊱引錄自以上《從征實錄》，第一六〇頁。

㊲引錄自以上《這一朝，與也太后亡也太后：與・孝莊》，第二四一至二四二頁。

㊳引錄自以上《南明史》，第九五〇至九五一頁。

㊴引錄自以上《這一朝，與也太后亡也太后：與・孝莊》，第二〇五頁。

㊵引錄自以上《痴道人・順治皇帝傳奇》，第一五三頁。

第四章　榮國府收養林黛玉故事的真相

第一節　榮國府賈母收養林黛玉並分配房舍、丫頭故事的真相

◈原文：

當下，奶娘來請問黛玉之房舍，賈母便說：「今將寶玉挪出來，同我在套間裏面，把你林姑娘暫安置碧紗櫥裡(1)。等過了殘冬，春天再與他們收拾房屋，另作一番安置罷。(2)」寶玉道：「好祖宗(3)，我就在碧紗櫥外的床上很妥當，何必又出來鬧的老祖宗不得安靜。(4)」賈母想了一想說：「也罷了。每人一個奶娘並一個丫頭照管，餘者在外間上夜聽喚。」一面早有熙鳳命人送了一頂藕合色花帳(5)，並幾件錦被緞褥之類。

黛玉只帶了兩個人來，一個自幼奶娘王嬤嬤，一個是十歲的丫頭，亦是自幼隨身的，名喚雪雁(6)。賈母見雪雁甚小，一團孩氣，王嬤嬤又極老，料黛玉皆不遂心省力的，便將自己身邊一個二等的丫頭，名喚鸚哥者，與了黛玉(7)。外亦如迎春等例，每人除自幼乳母外，另有四個

教引嬤嬤，除貼身掌管釵釧盥沐兩個丫嬛外，另有五六個灑掃房屋來往使役的小丫頭(8)。當下，王嬤嬤與鸚哥陪侍黛玉在碧紗櫥內(9)。寶玉之乳母李嬤嬤(10)，並大丫嬛名喚襲人者(11)，陪侍在外大床上(12)。

◈脂批、注釋、解密：

(1)奶娘來請問黛玉之房舍，賈母便說：「今將寶玉挪出來，同我在套間裏面，把你林姑娘暫安置碧紗櫥裡：奶娘，即乳母，舊時富貴人家僱用為其幼兒餵奶的婦女，這裡則是喻指餵食支持某王朝、勢力的軍隊、老百姓等。黛玉之房舍，寓指黛玉鄭成功大軍、王朝所據有的領域。賈母，這裡是泛指清軍的母體清朝，或明清交替之際各個新王朝的母體明朝，或決定各王朝命運的老天爺，或客觀呈現各王朝命運的歷史等多層涵義。這裡描寫賈母為黛玉、寶玉分配房舍，其實是暗寫老天爺根據鄭、清南京大戰的勝負趨勢，在斟酌分配鄭軍、清軍所將佔領的疆域，更明白一點說，就是暗寫隨著鄭、清南京大戰的勝負趨勢，鄭軍、清軍雙方所將佔據的領域也跟著發生消長變化的狀況。套間，原指「與房間相通的裡間小屋，沒有直通室外的門①」，這裡則是喻指中國領土大房間比較靠近內部的中原地帶。碧紗櫥，原意是「清代建築中類似隔扇的一種裝置，用以隔開房間②」，「清代《裝修作則例》中寫作『隔扇碧紗櫥』。用以隔斷房間，中間兩扇可以開關。格心多燈籠框式樣，燈籠心上常糊以紙，紙上畫花或題字；宮殿或富貴人家，常在隔心處安裝玻璃或糊各色紗，故叫『碧紗櫥』，俗稱『隔扇』。③」這裡則是喻指將中國領土從中間隔成兩段的長江及江南一帶。長江分隔中國為南北兩段地域，而長江南岸的江南地區為魚米之鄉，大小湖泊與水稻田遍佈，阡陌縱橫，形成一格一格的地形，江水、湖水、稻禾均呈碧綠色，且遍地水氣蒸騰，朦朧如霧又如紗，所以長江一帶就好像將中國大房間中隔為裡外兩個房間的一格格形狀，並兼有玻璃碧綠色及紗布朦朧特色的碧紗櫥。碧紗櫥裡，指一個房間以碧紗櫥隔成的裡間，這裡則是喻指中國長江及江南一帶地區。

由此可知這幾句原文是以小說筆法，暗寫奶娘所代表的軍隊與人民，鑒於鄭成功大軍在江南地區屢次戰勝，附近州郡相繼歸附，所以出面來向掌管王朝領土命運的賈母老天爺，請問如何配給黛玉鄭成功大軍應有的房舍領土，賈母老天爺便說：「如今將寶玉清軍從長江江南地區挪出來，同我清朝在較裏面的長江北岸中原套間駐軍，把你林姑娘鄭成功大軍暫時安置在中隔中國領土的如同碧紗櫥之長江的裡間江南地區。」

(2)　等過了殘冬，春天再與他們收拾房屋，另作一番安置罷：這裡正在敘述的鄭、清南京江南戰役，為順治十六年五月至八月之事，故所謂過了殘冬的春天，就是過了順治十六年冬季之後的順治十七年春季之時。這個時候鄭成功大軍已因南京戰敗，而全部撤回至其大本營廈門、金門等海島，與其進軍江南地區時比較，鄭、清雙方所佔有的地盤，已是天差地別的另一番景況，等於鄭、清地盤要重新配置了，故這裡寫說「等過了殘冬，（順治十七年）春天再與他們收拾房屋，另作一番安置罷」。

(3) 寶玉道：「好祖宗」：〔甲戌本夾批〕等評注說：「跳出一小兒。」這是藉由原文寶玉叫賈母為「祖宗」，而趁機再提示讀者寶玉是一個「小兒」皇帝，這已是批書人第三次以「小兒」二字點示寶玉就是六歲就當皇帝的小兒皇帝順治了。

(4) 我就在碧紗櫥外的床上很妥當，何必又出來鬧的老祖宗不得安靜：床上，藉由床上比地板高一層，而喻指比海洋高一層的陸地，或比平原高一層的山陵地帶。碧紗櫥外的床上，喻指在有如碧紗櫥的江南水澤地區之外，地勢較高的山陵地帶南京地區。這幾句是暗寫寶玉清軍緊張地叫道：「我的好祖宗老天爺，我清軍就在有如碧紗櫥的江南水澤地區之外，地勢較高的南京山陵地帶駐守不退，可以很妥當敵禦得住鄭軍的，何必又退出南京來，而將你老祖宗老天爺已安排清朝統有天下的既有秩序，鬧得不得安靜呢！」也就是說雖然鄭軍聲勢浩大，江南震動，上天頗有將清軍趕出南京，退回長江以北之勢，但清軍奮起與天意相爭，堅決駐守南京不退，力抗鄭軍，以免清朝已據有天下的既定秩序鬧得不得安靜。

(5) 一面早有熙鳳命人送了一頂藕合色花帳：熙鳳，影射南京清軍當家主事者，江南總督郎廷佐、江南提督管效忠等。藕合色，即藕荷色，指像蓮藕般淡紫微紅的顏色；這裡「藕合」又暗通諧音「偶合」之意，也就是藕斷絲連地偶然合意的意思。花帳，有花朵圖樣的蚊帳，這裡則又暗喻使人眼花心迷的帳幕。藕合色花帳，像蓮藕般淡紫微紅的顏色且有花朵圖樣的蚊帳，內層上則是寓指藕斷絲連地偶然合意，使人眼花心迷不知其真意的帳幕、騙人花招。所以這一句原文顯然是暗寫熙鳳所代表的南京清軍主事者，派遣使者送了黛玉鄭成功一個表示雙方藕斷絲連地偶然暫時合意相處，而使人眼花心迷不知其真意的帳幕，將鄭成功罩住蒙蔽著，也就是派遣使者向鄭成功說：「乞藩主寬三十日之限，即當開門迎降」的詐降緩兵帳幕。

(6) 黛玉只帶了兩個人來，一個自幼奶娘王嬤嬤，一個是十歲的丫頭，亦是自幼隨身的，名喚雪雁：一個自幼奶娘王嬤嬤，可能是指自始就支持鄭成功海上抗清政權的唐王隆武帝或魯王的舊部，或這股忠心王者、王事的精神、力量。一個是十歲的丫頭，可能是指自永曆三年（順治六年）改奉雲南永曆帝後的鄭成功新政權及新部屬，這一新政權到鄭、清大戰這時永曆十三年（順治十六年）恰為十年。雪雁，暗通諧音「雪怨」，隱示尊奉永曆帝的鄭成功新政權抱持著反清的洗雪仇怨之志。

〔甲戌本夾批〕等評注說：「雜（新）雅不落套，是黛玉之文章也。」〔有正本〕「雜雅」作「新雅」。這條脂批是針對雪雁二字，批註說：「雪雁這個名字新雅不落俗套，是描寫黛玉鄭軍心性行為的文章。」

(7) 賈母：便將自己身邊一個二等的丫頭，名喚鸚哥者，與了黛玉：鸚哥，鸚鵡的俗稱，是一種羽毛彩麗，能模仿人說話聲音，討人歡心的鳥，這裡是喻指擅於模仿他人聲音、話語，作應聲蟲或傳聲筒傳達信息，而能討人歡心的人。這裡鸚哥為賈母的丫頭，所以鸚哥就是模仿、傳達賈母話聲的下屬人物。可見這裡賈母將自己的丫頭鸚哥送給黛玉，就是暗寫賈母所代表的南京清軍看穿鄭成功因連番戰勝而頗有驕兵心態，於是派遣一個能說善道的部屬到鄭成功處傳話，說「大師到此，即當開門延入…乞藩主寬三十日之限，即當開門迎降」，將這樣不戰便能被迎入南京城，極討鄭成功歡心的詐降緩兵計策，送給鄭成功接納了。

〔甲戌本眉批〕等評注說：「妙極！此等名號方是賈母之文章。最厭近之小說中，不論何處，滿紙皆是紅娘、小玉、嫣紅、香翠等俗字。」這條脂批是針對鸚哥二字，批註說：「鸚哥這個名字真是妙極了！像鸚哥這樣的名號，代表了擅於傳聲討人歡心的攻心戰術，才是描寫賈母清軍心性行為的文章。最討厭近來的小說中，書中女子的名號都沒有什麼寓意，沒能代表該角色的特性，只是隨便亂取，不論何處，滿紙都是紅娘、小玉、嫣紅、香翠等通俗字眼。」言下之意是提示《紅樓夢》裡的名號，與一般小說截然不同，就像這裡賈母的丫頭鸚哥是暗寫賈母清軍心性行為的文章一樣，書中丫頭的名號，都含有特殊寓意，甚至代表了其主人的心性行為，如前面脂批就註明雪雁是暗寫黛玉鄭軍心性行為的文章，依此類推，可見後面寶玉的丫頭襲人同樣也具有特殊寓意，又暗示寶玉的某種特性。

(8) 外亦如迎春等例，每人除自幼乳母外，另有四個教引嬤嬤，除貼身掌管釵釧盥沐兩個丫嬛外，另有五六個洒掃房屋來往使役的小丫頭：迎春，前面針對迎春脂批說「應也」，暗指應天府，也就是南京，這是故意暗點這裡所寫的就是發生在南京城的故事。自幼乳母，就是前面所說的王嬤嬤。教引嬤嬤，「清代皇子一落生，即有保姆、乳母各八人，斷奶后，增設『諳達』，『凡飲食、言語、行步、禮節皆教之』（見《清稗類鈔》）。貴族家庭的『教引嬤嬤』，其職務與皇宮的『諳達』相近似。④」這裡教引嬤嬤則是喻指指導、建議軍事策略的軍師之類人物。貼身掌管釵釧盥沐兩個丫嬛，這裡是喻指貼身保衛黛玉鄭成功的親軍虎衛鎮與武衛鎮部隊。五、六個洒掃房屋來往使役的小丫頭，這裡是喻指黛玉鄭軍分佈駐紮在南京外圍，守護營區並供來往使役作戰的五、六鎮部隊。這幾句是以貴族家庭的嬤嬤、丫嬛分工制度，來喻寫黛玉鄭軍在南京外圍的紮營佈陣形勢。

(9) 王嬤嬤與鸚哥陪侍黛玉在碧紗櫥內：黛玉在碧紗櫥內，指黛玉鄭軍佈署在南京外圍較靠近長江的區域內。王嬤嬤與鸚哥陪侍黛玉，前面寫黛玉帶了王嬤嬤與雪雁前來，是暗寫黛玉鄭軍具有忠於延平王鄭成功及洗雪國破家亡怨仇而反清的兩股勢力、精神，這裡去掉雪雁而換成鸚哥陪侍黛玉，是暗寫黛玉鄭軍失去洗雪國破家亡怨仇反清（雪雁）的精神，而轉變成好像是模仿賈母清軍話聲的鸚哥鳥，仿照、接納了賈母清軍「寬三十日之限，即當開門迎降」的提議，作為其軍事行動準則，而在那裡空等著。這裡賈母丫頭鸚哥取代黛玉原有丫頭雪雁，是這一小段文章故事的最關鍵、最精彩部份，真是妙透了。

以上鄭成功大軍進擊南京，佔據南京外圍、瓜州、鎮江等靠近長江碧水區域紮營佈陣的情形，作者把它寫成賈母為了林黛玉遠來投靠，而為她分配房舍安置在碧紗櫥內，並配予嬤嬤、丫嬛的情節，這些外表上比較明顯符合留宿收養狀況的文字，構成了本回下半回榮國府賈母收養林黛玉的表面故事的外殼。然而所謂榮國母收養林黛玉，則還隱藏另一層深意，也就是清朝征服大陸上的反清復明勢力，而將原屬於明朝的中國大陸領土、人民加以收併、牧養在滿清王朝之下的意思。

(10) 寶玉之乳母李嬤嬤：這是喻指養育、護持寶玉順治為代表之清朝的軍隊，名叫李嬤嬤。很巧的是，順治帝的乳母正是李嘉氏。由於攝政王多爾袞的刻意阻擾，順治幼年即位時與生母孝莊皇太后分居，累月才能見一次面，而與乳母李嘉氏同住，依賴李嘉氏「竭盡心力，多方保護誘掖」，才得以順利長成，因而他視李嘉氏如同親生母親，與李嘉氏的母子之情甚至超過生母孝莊皇太后，所以當鄭成功大軍進圍南京，順治衝動得要御駕親征，孝莊皇太后勸阻無效時，還特別請出李嘉氏向順治進勸，她在順治崩世前數日去世，順治特別諭命禮部優予恩恤⑤。從這裡寶玉影射順治，而順治的乳母確實是李嬤嬤，可見寶玉的乳母李嬤嬤是一個歷史事實，也是作者有意埋設的歷史影跡或線索，好誘導讀者聯想到這是暗寫順治乳母李嘉氏嬤嬤的事。也真有紅學家這麼認為的，例如著名紅學家王夢阮、沈瓶庵在合著的《紅樓夢索隱》中，對於此處的李嬤嬤就索隱其真相說：「（索隱）世祖乳母有李嘉氏，康熙中封佑聖夫人，葉黑勒氏封佐聖夫人，又樸氏封奉聖夫人，李嬤嬤即指李嘉氏諸人也。⑥」不過，王、沈二人斷論「李嬤嬤即指李嘉氏諸人也」，實在是太天真了，《紅樓夢》文筆如果這樣單純直接的話，作者早就被清朝揪出殺頭了。雖然順治的乳母確實是李嬤嬤，但是這裡寶玉的乳母李嬤嬤，卻不是直指順治的乳母李嬤嬤，而是轉個彎暗指像滿洲乳母李嬤嬤一般護衛著順治王朝的滿洲八旗軍，當時有原本駐在南京的昂邦章京（按章京意即將軍）喀喀木（按即哈哈木），及自貴州趕至的梅勒章京噶褚哈、瑪爾賽、吐爾瑪等滿軍⑦。像這裡李嬤嬤本是順治的乳母，卻彎曲地暗指其他歷史人物事跡，就是筆者前面所說的曲指歷史影跡或曲指暗記。

(11) 大丫嬛名喚襲人者：襲人，基本上含有襲擊人的意義，暗示這個角色是個善於襲擊人的人物、勢力；而襲人拆字為龍衣人，通諧音龍依人，亦即依龍人，寓指投降依附滿清皇帝的所謂「從龍入關」的漢人、漢軍，而因為洪承疇、吳三桂、孔有德等漢軍的以漢制漢軍力，是滿清征服明朝、漢族的最主要力量，所以作者將之安排為專供寶玉滿清王朝使喚的頭號大丫嬛。而當時南京清軍中最主要軍力的江南提督管效忠、崇明總兵梁化鳳部隊就是屬於漢軍。

〔甲戌本夾批〕等評注說：「奇名，新名，必有所出。」這是是評注說：「襲人二字是很新奇的名號，必定有它的典故出處。」最主要是提示襲人為出自後文的典故「花氣襲人」，讀者必須深入理解「花氣襲人」這個典故的意義，才能理解襲人這個名號的真正涵義。

(12)寶玉之乳母李嬤嬤，並大丫嬛名喚襲人者，陪侍在外大床上：在外大床上，就是在碧紗櫥外大床上，也就是喻寫清軍部署在離長江碧綠水域地區外地勢稍高而更廣大的南京城一帶。而寶玉由李嬤嬤與襲人陪侍在碧紗櫥外大床上，就是暗寫當時的寶玉清軍擁有滿軍與漢軍兩大股軍力部署在廣大的南京城一帶，陪侍著待命作戰。

◈真相破譯：

當下，奶娘所代表的軍隊與人民，鑒於鄭成功大軍在江南地區屢次戰勝，附近州郡相繼歸附，所以出面來向掌管王朝領土命運的賈母老天爺，請問如何配給黛玉鄭成功大軍應有的房舍領土，賈母老天爺便說：「如今將寶玉清軍從江南地區挪出來，同我清朝在較裏面的長江北岸中原套間駐軍，把你林黛玉鄭成功大軍暫時安置在中隔中國領土的如同碧紗櫥的長江江南地區裡面。等過了今年（按順治十六年）殘冬，到明年（按順治十七年）春天，再給他們鄭、清兩方目前在長江江南、江北所佔有的房舍領土清理收拾，另作一番安置吧（按屆時鄭成功大軍已因南京戰敗，完全撤出長江，退回廈門、金門等海島，鄭、清雙方所佔有的地盤已是另一番情況，故如此寫）。」寶玉清軍緊張地叫道：「我的好祖宗老天爺，我清軍就在如同碧紗櫥的江南水澤地區之外，地勢較高有如大床的南京山陵地帶駐守不退，可以敵禦得住鄭軍很妥當的，何必又從南京撤退出來，而將你老祖宗老天爺已安排清朝統有天下的既有秩序，鬧得不得安靜呢！」賈母老天爺想了一想說：「也罷了，你清軍就不要撤出南京了。你們鄭軍、清軍每人各擁有一個奶娘所代表的賴以為生的地盤、人民，及一個丫頭所代表的主力部隊照管護衛著，其餘的部隊駐紮在外圍巡夜聽候使喚應戰。」一面早有王熙鳳所代表的南京清軍主事者，派遣使者送了黛玉鄭成功一個表示雙方藕斷絲連地偶然暫時合意相處，而使人眼花心迷不知其真意的帳幕（藕合色花帳），將鄭成功罩住蒙蔽著（按即派遣使者向鄭成功送上寬限三十日就開門迎降的詐降緩兵帳幕），使得雙方得以暫時緩兵偶合相處，及幾件如同錦被緞褥之類的軍隊駐紮所需要的生活必備物品。

黛玉鄭軍只帶了兩股力量前來南京，一股是從一開始就擁護閩系唐王隆武地或魯王的這股忠心王者、王事的精神、力量（自幼奶娘王嬤嬤），另一股是的改奉雲南永曆帝十年（按自永曆三年至十三年）所形成鄭成功延平王朝所抱持反清洗雪仇怨（雪雁）的力量，這股力量也是從鄭成功海上政權成立一開始就隨身具有的。賈母南京清軍看穿鄭成功連戰大勝的驕兵心態，使得那股反清洗雪仇怨的力量變得很小（雪雁甚小），簡直好像一團孩子氣似的稚嫩，而忠心延平王、聽命鄭成功的力量又極老化難起作用（王嬤嬤又極老），料定黛玉鄭成功在得勝而驕的心態下，這兩股力量所抱持立即攻城的主戰主張，都不能遂其不戰而降敵得城的心意，也不夠節省軍事力氣的。於是派遣一個自己身邊很親信的二等部屬，這個人是非常能說善道、擅長傳達主人話語，就好像鸚哥（即鸚鵡）一樣的人（名喚鸚哥者），到鄭成功軍營，如鸚哥般把賈母南京清軍「寬三十日之限，即當開門迎降」的話，復述傳達送給黛玉鄭成功接納了，於是鄭軍就充滿著不戰而等待清軍投降的氣氛，就好像有一個賈母南京清軍的阿頭鸚哥隨侍左右似的。除此之外，也如同應天府（迎春）等地區一般駐軍的體例，黛玉鄭軍、寶玉清軍每一方除了從一開始就擁護的軍隊人民（自幼乳母）之外，另有四個猶如教引嬤嬤的指導、建議軍事策略的軍師之類人物，除了貼身保衛兩團親軍護衛部隊（按在鄭軍方面為鄭成功親率的虎衛鎮與武衛鎮）之外，另外還有分佈駐紮在外圍，守護營區並供來往使役作戰的五、六營部隊。當下，黛玉鄭軍佈署在南京外圍較靠近猶如碧紗櫥的長江區域內，此時陪伴著鄭軍的是一股忠心擁護延平王（王嬤嬤）鄭成功的力量、氣氛，以及一股遵照賈母南京清軍所傳話語（鸚哥）停戰而等待清軍投降的氣氛（按這裡黛玉自幼隨身的丫頭雪雁沒有陪侍著黛玉，是暗示此時黛玉鄭軍已淡忘了反清洗雪國破家亡怨仇的素志）。以順治帝為代表的南京清軍方面，則擁有像順治滿洲乳母李嬤嬤（按即李嘉氏）從小養衛著順治那樣，護衛著順治王朝的滿洲八旗軍（按如坐鎮南京的滿帥哈哈木等），以及最大主力（大丫嬛），特別取名為襲人所代表善於襲擊人的原本漢人而降清的漢軍（按如江南提督管效忠、崇明總兵梁化鳳等），部署在離長江碧綠水域地區外面，地勢較高有如大床似的大南京城一帶，侍候著待命作戰。

第二節　襲人出場及向林黛玉透露寶玉來歷故事的真相

◈原文：

原來這襲人亦是賈母之婢，本名珍珠(1)。賈母因溺愛寶玉，生恐寶玉之婢無竭力盡忠之人，素喜襲人心地純良，克盡職任，遂與了寶玉。寶玉因知他本姓花，又曾見舊人詩句上有「花氣襲人」之句，遂回明賈母，即更名襲人(2)。這襲人亦有些癡處，伏侍賈母時，心中眼中只有一個賈母；今與寶玉，心中眼中又只有一個寶玉(3)。只因寶玉性情乖僻，每每規諫，寶玉不聽，心中着實憂鬱。

是晚，寶玉、李嬤嬤已經睡了，他見裡面黛玉和鸚哥猶未安歇，他自卸畢粧，悄悄進來，笑問：「姑娘怎還不安歇？」黛玉忙笑讓：「姐姐請坐。」襲人在床沿上坐了(4)。鸚哥笑道：「林姑娘正在這裡傷心，自己淌眼抹淚的(5)說：『今兒才來了，就惹出你家哥兒的狂病來，倘或摔壞那玉，豈不是因我之過！(6)』因此便傷心，我好容易勸好了。」(7)襲人道：「姑娘快休如此，將來只怕比這個更奇怪的笑話兒還有呢！若為他這種行止，你多心傷感，只怕你傷感不了呢。快別多心！(8)」黛玉道：「姐姐們說的，我記着就是了。究竟不知那玉是怎麼個來歷？上頭還有字跡。」襲人道：「連一家也不知來歷，聽得說落草時，從他口裡掏出，上頭有現成的穿眼(9)。讓我拿來你看便知。」黛玉忙止道：「罷了，此刻夜深，明日再看不遲。(10)」大家又叙了一回，方才安歇。

次日起來，省過賈母，因往王夫人處來(11)。正值王夫人與熙鳳在一處拆金陵來的書信，看又有王夫人之兄嫂處遣了兩個媳婦來說話的。黛玉雖不知原委，探春等却都曉得是議論金陵中所居的薛家姨母之子姨表兄薛蟠，倚財仗勢打死人命，現在應天府案下審理(12)，如今母舅王子騰得了信息，故遣人來告訴這邊，意欲喚取進京之意。

◈脂批、注釋、解密：

(1)原來這襲人亦是賈母之婢，本名珍珠：賈母，這個賈母是寓指明清交替之際各個新王朝的母體明朝，或兼指清軍的母體關外滿清王朝。珍珠，通諧音「珍朱」或拆字「珍朱王」，也就是珍愛、忠於朱明王朝的意思。這兩句是暗寫襲人的來歷原來也是當時各個新王朝的母體明朝的臣僕，而原本是珍愛、忠於朱明王朝，後來才投降為滿清的臣僕。由此可知襲人就是原本珍愛、忠於朱明王朝，後來才投降滿清的孔有德、耿仲明、尚可喜、洪承疇、吳三桂等等降清漢軍。

〔甲戌本夾批〕等評注說：「亦是賈母之文章。前鸚哥已伏下一鴛鴦，今珍珠又伏下一琥珀矣。已(以)下乃寶玉之文章。」這是提示說：「這兩句也是描寫賈母滿清王朝收服明朝降將作為的文章。前面鸚哥已伏下一個賈母之婢的鴛鴦，現在珍珠又伏下另一個賈母之婢的琥珀了(按在第二十九回就寫『賈母的丫頭鴛鴦、鸚鵡、琥珀、珍珠』)。以下則是描寫寶玉順治王朝或南京清軍作為的文章。」

(2) 寶玉因知他本姓花，又曾見舊人詩句上有「花氣襲人」之句，遂回明賈母，即更名襲人：本姓花，在第一回描寫「（賈）雨村遂起身往窗外一看，原來是一個丫嬛在那裡擷花」，筆者就說明過「花之古字為『華』，此處影射華夏」，這裡的花也是暗點「華夏」，本姓花就是暗點此人原本是「華夏人氏」的明朝漢臣。花氣襲人，「全句為『花氣襲人知驟暖』，見於宋代陸游詩《村居喜書》。意為花香撲人，知道天氣驟然和暖了。⑧」不過，這只是表面的意思，作者並不取這整句詩的原本意義，而是模仿《左傳》「斷章取義」的筆法，只斷取「花氣襲人」四字，並作另類的意義詮釋。也就是花字暗點「華夏」，氣字暗點「生氣」，襲人字暗點「襲擊」及拆字兼諧音「依龍」，人字暗點「漢人」。故「花氣襲人」，暗通「華氣依龍人」及「華氣襲擊（漢）人」，就是暗寫襲人的出身來歷原本是華夏人氏的明朝漢臣，因為和明朝或漢族有某種過節而憤怒生氣，於是背漢降清，歸依後來成為龍袍皇帝的滿清，反過來襲擊漢人的人物，也就是影射投降滿清王朝的孔有德、洪承疇、吳三桂等漢軍。

(3) 「這襲人亦有些癡處，伏侍賈母時，心中眼中只有一個賈母；今與寶玉，心中眼中又只有一個寶玉」：這幾句是暗寫襲人所代表的降清漢軍也有些癡心執著的地方，當初伏侍賈母明朝時，心中眼中只有一個賈母明朝，只知為明朝效忠作戰；如今轉而投降給了明朝的敵人寶玉清朝，心中眼中又只有一個寶玉清朝，只知效忠清朝而襲擊漢人。

〔甲戌本夾批〕等評注說：「只如此寫又好極。最厭近之小說中，滿紙千伶百俐，這妮子亦通文墨等語。」這是評注說：「只這樣將一個婢女角色的襲人描寫為服侍誰就一心一意服侍誰的癡愚模樣，又是合乎事實的極好文筆。最討厭近來的小說中，把書中婢女寫得滿紙千伶百俐，這妮子也兼通文墨等話語，毫不合乎實情。」這是再度提示《紅樓夢》中的婢女丫嬛，不同於通俗小說不合事實的虛偽粉飾角色，而是另有寓意，切合實情的人物。

(4)

「是晚，寶玉、李嬤嬤已經睡了，他見裡面黛玉和鸚哥猶未安歇，他自卸畢粧，悄悄進來，笑問：『姑娘怎還不安歇？』黛玉忙笑讓：『姐姐請坐。』襲人在床沿上坐了」：這幾句話看似輕描淡寫，其實是暗寫清軍中的梁化鳳漢軍偷襲並擊敗鄭成功大軍的波詭雲譎事件。「是晚，寶玉、李嬤嬤已經睡了」，這是暗寫某天晚上，當寶玉所代表的南京清軍及李嬤嬤所代表的滿軍已經睡覺了。「他見裡面黛玉和鸚哥猶未安歇，他自卸畢粧，悄悄進來」，這是暗寫這時襲人所代表的梁化鳳漢軍部隊，看見裡面黛玉所代表的鄭軍和賈母傳聲筒的鸚哥在一起，在那裡等待著清軍於三十日到期開門迎降，還沒有完全放心而安歇平靜下來，仍然守望戒備著，這支漢軍部隊就如同自己卸除塗抹蓋住臉面的粧飾似地，自己率兵把南京神策門的堵塞物卸除完畢後，偷出神策門，悄悄地攻進鄭軍紮營陣地來。「笑問：『姑娘怎還不安歇？』」，這是暗寫襲人所代表的梁化鳳漢軍部隊突襲鄭軍時，譏笑地問鄭軍說：「你鄭軍怎麼還不放心安歇，靜待南京清軍到期自動開門投降，還在守望戒備個什麼勁啊？」「黛玉忙笑讓：『姐姐請坐。』襲人在床沿上坐了」，這是暗寫戰鬥的結果鄭軍大敗，黛玉所代表的鄭軍只好啞然失笑地忙著退讓說：「姐姐清軍請坐。」於是襲人所代表的梁化鳳等清軍就趁機開出南京城外，在鄭軍紮營陣地的邊沿上紮營坐定下來了。這其實就是另換一種新筆墨，再次重複暗寫七月二十一日三更時分梁化鳳率領漢軍部隊乘夜挖開南京神策門，二十二日拂曉偷襲鄭軍先鋒余新部隊，南京清軍乘勝搶出城外紮營佈陣的事件。而梁化鳳偷襲鄭軍的同一事件，前面第一次描寫時梁化鳳是以王熙鳳的角色來代表，第二次描寫則改為賈寶玉的角色來代表，這裡第三次描寫又改為襲人的角色來代表，同一個歷史人物作者採用三個名號的角色來扮演，這就是筆者前面所說的「一人多名」筆法，這樣的筆法使得《紅樓夢》所暗述的歷史真事幻化無方，迷離而難捉摸，對於習慣於一個人一個名號的讀者，實在想像不到會有這樣奇怪的寫作方式，而無從理解，所以若想解讀《紅樓夢》真事，就得改變平常閱讀習慣，跟隨《紅樓夢》作者獨創的特異筆法來閱讀，才有可能解悟其神奇真相，品嚐其神奇妙趣。

(5)鸚哥笑道：「林姑娘正在這裡傷心，自己淌眼抹淚的說」：鸚哥，代表的是鄭成功被清軍欺騙的寬限三十日就投降的約期待降策略，如今作者就將這個「約期待降策略」擬人化為一個丫頭鸚哥，來代表黛玉鄭軍說話，這樣的安排本身已暗示黛玉鄭軍正是敗於這個「約期待降策略」，所以這個丫頭鸚哥所代表「約期待降策略」致敗的氣氛就籠罩、主宰了整個鄭軍的心情，而趾高氣揚地出頭來敘述鄭軍致敗的感受與情由。這兩句是暗寫鄭軍戰敗後，那擄獲鄭軍心靈的「約期待降策略」鸚哥得意地笑道：「黛玉鄭軍因為採信『約期待降策略』而戰敗，正在這裡傷心，自己淌眼抹淚的說道。」

〔甲戌本夾批〕等評注說：「黛玉第一次哭，卻如此寫來。」這裡提示了兩層意思，第一層是提示這是全書中黛玉無數次哭泣中的第一次哭泣，意義特別重要；第二層是提示這樣重要的第一次哭泣，却不直接由黛玉本人親述其傷心哭泣的原由，而由一個賈母新送，尚未熟悉貼心的丫頭鸚哥來代為敘述，實在太奇怪了，所以讀者應該深入探究其原因何在。

(6) 說：「今兒才來了，就惹出你家哥兒的狂病來，倘或摔壞那玉，豈不是因我之過！」：這幾句是鸚哥間接引述黛玉的話，連同前面兩句話就是暗寫那擄獲鄭軍心靈的「約期待降策略」鸚哥得意地笑道：「黛玉鄭軍因為採信『約期待降策略』而戰敗，正在這裡傷心，自己淌眼抹淚的說：『今兒我黛玉鄭軍才打勝幾次仗，進軍來到了南京，就惹出你家清朝的哥兒寶玉順治帝的痴狂病來，想摔去那代表天下帝位的玉璽而逃回關外，倘或他真的摔壞那玉璽，把清朝天下搞砸了，豈不是因為我鄭軍連戰連勝的過失，我那忍心這麼做呢！』」

〔甲戌本夾批〕等評注說：「所謂寶玉知己，全用體貼工夫。」這是提示說：「因為本書外表故事上，黛玉是所謂寶玉的知己，所以作者就配合著將黛玉鄭軍失敗的原因，全部改用黛玉對寶玉體貼的文筆工夫來寫作。」因此，這裡描述黛玉鄭軍南京之戰大敗的原因，作者不直寫鄭軍如何懊惱其被清軍欺騙，誤採約期待降策略而致敗，而配合外表故事黛玉是「所謂寶玉知己」的基本結構，改寫成原文黛玉鄭軍因體貼寶玉清朝，不願導致寶玉清朝失去天下，而不忍再戰勝那樣「全用體貼工夫」的文章。

更深入而廣泛地說，第一回劇情安排天上絳珠草下世降生為林黛玉，是為了對天上神瑛侍者下世降生的賈寶玉，償還其一生所有的眼淚，以報答神瑛侍者在三生石畔對絳珠草灌溉甘露，使絳珠草久延歲月的恩情，所以書中林黛玉便成為對賈寶玉百般體貼，處處忍讓，時時哭泣的所謂知己。這樣的外表故事結構，對應到明清歷史事實上，其實是作者將明清改朝換代歷史，編造成一種小說式的歷史，描寫衰落的明朝（絳珠草）本當枯萎滅亡於李自成，由於滿清與吳三桂聯軍（神瑛侍者）入關擊滅李自成，等於對明朝灌溉甘露，給了明朝（絳珠草）得以在南方久延歲月的恩情，所以繼續延活的明朝（林黛玉）就得對入關的清朝（賈寶玉）或吳三桂（賈寶玉）償還救命之恩。而償還的方式就是以被清朝或吳三桂打敗、欺凌所流的眼淚來償還，直到一再失敗滅亡，眼淚流乾，全部領土都歸清朝為止。所以延活的明朝（林黛玉）天生就應是對清朝或吳三桂（賈寶玉）百般體貼忍讓的知己，無論被清朝或吳三桂如何打敗、欺凌，都只是以淚還恩的先天宿命，這就是《紅樓夢》故事的基本結構，因此作者對於很多明朝與清朝、吳三桂的戰爭或爭端事件，常須配合這樣的基本結構來寫作。這一層《紅樓夢》故事的基本結構與基本寫作筆法，對於理解《紅樓夢》故事真相是非常重要的，如果不瞭解這一層，很多情節都會感覺很怪異，無法理解。

(7)

描寫黛玉傷心流淚一段：〔甲戌本眉批〕評注說：「前文反明寫寶玉之哭，今卻反如此寫黛玉，幾被作者瞞過。這是第一次算還，不知下剩還該多少。」這是根據第一回林黛玉降生註定是要對賈寶玉還淚報恩的基本劇情結構，書中林黛玉勢必要一再哭泣流淚以償報賈寶玉，而這裡似乎未照這個模式來寫作，故而提示說：「這裡描寫寶玉黛玉初次會面，本應寫黛玉痛哭還淚報恩才對，然而前文反而鄭重其事地明白描寫寶玉的哭泣，如今這裡卻反如此透過丫頭鸚哥的轉述，間接地輕描淡寫黛玉的哭泣，讀者若不認真體察，幾乎要被作者這樣輕重倒置的筆法所瞞騙過了，而誤以為這不是描寫黛玉對寶玉還淚報恩的文章。其實這裡就是描寫黛玉第一次流淚以算還寶玉恩情的文章，不知以下還該剩有多少次，黛玉該還淚（按也就是明朝戰敗而傷心流淚）的次數可還多著呢。」

(8)襲人道：「若為他這種行止，你多心傷感，只怕你傷感不了呢。快別多心！」：這幾句意思是暗寫那奇襲打敗黛玉鄭軍的滿清漢軍調侃說：「你黛玉鄭軍若因為他寶玉順治這種突發痴狂要摔棄玉璽所代表的天下帝位而逃回關外的行為舉止，就為他將要失去天下而多心傷感地讓步，只怕你還傷感不了呢，因為那只是他層出不窮的一時過激表現、花招而已，事實上寶玉順治王朝並不會摔去玉璽而拋棄天下的。你黛玉鄭軍快別多心去為寶玉順治王朝著想，多關心你自己吧！」

〔甲辰本〕評注說：「應如（知）此口傷感，來還甘露水也。」這是提示說：「讀者應該知道這裡黛玉此等傷感流淚，是作者配合第一回黛玉還淚之說，把黛玉鄭軍戰敗的傷感流淚，描寫成黛玉鄭軍前來向寶玉清朝償還其曾經代為驅除李自成之如同甘露水的恩情。」

(9)襲人道：「連一家也不知（那玉的）來歷，聽得說落草時，從他口裡掏出，上頭有現成的穿眼。」：落草，「『婦女分娩曰坐草』（見清吳翌《燈窗叢錄》引《魏志》）。引申其義，小兒落生叫『落草』⑨」，故這裡「落草時」表面上就是指賈寶玉落生時；不過，落草還有更深的一層隱義，暗通諧音「落朝」，「落草時」就是「落朝時」，暗指「寶玉滿清順治王朝從關外落生到中原北京來建立清朝時」。口，在這裡是暗點明朝的大門口山海關關口。從他口裡掏出，「他」字指寶玉，而寶玉寓指中國天下，又指清順治或吳三桂，由於山海關關口是保衛明朝、漢族天下的大門口，山海關關口失守則明朝、漢族天下就會被滿清入關挖走，而山海關由吳三桂駐守著，所以「從他口裡掏出」這句，就是暗寫那個玉璽所代表的中國天下帝位，就是滿清從吳三桂所把守的中國天下大門口山海關口裡挖取掏出的。穿眼，原指針頭上供穿線的小眼孔，這裡則另有三層涵義，其一是暗喻玉璽上頭的穿孔，其二是暗喻穿通關內關外的遼西走廊與寧遠、山海關的狹窄通道關口，其三是暗喻南京清軍穿出偷襲鄭軍的窄道神策門。上頭有現成的穿眼，這句完整的文字應是「那玉上頭有現成的穿眼」，在這裡包含有三層隱義，其一是暗喻玉璽上頭有穿孔，可供穿繫彩線及提拿之便；其二是暗寫滿清順治入主中原得到玉璽所代表的天下帝位這件事的上頭有個原由，是由於不費一兵一卒就得到現成的穿通關內的孔道山海關，因為吳三桂主動要求滿清聯合出兵入關驅逐佔據北京的李自成，而滿清攝政王多爾袞又乘機施展詐術逼使吳三桂剃髮降清而自動獻關，況且清朝天下是多爾袞打下來的，所以順治擁有玉璽所代表的天下帝位完全是撿現成的；其三是暗示這次南京大戰清軍也從山海關事件汲取靈感，乘夜挖通原已封塞的神策門，穿出神策門的現成孔道偷襲鄭軍。

原文這幾句表面上是對於前面黛玉所說賈寶玉「啣玉而誕」的實際內容，透過親近賈寶玉的大丫頭，作較為具體的補充說明，實際上則是作者對於這次南京鄭軍被滿清耍弄了「約期投降」的欺詐背信手段而致大敗的情況，更蹬上一層樓，追溯其原因至山海關事件時，滿清就這樣善於使用欺騙背信手段慣了的，這次鄭軍南京被騙致敗只不過是舊事重演而已。這幾句原文意思是暗寫那寶玉清軍的大丫頭襲人漢軍，以得勝的姿態對戰敗的黛玉鄭軍，諷刺地說道：「連全天下一家人也不知道寶玉滿清順治能擁有那塊代表著天下皇帝位的玉璽是什麼個來歷（弄不清楚他是如何來當這中國天下皇帝的），聽得人們流傳說他從關外落生到中原北京來建立清朝時，從（吳三桂所把守的）中國天下大門口山海關口裡挖取掏出的，這上頭還有個原由，因為獲有現成的穿通關內的孔道山海關（由於滿清多爾袞耍詐術，逼使使吳三桂剃髮降清而自動獻關），便入關得天下了。」也就是得勝的漢軍得意地宣說，我們滿清耍弄欺騙背信詐術是絕頂高手，早在山海關事件就騙得吳三桂剃髮降清而提供現成的入關穿孔山海關，弄得連全天下一家人也不知道寶玉清順治來當中國皇帝是什麼個來歷而產生的，這次我們故計重施，使出「詐降緩兵」詐術，再偷出現成的穿孔神策門突襲，神不知鬼不覺就把你們鄭軍打敗了。

〔甲戌本夾批〕等評注說：「癩僧幻術亦太奇矣。」這句是批注在「上頭有現成的穿眼」旁邊的文字，所以這是提示說：「原文『上頭有現成的穿眼』這句話就是暗寫第一回『癩僧幻術亦太奇矣』的文字。」癩僧，就是癩頭和尚，也就是第一回開頭一僧一道中的那位僧人，影射滿清攝政王多爾袞。癩僧幻術，就是指第一回開頭所描寫那個癩頭僧人（影射多爾袞）大展幻術，將那塊青埂峰下的頑石（影射吳三桂）幻化成一小塊如扇墜大小的鮮明瑩潔美玉（暗喻將吳三桂前腦剃髮成猶如鮮明美玉一般的滿清光頭），並刻上「通靈寶玉」（暗喻封賜吳三桂為平西王）的故事。由此可見這句脂批實際上是提示說：「原文『上頭有現成的穿眼』這句話，就是暗寫第一回癩頭僧人滿清多爾袞，施展變幻莫測的詐術，將那塊青埂峰下的頑石吳三桂剃髮，變換成滿清髮式降清而自動獻關，也實在太過神奇高妙了，所以滿清順治王朝才能獲有現成的穿通關內的孔道山海關，而入關擁有玉璽所代表的天下帝位。」

(10)「襲人道：『…讓我拿（玉）來你看便知。』黛玉忙止道：『罷了，此刻夜深，明日再看（玉）不遲。』」：〔甲戌本夾批〕評注說：「總是體貼，不肯多事。」這裡原文「拿來」、「再看不遲」應是「拿玉來」、「再看玉不遲」的意思，這個「玉」在這裡是指賈寶玉，暗指清軍，尤其是滿軍。這幾句是暗寫襲人所代表的滿清漢軍，突擊得勝之後得意地繼續說：「（你鄭軍若不相信我們滿軍這種計取山海關『現成的穿眼』、『從山海關口裡掏出』漢人玉璽天下的神奇技倆）讓我把寶玉滿軍拿來和你鄭軍再戰一場，你看了便知道了。」而初戰失利的黛玉鄭軍則趕忙阻止說：「罷了，此刻夜深，明日再看你們寶玉滿軍的表現還不遲。」這對應到歷史真事上，就是清軍梁化鳳等漢軍於七月二十二日拂曉偷出神策門突擊鄭軍先鋒營大勝後，「滿兵見漢兵勝，其氣亦倍，遂蜂擁出城外扎營」，「是晚虜（滿清）乘勝促近吾（鄭軍）營對壘」，頗想乘勝再戰，而鄭軍則收兵不出，等待隔日二十三日再戰不遲的戰爭態勢⑩。

(11)次日起來，省過賈母，因往王夫人處來：省，音醒，古時子女於早起時向父母問安稱為「省」，於晚上服侍父母安寢稱為「定」，兩者常連稱為「晨省昏定」。賈母，這裡影射南京清軍。王夫人處，就是前文黛玉遊榮國府所見的王夫人住處，也就是暗指福建沿海地區。這三句是暗寫黛玉鄭軍次日早上起來，即「（七月）二十三早辰刻，虜（滿清）大隊兵數萬抄出山後，直衝出左先鋒鎮之營⑪」，拜候過賈母清軍的攻擊，省問過賈母清軍安好無恙，而自己卻大敗，鄭軍因而便撤兵往福建沿海地區，回到廈門、金門的大本營。由於七月二十三日鄭、清再次大戰，鄭軍大敗而撤回廈門的事，前面已經描寫過了，所以這裡只以這三句話簡單帶過。

(12)探春等却都曉得是議論金陵中所居的薛家姨母之子姨表兄薛蟠，倚財仗勢打死人命，現在應天府案下審理：從「現在應天府案下審理」句，可見是上接賈雨村至應天府復職故事的文字。從「薛家姨母之子姨表兄薛蟠，倚財仗勢打死人命，現在應天府案下審理」等句，則明顯可知是下啟第四回薛寶釵之兄薛蟠打死人命，在應天府賈雨村手中審理的故事。所以這是一小段上接本回上半回賈雨村至應天府復職故事，下啟第四回賈雨村審理薛蟠打死人命故事的文字，屬於另外不同的故事內容。

簡單歸納一下本回對於描寫鄭、清南京大戰所採取的特殊結構、筆法。按鄭成功以福建沿海廈門、金門等海島彈丸之地為根據地，率領舟師十餘萬，孤軍深入長江，竟能在瓜州、鎮江連戰大敗清軍，而進圍南京清軍江南總部，在歷史上已是一大奇蹟。後來鄭軍以優勢兵力，及大江南北各州縣先後歸附的盛大聲勢竟被南京清兵反敗為勝，鄭軍迅速撤出長江，退回廈門、金門海島，又是歷史上的一大奇事。至於鄭、清南京大戰由鄭軍大勝，翻轉為清軍大勝的關鍵因素，首要因素是鄭成功中了清軍「乞藩主寬三十日之限，即當開門迎降」的詐降緩兵之計，其次是清軍崇明總兵梁化鳳偷出神策門突擊鄭軍先鋒營獲勝，再其次是緊接著次日清晨又抄出山後突擊而大敗鄭軍。本書作者抓住這三個重點，刻意重複渲染描繪。對於首要關鍵因素的鄭成功中了清軍詐降緩兵之計這一點，作者先後以王熙鳳放月錢，賈母命丫嬛捧茶請林黛玉吃茶，賈母叫賈寶玉「相和睦」與林黛玉一起相處，王熙鳳命人送了一頂藕合色花帳給林黛玉，賈母將自己丫頭鸚哥送給黛玉等，總共五種不同的故事情節，重複渲染描繪了五次。對於次要關鍵因素的梁化鳳軍偷出神策門突擊而打敗鄭軍這一事件，作者先後以王熙鳳携着黛玉的手，林黛玉忽見進來了一個輕年公子賈寶玉而吃一大驚，寶玉走近黛玉身邊坐下又細細打諒一番，襲人夜間卸畢粧悄悄進來探問林黛玉等，總共四種不同的故事情節，重複渲染描繪了四次。對於再次要關鍵因素的次日清晨清軍又抄出山後突擊而大敗鄭軍這一事件，作者先後以王熙鳳又忙携黛玉之手，及「次日起來，省過賈母，因往王夫人處來」等二種不同的故事情節，重複渲染描繪了兩次，這次雖然是真正決定雙方勝負的大戰，但比較沒有神奇性，故作者反而只是輕筆帶寫過兩次。可見作者完全把握住了鄭、清南京大戰的關鍵重點及神奇要素，曲曲折折地改變不同故事情節，重複描寫這些關鍵而神奇的重點，由此而形成本回故事情節的特殊結構與筆法。像這樣一再重複的筆法，脂批人襲取繪畫的方法稱為「千皴萬染」法，而筆者認為這種同一件事情曲曲折折地繞來繞去，出現一下就繞不見了，過一會兒又忽然繞回來又出現的情形，很像節慶廟會時的舞龍表演，龍頭前後繞來繞去，多次忽隱忽現的情況，不妨可以稱為舞龍筆法，這樣讀者比較眼熟而容易體會。而《紅樓夢》常常採用這種類似舞龍的筆法，所以我們閱讀《紅樓夢》，就好像觀賞舞龍表演一樣。

另外有一點很特殊，那就是作者把這裡林黛玉、賈寶玉這對小情侶初次相會的情形，和第一回所描寫他們前世在天界絳珠草與神瑛侍者相伴一起的神話，牽拉呼應出今生又重逢的關係來描寫。所以在描寫黛玉初見寶玉時，黛玉「便大吃一大驚，心下想道：『好生奇怪，倒像在那裡見過的一般，何等眼熟到如此！』」描寫寶玉初見黛玉時，寶玉說：「這個妹妹我曾見過的」、「雖然未曾見過他，然我看着面善，心裡就算是舊相識，今日只作遠別重逢，未為不可。」兩個從未見過面的人，第一次見面就都有曾經見過面的感覺。而天界絳珠草與神瑛侍者相伴一起的神話故事，實際上是寓寫從前山海關事件時，被李自成滅亡的明朝餘緒復明勢力（含吳三桂軍）曾和滿清相逢交手的事件。所以這裡作者將林黛玉和賈寶玉初會的故事，與第一回絳珠草與神瑛侍者相伴一起的神話故事牽拉在一起，描寫他們互相都有以前就曾經見過面的感覺，這在內層真事上，是藉由描寫這次鄭成功復明軍與南京清軍相逢交戰，與從前明、清雙方在山海關相會交手的情況似曾相識，暗示這次鄭軍也會敗於從前山海關事件時清軍所施用的背信欺騙詐術，以強調清軍一向慣於使用背信欺騙手段。而就表面小說故事來說，這樣的筆法就建構出前世今生雙層結構的立體感，同時鋪上一層濃厚的神秘色彩，而大大增加小說的魅力及可讀性。這樣的筆法內外兩層都各得其妙，真是太神奇了。

◈真相破譯：

原來這襲人所代表善於襲擊人的降清漢軍，也是當時各個新王朝的母體明朝的臣僕（賈母之婢），而原本是珍愛、忠於朱明王朝（本名珍珠）的。老天爺（賈母）因溺愛寶玉所代表的滿清順治王朝，生怕寶玉清順治王朝的臣僕沒有竭力盡忠的人，素來喜愛這批善於作戰襲擊人的漢將（襲人，按如孔有德、洪承疇、吳三桂等），心地單純善良（按言外之意是比較沒有忠於明朝漢族的國家民族意識），而能克盡作戰襲擊人的職任，遂安排他們離棄明朝而投降給與了寶玉清朝。寶玉清朝因為知道他們是原本姓「華」（花）的「華夏」漢將，又曾經看見舊人詩句上有「花氣襲人」的句子（按出自宋代陸游詩句「花氣襲人知驟暖」），這四字暗通「華氣依龍人」及「華氣襲擊（漢）人」，剛好暗合這些善戰襲人之華夏明臣漢將因為和明朝或漢族有某種過節而憤怒生氣，於是背漢降清，「從龍入關」而成為依附滿清龍袍皇帝，並反過來襲擊漢人（襲人，按如孔有德、洪承疇、吳三桂等）的情況，於是便向賈母老天爺回報明白，正式收降這些背漢降將為滿清王朝臣僕，而把他們訓練變更名號為襲人，代表善於襲擊漢人的以漢制漢漢軍。這些降清漢軍（襲人）也有些癡愚執著的地方，當初服侍賈母明朝的時候，心中眼中只有一個賈母明朝，只知為明朝效忠作戰；如今投降給了明朝的敵人寶玉清朝，心中眼中又只有一個寶玉清朝，轉眼就忘記自己的祖國民族，只知效忠清朝而襲擊漢人。只因寶玉順治王朝性情乖僻，常常對於中國境內漢族採取一些偏歪不當的措施，每每規諫，寶玉清朝總是不聽，心中着實憂鬱。

當天晚上（按係順治十六年七月二十一日晚上），當寶玉所代表的南京清軍及轄下李嬤嬤所代表的滿軍已經睡覺了，這時襲人所代表的梁化鳳漢軍部隊，看見裡面黛玉所代表的鄭軍，伴和著鸚哥所代表的賈母南京清軍傳聲筒似的「約期待降」想法，在那裡等待著清軍於三十日到期開門迎降，但還沒有完全放心而安歇平靜下來，仍然守望戒備著，這支漢軍部隊就如同自己卸除塗抹蓋住臉面的粧飾似地，把南京神策門的堵塞物卸除完畢後，偷出神策門，悄悄地攻進鄭軍紮營陣地來（按時為七月二十二日拂曉），譏笑地問鄭軍說：「你鄭軍怎麼還不放心安歇，靜待南京清軍到期自動開門投降，還在守望戒備個什麼勁啊？」雙方交戰結果鄭軍先鋒部隊大敗，黛玉所代表的鄭軍只好啞然失笑地忙著退讓說：「大姐頭清軍請坐。」於是襲人所代表的梁化鳳等清軍就趁機搶出南京城外，在鄭軍紮營陣地的邊沿上紮營坐定下來了。那鸚哥所代表的擄獲鄭軍心靈的南京清軍「約期待降策略」，活像一個人似地得意笑道：「黛玉鄭軍因為採信清軍『約期待降』的說詞而戰敗，正在這裡傷心，自己淌眼抹淚的說：『今兒我黛玉鄭軍才打勝幾次仗，進軍來到了南京，就惹出你家清朝的哥兒寶玉順治帝的痴狂病來，想摔棄那代表天下帝位的玉璽而逃回關外，倘或他真的摔壞那玉璽，把清朝天下搞砸了，豈不是因為我鄭軍連戰連勝的過失，我那忍心這麼做呢！』因此就謙讓戰敗而傷心，我好不容易勸告這只是初次交戰失利而已，不必過分傷心，鄭軍才心情好過來了，準備再戰。」那襲人所代表的善於奇襲人而打敗黛玉鄭軍的滿清漢軍調侃說：「你黛玉鄭軍快休要有這樣的作法，將來他寶玉順治只怕比這個更奇怪的笑話兒還有呢（按如鬧著要御駕親征等）！你鄭軍若只為了他寶玉順治因你鄭軍大勝而突發痴狂，要摔棄玉璽皇帝位而逃回關外的行為舉止，就真以為他將要失去天下，因而多心地為清軍的失敗而傷感同情，只怕你還傷感不了呢（按因為那只是他層出不窮的一時過激表現、花招而已，事實上寶玉順治王朝並不會摔去玉璽而拋棄天下的）。你黛玉鄭軍快別多心去為寶玉順治王朝著想，多關心你自己吧！」黛玉鄭軍說道：「你們像姐姐們般教導所說的話，我鄭軍記着、不再多心輕敵而手軟就是了。究竟不知寶玉滿清順治帝那玉璽所代表的天下皇帝位怎麼個來歷，他憑什麼來當我們中國的皇帝呢？這件事上頭還有字跡文章。」那寶玉清軍的大丫頭襲人漢軍以戰勝的姿態諷刺地說道：「連全天下一家人也不知道寶玉滿清順治能擁有那塊代表著中國天下皇帝位的玉璽是什麼個來歷（即弄不清楚他是如何來當這中國天下皇帝的），聽得人們流傳說他從關外落生（落草）到中原北京來建立清朝時，從中國天下大門口山海關口裡挖取掏出的，這上頭還有個原由，因為吳三桂降清自動獻關而獲有現成的穿通關內的孔道山海關，便莫名其妙地入關得天下當皇帝了（言外之意是這次我們又把山海關『現成的穿眼』的故計重施，再偷出『現成的穿眼』神策門突襲，神不知鬼不覺就把你們鄭軍打敗了）。你鄭軍若不相信他寶玉滿清軍輕易得天下的能耐，讓我現在就把駐紮在南京地區的寶玉滿軍拿來和你鄭軍再戰一場，你看了便知道了。」初戰失利的黛玉鄭軍趕忙阻止說：「罷了，此刻夜深，明日再看那寶玉南京滿軍的表現還不遲（按這是暗寫七月二十二日『滿兵見漢兵勝，其氣亦倍，遂蜂擁出城外扎（紮）營』，『是晚虜乘勝促近吾營對壘』，滿兵頗想乘漢軍大勝之餘，乘勢再戰，而鄭軍則收兵不出，等待隔日二十三日再戰不遲的戰爭態勢）。」大家又對於勝負戰果檢討敘述一番，方才各自安歇睡覺。

次日黛玉鄭軍早上起來（按即七月二十三日早晨辰刻七、八點），拜候過賈母南京清軍的再度攻擊，省問過賈母清軍安好無恙，而自己卻大敗（按這才是鄭、清南京之役的關鍵性大戰，這裡原文卻只是三言兩語簡單帶過），鄭軍因而便撤兵往「王夫人處」所代表的福建沿海地區，回到廈門、金門的大本營。正值王夫人與熙鳳在一處拆金陵來的書信，看又有王夫人之兄嫂處遣了兩個媳婦來說話的。黛玉雖不知原委，探春等卻都曉得是議論金陵中所居的薛家姨母之子姨表兄薛蟠，倚財仗勢打死人命，現在應天府案下審理，如今母舅王子騰得了信息，故遣人來告訴這邊，意欲喚取進京之意（按以上從「正值王夫人」起這一小段，是上接本回上半回賈雨村至應天府復職故事，下啟第四回賈雨村審理薛蟠打死人命故事的文字，屬於另外不同的故事內容，故在此不予破譯）。

第三節　林黛玉初至李紈房中故事的真相

◈原文：

卻說黛玉同姊妹們至王夫人處，見王夫人與兄嫂處的來使計議家務，又說姨母家遭人命官司等語。因見王夫人事情冗雜，姊妹們遂出來，至寡嫂李氏房中來了(1)。

原來這李氏即賈珠之妻，珠雖夭亡，幸存一子，取名賈蘭，今已五歲，已入學攻書(2)。這李氏亦係金陵名宦之女，父名李守中，曾為國子監祭酒(3)，族中男女無有不誦詩讀書者(4)。至李守中承繼以來，便說「女兒無才便有德」，故生李氏時，便不十分令其讀書(5)。只不過將些《女四書》、《烈（列）女傳》、《賢媛集》等三四種書(6)，使他認得幾個字，記得這前朝幾個賢女便罷了。卻只以紡績井臼為要，因取名為李紈，字宮裁(7)。因此，這李紈雖青春喪偶，且居處於膏粱錦繡之中，竟如槁木死灰一般，一概無見無聞(8)，惟知侍親養子，外則陪侍小姑等針黹誦讀而已(9)。

今黛玉雖客寄於斯，日有這般姐妹相伴，除老父外，餘者也就無庸慮及了(10)。

◈脂批、注釋、解密：

(1)因見王夫人事情冗雜，姊妹們遂出來，至寡嫂李氏房中來了：〔甲戌本夾批〕評注說：「起筆寫薛家事，他偏寫宮裁，是結黛玉，明李紈本末，又在人意料之外。」這則脂批主要是提示兩點，其一是提示這兩三小段描寫黛玉至李紈房中的故事，是作者起筆寫薛家事之前，特別插寫「結黛玉，明李紈本末」的文字；其二是提示突然這樣的插寫一小段「結黛玉，明李紈本末」的文字，是一種「又在人意料之外」的筆法，讀者必須更仔細思索才可能領悟其真相，因為在前面已暗寫完鄭、清南京戰役的情況下，再插寫這一小段黛玉拜會李紈的故事，很容易使人以為是續寫黛玉鄭成功回廈門後，與滿清將軍達素的另一場大戰，或黛玉鄭成功遠征台灣的事跡，所以批者才特別提示這是「在人意料之外」的筆法，不能這樣想當然爾地理解。其實是因為若不將李紈的本末寫明，黛玉被榮國府收養的故事就不算完整，所以必須補寫這一小段李紈本末的文字，以歸結榮國府收養林黛玉的故事。而所謂「榮國府收養林黛玉」，前面已以長篇故事鋪述，暗指就是順治十六年鄭成功南京戰敗而撤出大陸地區，清朝收併、牧養明朝中國大陸領土、人民的事。如果這樣還不能顯示清朝已完全收養明朝大陸江山的話，那麼當時類似的清朝收養明朝大陸江山的事件，就只有清軍攻破雲南永曆王朝，永曆勢力遁走緬甸，而收養明朝雲南江山的事件，由此便可推想這一小段李紈出場故事可能是要補述這個事件，如此滿清才真正完全收養明朝中國大陸江山，所謂「榮國府收養林黛玉」

的意義才算完整。也正是因為本回下半回目「榮國府收養林黛玉」，隱寓清朝完全收養明朝中國大陸江山的意義，所以脂批才會針對「收養」二字批點說：「二字觸目淒涼之至。」

(2) 原來這李氏即賈珠之妻，珠雖夭亡，幸存一子，取名賈蘭，今已五歲，已入學攻書：李氏，李字暗點永曆王朝的晉王李定國，或以李定國為主力的永曆王朝。賈珠，珠通拆字「朱王」，影射朱明王朝。李氏即賈珠之妻，暗指李定國勢力或以李定國為主力的永曆王朝，就是與嫡系正統朱明王朝如夫妻般互為偶伴而實為一體的人物或王朝。「珠雖夭亡，幸存一子」，指崇禎皇帝嫡系的正統朱明王朝或南明較正統的弘光、隆武王朝、及在兩廣的永曆王朝，雖然已經夭亡，幸好還留存一個旁系的朱明王朝。賈蘭，蘭暗通諧音「南」，暗點雲南，賈蘭即賈南，暗指建都雲南昆明的南明永曆王朝。今已五歲，指現在敘述的時間點是永曆王朝遷都入雲南的第五年，按李定國於永曆十年、順治十三年打敗挾制永曆帝的秦王孫可望，將永曆帝由貴州安龍府迎入雲南昆明，是為永曆雲南王朝第一年，即賈蘭一歲，故賈蘭五歲，就是第五年的永曆十四年、順治十七年，時永曆已於前一年遁入緬甸，清朝已收養明朝雲南江山，只剩李定國還在雲南西南與緬甸邊境的車里（今西雙版納傣族自治州），及孟艮（今緬甸景棟）一帶地區活動⑫。已入學攻書，暗指賈蘭所代表的永曆雲南王朝已經好像孩子入學攻書一般地，建立起朝廷體制，歸入朝廷理政正軌，專門攻讀、遵行永曆王朝曆書、規制。

(3) 這李氏亦係金陵名宦之女，父名李守中，曾為國子監祭酒：金陵，指建都金陵南京起家的朱明王朝。這李氏亦係金陵名宦之女，暗指這個以李定國為主力的永曆王朝，也是金陵朱明王朝名宦桂王的子嗣。李守中，李字暗點李自成，中字暗指關中，李守中暗指出身陝西關中，據守關中崛起的以李自成為代表的李自成或張獻忠農民軍政權。父名李守中，暗指永曆王朝的軍事力量，是傳承自以李自成為代表的農民軍政權，按永曆王朝的主要軍事勢力李定國、孫可望、劉文秀、白文選等都是張獻忠農民軍的餘部。這裡作者把這個角色冠為李氏，而不冠為張氏寫為父名張守中，蓋因整體農民軍還是以李自成最具代表性，且永曆王朝的主要軍事勢力又以李定國最具代表性，而李自成、李定國都是姓李，故命名為李姓最為合適、最具代表性。特別值得順便一提的是，李自成的父親恰巧叫做李守忠⑬，與這個李守中完全同音，只差忠與中兩字略有一點小差異，幾乎使人誤以為這個李守中就是李自成的父親李守忠，因而李紈有可能就是影射李自成，不過作者卻巧妙地將李守中轉個彎暗指李自成，可見李守中這個名號又是作者所埋設的一個十分冒險的曲指歷史暗記。

國子監，舊中國「封建王朝的最高學府，簡稱『國學』，始建於西晉，稱國子學，隋唐改稱國子監，後代因之，清末始廢。⑭」但這裡是以全國最高學府國子監，暗喻全國最高政務機構的朝廷。祭酒，「官名。古代舉行盛大宴會時，必推舉賓客中一位長者先舉酒以祭，叫祭酒。後來用作學官名。國子監祭酒是國子監的主管官，封建時代的最高學官。⑮」但這裡是以全國最高學府的首長國子監祭酒，暗喻全國最高政務機構朝廷的首長皇帝，另外祭酒又暗通諧音「祭九」，隱寓獻祭九王多爾袞的犧牲品。「父名李守中，曾為國子監祭酒」，是暗寫以李定國為主力的永曆王朝的軍事力量，是傳承自以李自成為代表的據守關中崛起的農民軍政權，而李自成農民軍曾經做過中國朝廷首長的皇帝，並曾經成為滿清九王多爾衮的祭品、犧牲者（因為被九王多爾衮逐出北京而消亡）。

〔甲戌本夾批〕評注說：「妙！蓋云人能以理自守，安得為情所陷哉？」這是批書人以「李」字的意義通諧音「理」字，而藉李守中這號人物未能「以理自守」，以致「為情所陷」的生平事跡，來評論李守中這個名號的意義，並從而點示此人的真實身分，說道：「李守中這個名號真是妙啊！這李守中的名號是暗示說此人若能以理（李）字守在自己心中，而合理行事，怎麼可能會為愛情因素所陷害呢？」這顯然是暗批李自成如果能夠以理自守，而行事合理，攻佔北京時不大事拷掠搜括，也就不會劫掠了吳三桂的愛妾陳圓圓，後來就不會導致吳三桂因為痛恨陳圓圓被辱的愛情因素，而引清兵入關，將他驅離北京，遭到這個愛情因素所陷害。由此可見李守中是影射李自成。

(4)

族中男女無有不頌詩讀書者：頌詩，詩通諧音的「思」字，暗點明思宗崇禎帝，頌詩即頌思，暗指歌頌明思宗崇禎帝聖德。讀書，暗指捧讀、遵奉明崇禎王朝曆書，即效忠於崇禎朱明王朝之意。因此這句原文是暗寫李紈所代表的李定國及李守中所代表的李自成農民軍，本來其家族中男女無有不是歌頌明思宗崇禎帝聖德，效忠於崇禎朱明王朝的。

〔甲戌本夾批〕等評注說：「未出李紈，先伏下李紋、李綺。」李紋、李綺，為李紈的堂妹，至第四十九回才出場，是性喜頌詩讀書的角色，而李紈則本回稍後才寫出是「只以紡績井臼為要」的角色，故批書人提示這裡「族中男女無有不頌詩讀書者」這句話，就是後面李紋、李綺所以會喜好頌詩讀書的伏筆。

(5)至李守中承繼以來，便說「女兒無才便有德」，故生李氏時便不十分令其讀書：這是暗寫至李自成承繼以來，由於投入農民軍反叛朝廷的行列，便說「女兒無才能，便有好德性」，故而誕生李氏農民軍政權時，便不十分讓農民軍政權的部屬去捧讀明崇禎王朝曆書而效忠於朱明王朝。

〔甲戌本夾批〕評注說：「『有』字改的好。」因為「女兒無才便有德」，原作「女兒無才便是德」，出自「清代石成金《家訓鈔》引明人陳眉公語」⑯，因此批書人批注說：「作者把『是德』改成『有德』，這個『有』字改的好。」至於作者為什麼要將「是德」改成「有德」，批者為什麼要特別評點「『有』字改的好。」這當然是另藏玄機，不能直接寫明，留給讀者自己去探索領悟。根據筆者的研究，「是德」與「有德」其實意思相似，改不改都無所謂，批書人所以批點「有德」改得好，主要是「有德」二字可以暗點「孔有德」，孔有德原是明將，降清後被封為定南王，順治九年駐守廣西桂林時，被李定國所大敗，自縊而死⑰，正由於改為「有德」二字，可以點出這個李紈李定國擊滅孔有德的豐功偉業事跡，所以說「『有』字改的好」。

(6)《女四書》、《烈（列）女傳》、《賢媛集》等三四種書：《女四書》，「明代王相仿朱熹編《四書》的辦法，把東漢班昭的《女誡》、唐代宋若莘、宋若昭的《女論語》、明代永樂皇后徐氏的《內訓》和王相母劉氏的《女範捷錄》編輯為一書，並加注，總名為《女四書》。⑱」《烈（列）女傳》，西漢劉向編著有《列女傳》，記載古代至西漢婦女一百一十人的言行，區別善惡美醜，提供婦女趨善去惡的借鏡，以遵守三綱五常禮法，培養三從四德婦德。《賢媛集》，不詳是何書，何人所著。這些書大體上都是教導婦女如何做一個合乎三從四德之賢淑婦女的書。

(7) 却只以紡績井臼為要，因取名為李紈，字宮裁：紡績，「泛指紡紗。古代『紡』多指紡絲，『績』多指績麻（把麻捻搓成線）。⑲」井臼，井為水井，臼為以石或木製成下凹為半圓形的舂米器具，但這裡都作動詞用，井指從水井裡取水使用，臼指使用杵臼舂米，這裡井臼連稱是泛指從事傳統農家的家務。李紈，紈為細緻潔白的絹，前面脂批提示「李」通諧音「理」，而這裡說由於她「只以紡績井臼為要」，「因（而）取名為李紈」，顯然李紈代表從事「紡績」的意思，所以李紈的意義通諧音「理紈」，含有治理紡績織布之事的意義，另外紈也暗點紈綺子弟，即富貴而行為輕佻的子弟，故李紈「理紈」暗示此人以治理紈綺子弟為要務，可見此人是言行嚴正守禮者，因此李紈又有通諧音「禮完」，完好守禮的意思。宮裁，由於此人偏重紡績工作，故宮裁從表面看應是代表其紡績技藝高超，足可比美皇宮中的裁縫師的意思，但宮裁也可表示宮廷的裁決者，或宮廷被裁撤的意思。

以上綜合起來，李紈此人「只以紡績井臼為要」，出嫁到富貴家族還習慣於從事傳統農家的家務，可見是出身於農家子弟，這是影射此人為當時的農民軍勢力。宮裁隱含宮廷被裁撤的意思，這是暗示此人為宮廷被裁撤的農民軍勢力，也就是農民軍李自成大順王朝、張獻忠大西王朝宮廷被裁撤滅亡後的農民軍餘部。宮裁又隱含宮廷裁決者的意思，暗示此人具有宮廷裁決者的氣勢、實力。按李、張農民軍王朝滅亡後，李自成餘部投入南明唐王隆武王朝，但無宮廷裁決者的氣勢，張獻忠餘部投入南明桂王永曆王朝，則成為永曆王朝的骨幹，對永曆宮廷的興衰具有裁決性的地位，前期以孫可望為主，後期則以李定國為主，所以這裡應是影射以農民軍餘部為骨幹的永曆王朝，或王朝內的農民軍勢力。李紈義通諧音「禮完」、「理紈」，暗點此人嚴正守禮，以治理紈絝輕佻不守禮子弟為要務，此點正合乎李定國的心性與事跡，他本人竭誠盡忠永曆朝廷，不邀功索爵，守禮不僭越，而且先後制裁了叛明降清的輕佻不守禮份子孔有德，及挾制永曆帝想自立稱帝的輕佻不守禮份子孫可望，真是嚴守君臣之禮，民族氣節凜凜的一號人物。歸結起來，李紈的真實身分最主要是影射李定國，其次是以農民軍勢力為骨幹的永曆王朝，再其次是以李定國為代表的李自成、張獻忠農民軍餘部之勢力。

由以上可見李紈一個名號，卻是具有以上多層次的綜合性意義或對象，這種一個名號代表綜合性的多層而迷離對象的情況，是《紅樓夢》重要角色的普遍現象，前面所揭露的重要角色賈寶玉、林黛玉、賈母、王熙鳳、襲人等所影射的真實對象，沒有一個不是多層次的，而這就是造成《紅樓夢》真相極度撲朔迷離而難於破解，同時也形成《紅樓夢》情節特具一種夢幻朦朧之美的基本因素之一。

〔甲戌本夾批〕評注說：「一洗小說巢（窠）臼俱盡，且命名字，亦不見紅香翠玉惡俗。」這是批書人再度藉由批評舊有小說都將書中女子命名為紅香翠玉等不具特殊意義的俗氣名稱，成為一種惡俗，來暗示《紅樓夢》裡的女子名號完全跳脫這種老窠臼，所有的名號全都是具有個別的特殊意義，別有深意的，讀者應該多用心去追索這些名號的特殊意義。

(8)這李紈雖青春喪偶，且居處於膏粱錦繡之中，竟如槁木死灰一般，一概無見無聞：李紈雖青春喪偶，指第二回描寫李紈之夫賈珠不到二十歲就娶妻生子，一病死了，而這是暗寓相伴為偶一體抗清的崇禎皇帝正統朱明王朝、或南明較正統的弘光、隆武王朝、兩廣時期的永曆王朝，雖然已經夭亡。且居處於膏粱錦繡之中，李定國貴為永曆王朝的晉王及第一號骨幹，當然是處於膏粱錦繡之中。「竟如槁木死灰一般，一概無見無聞」，這裡作者故意以特異筆法，省略掉無見無聞的受詞，其實這是指無見無聞「膏粱錦繡」之事，也就是追求高爵厚祿的事，所以這兩句是暗喻李定國一概不見不聞有關享受膏粱錦繡的事，竟如槁木死灰一般地不動心去追求高爵厚祿，任由永曆皇帝安排，只有死心效忠永曆王朝。

〔甲戌本夾批〕評注說：「此時處此境，最能越理生事，彼竟不然，實罕見者。」這是評論說：「在此天下大亂，群雄爭天下的時期，又處於永曆帝本身並無實力，全賴李定國支撐的環境下，最能越理（禮）生事，要脅晉封高爵厚祿，甚至僭越君臣之禮，篡位自立為皇帝，他竟不這樣做，實是罕見的人物。」批書人對李紈這樣的評價，與歷史上對李定國的評價是相一致的。在南明反清復明歷史上，李定國與鄭成功是一西一東最忠貞堅強的兩位實力人物，民族氣節凜然，聲名並駕齊驅的民族英雄，只是鄭成功尚有驅荷開臺的豐功偉業，所以更為家喻戶曉。

(9)惟知侍親養子，外則陪侍小姑等針黹誦讀而已：黹，音止，縫紉的意思。針黹，用針線縫紉、刺繡，在這裡則暗喻像用針線在布上穿刺行進般地行軍刺擊作戰。這兩句原文是暗寫李紈李定國農民軍對內只知侍奉如父母親般的永曆帝，及扶持養護他所創建如兒子般的永曆雲南王朝（賈蘭），對外則陪侍如小姑般的各地部隊行軍作戰，誦讀永曆曆書以維護永曆王朝而已。

〔甲戌本夾批〕評注說：「一段叙出李紈，不犯熙鳳。」這是註明以上一段文字叙述出李紈，並提示李紈雖是寶玉的大嫂但不會沖犯到同是寶玉嫂子的王熙鳳，所以李紈所影射的真實對象與王熙鳳不同。

(10)今黛玉雖客居於斯，日有這般姐妹相伴，除老父外，餘者也就無庸慮及了：斯，此也，指榮國府，也就是清朝統治下的中國大陸境內。老父，即林如海張煌言浙系魯王餘勢。今黛玉雖客居於斯，暗喻如今由於反清復明的黛玉鄭成功與李紈李定國勢力都已退出大陸，整個大陸地區的黛玉明朝江山都被清朝收養，黛玉明朝勢力等於客居蟄伏在這清朝統治下的榮國府中國大陸境內。「除老父外，餘者也就無庸慮及了」，這兩句是暗寫黛玉反清復明勢力除了林如海張煌言浙系魯王餘勢還隱匿在大陸上的浙江台州灣沿海活動之外，其他諸如鄭成功延平王朝及李定國支撐的永曆王朝等反清復明勢力的大陸地盤，都已陷落入滿清之手，根本不用多費心思去考慮了。

〔甲戌本夾批〕評注說：「仍是從黛玉身上寫來。以上了結住黛玉，復找前文。」這是根據以上描寫李紈故事，實即描寫以李定國農民軍為骨幹的永曆王朝，也是屬於明朝的一部份，而提示說：「最後這一小段文字還是將李紈李定國事跡歸入黛玉明朝，而從黛玉明朝身上寫來。以上插寫的李紈李定國事跡了結住了黛玉明朝在大陸的存在，以下則復找前文賈雨村至應天府復職的事，而開啟新的故事內容。」

最後我們來欣賞這一小段作者所採用的巧妙筆法。按作者描寫這一小段李紈故事的目的，是補述滿清打敗李定國所支撐的雲南永曆王朝，使永曆勢力遁走緬甸，而收養明朝雲南江山，以完足回目「榮國府收養林黛玉」所代表滿清收養明朝整個中國大陸江山的意義。但是在整個文章中，卻看不到作者描寫清軍入雲南打敗李定國或永曆王朝，佔領永曆雲南地盤的正面文字，卻只是大事描寫李紈所代表之李定國的來歷，及其只顧領導農民軍作戰而不爭皇帝位的守禮盡忠人格特質。若不是再三仔細推敲，實在看不出是在描寫滿清打敗永曆王朝而佔領其雲南地盤的事件。其實作者所採取的策略是藉由大事描寫李紈的來歷和其人格特質，好讓讀者容易悟知李紈就是影射李定國及其支撐的雲南永曆王朝，只要讀者能悟知這一點其他就好辦了。至於真正重點的滿清打敗永曆王朝而佔領其雲南地盤的事，作者則只以簡得不能再簡的「取名賈蘭，今已五歲」幾個字，暗中點出。讀者既能悟出李紈影射永曆王朝的李定國，就不難悟出賈蘭暗通諧音「賈南」，而暗點遷都雲南的永曆王朝，從而便很容易可以悟出「賈蘭，今已五歲」就是永曆雲南王朝第五年。而查考歷史就知道李定國於永曆十年、順治十三年迎永曆帝入雲南昆明建朝，為永曆雲南王朝一年，故永曆雲南王朝第五年，即賈蘭五歲，就是永曆十四年、順治十七年，此時永曆已於前一年因清軍攻入雲南而遁入緬甸，清朝實已收養明朝雲南江山，李定國農民軍已退出雲南，在靠近緬甸邊境的車里及孟艮一帶活動，與東南方面鄭成功在南京大敗，退出大陸地區，居處在大陸外緣的廈門等海島的情況，完全一樣。由此讀者才恍然大悟原來作者確實已經藉由「賈蘭，今已五歲」，寫了滿清打敗李定國所支撐的雲南永曆王朝，而收養明朝雲南江山的事件了，不禁浩歎作者的筆法實在有夠隱微奧妙。

◈真相破譯：

卻說黛玉反清復明勢力伴同鄭成功軍眾撤退回到福建沿海地區（王夫人處）。見王夫人與兄嫂處的來使計議家務，又說姨母家遭人命官司等語（按這兩句是下啟第四回賈雨村審理薛蟠打死人命故事的文字，屬於另外不同的故事內容，故在此不予破譯）。因見王夫人所代表的福建沿海地區事情忙碌，雜混其他無關反清復明的雜事，於是黛玉反清復明勢力便與夥伴們轉移出來，而寄託到李定國猶如寡嫂般獨力支撐抗清的雲南永曆王朝中來了。（按這裡本回下半回的回目是「榮國府收養林黛玉」，意思是榮國府所代表的清朝打敗、收拾林黛玉明朝或復明勢力，而收併、牧養明朝中國大陸領土、人民。所以這裡又簡單補寫清軍打敗、收拾李定國所支撐的雲南永曆王朝，收併、收養林黛玉明朝在大路雲南的領土、人民，這樣清朝才真正完全收養林黛玉明朝的中國大陸江山，所謂「榮國府收養林黛玉」的意義才算完整。）

原來這個永曆王朝柱石的晉王李定國（李氏）農民軍勢力，就是與正統朱明王朝（賈珠）如夫妻般互為偶伴而實為一體的人物或王朝，朱明王朝或南明較正統的弘光、隆武王朝、及在兩廣時期的永曆王朝，雖然已經夭亡（珠雖夭亡），幸好還衍生留存一個依傍農民軍的子政權，就是賈蘭通諧音「賈南」所代表的雲南朱明永曆王朝，如今已在雲南建朝第五年（按李定國於永曆十年、順治十三年打敗挾制永曆帝的秦王孫可望，將永曆帝由貴州安龍府迎入雲南昆明，第五年就是永曆十四年、順治十七年），已經好像孩子入學攻書一般地，建立起朝廷體制，歸入朝廷理政正軌，專門攻讀、遵行永曆王朝曆書、規制。這個以李定國農民軍為主力的永曆朱由榔王朝，也是金陵朱明王朝名宦桂王的子嗣，但其農民軍勢力則是承繼自上一代以李自成為代表的據守關中（父名李守中）而崛起的農民軍政權。這李自成曾經做過中國朝廷首長的皇帝（國子監祭酒），並曾經成為滿清九王多爾袞的祭品、犧牲者（國子監祭酒通諧音國子監祭九），本來其家族中男女無有不是歌頌明思宗（誦詩通諧音頌思）崇禎帝聖德，效忠於崇禎朱明王朝的。但是到了李守中所代表的李自成投入農民軍反叛明朝以來，便說「女兒無才能，便有好德性」，故而誕生李氏農民軍政權時，便不十分讓農民軍政權的部屬去捧讀明崇禎王朝曆書而效忠於朱明王朝。只不過將些《女四書》（按為明代王相仿朱熹編《四書》體例，將東漢班昭的《女誡》、唐代宋若莘、宋若昭的《女論語》、明代永樂皇后徐氏的《內訓》和王相母劉氏的《女範捷錄》等四本書合集為一書）、《列女傳》（西漢劉向編著）、《賢媛集》（按不知何人所著）等三四種教導婦女如何做一個合乎三從四德之賢淑婦女的書，使他的部屬認得幾個字，記得這前朝幾個賢女，知道如賢淑婦女般順從聽命便罷了。卻只以紡絲績麻及取水舂米所代表的治理農民軍事務為要，因而取名為李紈，以暗通諧音「理紈」（治理紈絹紡織或紈綺子弟）的意義，又可暗通諧音「禮完」（完好堅守君臣之禮）的意義，取別字為宮裁，以暗寓其身分為一言九鼎的宮廷裁決者，其人的真實身分就是永曆王朝柱石的晉王李定國或其農民軍勢力。因此，這李紈所代表的李定國勢力雖然青春正盛，就碰上喪失相偶抗清的永曆兩廣王朝夭亡，且居處於貴為永曆雲南王朝第一實權人物晉王的膏粱錦繡之中，竟然如槁木死灰一般地不動心，對於膏粱錦繡的皇帝權位一概無見無聞，一點都不動心，只知對內侍奉效忠如父母親般的永曆帝，及扶持養護他所創建如兒子般的永曆雲南王朝（賈蘭），對外則陪侍如小姑般的各地部隊行軍作戰，誦讀永曆曆書以維護永曆王朝而已。

如今由於鄭成功與李定國勢力都已退出大陸，黛玉明朝的大陸江山已被清朝收養，黛玉明朝勢力等於客居蟄伏在這清朝統治下的榮國府中國大陸境內，每日有這些各地區的清軍勢力相伴監視著，除了林如海所代表的張煌言浙系魯王餘勢還隱匿在大陸上的浙江台州灣沿海活動，稍可關注、期望之外，其他反清復明勢力的大陸地盤，都已陷落入滿清之手，根本不用多費心思去考慮、期望了。

附註：

①引錄自以上《紅樓夢辭典》，第五八八頁。
②引錄自以上《紅樓夢辭典》，第二六頁。
③引錄自以上《紅樓夢校注（一）》，第六四頁註六九。
④引錄自以上《紅樓夢辭典》，第二八七頁。
⑤引述自以上《痴道人•順治皇帝傳奇》，第四一、四七頁；及《這一朝，興也太后亡也太后：興•孝莊》，第一二四、二〇五頁。
⑥引錄自《紅樓夢索隱》，王夢阮、沈瓶庵合著，臺灣中華書局印行，民國七十二年七月三版，卷一第五一頁。
⑦參見以上《南明史》，第九四一至九四二頁。
⑧引錄自以上《紅樓夢辭典》，第二三七頁；並參閱《紅樓夢校注（一）》，第六四頁註七一。
⑨引錄自以上《紅樓夢校注（一）》，第六四頁註七二；並參閱《紅樓夢辭典》，第三七九頁。
⑩詳情請參閱以上《靖海志》，第五〇頁；《從征實錄》，第一六一頁；及《臺灣外記》，第一七九至一八〇頁。
⑪引錄自以上《從征實錄》，第一六一頁。
⑫引錄自以上《南明史》，第九八一頁。
⑬參見《李自成》，晁中辰著，台北，文津出版社，一九九四年九月初版一刷，第二頁；及《晚明流寇》，李文治著，台北，食貨出版社，民國七十二年八月出版，第一一四頁。
⑭引錄自以上《紅樓夢辭典》，第二〇九至二一〇頁；並參閱《紅樓夢校注（一）》，第七五頁註二。
⑮引錄自以上《紅樓夢辭典》，第二六二頁。
⑯引錄自以上《紅樓夢校注（一）》，第七六頁註三。
⑰詳見以上《南明史》，第七〇四至七〇五頁。
⑱引錄自以上《紅樓夢辭典》，第四二六頁。
⑲引錄自以上《紅樓夢辭典》，第一五三頁。

國家圖書館出版品預行編目

紅樓夢真相大發現. 二, 寶、黛初會故事的真相
/ 南佳人著. -- 一版. -- 臺北市：秀威資
訊科技, 2008. 08
面；　公分. --（語言文學類；PG0194）
BOD 版
ISBN 978-986-221-048-2（平裝）

1.紅樓夢　2.研究考訂

857.49　　97013196

BOD Books on Demand　語言文學類　PG0194

紅樓夢真相大發現（二）
——寶、黛初會故事的真相

作　　者 / 南佳人
發 行 人 / 宋政坤
執行編輯 / 黃姣潔
圖文排版 / 鄭維心
封面設計 / 蔣緒慧
數位轉譯 / 徐真玉　沈裕閔
圖書銷售 / 林怡君
法律顧問 / 毛國樑　律師
出版印製 / 秀威資訊科技股份有限公司
台北市內湖區瑞光路 583 巷 25 號 1 樓
電話：02-2657-9211　傳真：02-2657-9106
E-mail：service@showwe.com.tw
經 銷 商 / 紅螞蟻圖書有限公司
台北市內湖區舊宗路二段 121 巷 28、32 號 4 樓
電話：02-2795-3656　傳真：02-2795-4100
http://www.e-redant.com

2008 年 8 月 BOD 一版
定價：350 元

・請尊重著作權・

Copyright©2008 by Showwe Information Co.,Ltd.

讀　者　回　函　卡

感謝您購買本書，為提升服務品質，煩請填寫以下問卷，收到您的寶貴意見後，我們會仔細收藏記錄並回贈紀念品，謝謝！

1.您購買的書名：______________________

2.您從何得知本書的消息？

☐網路書店　☐部落格　☐資料庫搜尋　☐書訊　☐電子報　☐書店

☐平面媒體　☐ 朋友推薦　☐網站推薦　☐其他__________

3.您對本書的評價：(請填代號　1.非常滿意 2.滿意 3.尚可 4.再改進)

封面設計____　版面編排____　內容____　文/譯筆____　價格____

4.讀完書後您覺得：

☐很有收獲　☐有收獲　☐收獲不多　☐沒收獲

5.您會推薦本書給朋友嗎？

☐會　☐不會，為什麼？______________________________

6.其他寶貴的意見：______________________________

____

____

____

讀者基本資料

姓名：____________________　年齡：______　性別：☐女 ☐男

聯絡電話：________________　E-mail：____________________

地址：____

學歷：☐高中(含)以下　☐高中　☐專科學校　☐大學

☐研究所(含)以上 ☐其他______________

職業：☐製造業 ☐金融業 ☐資訊業 ☐軍警 ☐傳播業 ☐自由業

☐服務業 ☐公務員 ☐教職　☐學生 ☐其他__________

請貼郵票

To：114

台北市內湖區瑞光路 583 巷 25 號 1 樓

秀威資訊科技股份有限公司　收

寄件人姓名：

寄件人地址：□□□

(請沿線對摺寄回,謝謝!)

秀威與 BOD

BOD（Books On Demand）是數位出版的大趨勢，秀威資訊率先運用 POD 數位印刷設備來生產書籍，並提供作者全程數位出版服務，致使書籍產銷零庫存，知識傳承不絕版，目前已開闢以下書系：

一、BOD 學術著作—專業論述的閱讀延伸
二、BOD 個人著作—分享生命的心路歷程
三、BOD 旅遊著作—個人深度旅遊文學創作
四、BOD 大陸學者—大陸專業學者學術出版
五、POD 獨家經銷—數位產製的代發行書籍

BOD 秀威網路書店：www.showwe.com.tw
政府出版品網路書店：www.*gov*books.com.tw

永不絕版的故事・自己寫・永不休止的音符・自己唱